문학과지성 소설 명작선

이 소설 총서는
초판 간행 이후 시간의 벽을 넘어 끊임없이
독자와 평자 들의 애호와 평가를 끌어 열고 있는,
말의 바른 의미에서의 '스테디셀러'들을
충실한 원본 검증을 거쳐 다시 찍어낸,
새로운 감각의 판형과 새로운 깊이의 해설로
그 의미를 더욱 풍요롭게 만든
우리 시대 명작 소설들이 펼치는
문학적 축제의 자리입니다.

◇ 문학과지성사에서 펴낸 이승우의 책

미궁에 대한 추측(1994)
사람들은 자기 집에 무엇이 있는지도 모른다(2001)
신중한 사람(2014)

일식에 대하여

이승우

문학과지성사
2012

문학과지성 소설 명작선 28
일식에 대하여

초판 1쇄 발행__1989년 12월 15일
재판 1쇄 발행__2012년 6월 5일
재판 3쇄 발행__2024년 12월 23일

지 은 이__이승우
펴 낸 이__이광호
펴 낸 곳__㈜문학과지성사

등록번호__제1993-000098호
주   소__04034 서울 마포구 잔다리로7길 18(서교동 377-20)
전   화__02) 338-7224
팩   스__02) 323-4180(편집) 02) 338-7221(영업)
전자우편__moonji@moonji.com
홈페이지__www.moonji.com

ⓒ 이승우, 2012. Printed in Seoul, Korea
ISBN 978-89-320-2306-9 03810

이 책의 판권은 지은이와 ㈜문학과지성사에 있습니다.
양측의 서면 동의 없는 무단 전재 및 복제를 금합니다.

일식에 대하여

차례

일식에 대하여   9
고산 지대   81
부재중(不在中)   104
못   130
유산일지   159
요의(尿意)   191
흉터   215
연금술사의 춤   234

초판 해설 고통과 구원 · 김치수   280
신판 해설 세계―경험의 양상들 · 김대산   296
초판 작가 후기   312
신판 작가 후기   314

일식에 대하여

1

 내가 찬동시계방 건물 2층에 있는 그 다방을 자주 드나드는 데에 특별한 이유가 있는 것은 아니었다. 실내 장식이 인상적이거나 커피 맛이 훌륭해서는 결코 아니었다. 터미널 근처의 미끈하게 잘생긴 새 건물에 경쟁적으로 간판을 내건 다른 다방들이 커튼이며 액자며 소파 따위를 제법 신경 써서 비치하여 촌티를 벗으려고 애쓰는 점을 감안할 때, 청관산다방은 할 수 없는 촌닭이라고 해야 옳았다. 그것도 장식이라고 볼품없이 크기만 한 어항이 하나, 실내의 한가운데를 독차지하고 있을 뿐, 실내 분위기를 위해 배려한 흔적을 아무 데서도 발견할 수 없었다. 흡사 어두컴컴한 창고에다가 탁자와 소파를 듬성듬성 배열해놓은 꼴이라는 느낌을, 청관산다방의 어둡고 썰렁한 실내에 처음 발을 들여놓은 사람은 누구나 가지게 되어 있었다. 커피 맛이라는 것도 그렇다. 서해안 시대니 뭐니 하는

풍선을 타고 조금씩 들썩거리는 기운이 있다고는 해도, 기껏해야 읍소재지에 불과한, 아직도 닷새마다 한 번꼴로 장이 서는 이 시골의 어떤 다방에 어떤 기가 막힌 바리스타가 있어, 봉투에 넣어져 배달되는 똑같은 상표의 원두를 가지고 유별나게 맛 좋은 커피를 끓여낼 수 있겠는가. 설령 그런 사람이 있다고 해도 그렇게 커피 맛을 구별해서 마시는 애호가가 있을 리도 만무였다. 카운터도 보고 주방 일도 하는 주인 여자가 끓여 내놓는 커피 맛이 크게 나쁘지 않은 것을 다행이라고 할 수 있었다. 요컨대 청관산다방은 다른 다방들에 비해 어느 것 하나 두드러진 점이 없었다. 그리고 어쩌면 바로 그 점이 이 다방을 구별짓는 유일한 요소인지 모를 일이었다.

최근 들어 부동산 따위가 들썩거리고 있다고는 해도, 길흥은 여전히 옹색하고 보잘것없는 촌에 불과했다. 버스가 들고 나는 터미널을 중심으로 번듯한 건물들이 몇 채 들어서고 있을 뿐, 그곳에서 조금만 벗어나면 곧 이 지역의 유서 깊은 궁색한 살림살이를 어렵지 않게 짐작할 수 있는, 낡고 허름한 집들과 흙먼지가 풀풀 날리는 흙길을 만날 수 있었다.

때문에 이 고장에 몇 개 있는 다방들은 모두 터미널 근처의 번듯한 건물에다 그 말쑥한 아크릴 간판을 내걸고 있었다. 유독 청관산다방만이 그 중심가를 벗어난 외곽의 낡고 허름한 시계방 건물 2층에 먼지가 부옇게 내려앉은 간판을 달고 있었다. 더구나 다방으로 올라가는 2층 계단은 구멍이 뻥뻥 뚫린 철판으로 만들어져 있어서 오르내릴 때마다 앙칼진 소리로 호들갑을 떨었다.

내가 다른 다방들을 제쳐두고 청관산다방에 드나들게 된 까닭이 실은 그렇듯 불리해 보이는 그 다방의 입지 조건과 무관하지 않다는 사실을 밝혀야겠다. 오백 원짜리 커피 한 잔을 담보로 몇 시간이고 원하는 대로 죽치고 앉아 있을 수 있는 곳, 내키는 대로 머리를 탁자에 처박거나 소파에 기대고 잠을 자도 상관하지 않는 곳이 청관산다방이었던 것이다.

새로 문을 연 이곳 길흥 지점(정확히 말하자면 출장소)에 자원하여 내려온 지 일주일 만에 나는 이 다방을 발견했다. 내가 도착했을 때, 미리 부임해 와 있던 직원들(오십 줄을 바라보는 출장소장 한 사람을 빼면 상업고등학교를 갓 졸업한 두 명의 여자가 길흥 출장소 직원의 전부였다)에 의해 개업 준비가 다 되어 있었다. 길흥읍에 은행이 처음 생긴 것이라고 했다. 나는 내가 맡을 업무를 파악하며 일주일을 보냈다. 출장소장의 소개를 받아 중심가에서 자전거를 타고 약 10분쯤 되는 거리에 있는 농가에 방도 하나 얻었다. 쉰둘이라고 자신의 나이를 밝힌, 나이보다 훨씬 늙어 보이는 주인집 여자는 지금은 군대에 가 있는 막내아들이 쓰던 방이라며 군데군데 창호지에 구멍이 뚫린 문간방을 치워주었다. 내가 하숙을 정한 그 집은 이 고장을 둥글게 둘러싸고 있는 산 아래 위치해 있었는데, 나중에 알게 된 바에 따르면 그 산의 이름이 청관산이라는 것이었다. 그러니까 나는 청관산에 오르기 위해서는 반드시 거치지 않으면 안 되는 초입에 거처를 정한 것이고, 청관산다방은 그 상호에서 알 수 있듯이, 하숙집에서 시가지로 나가자면 맨 처음 만나게 되는 다방이었다.

아는 사람이 함께 근무하는 은행 직원 세 명 말고 더 있을 턱이 없는 나에게는 퇴근 후의 길고 지루한 시간을 처치할 마땅한 공간이 필요했다. 더구나 도망치듯 서울을 떠나왔지만 마음속이 늘 뒤숭숭하고 편안하지 않았다. 썰렁하기가 그지없는 그 하숙방의 촉광

낮은 백열전등 아래로 초저녁부터 기어들어간다는 것이 죽기만큼 싫었다. 그런 내게 청관산다방이 그런대로 괜찮은 자리가 되어주었다고 해야 할지.

다방의 상호가 이 고장을 거인처럼 굽어보고 있는 청관산에서 따온 것임을 알게 된 것은 그 다방에 두번째 간 날 저녁이었다. 인근 도시에서 고등학교를 다니다가 말하기 거북한 집안 사정 때문에 가출해서 떠돌기 시작한 지 올해로 4년째라고, 묻지도 않은 자기소개를 친절하게 한, 이 다방의 유일한 종업원인 미스 지(그녀는, 물론 가짜 성이라고, 역시 묻지도 않은 고백을 했다)는 커피를 한 잔 얻어 마신 값을 그런 식으로 갚겠다는 작정인지 연신 입을 놀려댔다.

"아저씨, 새로 생긴 은행에 다니죠?"

탁자에 커피 잔을 내려놓으며, 너무나 자연스럽게 옆자리를 채워 앉으며 그녀는 처음에 그렇게 말을 시작했었다.

"어떻게 알아?"

"어떻게 모를 수가 있어요? 동네가 코딱지만 해서 낯선 사람이 나타나면 금세 표가 나요. 어저께 밤에 처음 우리 집에 왔죠? 이맘때 들어왔다가 느지막하게 나갔죠? 가족이 없나 보네요. 저녁 시간을 우리 집에서 보내는 걸 보니. 그렇죠?"

그녀는 흡사 껌이라도 씹듯 경쾌하게 말했다. 그 때문에 나는 혹시 그녀의 입에서 껌이 튀어나오면 어쩌나 공연히 걱정스러울 지경이었다.

"미스 지예요. 물론 가명이죠. 여기 길흥에서 이 짓 한 지 두 해째구요. 여기 오기 전에는 목포에 있었어요. 사실은 며칠 전에 은행에 돈 바꾸러 갔다가 아저씨를 봤어요. 아저씨가 직접 천 원짜리 지폐하고 백 원짜리 동전을 건네줬는데, 기억 안 나죠?"

이 다방의 하나밖에 없는 종업원이 나를 상대로 잡담을 늘어놓아도 괜찮을 정도로 손님이 없었다. 그녀는 질문해놓고는 대답도 듣지 않고 곧바로 다른 질문을 꺼내고, 묻지도 않은 이런저런 이야기들을 두서없이 내놓았다. 마치 말을 하고 싶어 안달이 난 여자 같았다. 할 말은 많은데 입속의 혀가 걸리적거린다는 투였다. 나는 속없는 다방 여자와 마주 앉아 실없는 농지거리나 지껄이고 있을 기분이 아니었지만, 그 당장은 그녀로부터 벗어날 가망이 거의 없어 보였으므로 내버려두었다. 적어도 새로운 손님이 문을 열고 들어오기까지는 꼼짝없이 여자의 수다를 감당해야 한다는 걸 어렵지 않게 눈치챘다.

나는, 혼자 있기를 바라는 심사가 옳게 전달되기를 희망하면서, 창틀이 빡빡해서 잘 열리지 않는 창문을 억지로 열고 밖을 내다봤다. 찬바람이 휘파람을 불며 들어왔고, 행인이 별로 눈에 띄지 않는 밤거리는 한없이 쓸쓸해 보였다.

"저 뒤에 있는 산이 청관산인데요, 보기보단 썩 괜찮은 산이더라구요. 이쪽 학교들마다 중학교고 초등학교고 간에 하나같이 교가에 '청관산 정기 받아' 어쩌구 하는 가사가 들어 있는 거야 상투적으로 갖다 붙인 거겠지만, 한번 올라가볼 만한 산이긴 하더라는 얘기죠. ……그건 그렇고, 아저씬 어째서 이 촌구석으로 오게 됐어요?"

나는 왜 이 촌구석으로 오게 되었을까. 서울에서의 나의 삶은 엉망이었다. 나는 몹시 지쳐 있었고, 매일매일이 초조와 긴장과 울화의 연속이었다. 습관적인 두통과 극심한 변비, 그리고 만성적인 우울증이 나를 괴롭혔다. 그러나 그것이 이유가 될까?

"이 아저씨, 벙어리 흉내는…… 어째서 여기까지 내려오게 되었느냐니깐……"

"도망쳤어."

나는 불쑥 그렇게 내뱉고 말았다. 어쩌면 그 말이 진실일지 모른다는 생각이 들었다.

"도망요? 누구한테서요?"

"아버지."

이런. 이 생판 모르는 다방 여종업원에게 내가 지금 무슨 말을 지껄이고 있는 것인가. 겉으로 내보이는 포즈와는 달리 나는 지금 외로운 것일까. 그래서? 그녀는 깔깔대며 웃었다.

"아버지요? 내 가출 동기랑 비슷할 것 같네요. 나도 사실은 복잡한 우리 집 꼬락서니가 보기 싫어서 무작정 집을 뛰쳐나왔거든요. 새로 들어온 계모가, 세상에, 나보다 열 살도 더 안 먹은 거 있죠."

미스 지는 뭐가 재미있는지 금방이라도 숨이 넘어갈 것처럼 웃어댔다. 나는 그녀의 웃음 속에서 알 수 없는 공허와 공연한 허세 같은 걸 감지했다.

그때 마침 늙수그레한 사내들 몇 명이 다방 안으로 들어왔기 때문에 그녀의 수다와 요란한 웃음소리로부터 벗어날 수 있었다.

"왓따, 우리 미스 지양, 그동안 훨씬 더 이뻐져부렀네. 오동통하게 살도 오르고……"

"이 노인네는 언제 나잇값을 할라나. 어제 보고 오늘 봄서 뭔 입에 발린 소리를. 그란다고 손목이나 한번 잽혀줄 줄 아는감. 안 그라냐, 미스 지야."

"주인 마담은 서방이 왔으먼 싸게싸게 나와봐야제. 어째서 주방에 틀어박혀 코빼기도 안 뵈는 것이다냐."

투박한 사투리들이 착 가라앉아 있던 청관산다방의 공기를 금세 푸드덕거리게 만들었다. 청관산다방은 그런 곳이었다.

근처 다른 다방을 뒤져보지 않은 것은 아니었다. 그러나 미스 지의 수다와 썰렁하고 어둑신한 실내 분위기에도 불구하고, 아니 오히려 그것들 때문에 청관산다방은 내 맘에 들었다. 무엇보다도 미스 지의 아량만 받아내고 나면, 몇 시간이든 눈치보는 일 없이 버틸 수 있다는 게 큰 장점이었다. 그런 이유로 나는 거의 매일 저녁 적당히 어두운 이 다방의 한쪽 귀퉁이를 차지하고 조는 듯 앉아서, 엉망으로 뒤집혀진 속을 정리하거나 또는 더 어지럽히면서, 더 자주는 실제로 잠 속으로 빠져들기도 하며 시간을 보냈던 것이다.

아저씨는 어째서 이 촌구석으로 오게 됐어요? 하고 저 아가씨는 물었다. 나는 왜 서울을 떠나 이 촌구석까지 오게 되었을까. 왜 이 촌구석에 내려와 허름한 시계방 건물의 2층 다방에 웅크리고 앉아 궁상을 떨고 있는 것일까.

길흥이라는, 들어본 적도 없는 외진 곳에 출장소가 생긴다는 소식이 사내에 돌자 나는 망설이지 않고 전출을 요구했다. 동료들은 연고지도 아닌 터에 귀양살이나 다름없는 길흥 출장소를 자원하는 게 무슨 짓이냐고 말렸지만 나는 흔들리지 않았다. 서울에 더 있을 자신을 잃어가던 무렵이었다. 서울에 대한, 아니, 서울이 아니라, 내가 붙들려 있는 참담한 현실에 대한 역겨움으로 늘 속이 뒤집힐 것 같은 세월이었다. 진통제와 변비약을 상용(常用)해야 했다. 나는 간절히 서울을 떠나고 싶어 했다. 나중에 어떻게 되든 일단 현실로부터 나를 분리시키고 싶었다. 그렇다. 말의 뜻 그대로 나는 도망쳤다. 나는 더 이상 나의 아버지와 함께 살 자신이 생기지 않았다. 내게는 명분이 있다. 구차하고 치사한 자기변명에 불과한 명분일지라도. 아니, 명분이란 것이 모두 자기변명의 혐의로부터 자유로울 수 없는 것 아닌가.

아버지는 나를 옭아매는 족쇄이고, 나의 가장 더러운 환부라고 나는 생각했다. 나는 족쇄를 풀어버려야 했고, 환부를 도려내어버려야 했다. 그 일을 위해서라면, 지옥에 뛰어드는 일이 아니라면 어떤 일이든 할 수 있을 것 같았다. 지도를 보고 위치를 확인했을 정도로 생소하기만 한 이곳 길흥으로 숨어든 것쯤은 아무것도 아니다. 아버지라는 족쇄로부터 풀려날 수만 있다면, 나의 삶에서 아버지라는 환부를 도려낼 수만 있다면 나는 그보다 더한 일도 마다하지 않았을 것이다.

아무리 그래도 근무지를 옮기는 결정이 너무 경솔하게, 그러니까 즉흥적으로 내려진 것이 아닌가, 의문을 제기하며 재고할 것을 요구한 사람은 어머니였다. 간단한 옷가지를 가방 속에 챙겨 넣으면서 나는 내가 생각해도 이상할 만치 냉담해져서 아무 말도 하지 않았다. 그날도 아버지는 옆방에서 짐승처럼 소리를 질러댔다. 나는 가슴속에서 치밀어 오르는 울화와 한쪽 머리가 빠개질 것 같은 두통을 힘들게 참아야 했다.

"죽으러 가는 게 아녜요, 어머니. 살려고 가는 거예요. 그만 들어가세요."

그렇게 무뚝뚝하게 말하고 택시에 오를 때, 나는 여전히 머리가 아팠고, 기분은 엉킨 실타래처럼 혼란스러웠다.

"꼭 그래야 하니?"

무거운 짐짝이나 다를 바 없는 아버지에게 시달리며 반평생을 살아낸 표식으로 얼굴에 깊은 비애가 각인된 불쌍한 어머니는 어떻게 해서든 내 결심을 흔들려고 했다. 그런 어머니에게 나는 한층 짜증이 났다. 아니면, 약해지려는 마음의 끈을 독하게 단속하려 애쓰고 있었는지 모른다. 나는 이를 악물며 소리질렀다.
"정말 지긋지긋해요."
지긋지긋한 아버지.
한때 아버지는 장래가 촉망되는 고시생이었다. 적어도 혀를 끌끌 차거나 한숨을 짓지 않고는 한 번도 그 시절을 회고한 적이 없는 집안 어른들이나 어머니의 증언에 의하면 그랬다. 그들은 자주 아버지에 대해서인지, 그 아버지의 잘못 태어난 하나밖에 없는 아들인 나에 대해서인지, 아니면 두 사람 모두에 대해서인지 분명하지 않은 측은지심을 경솔하게 드러내곤 했다. 참말로 인물이었는데…… 자네 아버지가 너무 똑똑하니까 하늘이 시샘한 것이여, 쯧쯧…… 그 아까운 천재가 그렇게 몹쓸 지경에 빠져버릴 줄 누가 알았겠나…… 자네 아버지만 잘 되었어도 우리 집안이 요 모양으로 주저앉지는 않았을 텐데, 참말 안됐어…… 내 등을 토닥이거나 내 손을 붙잡고 그렇게 아쉬움을 털어놓을 때, 그들은 하나같이 고개를 주억거리며 목소리를 죽였고, 심지어 몰아쉬는 한숨 끝에 눈물을 찔끔거리기까지 했다. 그러나 내 기억의 어느 페이지에도 아버지는 그처럼 전도유망한 고시생의 얼굴을 하고 있지 않다. 가장 오래된 내 기억의 갈피 속에는 왕조 시대의 죄수들에게나 채워졌음직한 무겁고 굵은 나무 기둥을 양쪽 발목에 하나씩 차고 어둠침침한 골방에 갇혀 있는, 앙상하게 마르고 얼굴 전체가 온통 수염투성이인 한 남자가 네거필름처럼 침울하게 박혀 있을 뿐이다. 그 문 앞에 손가락을 입에 넣은 어린 소년이 금방이라도 울음을 터뜨릴 것 같은 표정을 하고 서 있다. 그 어린 소년 역시 네거필름이다.

되풀이되는 병원과 요양원 출입…… 고향을 떠나 화장품 장사와 보험 외판원을 전전하면서도 어머니는 그 무겁고 거추장스러운 짐을 한 번도 부리려 하지 않았다. 반복되는 아버지의 폭력과 발작 앞에서 어머니는 팔자와 운명만을 곱씹었을 것이다. 완고한 집안 어른들 가운데 실제로 어머니의 박복을 탓하는 목소리를 내는 사람도 있었다. 그처럼 터무니없는 매도가 그녀를 더욱 침울한 숙명주의자로 만들었을 거라고 나는 믿고 있다.

공부밖에 모르는 놈한테 장가들라고 한 게 애초 잘못이었어. 고시 패스하고 해도 넉넉할 텐데 그렇게 서둘러 가지고 여자를 알게 할 게 뭐람. 아, 그 며느리 집안 쪽에서 이 좋은 혼반(婚班)을 안 놓치려고 야단 아니었어. 이런 시골구석에서 논 몇 마지기 더 짓는다고 행세하는 그깟 집안이 명함이나 내밀 수 있겠어. 하여간에 앞길 창창하던 사내 신세, 여자 잘못 만나서…… 그 갑작스런 결혼이 며느리 집안의 요구에 의해서가 아니라, 실은 막내아들의 '새애기'를 보고서 눈을 감겠다는 병상 노모의 소원 때문에 서둘러 이루어진 것임을 그들은 인정하려 하지 않았다. 굳이 말하면, 그들의 그런 수군거림에 근거를 제공할 나름대로의 단서가 없는 건 아니었다. 무엇보다 '남자'의 증상이 고시 공부를 하고 있던 산사에서 데려와 결혼식을 올린 지 얼마 되지 않아서 갑자기 나타나기 시작했고, 또 그 증상이라고 하는 것이 '여자'를 향한 도가 넘는 의처증이었던 것이다. 잠깐이라도 눈에 보이지 않으면 불같은 질투심으로 눈알을 부라렸고(어머니는 언젠가, 그 눈에서 살기 같은 걸 보았노라고 했다), 곁에 있으면 무작정 폭력을 휘둘러댔다. 이러지도 저러지도 못하는 곤궁에 빠진 그의 '여자'는 점차 체념과 숙명을 익혀갔을 것이다. 아버지는 버겁고, 그러면서도 부려버릴 수 없는 어머니의 짐이었다. 그리고 그는 또한 나의 짐이 되었다. 어머니는 잦은 발작과 난폭한 폭력에도 불구하고 자신의 삶을 묶고 있는 그 짐을 떨쳐내려 하지 않았지만, 할 수 없지만, 나는 다르다. 나는 할 수 있다. 족쇄는 풀어 헤칠 것이고, 환부는 도려낼 것이며, 짐은 부려버릴 것이다.

2

오늘 아침도 그 고함 소리가 나를 깨웠다. 새벽마다 뭐라고 정확하게 표기하기 곤란한 그 섬뜩한 고함 소리는 메아리를 거느리고 내 잠든 하숙방 창문을 넘어 들어왔다. 처음에는 주의를 기울이지 않았다. 아마도 내가 하숙을 정하기 훨씬 전부터 새벽 공기를 오염시키고 있었을 그 소리에서 내가 심상치 않은 기운을 감지하게 된 것은 새벽마다 단 한 번도 거르지 않는 그 규칙성과 함께 그 소리가 들릴 때 함께 전해지는, 이루 형언하기 힘든 기묘한 기분 때문이었다. 엄청나게 큰 소리라고 할 수는 없었지만, 그 목소리에는 신체의 자잘한 터럭들을 일으켜 세우는 섬뜩함과 전율이 감춰져 있었다. 적어도 부지런한 등산객이 산에 올라 목청을 가다듬는 소리로는 생각되지 않았다. 하긴 미스 지가 전해준 대로 청관산 중턱에는 배드민턴 코트를 비롯한 운동 시설이 갖춰져 있고, 또 주변에 약수터도 있다고 하니 아침 운동을 하려고 올라간 사람들 중에 누군가 차갑고 신선한 아침 공기에다 자신의 존재를 서명하고 싶은 욕구를 느끼지 말란 법은 없었다. 그러나 아침 운동을 나온 사람의 서명이라고 하기에는, 그 고함 소리의 예사롭지 않은 간절함 말고도 그 시간이 너무 일렀다. 아무리 부지런하다고 해도, 운동을 하려고 매일 새벽마다 어둠을 뚫고 산을 오르지는 않을 것이다.

한번 깨고 나면 다시 잠들기가 쉽지 않았으므로 나는 번번이 애꿎은 담배를 태워 없애며 새벽 시간을 보냈다. 내가 어둠 속에서 더듬거리며 담배를 찾아 피우는 동안 발음이 불분명한 그 외침은 계속 이어졌다. 담배 연기에 얼굴을 찡그리면서, 정체를 알 수 없는 그 소리에 형태를 부여하려고 애썼지만, 허사였다. 우선은 내용을 파악하기에 그 소리가 너무 작았다. 아침마다 나를 깨운 것은, 그 소리의 크기나 세기가 아니라 그 소리가 거느리고 있는, 어떤 간절함과 섬뜩함의 색깔이었던 것이다.

"글쎄, 잘 모르겠구먼. 머시냐, 아침 일찍 산에 댕기는 사람이 솔찮이 많응께……"

하숙집 주인의 대답은 신통치 않았다.

나는 그 소리의 정체를 알아내기 위해 새벽 산행을 결심하기도 했다. 담배 연기를 후후 불면서 나는 청관산에 올라가봐야지, 다짐하곤 했다. 그러나 다짐은 실천으로 연결되지 않았다. 그 시간이 지나고 나면, 나는 어둠 속에서의 다짐을 거짓말같이 망각해버렸다. 새벽 어둠 속에서는 그렇게 선명하던 다짐이 빛 가운데로 나가자마자 스르르 형체도 없이 사라져버렸다. 더구나 최근 들어서는 일종의 면역 같은 것이 생겨났는지 고함 소리에도 방해받지 않고 계속 자는가 하면, 일단 눈을 떴다가 곧 잠 속으로 빠져들기도 했다.

그런데, 그 수상쩍은 새벽녘의 고함 소리에 접근할 수 있는 기회를, 이 낯선 길흥에 온 지 3주일 되는 토요일 오후에 우연히 만났다.

그날, 토요일 업무를 끝낸 나는 터미널 안의 상점에서 신문 한 장을 사 들고 어슬렁거리다가 어김없이 청관산다방의 철판으로 만들어진 계단을 딛고 올라갔다. 계단은 발걸음을 내디딜 때마다 위태롭게 흔들렸기 때문에 군데군데 녹이 슨 난간을 손으로 붙잡고 올라가야 했다.

다방 안은 남자 손님들이 창가 쪽에 두 자리 정도 차지하고 앉아 있을 뿐 한가했다. 한 테이블에는 작업복 차림의 사내 둘이서 마주 앉아 농담을 주고받으며 TV를 보고 있었고, 다른 테이블에는 그 두 명의 사내들에 비해 나이가 들어 보이고 옷차림도 제법 깔끔한 남자가 자리 잡고 있었는데, 미스 지는 그 남자 앞에 몸을 잔뜩 굽히고 앉아 수다를 떨고 있다가 문 열리는 소리가 나자 고개를 돌려 "어서 오세요, 아저씨" 하고 아는 체를 했다. 주인 마담도 카운터에서 눈인사를 건네 왔다. 나는 버릇대로 실내를 한 바퀴 빙 둘러본 뒤 이 다방에 처음 왔을 때부터 늘 앉는 바람에 지정석이 되다시피 한 귀퉁이 창가로 걸어가 앉았다. 언젠가 여주인은, 그 자리는 앉으려고 하는 사람이 없긴 하지만, 누가 앉으려고 해도 곧 손님이 올 거라고 하며 비워놓고 있노라고, 마치 선심이라도 쓰듯 말했었다.

나는 자리에 앉자마자 신문부터 펴 들었다. 세상으로부터 벗어나겠다는 심사에 내몰려 도망치듯 서울을 떠나왔으면서 세상이 어떻게 돌아가는지 그 꼬락서니를 여전히 궁금해하는 자신이 한심했다.

신문이나 라디오를 통해 접하는 뉴스들이 구체적인 현실감을 가지고 전달되지 않는 점도 이상하다면 이상한 일이었다. 하긴 그런 비현실감이 세상에 대한 궁금증을 더 부채질하는 것 같긴 했다.

어머니는 몇 차례 전화를 걸어왔다. 어머니는 내가 떠나온 세상에서 일어나고 있는 살아 있는 소식을 전하려는 유일한 목소리였지만, 그 목소리를 들을 때마다 복받치는 연민이나 안쓰러움을 숨긴 채 부러 거칠고 짜증스럽게 대하게 되는 사정을 이해하기 어렵다. 오랫동안 영혼 깊은 곳에 뜨겁고 질긴, 자기만의 한을 숨기고 살아온 여자에게서 느껴지는 어머니의 그 비감하고 쓸쓸한 목소리는, 아무렇지 않게 들어 넘길 수 있는 처지가 아닌 나 같은 사람을 주눅들게 만들고, 그래서 나는 그 목소리를 거북해하는지 모르겠다. 더구나 어머니가 그 목소리로 "네 아버지도 불쌍한 사람이다"라든지, 그 비슷한 말을 꺼내면 갑자기 속이 뒤틀리면서 울화가 치밀어 올라 그만 전화기를 내려놓고 싶어져버리는 것이다. 나는 그분이 견뎌야 했던 부박한 세월에 대한 안쓰러움과 그분이 내게 전염시키려고 하는 패배주의 또는 숙명주의에 대한 거부감 사이에서 흔들린다. 그런 점에서 어머니는 나 같은 아들에게는 모순 덩어리다. 때로 나는 거칠게 화를 내고, 어머니에게 화를 낸 자신이 너무 미워서 견딜 수 없는 심정이 되곤 한다.

신문 만화는 아라비아 숫자 5와 6 사이에서 아슬아슬하게 줄타기를 하고 있는 대통령을 희화하고 있었다. 세상 소식에서 전혀 현실감을 느끼지 못하는 기분은 가령 이런 유의 시사만화를 볼 때도 마찬가지였다. 먼 나라 이야기인 것처럼 피부에 와 닿지 않았다. 피부에 와 닿지 않는 비현실적인 뉴스는 얼마든지 더 있었다. 울산에서는 공권력의 묵시적인 동의 아래 노조원에 대한 테러가 이루어졌고, 서울의 어느 아파트에서는 한차례 강도짓을 한 범인들이 사건 담당 형사라고 속이고 다시 침입했으며, 수중발레를 하는 한 여대생은 이뇨제를 다량으로 장기간 복용한 끝에 목숨을 잃었다. 나는 그런 소식들이 담긴 활자들을 건성으로 훑어 읽었다.

"뭘 드실 거예요, 손님."

미스 지는 이렇게 묻지 않는다. 자리에 앉으면 별다른 주문을 받지 않고, 물어보지도 않고 커피를 내온다.

나는 고개를 들어 내 앞에 서 있는 낯선 여자를 확인했다. 새로 온 종업원으로 보이는 그 여자는 미스 지 나이쯤 되어 보였는데, 어쩐 일인지 입가에 장난기 같은 걸 밥풀처럼 붙이고 서 있었다.

"그 아저씬 커피야. 거기 한참 그러고 앉아 있을 테니까 천천히 내줘도 좋고."

미스 지가 이쪽으로 고개를 돌려 소리 질렀다. 그녀의 표정에도 또 심술궂은 웃음기가 어려 있어서 나를 어리둥절하게 만들었다. 미스 지가 다시 그 여자를 향해 소리 질렀다.

"미스 윤, 자세 나오는데. 아주 청관산다방에 취직하지. 생각 없어?"

마침내 그녀는 내 자리로 뽀르르 건너왔다.

"누군지 모르죠? 첨 보죠? 어때요? 예뻐요?"

"다방에 새로 들어온 아가씨가 아닌가?"

나는 내게로 집중되는 시선을 의식하며 건성으로 되물었다.

"얘, 미스 윤아, 널더러 천관산다방 레지하란다. 얼른 커피 세 잔 내와봐라."

이 여자는 늘 제멋대로이다. 제멋대로 제 몫의 커피까지 가져와서는, 손님이 자기 커피값을 내주지 않으면 자기가 지불할 거라고 당당하게 말한다. 늘 그 모양이다. 도대체 말릴 수가 없다.

"저 애가 누구냐 하면요…… 혹시 청관산에 올라가봤어요?"

"아니."

"여태 안 가봤어요? 새벽 운동도 안 해요, 아저씨는? 이렇게 되면 얘기하기가 어려워지는데…… 그럼 산속으로 뚫린 시멘트 포장길에 대해서도 모르겠네요. 그 길이 끝나는 곳에 지어진 별장에 대해서도요."

나는 신문을 접었다.

"그러면……"

어떤, 예상치 않은 단서 같은 것이 머릿속에서 푸드득거리며 깨어나는 것 같았다. 새벽마다 들리던 고함 소리. 한번 올라가서 확인해보겠노라고 벼르기만 해온 나의 게으름이 상기되었다. 특별히 할 일이 없는 토요일 오후야말로 그 다짐을 실현하기에 적기라고 할 만했다. 산속에 별장이 있다고? 나는, 아마도 처음으로 미스 지의 말에 주목했다. 그러나 그냥 가만히 앉아 있기만 하면 된다. 언제나처럼 미스 지는 수다를 늘어놓을 것이고, 그녀는 자기가 모르는 것을 일부러 만들어내지는 않지만, 자기가 아는 내용을 남기려고 하지도 않을 것이다.

"미스 윤은 그 집에서 살아요. 물론 주인은 아니고요. 거기서 일해요. 장을 보러 온다든지, 마을에 일이 있어 내려올 때면 우리 집에 들르곤 해요. 생각해봐요. 젊은 아가씨가 그 산속에서 살자면 얼마나 적적하고 심심하고 죽을 맛이겠는지. 머리 깎고 나선 비구니도 아닌데, 돈 좀 많이 받는다고 그게 어디 할 짓이래요? 나 같으면 하루도 못 붙어 있을 거야."

"그렇겠지. 미스 지야 수다 늘어놓을 상대가 없으면 그 입이 먼저 발작을 일으킬 테니까."

미스 지에 의해 미스 윤이라고 소개된 그 낯선 여자가 커피를 내려놓으면서 눈을 흘겼다. 그녀의 양 귓불에 매달린 둥근 모양의 귀걸이가 풍경처럼 앞뒤로 흔들렸다. 딸랑딸랑 방울 소리라도 들려올 것만 같았다. 청관산다방의 종업원이 아니면서 차 심부름을 할 정도라면, 오고가며 어쩌다가 한 번씩 들르는 손님은 아닐 거라고 나는 얼른 머릿속에다 메모했다.

"미스 윤, 이 아저씨 모르지? 중앙슈퍼마켓 옆자리에 새로 생긴 은행 알지? 거기 근무한다는 것 말고는 아무것도 알 수 없는 비밀에 싸인 남자야. 혼자서 하숙을 하는데 결혼은 했는지, 처자식이 있는지도 모르겠고…… 속 얼굴을 통 보여주지 않는 수상무쌍한 우리 집 단골이야."

"그만해둬, 미스 지. 그보다 아가씨가 일하고 있다는 그 별장 이야기를 듣고 싶은데. 정말로 산속에 집이 있긴 있나부지? 누가 사는데?"

"이 아저씨가 내 말을 뭘로 아는 거예요? 내 입이 좀 자발이 없긴 해도 거짓말은 안 한다구요."

"그래서 하는 얘긴데, 그러니까 새벽녘에 곤한 잠을 깨우는 그 끔찍한 고함 소리가 거기서 나는 거란 말이지?"

나는, 마침내 숙제를 푸는 기분으로 가슴 한구석에 앙금처럼 고여 있던 의문을 끄집어냈다.

"아저씨 사는 데가 어딘데 그 소리가 들려요?"

"바로 그 산 밑에서 하숙을 하고 있거든. 그 사람이 누구지? 누가 그렇게 새벽마다 난리를 치지?"

나는 결정적인 힌트를 찾아낸 것 같은 기분이 들었다. 거기다가 흥미를 더욱 자극한 것은 미스 지의 참견이었다.

"맞았어요. 말 그대로 난리 발작이에요. 그 집엔 저승사자 같은 노인이 한 명 살고 있거든요. 그 노인 혼자요. 미스 윤에게 내가 감탄하는 게 괜히 그러는 줄 알아요? 글쎄, 그 산속에서 반쯤은 이 세상 사람이 아닌 노인하고 단둘이서…… 끔찍해라."

그 상황을 상상이라도 한 듯 미스 지는 눈살을 잔뜩 찌푸리며 어깨를 움츠리고 몸을 떨었다. 그 말을 들어서 그런지 고개를 숙이고 있는 여자에게서 언뜻 섬뜩한 한기 같은 게 전해 왔다.

그때 마침 검고 투박한 점퍼 차림의 중년 사내가 다방 문을 밀고 들어섰기 때문에, 미스 지는 움츠렸던 어깨를 펴면서 두어 차례 고개를 세차게 흔들고 자리에서 일어났다.

"이제 그만 가봐야겠어요."

여자도 덩달아 일어나려 했다.

"아, 저, 잠깐만 더 얘길 했으면 하는데……"

나는 그 여자를 조금 더 붙잡아두고 싶었다. 핵심에 접근하지 못한 채 대화를 끝맺음하는 게 못내 아쉬웠던 것이다. 물론 미스 지와는 대조적으로 꼭 다물고 있는 그 여자의 입술이 무언가, 그럴듯한 이야기를 숨기고 있으리라고 단정하는 것이 섣부른 일이긴 했다. 그러나 나는 이곳 길흥에 온 지 3주가 지나도록 아무 데서도 흥미를 느끼지 못하고 있었다. 아무 데에도 흥미를 주지 못하게 헝클어진 내 마음이 가장 큰 문제이긴 했지만, 흥미로운 사건이라고 할 만한 게 생기지 않은 것도 사실이었다. 신문을 펴거나 라디오를 틀면 이곳저곳에서 이런 저런 사건이 일어나고 있었지만, 그것들은 힘겹게 해독한 외국 시사 잡지의 사건 기사들만큼이나 비현실적이었다. 사건이 없었으므로, 진정한 의미에서 내게는 생활이 없었다. 나는 공중에 떠 있었다. 도대체 무게를 느낄 수 없는 껍데기인 채로 나는 부유해 다니는 듯했다. 간절한 소망에도 불구하고 나를 끌어당길 튼튼한 중력을 나는 아무 데서도 발견하지 못했다. 그렇다고 해서 내가 이 낯설고 기묘한 분위기의 여자로부터, 그리고 그 여자가 관련되어 있을 어떤 '사건'으로부터 그 '중력'을 찾으려 한다는 말은 아니다. 다만 낯선 땅 길흉에서의 내 무덤덤한 존재를 자극할 어떤 사건을 예감하기에 이르렀으며, 바로 그 사건에 걸려들려는 내 마음의 동요를 의미있는 하나의 조짐으로 받아들이고 싶어 한다는 사실을 진술하려는 것뿐이다. 이렇게 말하면 안 될까—나는 일상의 무게를 원하고 있었다고. 참된 의미에서 삶을 원하고 있었던 것이라고.

"안 돼요. 어두워지기 전에 돌아가야 해요. 시장을 보러 나왔거든요."

그녀가 뿌리치고 일어섰다.

"그렇다면……"

나도 서둘러 자리를 버리고 일어서며 말했다.

"제가 바래다드리겠습니다. 저랑 방향이 같으니까요."

여자는 아무 말도 하지 않았다.

3

그 여자의 이름은 윤미선이었다. 나이는 25세. 물론 어디까지나 그녀의 입에서 나온 것이므로 의심의 여지가 없는 것은 아니지만, 그런 건 아무래도 상관없는 일이다. 고향은 동해의 어촌인데, 서울에 올라와 친척집에 있으면서 한동안 파출부 일을 했다. 그만한 나이의 대부분의 시골 딸들이 그러하듯 대부분의 수입은 가난한 고향 집 생활비와 남동생의 학비에 충당되었다.

"돈이란 게 참 미꾸라지처럼 미끌미끌한데요. 좀 생겼나 싶으면 금방 빠져나가버리고, 도무지 손에 모이지 않아요. 그런데 어느 날, 어떤 으리으리한 집에 일을 하러 갔다가 뜻밖의 제안을 받았어요."

노인 혼자 사는 집인데 기거하면서 살림을 맡아 할 수 있겠느냐는 제안이었다. 그 제안이 뜻밖인 것은, 그 집 주인 여자가 대가로 제시하는 금액이 엄청났기 때문이었다. 당연히 그녀는 왜 그렇게 많으냐고 물었다. 여자는 서울이 아니라 시골이기 때문이라고 대답했다. 시골에 있는 별장에서 노인이 휴양 중이라고 했다. 따라서 한 번 거기로 가면 느긋하게 오래 있어야 한다는 것이었다. 망설임이 없지는 않았지만, 그녀는 그쪽에서 제시하는 그 큰돈을 거절할 형편이 아니었다. 적어도 그때는 그랬다. 이것이 그녀가 이곳 별장에 와서 일을 하게 된 내력이었다. 그녀는 벌써 1년이 다 되어간다고 덧붙였다.

나는 회사를 오갈 때 통근용으로 사용하는 자전거 뒷자리에 그녀의 장바구니를 싣고 보조를 맞추어 끌고 갔다. 장바구니에서는 생선 비린내가 났다. 나는 노인이 생선을 좋아하느냐고 물었는데, 그녀의 대답은 엉뚱했다.

"아녜요. 생선은 고양이 몫이에요. 노인의 유일한 친구지요. 하루종일 그 기분 나쁘게 생긴 새까만 고양이만 껴안고 살아요. 그놈을 상대로 뭐라고 말도 하고요."

나는 노인에 대해 묻지 않을 수 없었다. 정황으로 보아 내 깊은 잠 속으로 불쑥 손을 집어넣는 그 악몽 같은 목소리의 주인은 그 노인이 틀림없어 보였다.

그녀가 입을 여는 데는 약간의 머뭇거림이 필요했다. 그러나 나는 정중하게, 그러나 거절하지 못할 집요함을 가지고 말을 시켰고, 두 사람이 보조를 맞추어 걸어야 할 길은 결코 짧지 않았다.

"아까 낮에 은행에 갔어요. 통장을 하나 만들려구요. 그동안 은행이 없어서 불편했는데 참 잘되었어요. 아까 거기서 아저씰 본 것 같아요" 하고 그녀가 수줍게 웃으며, 이미 우리가 구면임을 알려 왔을 때, 나는 여자의 다소간의 머뭇거림이 사실을 은폐하기 위한 의도에서가 아니라 낯선 사람과 말하는 것을 꺼리는 일종의 낯가림에서 비롯한 것임을 깨달았고, 그 깨달음은 내게 용기를 주었다.

"그 노인이 누굽니까? 그 노인이 왜 저 산속에서……"

"내게 거액을 약속한 사모님의 시아버지예요. 그 사모님의 표현을 빌리면 노인은 지금 휴양 중이구요. 그 사람 아들이 누군지 알면 아마 깜짝 놀랄 거예요. 그 사모님의 남편 말이에요."

"내가 알 만한 사람이란 말입니까?"

나는 그렇게 물었다. 그리고 그녀가 "그럼요, 나도 그 사람들과 인연을 맺기 전부터 그 이름 정도는 들어 알고 있었는데요" 하면서 그 남자의 이름을 밝혔을 때, 나는 그녀가 내게 농담을 하고 있는 것으로 받아들였다. 나는 불신의 표시로 입술을 비틀어 픽 웃어 보이기까지 했다. 내가 믿기지 않는다는 의사를 드러내자 그녀는 그럴 줄 알았다는 듯한 표정으로 "정말이에요. 알 만한 사람은 다 알고 있는 걸요" 하고 정색을 했다. 그 표정이 너무나 진지해서 계속 의심할 수가 없었다.

"그 사실을 사람들이…… 알고 있단 말입니까?"

나는 겨우 그렇게 물었을 뿐이었다.

위하식. 이 나라에서 그 사람을 모르는 사람이 있겠는가. 그 사람 이름에 후광처럼 둘러쳐진 그 대단한 권력을 어떻게 모를 수 있겠는가. 이 좁은 땅덩어리에서 행세깨나 하는 위인들의 목록을 작성하는 일은 그렇게 어려운 일이 아니다. 그들은 늘 뉴스 카메라의 초점이 되고, 세상의 향배에 대한 자신의 식견을 과시하기 좋아하는 사내들 사이에서 여러 가지 얼굴을 하고 떠돌아다니기 마련이었다. 위하식이라는 이름은, 바로 그런 작자들의 술자리에 거의 항상 등장했다. 대통령 선거 열기가 전국을 달구던 지난해 말부터 그의 이름은 한 여당 후보의 핵심 선거 참모로서 사람들의 입에 자주 오르내렸다.

그런데, 새벽마다 그 기이한 목소리로 남의 잠이나 방해하는 저 산속의 노인이 그자의 아버지란 말인가. 그자의 아버지가 어째서 이 육지의 맨 끝이나 다를 바 없는 오지에까지 내려와 애꿎은 남의 새벽잠을 악몽으로 바꾸고 있단 말인가. 의문은 점점 구체적인 형태를 갖춰갔다.

"아저씨 사는 데가 어딘데요? 지나치지 않았어요?"

청관산으로 들어서는 입구에 있는 작은 마을을 지나면서 여자가 물었다.
"별장은…… 앞으로도 많이 가야 하나요?"
물론 내가 하숙을 하고 있는 집은 이미 지나 있었다. 나는 의도적으로 그녀의 질문을 무시했다.
"아뇨. 걸어가면 한 십 분쯤? 이제 다 왔어요."
"그렇게 먼 길을 걸어 다닌단 말예요?"
"어떨 땐 택시를 타기도 해요. 집 앞까지 길이 뚫려 있거든요."
그러고 보니 마을을 지나 산길로 접어들었다고 느끼는 순간, 시멘트길이 나타났다. 조금 가다 보니 '약수터' '배드민턴장'이라는 글씨와 함께 왼쪽으로 화살표가 그려 넣어진 팻말이 나왔다. 그 길은 참나무 숲 사이로 뚫린 가파르고 비좁은 흙길이었다. 토요일 오후의 여가를 배드민턴으로 즐기는 사람들이 있는지 그쪽으로부터 경쾌하고 급한 발자국 소리와 함께 상쾌한 웃음의 파편들이 전해져 왔다. 그녀는 오른쪽 길을 잡아 걸었는데, 그쪽으로 포장도로가 이어져 있었다. 그러나 포장도로는 막혀 있었다. 철제 바리케이드가 쳐져 있고, '사유지이므로 관계자가 아닌 사람은 출입할 수 없습니다'라는 경고문도 붙어 있었다. 나는 그녀가 앞서 인도하는 대로 자전거를 끌고 따라갔다. 비교적 완만한 경사를 따라 시멘트길이 잘 닦여 있긴 했지만, 짐을 싣고 자전거를 끌고 가기에는 조금 벅찬 길이었다. 그래도 나는 길이 끝나는 곳까지 내쳐 가볼 생각이었다.
"이 길이 언제 닦인 건가요? 그렇게 오래된 것 같진 않은데."
"나도 잘은 모르지만, 산속에 별장이 생기면서 같이 생겼을 거예요. 이 길을 타고 한 달에 한 번씩 서울에서 오거든요. 마지막 주일요일에요."

"누가 말입니까? 위하식 씨가 말입니까?"

"그분이 같이 온 적도 있긴 해요. 하지만 보통 때는 그 사모님하고 손자 손녀들만 와요. 그 양반이야 워낙 바쁠 테니까요 뭐. 순 비싼 걸로만 먹을 걸 잔뜩 싸 들고 와요. 그 전달에 가져온 게 아직 그대로인데 또 새 음식 재료를 쌓아놓고 가요. 그래서 우리 집 개 좋은 일만 시키죠. 중학교 다니는 남자애하고 고등학교 다니는 여자애 둘이 할아버지 앞에서 노래를 부르고 바이올린인가 뭔가 하는 악기로 연주도 하고 춤도 춰 보이고 그러는데, 그건 꼭 무슨 코미디도 아니고, 암튼 웃기는 짓거리들예요. 그 할아버지는 시종 무덤덤한 표정으로 그냥 누워 있기만 해요. 좀처럼 말도 안 해요. 그 노인은 늘 그 모양이에요. 어떨 땐 손자 녀석들의 재롱이 귀찮다는 듯 아예 눈을 감아버리기도 해요. 노인의 표정에 감정이 나타날 때가 있긴 있지요. 위하식 씨가 함께 올 때요. 위하식 씨만 오면 시끄러워져요. 위하식 씨만 보면 몸도 잘 못 가누는 노인이 숨을 헐떡이면서 악을 써대거든요."

"뭐라고 말입니까?"

"나가. 썩 나가. 이 나쁜 자식아. 때로는 도둑놈이라고 하기도 하고, 펄쩍펄쩍 뛰기도 해요. 그럴 땐 할 수 없이 안정제를 먹여야 해요. 그게 내가 해야 할 일 가운데 하나거든요."

"그렇다면, 위하식 씨가 가족들과 매번 동행하지 않는 것은, 바쁜 탓도 있겠지만, 노인이 그를 반기지 않기 때문일 수도 있겠군요?"

"그럴지도 모르지요. 처음 한동안은 그래도 요새보다는 자주 왔었거든요. 그런데 이상한 점이 있어요. 그 노인 말예요. 아들이 눈앞에 나타나면 금방 잡아먹기라도 할 것처럼 날뛰면서도, 평소에는, 그러니까 그 아들이 없을 때는 자주 아들 이름을 부르곤 해요. 그 노인이 '하식아' 하고 중얼중얼 혼잣말을 늘어놓을 때면, 보는 사람을 딱하게 만들 정도로 간절한 그리움과 참담한 회한 같은 것이 그대로 전달돼요. 이상하지 않아요? 정신이 오락가락한 거라고 말해 버리면 그만이긴 하지만, 그 앞에서는 금방이라도 죽일 것처럼 노하다가 그렇게 간절한 그리움을 가지고 아들을 부르는 건…… 좀 이상하지 않아요?"

여자의 설명에 의해 나는 적어도 새벽마다 내지르는 괴성의 주인이 누구인지 알게 되었고, 그 사람의 신상에 대해서도 어느 정도의 정보를 얻은 셈이었다. 이제 조금만 주의를 기울인다면 그 새벽의 외침이 하식이라는 아들을 부르는 소리인지 아닌지도 알 수 있을 터였다. 그렇지만 하나의 궁금증이 풀리고 나자 기다렸다는 듯 새로운 의문이 솟아올랐다. 그 여자, 미스 윤은 마치 한층 복잡하고 난해한 숙제를 맡기기 위해 비교적 쉬운 문제를 풀어준 것만 같았다. "이상하지 않아요?" 하고 그녀는 내게 물었다. 위하식이라는, 널리 알려진 인물과 그의 늙은 아버지 사이의 '이상한' 관계가 나의 호기심을 새롭게 자극했음을 나는 결코 숨기고 싶지 않다.

"데려다줘서 고마워요. 다 왔어요."

길이 끝나는 곳에 집이 있었다. 붉은 벽돌로 담을 쌓고, 지붕엔 기와를 올린, 잘 지어진 단층집이었다. 나는, 차마 안으로 따라 들어가도 되겠느냐고 요청할 수가 없었기 때문에 자전거를 세우고 시장바구니를 건네주었다.

그녀는 고개를 숙여 인사하고는 별장 쪽으로 걸어갔다. 그녀가 다가가자 집 안쪽에서 맹렬하게 개 짖는 소리가 들려왔다. 그 소리의 성량이 개의 엄청난 체구와 험상궂은 인상을 떠올리게 했다. 나로서는 정확하게 알아들을 수 없는 소리로 개의 사나운 목청을 달래면서 대문을 열고 들어가는 그녀의 뒷모습을 나는 한동안 지켜보고 서 있었다.

4

하긴 그 여자가 말했듯이 노인의 정신이 오락가락한 것이라고 생각해버리면 간단한 일이긴 했다. 노인에게는 출세한 아들놈이 대견하고 자랑스러운 한편으로, 무엇 때문인지 모르지만 아들에게 일종의 섭섭함 같은 걸 품고 있는지도 모를 일이었다. 이를테면, 아들의 관심을 끌어내기 위해서 유년으로 퇴행해 간 한 노망한 아버지의 변덕이라는 추정이 가능했다. 그리고 실제로 그렇게 단정해도 좋을 단서도 있었다. 우선 새벽에 질러대는 저 섬뜩하고 전율스런, 거의 온종일 누워서만 지낸다는 노인의 목청이라고 이해하기에는 너무 크고 무시무시한 외침만으로도 노인의 정신 상태가 온전하지 않다는 추정이 가능했다.

그런데도 나는 자꾸만 어딘가 다른, 심상치 않은 사연 같은 것이 숨겨져 있을 것만 같은 생각에 시달렸다. 좀더 분명하게 말하자면, 나는 그 노인에 대해서보다 그 노인을 이 산속에 유기한(그렇다. 내게는 노인의 형편이 요양이나 휴양이 아니라 유기된 것으로 여겨졌다) 위하식이라는 아들 쪽으로 마음이 이끌리고 있었다. 출세한 고관의 무능한 아버지. 어딘가 통속적인 구미가 당기는 구도이지 않은가. 그 출세한 고관에 대한 내 흥미는 거의 '혐의'라고 해도 상관없을 정도로 부정적이었고 그만치 통속의 범주를 벗어나지 못한 것이었다.

이튿날 새벽에 나는 눈을 똑바로 뜨고, 그리고 귀도 똑바로 뜨고 어김없이 새벽 공기를 오염시키는 그 소리를 붙잡았다. 여전히 불분명하긴 했지만, 노인의 외침 가운데 세 음절로 된 부분에 그녀가 알려준 이름을 대입하자 그럴듯하게 들어맞는 것 같았다. 하식아— 그러고는 여전히 알아들을 수 없는 부분이 몇 마디 이어지다가 다시 '하식아'를 되풀이하는 식이었다. 주의를 기울였지만, 이름 외에 다른 부분은 파악이 곤란했다.

한집에 기거하면서 노인을 돌보고 있는 그 여자라면 혹시 그 외침의 내용을 소상하게 이해하고 있을지도 모른다는 생각이 나로 하여금 청관산다방에 들어설 때마다 주방이며 카운터 쪽을 살피게 만들었다. 그러나 그 이후로 그녀는 좀처럼 다방에 나타나지 않았다. 나는 그녀를 만나고 싶었다. 미스 지에게 그녀가 언제 다시 올 건지 물어보기도 했다. 미스 지는 뜻하지 않은 내 관심이 의아스럽다는 듯 한참 동안 쳐다보더니, "이 아저씨가, 그 애한테 맘이 있나 봐. 요새 다방 문을 열고 들어설 때마다 휘둘러보는 폼이 어째 좀 수상쩍다 했더니……" 어쩌구 하면서 나의 팔을 꼬집었다. 그 여자는 청관산다방 식구가 아니며, 따라서 자기로서는 그녀의 출입에 대해 일정한 사전 지식을 가지고 있지 않기 때문에 유감스럽게도 알려줄 만한 것이 없노라고, 미스 지는 뾰로통한 얼굴로 말을 이었다. 어떨 때 일주일에 두 번씩 찾아오기도 하지만, 또 어떨 땐 한 달이 넘도록 감감 무소식인 적도 있노라고, 그것이 대부분의 다방 손님들의 생리가 아니냐고 덧붙이기까지 했다.

말끝에 그녀는 묻지도 않았는데, 미스 윤과 관계된 이야기를 몇 가지 더 늘어놓았다. 미스 지 곁에만 앉아 있으면, 이 조그만 동네에서 일어나는 온갖 자질구레한 일들을 모조리 채집할 수 있다. 그녀는 부지런한 꿀벌처럼 이곳저곳을 돌아다니며 이야깃거리를 물어와서 나처럼 맨송맨송한 손님들에게 제공하는 것을 큰 즐거움으로 아는 여자였다. 찻주전자를 보자기에 싸서 배달을 나가거나 근무 시간이 끝난 뒤 요즘 들어 부쩍 늘어난 맥주홀이니 스탠드바니 하는 술집에 가서 시간을 보낼 때 그녀는 다음날의 식량을 준비할 줄 아는 노련한 채집꾼이 되었다. 미스 지가 늘어놓은 바에 따르면, 미스 윤이라는 여자는 전에 한때 다방에서 일한 경력이 있는 여자였다. 본인이 스스로 그렇게 고백했다는 것이다. 그렇지 않고서야 아무리 객지살이가 적적하고 심심하다고 해도 젊은 여자 혼자서 그렇게 망설이지 않고 다방 출입을 할 수 있겠느냐, 또 가끔 있는 일이긴 하지만 그처럼 스스럼없이 다방 일을 거들려 하는 것도 평범한 여자로서는 용이한 일이 아니잖느냐고 미스 지는 반문했다. 미스 지가 알려준 또 한 가지 새로운 사실은, 그 여자가 노인을 돌보는 대가로 받게 되어 있는 액수에 대해서였다. 그녀는 '받게 되어 있는'이라고 말했다. 그렇다고 매달의 급료가 없다는 뜻은 아니었다. 그녀는 미스 지가 지금 청관산다방에서 받는 월급보다 '한 장 정도'는 더 받고 있을 것이라고 했다. 매달 한 번씩 서울에서 미끈한 검정색 세단을 몰고 '사모님'이 내려오는데, 그날이 바로 미스 윤의 월급날이기도 하다는 것이었다. 그러나 월급 같은 건 아무것도 아니라는 게 또한 미스 지의 설명이었다. 그 여자는 그 '사모님'과 1년을 계약했으며, 1년 동안 말썽 없이 노인을 잘 돌보면, 그 대가로 1년 동안 받은 월급의 두 배가 넘는 거액을 손에 쥐어주겠다고 약속했다는 것이었다. "워낙 돈이 흔한 사람들이니까, 뭐" 하고 말꼬리를 감출 때, 나는 얼핏 혹시 미스 지가 그 여자를 부러워하는 것이 아닐까, 그게 아니라면 최소한 그 여자가 1년 동안 벌어들이게 될 돈의 액수를 부러워하고 있는 것은 분명하지 않을까, 생각했다.

그날, 다방에서 미스 윤을 만나지 못했다. 그 대신 나는 엉뚱하게도 전화를 받았다. 미스 지가 커피 한 잔어치치고는 제법 길고 자상한 수다를 베풀다가 "그럼 한숨 자요, 단골 아저씨" 하고, 듣는 입장에 따라서는 어딘지 야릇한 느낌을 풍기는 인사말을 남기고 옆자리로 옮겨간 직후에 카운터의 전화벨이 울렸다.

청관산다방의 전화기는 그 투박하고 세련되지 않은 생김새부터 궁기가 좌르르 흐르는 데다가 누가 홧김에 집어던지기라도 한 듯 몸체의 일부분이 찌그러져 있었고, 거기다가 전화가 걸려 올 때는 요란하고 듣기 거북한 쇳소리를 냈다. 그래서 간헐적으로 전화벨이 울릴 때면 다방 안의 손님들은 자기도 모르게 깜짝 놀라며 그동안 잊어버리고 있던 제 나름의 불안 한 가지씩을 순간적으로 상기하곤 했다. 물론 그것은 그들의 무의식을 자극한 그 소리의 정체를 그들의 의식이 사로잡게 될 때까지의 매우 짧은 순간에 일어나는 일이긴 했다. 짧은 순간 자신들을 긴장시킨 것이 전화벨 소리였음을 파악한 순간, 사람들은 의식과 무의식의 뒤틀린 지층을 재빨리 바로잡는다. 나 역시 그들 가운데 한 사람이다. 그 전화벨 소리는 자주 들어도 좀처럼 익숙해지지 않았다. 미스 지도 마찬가지인 듯 "저놈의 고물 전화기를 콱 내다버리든지 해야지" 하고 투덜거리며 카운터 위에 놓여 있는 전화기를 집어 들었다. 나는 무료한 시간의 버릇대로 별다른 생각 없이 신문을 뒤적였다. 그런데 뜻밖에도 미스 지가 한 손으로 전화기를 들고서, 전화기를 들지 않은 다른 손의 손가락을 펴서 나를 불렀다. 카운터 쪽으로 고개를 돌리자 미스 지가 전화기를 가리키며 "받아봐요" 했다. 가끔씩 요란하게 울려 순간적으로 사람을 긴장시키는 이 다방의 전화벨이 나를 지향한 적은 없었기 때문에, 또 그럴 리도 없다고 생각해왔기 때문에, 나는 그녀의 손짓에도 불구하고 얼른 일어나지지가 않았다. 미스 지는 전화기를 흔들어 나를 일으켜 세웠다.

엉겁결에 받아 쥔 전화기 속에서는 뜻밖에도 어머니의 목소리가 튀어나왔다.

"아니, 웬일이세요, 어머니."

"회사로 했더니 거기 있을 거라구 하더라. 그래, 별일 없냐. 식사나 제대로 하는지 모르겠구나. 뭣 땜에 그렇게 사서 고생을 하는지……"

"그 이야긴 하지 않기로 했잖아요. 전 잘 있으니 걱정 마세요. 그보다 서울에 무슨 일이 있는 건가요. 다방으로 다 전화를 하시고."

은행에는 출장소장이 자리를 지키고 있을 터였다. 소장의 집은 직행버스로 두 시간을 달려가야 하는 이 지방 도청 소재지에 있었다. 길흥에 연고가 없기는 나와 마찬가지인 모양이었는데 가족을 데려오지도 않고, 그렇다고 따로 하숙 같은 걸 정하지도 않았다. 그 대신 소장실 한쪽에 커튼을 치고, 간이침대와 간단한 침구, 그리고 가스버너 따위를 마련하여 숙소를 겸하고 있었다. 소장은 평일이면 으레 소장실 한쪽 간이침대에서 잠을 잤다. 업무 시간을 넘겨가며 처리할 일이 있을 리 없는 나는 퇴근 시간이 되기 무섭게 은행 문을 나왔지만 그는 언제나 퇴근을 하지 않는 사람이었다. 물론 그는 퇴근할 필요가 없긴 했다. 그래도 가령 하루쯤 저녁 시간을 밖에서 보낼 수 있는 일인데도, 그는 전혀 그럴 위인이 아니었다. 식사조차 자기 자리에 앉은 채 처리하는 듯 아침에 출근해 보면 신문지에 덮인 음식 그릇 따위가 책상 밑에서 냄새를 풍기며 발견되어 여직원의 인상을 찌푸리게 했다. 나는 소장의 그런 궁색한 모습이 보기 민망해서 여러 차례 퇴근 후에 시간을 함께 보내자고 제안했으나 번번이 거절당했다. 나는 퇴근하면서 자주, "저 앞 청관산다방에 있을게요. 그리 오세요" 하고 커피잔이 그려져 있고, 그 커피잔 위로 머리카락 같은 가느다란 곡선이 세 가닥 모락모락 피어오르고 있는 성냥을 건네주곤 했다. 요즘 들어선, 그가 내 제안을 받아들여 다방에 나타날 거라는 기대는 아예 하지 않으면서, 그보다는 윗사람보다 먼저 직장 문을 나서는 말단 사원이 가지게 마련인 어색한 기분을 무마하려는 수작으로 그렇게 말하곤 하는 것이 사실이다. 오늘도 그랬다.

아마도 어머니는 서울에서의 경우로 미루어보아 퇴근 전이라고 생각하여 은행으로 전화를 걸었을 테고, 여느 때처럼 텅 빈 사무실을 지키고 있던 임 소장은 벌써 퇴근했음을 알리다가, 누구냐고, 급한 일이냐고 물었을 것이다. 그 순간 내가 버릇처럼 되뇌인 청관산다방이 떠올랐을 테고, 그리하여 그는 '잠깐 기다려보세요' 하고는 내가 여러 번 건네준 적이 있는 성냥갑을 찾았을 것이다. 성냥갑은 아마도 그의 서랍 속에서 발견되었을 것이고, 그는 그곳에 적혀 있는 전화번호를 불러주었을 것이다.

"별일, 아니다. 그냥 전화했다. 에미가 한번 가봐야 할 텐데……"

"그러실 필요 없어요. 어린애도 아니고, 정말로 아무 일 없는 거예요?"

나는 어머니의 목소리가 거느리고 있는, 곧 허물어질 것 같은 비애감과 어둡고 답답한 숙명주의 앞에서 갑자기 숙연해졌다. 그분의 목소리는 늘 나를 숙연하게 했다. 그리고 그 숙연한 목소리에 대한 내 반응은 대개 짜증이었다. 어머니는 늘 피로에 지친 목소리를 냈고, 나는 그 목소리를 통해 너무 일찍부터 산다는 것이 피곤하고 감당하기 벅찬 짐이라는 것을 깨우쳤다. 그 깨우침이 결코 엄숙한 교훈만은 아니었음도, 더러는 견딜 수 없는 짜증과 울화를 동반하여 사람을 무기력하게 만들고, 그 무기력의 극한점에서 흔히 치졸한 난폭성을 유발시키는 마이너스의 열정으로 가슴을 들끓게 하였음도, 그리고 그런 마이너스의 열정이 이성이 감정을 잘 제어할 수 있게 된 나이에 이르러 오히려 더 빈번해지고 있음도 굳이 숨기고 싶지 않다.

"아무 일 없다. 너의 아버지도 그냥 그대로고……"

그 잘난 아버지. 아버지에게는 아무 일도 없다는 것이 최악이지 않은가. 아버지에게 무슨 일이 일어난다면, 그 일이 어떤 일이든, 최소한 지금보다 나쁘지는 않을 것이다. 지금의 상황이 최악이니까. 어머니는 한결같이 '너의' 아버지라고 그 잘난 아버지를 호칭한다. 나는 알고 있다. 어머니는 그런 식으로 나를 아버지에게 연결시킴으로써, 복잡하게 엉켜 있는 내 감정의 타래에서 가슴 치는 회오의 얼굴을 확인하고 싶어 한다는 사실을. 아니, 그분은 혹시 그런 식으로 아버지와의 끊을 수 없는 관계를 내게 상기시킴으로써 질긴 인연을 외면하려는 나의 이기심과 어리석음을 힐난하려는 것인지 모른다. 그러나 나는 오히려 어머니에 의해 확인받게 되는 내 이기심과 어리석음, 그리고 죄책감과 긴밀하게 연결된 회오의 감정 때문에 그것들의 존재를 부정하고 싶은 마음과, 그렇게는 할 수 없다는 현실적 인식 때문에 짜증스러워하곤 했다.

나는 들고 있는 전화기가 갑자기 무겁게 느껴졌다. 카운터 옆에 기대서서 나를 빤히 쳐다보는 미스 지의 시선도 거북했다. 나는 얼른 전화를 끊고 싶어졌다.

"뭐니 뭐니 해도 첫째가 건강이다. 세끼 밥 잘 챙겨 먹고……"

"알았어요."

"그리고 참……"

어머니는 전화기 너머에서 몹시 조심스러워하고 있었다. 매사에 자신 없어 하는 어머니의 저런 모습을 나 역시 알게 모르게 물려받았는지 모른다고 생각하자 우울해졌다.

"그 아가씨 만났다. 승미. 전화가 왔었다. 웬만하면 그 아가씨한테 연락을 좀 하는 게 어떻겠냐. 다른 얘긴 못 하고 그냥 니 연락처만 알려줬다."

"끊어요."

나는 전화기를 내려놓고 자리로 돌아가 앉는 대신 밖으로 나왔다. 미스 지가 뒤에서 뭐라고 말을 걸어왔지만, 나는 돌아보지 않았다.

어둠이 장악하고 있는 거리에 을씨년스러운 바람이 불었다. 이따금 회진 방면으로 빠지거나 그곳에서 올라오는 완행버스가 바람 속을 툴툴거리며 지나갔다. 고개를 들어 올려다본 하늘에 별들이 피어 있었다. 더러는 한데 뭉쳐서, 더러는 홀로 떨어져서. 지금 반짝이고 있는 저 별들 가운데는 이미 수명이 다해 우주에서 자취를 감춘 것들도 있으리라고 생각하자 쓸쓸해졌다. 나는 지금 이미 오래 전에, 심지어는 몇천 년, 아니 몇억 년 전에 사라져버린 별, 그 별의 그림자, 그 별의 혼령들을 보고 있는 것이다. 별을 본다. 그러나 내가 보고 있는 별은 존재하지 않는다. 별은 없다. 그러나 나는 지금 없는 별을 보고 있다. 승미…… 하늘을 향해 고개를 들어 올리자 무거운 한숨이 나왔다. 그리고 나는 그 한숨 속에 형태를 감추고 있는 하나의 이름을 발견했다. 존재하지 않는, 그러나 내 눈으로 또렷이 보고 있는……

내가 막무가내로 고집을 부려 서울을 떠날 때, 나는 아버지로부터 도망하려고 했다. 그러나 좀더 솔직해지려면, 나의 떠남이 아버지로부터만이 아니라 그녀, 승미로부터의 도피이기도 하다는 것을 인정해야 할 것이다. 그리고 아버지를 내세우는 한편으로, 승미를 은폐하려 한 것이 사실이라면, 그 강조점은 오히려 내세워진 아버지보다 가려진 승미로부터의 도피 편에 있었던 것이 아닐까.

세계의 무규범한 전횡에 시달리며 절망하며 폭음과 무절제와 방종을 일삼던 시절에 승미는 전혀 다른 세계의 조감도를 가지고 내게로 왔다. 입학한 지 10년 만에 기어이 대학 졸업장을 거머쥐고 은행원이 될 결심을 하도록 이끈 것은 그녀였고, 그녀가 암시해 보여주는 새로운 세계에 대한 갈망이었다. 나는 대처할 길이 막막하기만 하던 이 세계에 대한 대응의 힘과 자세를 그녀로부터 공급받았다. 나는 그녀를 사랑했고, 그녀 역시 나를 사랑했다. 소득 없는 적의와 자학 대신 사랑과 신뢰로 가슴이 늘 따뜻하고 풍요로웠다. 나는 비로소 승미에게서, 승미와 더불어 출발하고자 하였다. 적어도 그날 그녀가 불시의 충격을 받고 뛰쳐나가기 전까지는 그랬다.

아버지는 승미가 집에 올 때마다 잠만 잤다. 어머니가 시간에 맞춰 잠을 처방했기 때문이었다. 승미에게 내 아버지는 거의 언제나 의식 없이 누워서 지내는 환자였다. 나는 물론 그녀를 집으로 데려오는 걸 삼갔다. 그러나 나와는 달리 붙임성이 좋고 인사성이 밝은 그녀는 자주 집에 오고 싶어 했다. 그녀가 집에 와서 어머니와 이야기를 나누거나 부엌일을 도와주거나 할 때면 나는 늘 조마조마했다. 그러한 내 심정을 이해할 리 없는 그녀는 방문할 때마다 굳이 아버지 방에 들어가 이불을 덮고 잠들어 있는 아버지에게 인사를 했다. 그러지 않아도 된다고 말리는데도 들으려 하지 않았다.

그날은 추석 전날이었다. 그녀는 부모님께 인사를 해야 한다고 고집부렸고, 나는 할 수 없이 어머니에게 연락을 했다. 백화점에 들러 선물 꾸러미를 사 들고 집에 도착했을 때는 아직 저녁 식사를 하기에 이른 시간이었고, 어김없이 아버지는 잠들어 있었다. 어머니와 승미는 차와 과일을 앞에 놓고 다정하게 이야기를 주고받았다. 그 모습이 흡사 모녀지간 같았다. 어머니는, "우리 기영이가 사람 하나는 잘 고른 것 같다"며 그녀를 치켜세우고는, "내년 봄쯤 적당한 날을 잡아보는 게 좋겠다"고 구체적인 일정까지 들먹였던 것으로 기억된다. 나는 줄곧 아버지 방에 신경을 썼지만, 저녁 식사를 마칠 때까지는 아무 일도 일어나지 않았다. 나는 내심 식사만 끝나면 곧장 밖으로 나갈 생각을 하고 있었다.

그런데 공교롭게도 사촌 조카가 전화를 해왔다. 포천 어딘가에서 군대 생활을 하고 있는 녀석은 휴가 나왔다가 인사나 하고 가려고 지금 이 근처에 와 있는데, 집을 찾지 못하겠노라고, 지금 전철역에 내렸는데 어떻게 가야 하느냐고 물어왔다. 나는 마을버스를 타고 두 정거장 와서 내리라고 일러주고는 버스 정류장으로 나갔다. 군 복무 중인 조카가 이 동네까지 찾아왔다는데 그냥 돌려보낼 수는 없는 입장이었다.

　버스 정류장에서 우리가 세 들어 살고 있는 집까지는 골목과 언덕길을 약 10분 정도 걸어야 하는 거리였다. 대략 왕복 20분 정도의 그 빈 시간에 오래전부터 나를 조마조마하게 해온, 그러나 결국 언젠가는 일어나고 말 것이라고 불안 속에서 예감해오던 일이, 예상할 수 있는 일 가운데서 가장 나쁜 형태로 터지고 말았다. 군복 차림의 조카 녀석을 데리고 좁은 골목길을 돌아 막 대문 앞에 이르렀을 때, 대문이 화닥닥 열리며 누군가가 다급하게 뛰쳐나왔다. 순간적으로 몸을 비켜 피하고 보니 승미였다. 그녀는 조카와 함께 문 앞에 서 있는 나를 보았음에도 아무 말도 하지 않고 큰길 쪽으로 뛰어 달아나버렸다. 그 모습은, 그녀로서는 매우 드물게도 무엇을 향해선가 몹시 억울해하는 것처럼 보였다. 어쩌면 울음을 억지로 삼키고 있는지도 모른다는 느낌이 들었다. 승미— 나는 큰 소리로 그녀를 부르며 몇 발자국 쫓아가다가 사태의 전모를 짐작했다. 아, 기어이 일이 벌어지고 말았구나. 나는 방향을 바꿔 2층으로 급히 뛰어올라갔다. 어머니는 넋이 나간 사람처럼 마루에 걸터앉아 훌쩍이고 있었고, 아버지는 그 앞에 퍼질러 앉아 입안에 밥을 우걱우걱 집어넣고 있었다. 나는 도저히 그 자리에 그들과 함께 있을 수가 없었다. 문을 박차고 나올 때 조카 녀석은 영문을 몰라 어리둥절해했고, 어머니는 신발도 찾아 신지 않고 대문까지 나를 쫓아왔다.

　"기영아. 얼른 따라가봐라. 많이 놀랐을 거다. 니 아버지가 깨어난 걸 모르고…… 내 잘못이다. 니 아버지 방에 들어가려는 걸 말렸다만, 자꾸 절을 하겠다고 해서, 당장 무슨 일이 일어나랴 싶었는데, 니 아버지가 항상 그러는 건 아니잖느냐. 그런데, 그만 니 아버지가, 눈빛부터 틀려지면서, 그 억센 힘으로 나를 밀어붙이고 그 처녀한테 달려들어서…… 아이고, 내가 죄인이다. 내가 죄가 많아서, 억지로 떼어놓기는 했다만, 옷도 찢어지고 머리도 엉망이 되었더라. 얼른 가서 잘 좀 설명해줘라. 혼인식만 하고 별도로 살면서 그때 가서 사실을 밝혀도 되려니 했는데, 이런 일이 생길 줄 어떻게 알았겠니."

"니 아버지, 니 아버지…… 이러다간 나까지 미치겠어요."

"얼른 가서 잘 타일러라. 사과하고, 결혼하면 따로 나가 살 거니까 문제없다고 해라. 어서, 꼭……"

어머니가 그 비감한 목소리로 안타깝게 소리 지르며 내 등을 떠밀었다. 나는 갑자기 왈칵 솟구쳐 오르는 눈물을 피할 수가 없었다.

그날 밤에 아버지를 깔고 앉아 주먹을 내리치며 "죽어라" 하고 발악을 해대다가 끝내 울음을 토하고 만 것은 비단 몸을 못 가누게 마셔댄 독한 술 탓만은 아니었다. 나는 실제로 살인을 욕망하고 있었다. 그를 죽이든가 아니면 나를 죽이든가 해야 할 것 같았다. 그러나 나는 그 둘 중 어느 하나도 실행에 옮기지 못했다. 그 상황에서 내게 가능한 일은 무의미한 발악과 무기력한 울음뿐이었다.

기대하지 않았지만, 그날 이후 승미는 내게 전화를 걸어오지 않았다. 내 쪽에서 먼저 연락을 취할 자신도 없었기 때문에 여러 날의 외박과 폭음 이후 서울을 떠나 길흥 출장소로 근무지를 옮겨 내려올 때까지 나는 두 번 다시 승미를 보지 못했다. 어떤 의미에서 나는 되려 승미와의 만남을 두려워하고 있었다. 도저히 그녀의 투명하게 맑은 눈을 쳐다볼 수 있을 것 같지 않았다. 부글부글 끓는 굴욕과 수치심과 절망으로 나의 정서는 엉망진창이었다. 서울을 떠날 결심을 했을 때, 내 속에는 아버지의 그늘로부터 도망가고 싶다는 간절한 욕망과 승미에 대한 나의 굴욕과 수치심과 절망감이 뒤엉켜 있었다. 그 모든 것들로부터 도망해 온 것이다. 소극적이고 패배주의적이며 지극히 이기적인 동기에서 비롯한 내 도피 행각을 비난하는 이도 있겠지만 나는 다른 방법을 알지 못했다.

찬바람을 맞으며 길흥 읍내를 이곳저곳 쏘다녔다. 길흥에서 보는 달은 유난히 창백했다. 달빛은 개울에 떨어져 파편으로 부서지고, 개울물은 나지막하게 흐느끼며 흘렀다. 나는 그 창백한 달빛과 청승맞은 개울물에 어둡고 답답한 내 영혼을 투사하며 둑 위에 오랫동안 앉아 있었다. 생각이 잘 떠오르지 않았다. 온몸으로 한기가 스며들었지만 꼼짝도 하고 싶지 않았다. 버스가 큰길을 질주하는 소리만 간헐적으로 들려왔다.

한참 후 다시 다리를 건너온 나는 술집에 혼자 앉아 여러 잔의 소주를 마셨다. 나는 쉽게 취했고, 취한 몸을 끌고 다시 청관산다방으로 기어들어갔을 때는, 여주인마저 집으로 돌아가고 아무도 없는 홀을, 다방에 딸린 내실에서 먹고 자는 미스 지 혼자서 청소하고 있었다.

"아, 아저씨……"

"커피 줘, 설탕 넣지 말고, 아주 진하게 타서."

벌겋게 달아오른 얼굴을 하고 들어와서 다짜고짜 주문을 해대는 내 모습이 어이가 없는지 미스 지는 빗자루를 든 채 한참 동안 서 있기만 했다. 잠시 후에 그녀가 커피를 끓여 내왔지만, 나는 커피 따윈 안중에도 두지 않고 품속에서 소주를 꺼냈다.

"한잔할 테야?"

미스 지는, 단골을 빙자하여 못된 주정을 늘어놓으려는 이 달갑지 않은 손님을 어떻게 해야 할지 난감하다는 표정을 짓고 있었다. 그러거나 말거나 나는 병을 입에 물고 소주를 들이켰다.

그날 밤, 결국 나는 그 다방의 소파 위에 엎어져 잠들고 말았다. 이튿날 아침에 친절하게도 뜨거운 콩나물국을 끓여 내놓은 미스 지의 설명에 의하면, 나는 좀 추태를 부린 모양이었다. 미스 지는 "영 안 그럴 것 같은 사람이 추근대는 걸 보면, 사내란 다 똑같다니까"라고 했고, "남자가 왜 그렇게 서럽게 울어요? 청승맞게. 무서워서 혼났네"라고 말하기도 했다. "어젯밤에 대체 무슨 일이 있었어요? 전화 받고부터 그런 것 같던데 무슨 전화길래……"라고 궁금증을 표시하다가 불쑥 "근데, 승미라는 여자는 누구예요? 내 몸을 안으면서 웬 승미는 그리도 애타게 찾아쌌는지, 눈물 나데요……"라고 빈정거리기도 한 것으로 보아 추태가 이만저만 심하지 않은 모양이었다.

그날은 하루 종일 하숙집에 누워 잠만 잤다. 이튿날까지도 내 몸은 함부로 혹사한 데 대한 벌을 거두려 하지 않았다. 그 이틀 동안 나는 어지러운 꿈속을 허우적거리며 돌아다녔다. 당연히 직장에도, 청관산다방에도 나갈 수 없었다.

5

이틀간 결근했다고 해서 일이 밀리거나 할 정도는 아니었다. 위낮에 업무가 많지 않은 데다가 자기 몫의 업무라는 게 따로 명확하게 구분되어 있지도 않은 터라 내 결근은 별로 표가 나지 않았다. 나가자마자 기다렸다는 듯 내 몫의 일감이 생겨나준 것이 오히려 고마웠다. 사업 자금 대출과 관련된 조사와 평가 작업은 내 고유의 업무였는데, 이곳에 출장소가 생긴 후 이제까지 신청하는 사람이 없었다. 무엇보다도 사업 자금을 은행에서 대출받을 만한 사업을 하는 사람이 없는 탓도 있지만, 유망한 사업체에 자금을 융자해준다는 상품 정보에 어두운 탓이기도 했다. 그런데, 해안가 마을에서 이장 일을 보고 있다고 자신을 밝힌 박상태라는 중년 남자가 '김 건조 공장' 사업 계획서를 가지고 나타난 것이다.

길흥읍 신동리의 모래미 마을에 건설 중이라는 '김 건조 공장'에 대해 남자는 길고 장황하게 설명을 늘어놓았다. 그의 길고 장황한 설명을 통해 내가 이해한 것은, 대략 다음과 같은 것이었다. 최근 들어 바닷가 일대의 김 양식장 주변에는 김 건조 공장이 들어서지 않은 곳이 없을 정도이다. 아직까지 발장에 찍어낸 김을 건장(건조대)에 널어 말리는 곳은, 모르긴 해도 신동밖에 없을 것이다. 신동리에 있는 세 개의 부락이 겨울철에는 한 집도 빠짐없이 김 양식에 매달리는 데다 모두들 일손이 모자라 걱정이기 때문에 공장이 들어서면 크게 환영받을 것이다. 공장이 세워질 지역으로는 바닷가 마을인 모래미가 적지다. 현재 공장을 완공하여 기계를 설치하는 단계에 있다. 목포에서 제작된 기계의 샘플이 와 있다⋯⋯ 뭐, 그런 정도였다. 비교적 단정한 옷차림에 잘 다듬은 머리 모양, 그리고 그가 구사하는 말씨로 미루어 보아 바다만 바라보고 사는 융통성 없는 어부는 아닌 성싶었다.

나는 소정의 양식을 내밀어 기록하게 하고, 필요한 서류들을 알려주었다.

"우선 저희 은행에서 나름대로 절차를 거쳐서 결정해야 합니다. 은행이 고객에게 자금을 대부해주는 것은, 말하자면 그 공장을 담보로 하는 셈이니까, 공장이 말씀하신 대로, ……어딥니까, 에, 신동리의 모래미에 세워져 있는 것인지, 그리고 그만한 가치는 되는 것인지 알아봐야 하지 않겠습니까? 언제 다시 나오겠습니까?"

남자는 괜찮다면 지금 당장이라도 자기네 공장에 가서 조사를 해달라고 부탁했다. 이번 겨울부터 공장을 가동하려고 하는데, 조금만 늦으면 그만 한 해를 넘겨야 한다는 것, 그렇게 되면 손해가 이만저만이 아니라는 것, 따라서 하루라도 일찍 자금을 확보해야 한다는 것, 그것이 그가 서두르는 이유였다. 나는 그 남자의 자신만만한 태도와 적극성에 압도되어 좋다고 대답했다. 소장도 고개를 끄덕여 승낙의 뜻을 표시했다.

박상태 씨는 자신의 오토바이 뒤에 나를 태우고 시동을 걸었다.

"꼭 붙잡으시게. 길이 험한께."

그는 오토바이의 소음에 지지 않으려고 악을 썼다.

읍내를 빠져나가자 금세 울퉁불퉁한 흙길이 나타났다. 오토바이가 속력을 내자 바닥에 깔린 자잘한 돌멩이들이 길가 쪽으로 튀어나갔다. 아닌 게 아니라 꼭 붙잡지 않으면 금방이라도 튕겨져 나갈 것처럼 불안했다. 찬바람이 쌩쌩 귓불을 때리고 지나갔다.

"차는 안 다니나요?"

나는 얼얼해진 귓불을 그의 등짝 가까이 갖다 붙이며 큰 소리로 물었다. 그는 무언가 대꾸를 했지만 질주하는 오토바이의 소음 때문에 그의 말을 알아들을 수가 없었다.
"뭐라구요?"
그는 목소리를 높였다.
"뻐스요? 댕기지라우. 그 잘난 버스가, 그랑께 하루에 딱 두 번 댕기요."

내가 대충 알아듣기로는, 아무리 촌구석이라지만 이렇게까지 세월이 막무가내로 고여 있는 동네도 찾아보기 힘들 거다, 버스도 오전에 한 번, 저녁에 한 번씩 다니는데, 그나마도 노선 생긴 게 1년밖에 안 된다, 읍내하고도 영 다르다, 농사도 짓고, 농한기인 겨울에는 김 양식도 하며 부지런히들 사는데 하나같이 가난을 못 벗어나는 꼴이 신기하다고 말할 사람도 있겠지만, 그건 실정을 몰라서 하는 소리다, 근본적으로 농어촌에 대한 정책에 문제가 있다, 정부의 정책이 무조건 도시 우선이고, 중앙 중심으로 되어가지 않느냐, 그렇게 농촌을 푸대접하고 소외시키는 건 진짜 한심한 짓이다, 보기 좋은 떡이라고 다 먹기도 좋은 것은 아니다, 그런 식의 넋두리와 푸념을 늘어놓는 모양이었다. 그러나 나는 번번이 그의 말을 잘못 알아들었고, 그러자 그도 그만 자신의 푸념을 포기하는 눈치였다.

모래미라 불리는 바닷가 마을까지는 약 반 시간이 걸렸다. 그리고 박씨의 안내를 받아 바닷가에 지어진 그의 공장을 둘러보고, 공장 건물 한 켠에 딸린 조그만 사무실에 앉아 좀더 상세한 설명을 들었지만 솔직히 말해서 나는 그가 이야기하는 이 사업의 성격과 채산성에 대한 확신이 서지 않았다. 공산품을 찍어내듯 공장에서, 기계로 김을 만들어낸다는 말은 아직 들어본 적이 없거니와 얼른 납득이 되지도 않았던 것이다. 하지만 그는 제법 배운 사람이고(인근 도시에서 고등학교를 다니다 말았다고 그는 말했다) 이장 일을 보고 있는 마을의 유지이기도 했다.

　나는 하는 수 없이 은행 업무의 형식적인 절차를 내세워 사업자금 대출을 결정할 수 있는 권한을 출장소장에게 떠넘겼다. 이야기는 잘 전하겠지만, 그래도 신원을 보증할 만한 사람을 한 명쯤 세우는 것이 좋겠다는 단서도 잊지 않았다.

　그 모래미 마을의 이장이 '위하식'이라는 이름을 거명한 것은 바로 그 순간이었다. 그는 기다리기라도 했다는 듯 "보증인이오?" 하고 되물은 다음 그 이름을 명함처럼 꺼내었던 것이다.

　"위하식이 내 친군디……"

　나는, 낯익은 이름을 그때처럼 낯설게 들은 적이 없었다. 그때의 느낌은 흡사 아주 가깝게 지내던 지인(知人)이 어느 날 갑자기 유지인이나 장미희 같은 유명한 여배우가 자신의 아내라고 소개할 때에나 생길 법한 의식의 일시적인 정전, 그 야릇한 당혹감을 연상하게 만들었다. 위하식이라는 거물과 작고 초라한 시골 이장인 박씨가 친구라는 사실이 선뜻 받아들여지지 않기도 했지만, 설혹 그렇다고 하더라도 한때 친구였다는 것, 그것이 무엇이란 말인가. 그자가 당신을 위해 구체적으로 어떤 일을 해줄 수 있단 말인가.

　"위하식이라면……" 하고 나는 어처구니없는 표정을 지어 보였다.

　"예. 위하식이오. 하식이하고는 어릴 때부텀 친구요. 학교도 같이 댕겼구만이오. 여그가 그 사람 태어난 고향인지 몰랐소? 저그 옆 마을인디……"

　위하식이 이 지방 출신인 줄은 알고 있었다. 요직에 발탁되고 자리를 옮기고 할 때마다 그의 출신 도명이 꼬리표처럼 붙어 다녔으니까. 하지만, 바로 이 길홍읍에서도 한참을 들어가는 바닷가 마을이 그의 고향이라는 사실은 조금 뜻밖이었다.

물론 나는 그 순간 하숙집에서 거의 매일 새벽마다 들어야 했던 악몽 같은 고함 소리의 주인인 한 노인과 그 아들에 대한 미스 윤의 이야기를 떠올리지 않을 수 없었다. 그렇지만, 보증인을 확보해야 하는 은행 업무만이 아니라, 그런 사적인 호기심에 대해서도 아직 위하식이라는 인물을 명함처럼 꺼내든 이 시골 이장을 전적으로 신뢰할 수는 없었다. 따라서, 같은 고향 사람이라고 해서 보증인으로 세울 수는 없는 일 아니냐, 만일 그렇다면 이 고장 사람들이 모두 은행으로 벌떼처럼 몰려들 게 아니냐고 질문한 것은, 나로서는 당연한 절차였다. 당연한 것은, 내 질문만이 아니었다. 내 질문에 답하는 박 씨의 어조에는 자신만만한 사람만이 보일 수 있는 시원시원함과 당당함이 넘쳐났다.

"그랄 만하니까 그라제, 무조건 이름 팔아묵을라고 그란 줄 아시오? 에, 또 청관산에 별장 있는 거 아시오? 그거 지을 때 내가 맡아서 해줬습니다이. 공사야 어차피 기술자들이 하지만, 그 친군 워낙 바빠서 내려올 수도 없고 하니깐 나한테 죄다 맡긴 거지라우. 요새도 한 달에 한 번씩은 별장에 쉬러 오는디, 가끔씩은 나한테 연락을 하구만이오."

박 씨는, 자기가 관계했다는 위하식의 별장에 대해 말하고 싶어 했다. 그의 별장을 통해 맺어진 한 고관 친구와의 관계를 은행원인 내게 확인시키고자 했던 것이리라.

그가 들려준 바에 의하면, 위하식의 가족은 오래전에 고향을 떠났다. 그럴 일이 있었다고 했다. 원래 일가가 없던 터라 그들이 떠난 후 고향을 왕래할 기회도 거의 없었다. 고향 사람들은 텔레비전 화면이나 신문 보도를 통해 위하식이 출세했다는 소식을 접했을 뿐이었다. 그러나 그 자신은 한 번도 내려오지 않았다. 명당자리를 보러 왔노라고 하면서 그의 아버지만 몇 차례 다녀갔다. 위하식의 이름으로 기증된 마을 회관이나 초등학교의 위인 동상 같은 것들도 그때 그의 아버지가 오가며 설립한 것이었다. 그나마도 오래전 일이었다. 최근 한동안은 그 아버지마저도 발걸음을 끊어서, 다른 데에 명당자리를 구해 잠들어버린 것이 아닌가 추측하게 만들었다. 그런데 한 2년쯤 전에 위하식이 불쑥 박 씨에게 사람을 보냈다는 것이었다. 피차 헤어지고 나서 처음으로, 한 친구는 나라의 살림을 꾸려가는 실력자로, 그리고 한 친구는 농사짓고 고기 잡는 시골 벽지의 이장으로 만났다. 읍내에서 제일 좋다는 술집에 앉아 술을 마시면서 위하식은 그때 동창생에게 길흥 근처 어디 풍치 좋고 한적한 곳에 별장을 하나 지으려고 하는데 책임을 맡아달라고 부탁했다. 그의 아버지가 공기 좋고 한적한 곳에서 휴양을 하며 쉬어야 할 정도로 건강이 안 좋아졌고, 또 당신이 고향 쪽으로 내려가고 싶어 한다는 것이 이유였다.

그때부터 위하식과 다시 연락을 하고 지내게 되었노라고 말할 때, 박 씨는 출세한 고향 친구가 몹시 자랑스럽다기보다는, 그 친구와 가깝게 지내는 자기 위치를 은근히 시위하려 한다는 인상을 주었다. 유치한 동일시의 심리가 빤히 들여다보이는데도 그렇게 기분 나쁘지는 않았다. 기분이 나쁘다기보다는 오히려 그의 소탈하고 단순한 성격에 알 수 없는 호감까지 느끼고 있었는데, 그러한 감정의 이면에는 그동안 궁금하게 여겨오던 어떤 사실의 진상에 접근하게 될지 모른다는, 막연하지만 강렬한 기대가 도사리고 있었다.

6

그런데 말이지, 실은 그 친구 본래 이름이 위하식이 아녀. 그 친구 진짜 이름은 겨울 동 자, 심을 식 자 동식이제. 겨울에 태어났다고 동식이라고 이름 붙였다고 했거든. 하식은 반대로 여름에 태어난 그의 두 살 위 형 이름이었구먼⋯⋯

그날 저녁 술자리는 박 씨의 집 안방에서 벌어졌다. 그는 내 저녁밥까지 하라고 일러두었다면서 막무가내로 나를 이끌었다. 언제부터인지 그 사람과 나 사이에는 공통의 화제가 자리 잡고 있었다. 주로 이야기를 하는 쪽은 박 씨였지만, 그 역시 심상치 않은 주의력과 관심을 기울여 경청하는 상대방이 없다면 한 출세한 고향 친구를 그렇게까지 장황하게 서술할 필요는 느끼지 않았을 것이다. 박 씨와 나는 마을 공판장에서 박 씨의 아내가 사 온 맥주를 신선한 해산물을 안주로 하여 마시면서 여러 가지 이야기를 나누었다. 출세한 고향 친구와 자신을 동일시하려는 애틋하고 무모한 충동을 제대로 건사하지 못한 표정과 어투로 박 씨는 위하식에 대한 기억을 더듬었다. 그의 이야기는 군데군데 건너뛰는 바람에 잘 이해되지 않는 부분이 있었고, 반대로 어떤 부분은 여러 차례 반복하는 바람에 지루하기도 했다. 중복되는 부분을 생략하고, 이야기의 아귀를 맞추어 정리할 때, 그날 저녁 박 씨가 그의 친구에 대해 기억한 내용은 대략 다음과 같은 것이었다.

　그 친구가 이름을 바꿔 부르게 된 사연은 나도 모른다. 적어도 이 동네를 뜰 때까지(그들 가족이 이곳을 떠난 것이 아마 그 친구가 군대를 갔다 오고 얼마 안 있어서였을 것이다) 그는 동식이었다. 아무리 형제가 닮는다고 해도 구별 못 할 정도는 아니다. 동식이는 해남에 있는 대흥사라는 절에서 고시 공부를 하고 있었는데, 군대 가는 문제로 할 수 없이 공부를 중단하고 내려왔던 것 같다. 그리고 때맞춰 두 살 위의 형, 그러니까 하식이는 사업을 하겠다고 아버지한테서 돈을 좀 받아가지고 떠났다. 내 기억이 정확하다면 그렇다.
　동식이는 소문난 천재였다. 그 형과는 영 달랐다. 형은 힘이 장사고 일을 잘했을 뿐 아니라, 성격이 서글서글하고 붙임성도 있었다. 반면에 동생은 형에 비하면 키도 작고, 힘도 못 쓰고, 인물이 영 아니었다. 사람들하고 친근하게 지낼 줄도 모르고, 무엇 하나 형보다 나은 게 없었지만, 머리 하나는 비상하게 좋았다. 가난하게 살던 그 집 아버지가 입버릇처럼 말하곤 했다. 너만 믿는다, 동식아. 동식이 니가 우리 집안을 살려야 쓴다. 암 생각 말고 열심히 공부해서 고시에 탁 붙어뿌러라…… 그런 기대를 갖게 할 만한 친구였다. 그 아버지의 소원대로 남들은 하나도 어렵다는 고시를 두 개씩이나 휩쓸어버리지 않았는가. 그것도 군대에서 제대하자마자 연거푸. 그 당시, 군사 혁명 직후의 군대가 어떤 군대였는지 아는가. 요새 군대야 양반이다. 그때하고 비교하면 말이다. 그런 데서 2년 넘게 썩고 나와서는, 행정 고시하고 사법 고시를 차근차근 해치워버렸으니, 이건 말 그대로 기적이 아닌가. 개천에서 용이 난 셈인데, 그 용은 유갑스럽게도 미리 개천을 떠나버리고 없었다. 그 집 가족이 (가족이 래봤자 형은 사업한답시고 미리 떠나서 코빼기도 안 비춘 지 꽤 되었고, 어머니도 그 무렵에는 이 세상 사람이 아니었으니까 동식이하고 그 아버지가 전부였지만) 이 마을을 떠난 것은 동식이가 군대에서 막 제대하고 돌아왔을 무렵이었다. 내 기억으로는 아마 3년을 다 채우지 않았던 것 같다. 몸이 어딘가 불편해서 의가사제대를 했던 걸로 안다. 그 어른이 그때 몹시 서둘러서 전답을 정리하고 떠났는데, 서울에서 큰아들이 자리를 잡았노라고 했다. 아무튼 몹시 갑작스럽게 그런 결정을 한 것은 틀림없었다.

그러고는 오랫동안 그들을 볼 수 없었다. 동식이가 양대 고시를 휩쓸었다든가, 하식이가 서울에서 돈을 많이 벌어 큰 빌딩을 두 개나 갖고 있다든가, 동식이가 재벌의 무남독녀와 결혼했다든가, 그 아버지도 새장가를 들었다든가 하는 소문만이 잊어버릴 만하면 한 번씩 묻어오곤 했지만, 그 소문들 가운데서 거의 대부분은 확인이 불가능한 것이었다. 그들 가족은 한동안 소문으로밖에는 우리 마을을 찾아오지 않았다.

그 아버지가 직접 이 마을에 모습을 나타낸 것은, 정권이 바뀌면서 단행된 개각에 동식이 이름이 거명된 지 얼마 지나지 않아서였다. 아까도 말했듯이 그 아버지는 어쩌다 한 번씩 마을에 내려와서 묵고 갔다. 명당자리를 좀 보러 왔다는 그의 말이 거짓이 아닌 듯 그는 이곳에 머무는 시간의 대부분을 산에서 보냈다. 여기저기를 돌아다니다가 멍하니 한쪽을 응시하고 오랫동안 서 있곤 했다. 출세한 아들을 둔 노인답게 옷차림이며 머리 모양이며가 말쑥했지만, 얼굴엔 의외로 주름이 깊었다. 추측과는 달리 그다지 행복해 보이지 않는 표정도 우리를 의아하게 했다. 노인의 얼굴에서 수심이나 회한 같은 걸 감지한 것은 나만이 아니었다.

아, 내각 명단이 TV와 신문을 통해 발표될 때에야 동식의 이름이 하식으로 바뀐 사실을 우리가 비로소 알게 되었다는 이야기를 해야 할 것 같다. 처음에는 물론 뭔가 착오가 있는 것으로 생각했다. 그 집안과는 전혀 상관이 없는 엉뚱한 사람이거나, 아니면 보도 과정에서 실수를 범한 것이 아닌가 하고. 그러나 실수라면 마땅히 정정되어야 할 보도가 몇 번이고 반복해서 동일한 사진과 이름을 보여주고 있었고, 전혀 다른 사람이라고 치부하기에는 그 얼굴이 너무 친숙했다. 요컨대, 아무리 뜯어봐도 동식이가 틀림없는데, 이름은 위하식이라고 붙어 있었던 것이다. 이름이야 얼마든지 바꿀 수 있는 일이지만, 자신의 형 이름으로 바꿀 수는 없는 일 아닌가. 형과 같은 이름을 쓴다는 것이 말이 되는가. 아무래도 선뜻 납득할 수 없었다.

"어떻게 된 겁니까?"

그쯤해서 나는 참지 못하고 말참견을 했다. 문제의 핵심에 이르렀다 싶은데도 좀처럼 핵심을 건드리지 않는 그의 화술에 나는 좀 지쳐가고 있었던 것 같다. 그런 심사를 은연중에 표시하고 싶었는지도 모르겠다.

"나도 어쩐 일인지 알 수 없다고 말하는 것 아닌가? 알 수 없었제, 가끔씩 들르는 그 어른한테도 물어보았제만, 시원스런 대답을 해줘야 말이제. 하식이는 뭘 하느냐고 물으면 잘 살고 있지 않느냐고 퉁명스럽게 대꾸하고는 그만인 거라. 한번은, 동생 말고요, 큰아들 말이오. 하고 다그쳤더니 땅이 꺼져라고 한숨을 푹 쉬고는 그러는 거여. 죽었어, 그놈은. 그것으로 그만이었제. 죽다니, 뭔 소린지 궁금했제만, 더 물어볼 수가 있어야제. 그때 그 거칠고 움푹 패인 눈자위로 눈물이 한 방울 찔끔 흘렀던 것 같기도 하고……"

형이 죽었다. 그래서 동생이 자신의 이름을 버리고 죽은 형의 이름을 쓴다. 내막이야 어떻든 표면으로 드러난 사실은 그렇게 볼 수밖에 없었다. 그리고 그 점은 당사자인 동생도 시인했다고 했다. 그렇지만 왜?

별장 건축 관계로 만났을 때, 박 씨는 하식이라는 이름으로 불리는 그의 친구 동식에게 사정을 물었다. 동식은, 형의 죽음을 시인하기만 할 뿐, 더는 말하고 싶어 하지 않았다. 쓸쓸하게 웃는가 싶더니, 너무 무거운 바윗덩어리를 내 가슴에 얹어놓고 갔어, 묻지 말게, 하고 금세 표정을 굳히는 바람에 더 물을 수가 없었다. 그래서 박 씨는 어떻게 갑자기 이 먼 데다 별장 지을 생각을 했느냐고 급히 화제를 바꾸었다. 친구는 여전히 쓸쓸한 표정을 풀지 않고 잔뜩 기어들어가는 목소리로 대답했는데, 그 대답이 더 요령부득이더라는 것이었다.

"아버지 땜에. 아버지가 원했어. 아니, 아버지를 더 견딜 수가 없어. 아니지, 아니야. 아버지가 아니라 형을, 하식이 형을 더 못 견디겠어. 아버지는 나를 통해 형을 보고, 나는 또 그 아버지를 통해 끊임없이 형을 기억해야 하는 일은 악몽과도 같아. 나는 위하식이 아니야. 형은 죽었는데 위하식은 살아 있어. 아니지, 아니야. 나는 위하식이야. 죽은 건 형이 아니야. 죽은 건 나야. 죽은 건 동식이야. 아니, 하식이야. 나야. 내가 아니야. 내가 지금 무슨 소릴 하고 있는 거지……"

그날 저녁 박 씨가 들려준 이야기는 그 정도였다. 그동안 의아스럽게 생각해오던 의문 ─ 아들에 대해 별장 노인이 보여주는 이중적인 정서의 파행적인 표현 속에 감춰진 수수께끼에 대해서는 어느 정도 힌트를 얻은 셈이 되었다. 하식은 위하식이 아닌 것이다. 선뜻 납득하기 힘들긴 하지만, 여러 가지 정황으로 미루어 보아 그 점은 의심의 여지가 없어 보였다. 그렇다면 이제 남은 의문은, 그럴 수밖에 없는 사연이 있느냐는 것이었다. 어떤 피치 못할 사정이 있어서 죽은 형의, 유골이나 다름없는 이름을 대신 사용하면서, 그 이름이 끊임없이 상기시키는 기억의 고문을 감수하는 것일까.

나는 머릿속으로 출몰하는 여러 상념들을 차근차근 정리해보았다. 분명한 것은, 위하식이라는 이름의 본래 소유자인 동식의 죽은 형은, 지금 무엇 때문인지 살아남은 동식과 그 아버지를 괴롭히고 있다는 점이었다. 그 괴로움의 깊이가 어느 정도인가는 별장 노인이 죽은 아들을 찾으며 이름을 부를 때, 노인의 음색에 나타나는 형언할 수 없는 그리움과 회한의 감정에서 엿볼 수 있었다. 또 한 가지 의미심장한 부분은 아버지와 아들이 서로를 못 견뎌한다는 대목이었다. 박 씨에게 했다는 아들의 진술에 어느 만큼의 진실이 깃들어 있다면, 아버지는 아들에게서 또 다른 죽은 아들을, 그리고 아들은 반대로 그 아버지에게서 죽은 형의 환영을 보고 있는 셈이었다. 그리고 그 일이 그들을 끔찍하게 하는 것이다. 그들은 서로가 서로에게 기억하고 싶지 않은 기억을 떠올리게 하는 촉매 노릇을 하고 있었다. 그들은 그런 식으로 서로를 고문하고 있는 것이 아닐까. 나는 생각했다. 그 때문에 아들은 아들대로, 아버지는 아버지대로 서로를 경원하고 피하고 저주하는 것이 아닐까. 사실이 그렇다면, 결국 청관산 기슭에다 별장을 지어 아버지를 유폐시킨 행위는, 그와 같은 지옥의 관계를 풀기 위해 아들이 취한 어쩔 수 없는 궁여지책이었을 것이다. 아들은 아버지를 보지 않으려 한다. 아들은 아버지를 망각하지 않으면 안 된다. 왜냐하면 그것만이 자신의 존재에 어두운 그림자를 드리우는 위하식이라는 이름으로부터 벗어날 수 있는 길이기 때문이다…… 내 추리는 거기까지 이르렀다. 추리 과정에서 내 자신이 흥분하고 조급해한 사실을 눈치채고 나는 좀 머쓱해졌다. 사람은 어떤 일에 대해 흥분하든 결국 자기 자신에 대해 흥분한다는 걸 알기 때문이었다.

의문은 그대로 남았다. 위동식은 왜 죽은 형의 이름인 위하식으로 자기 이름을 바꾸었을까? 무엇 때문에 위동식은 위하식이 되어야 했을까?

7

특색 없는 나날들이 반복되었다. 노인은 새벽마다 자신의 죽은 아들을 불러댐으로써 애꿎은 내 새벽잠을 깨워 담배를 꺼내 물게 했고, 탄력 없는 고무공과 같은 은행 업무는 여전히 사람을 무료하게 만들었다. 청관산다방의 미스 지는 변함없이 호들갑스러웠고 (고맙게도 그녀는 만취한 상태에서 함께 다방에서 보낸 하룻밤을 내색하지 않았다), 나는 또 변함없이 창가에 앉아 신문을 뒤적이거나 깊어가는 가을밤의 내밀한 속살을 들여다보는 기분으로 창밖 풍경을 내려다보거나, 눈을 감고 공상에 잠기거나, 그러다가 아무 생각 없이 스르르 잠 속으로 빠져들거나 하면서 커피 한 잔 팔아주는 대가를 톡톡히 받아내고 있었다.

그동안에 별장 여자가 몇 차례 들렀던 모양인데, 나는 그녀를 만나지 못했다. 미스 지는 그녀가 왔다는 소식을 전할 때 장난스럽게 질투를 위장했고, 그보다 더 자주 승미를 화제 속에 끌어들이고 싶어 했다. 그러나 그럴 때마다 나는 입을 다물어버렸기 때문에, 그녀는 그런 경우 그녀가 할 수 있는 가장 통속적인 상상력을 동원하여 그럴듯한 멜로드라마를 하나 만들어냈을 것이다.

그 무렵 내가 아침 산책을 시작했다는 이야기를 했던가. 물론 새벽을 휘저어대는 노인의 섬뜩한 목소리 덕분이었다. 처음 얼마 동안은 하숙을 옮길 것을 진지하게 고려하기도 했지만, 나는 곧 익숙해졌고, 결국 산책로를 따라 배드민턴장과 약수터까지 걷거나 뛰어 올라갔다 내려오기로 결심한 것이다. 시작은 별로 내키지 않았는데, 아침에 한차례 산을 올라갔다 내려오면 여간 기분이 상쾌해지는 게 아니어서 은근히 그 노인이 고맙기까지 했다.

약수터로 오르는 길과 반대되는 쪽, 그러니까 시멘트 포장길에는 늘 철제 바리케이드가 쳐져 있고, 거기에는 '관계자가 아닌 사람은 출입할 수 없습니다'라는 경고문이 붉은색 글씨로 씌어 있었다. 나는, 그 경고를 무시하고 몇 번 그 길을 따라 올라가본 적이 있었다. 언덕에 서서 내려다보면(그 별장은 경사진 언덕 아래 납작 엎드려 있었다. 따라서 시멘트 길을 따라 언덕까지 올라가지 않으면 그 별장이 보이지 않았다) 그 목청만으로도 험상궂고 크고 사나운 종자임을 분별할 수 있게 하는 개가 담 안쪽에서 으르렁 컹컹 짖어대곤 했다.

그 밖에는 보통 아무 소리도 들리지 않았다. 나는 그 언덕에 한참 동안 서서 청관산 기슭에서 피어오르는 안개에 부옇게 휩싸여 더욱 수상쩍은 분위기를 자아내는 별장을 지켜보다가 그냥 내려오곤 했다. 그뿐이었다. 으르렁 컹컹, 금세라도 담을 뛰어넘어 달려들 것만 같은 그 무시무시한 개 때문에도 나는 그 집에 들어가볼 엄두를 낼 수가 없었다. 어쩐 일인지 아침 운동을 하러 온 동네 사람들도 그 별장에 대해서는 관심들이 없는 것 같았다. 여러 날 그 주변을 어슬렁거렸지만, 누구 하나 별장 근처를 얼씬거리지 않았고, 또 그에 대해 무슨 말을 나누는 것도 들어보지 못했다.

아침 산책을 시작한 일을 제외하고는 정말이지 너무 단조롭고 판에 박은 일상이 되풀이되었다. 위하식과 그 별장에 얽힌 의문이 가끔씩 나의 호기심을 건드리긴 했지만, 그 의문을 풀어내기 위해 어떤 적극적인 행동을 취해야 할 정도로 절실하지는 않았다. 나는 문득문득 궁금해하면서도, 대부분의 경우는 잊고 지냈다. 아니다. 잊어버린 것은 아니다. 내 속에 그 의문이 늘 살아 있었다. 이상한 일이지만, 남의 가족사에 얽힌 숨은 이야기가 이해할 수 없는 간절함을 거느리고 나를 자극했다. 그런데도 나는 그 간절함을 이해할 수 없다는 이유로 의식에서 내쫓으려고 했다. 하릴없이 다방에 앉아 꾸벅꾸벅 졸거나 신문을 뒤적임으로써 나는 게으름을 위장했고, 그렇게 함으로써 내부에서 분출해 올라오는 이런저런 상념들을 모른 체하려 애쓰고 있었다.

남의 은밀한 가족사를 무시하려고 애쓴 만큼, 나는 내 자신의 은밀한 역사 또한 무시하고자 했다. 얼핏 초연함으로 비칠 수도 있는 무관심과 의기소침, 혹은 나태와 의욕 상실 같은 징후들은 바로 그와 같은 효과를 위해 내 영악한 무의식이 차용한 위장에 다름 아님을 나는 안다. 행여나 하고 있던 박 씨가 실제로 위하식의 도장이 찍힌 보증서를 들고 다시 은행에 나타나서 내 위장된 무관심을 걸어낼 때까지 나는 그런 것들을 의식하지 못했다.

  점심식사 후의 나른함을 휘저으며 요란한 오토바이 소리가 은행 앞에서 멎는가 싶더니, 의기양양한 걸음으로 박 씨가 곧장 내게로 왔다. 그는 놀랍게도 은행에서 제시한 서류들을 빠짐없이 내 앞에 내밀었다. 틀림없이 위하식의 이름이 적히고 인감이 쾅쾅 찍혀 있었는데, 첨부한 인감증명서의 인감과 같았다. 일부러 서울까지 올라갔다 왔노라고 박 씨는 그간의 경위를 설명했다. 처음부터 느꼈지만, 박 씨는 보증인으로 내세울 마땅한 인물이 없어서라기보다, 자신과의 밀접한 친분 관계를 과시하고, 그럼으로써 생길 수 있는 유형무형의 실익을 기대하면서 일부러 위하식을 보증인으로 삼은 것이 분명했다. 이번 경우에도 보증서 한 장을 얻기 위해 그 어려운 서울 걸음을 한 것은 결코 아닐 터였다. 내가 판단한 바로는, 그는 실속을 따지지 않고 남을 도와주면서 기쁨을 누리는 위인은 아니었다. 아무려나 나로선 상관없는 일이긴 했다. 서류를 들고 와서 저렇게 의기양양해하는 터에 그냥 돌려보낼 수는 없는 일이었다. 박 씨 역시 그 점을 잘 알고 있는 게 틀림없었다. 그렇지 않다면 저렇게 자세가 달라질 순 없었다.

  어쩌면 그 순간에 나는 그런 박 씨의 허세에 웬만큼 눈꼴이 시렸는지 모르겠다. 심술을 좀 부리고 싶어졌을 수도 있다. 나는 그가 내민 서류들을 꼼꼼히 점검한 뒤 무언가 미흡한 점을 발견한 듯 난감한 표정을 지어 보이고는 보증인의 주민등록등본이 없다고 딴죽을 걸었다. 박 씨는, 전에는 그런 말하지 않았잖느냐, 본인 것도 아니고 보증인의 주민등록등본을 뭣 땜에 요구하는 거냐고 따지고 들었지만, 나는 지극히 사무적이고 건조한 어투로(사무적이고 건조한 어투일수록 상대방이 중압감을 느낀다는 사실을 나는 잘 알고 있었다) 업무상 무시할 수 없는 절차임을 상기시켰다. 처음보다 다소 기가 꺾인 박 씨가 다시 서울에 갔다 와야 하지 않느냐고 투덜거릴 때, 우편으로 해당 동사무소에 요청하면 간단하다고 그 방법까지 친절하게 알려주고 나서 나는 문득 내 마음속 깊은 곳에서 음침한 음모와도 같은 아슬아슬한 욕망이 슬며시 고개를 쳐들고 있음을 인식했다. 그 음침한 욕망이 박 씨에게 그 일을 지시하고 있는지도 모를 일이었다.

박 씨는, 거참, 돈 몇 푼 얻어 쓰기 되게 힘드네, 투덜거리면서도 그렇게 하겠노라고 대답하고 은행을 나갔다. 나는 좀 미안한 마음이 안 드는 건 아니었지만 잠자코 있었다. 둘밖에 없는 여직원들에게까지 할 수 없는 꽁생원에 겁쟁이로 찍힌 지 오래된 임 소장이 자리에 있었더라면 내 수작을 용납하지 않았을 것이다. 위하식이 누군데, 그 사람에게 밉보이면 어쩌려고 그러느냐고 야단칠 게 분명했다. 마침 소장은 읍내에 하나밖에 없는 중학교 서무과장이라는 자와 점심 약속을 하고 나가서는 아직 돌아오지 않고 있었다.

소장이 들어오기 전에 나는 어머니의 전화를 받았다.

"에미다."

여직원에게서 건네받은 전화기 속에서 어머니는 어김없이 울상을 짓고 있었다. 어머니는 자신의 목소리에 배어 있는 그 깊고 사무치는 비애가 전염성을 지녔다는 걸 알고 있는 것일까. 내가 얼마나 오랫동안 그 목소리에, 그 목소리가 끊임없이 불러일으키는 쓸쓸함에 노출되어왔는지. 그리하여 그것이 나의 목소리와 몸짓, 표정이나 사고방식, 심지어 그것들을 원격조종하는 의식과 무의식에 얼마나 큰 영향을 미쳤는지. 어머니는, 그런 의미에서 당신이 참으로 위험한 보균자라는 것을 알고 있을까.

"잘 있느냐. 별일 없고? 한번 오지."

"바빠서요."

나는 한숨을 짧게 토해내고는 얼버무렸다.

"바쁘지? 바쁘겠지만, 그래도 한번쯤 올라와도 되지 않겠느냐."

"서울에 무슨 일이 있군요?"

어머니는 항상 슬프고 안타까운 목소리를 냈으므로 목소리에서 어떤 돌발 사태를 유추해내는 건 용이하지 않았다. 그런데도 나는 숙련된 조율사가 미세한 음감의 차를 정확히 식별해내듯 어머니의 음성이 미세하게 떨리고 있으며, 단어 사이를 망설이듯 멈칫거리고 있음을 알아챘다.

"아니다. 별일 없다. 한번 올 수 있으면 좋겠다만, 바쁘다니……"

"그러지 마시고 말씀해보세요. 답답하잖아요."

"별일 아니라니까. 니 아버지가……"

"……"

"아버지가 없어졌다. 벌써 여러 날 되었다. 사방으로 수소문은 하고 있다만…… 요새 부랑자들을 잡아다 가둬놓고 사람 취급도 안 하는 데가 있다고 하던데…… 설마 그렇게야 되었겠냐만, 왠지 그런 방정맞은 생각도 든다. 정신도 성하지 않은 양반이, 곧 날씨도 추워지는데, 어디서 무슨 고생을 하는지……"

어머니는 말끝을 맺지 못했다. 눈물이라도 훔치고 있는지 훌쩍이는 소리가 들려왔다. 당신의 인생을 누르는 무거운 짐 외에 아무것도 아닌 한 남자에 대한 어머니의 저렇듯 안쓰러운 집착과 배려를 나는 이해할 수가 없다. 한 번도 설명된 적이 없는 어머니의 감정이 나는 갑자기 의문스러워졌다. 사랑이라는 우스꽝스러운 단어는 왜 그런지 어울리지 않을 것 같았다. 해묵은 인연의 고리나 또는 그녀의 내부에 굴절되어 잘못 각인된 죄책감이 아버지에 대한 그녀의 감정의 전부라면, 그것이 어머니로 하여금 자신의 몸보다 더 크고 무거운 혹을 달고 살아가게 만드는 것이라면 어머니의 그 체념적 숙명주의는 얼마나 요령부득인지.

나는 아무 말도 할 수 없었다. 아버지가 없어지다니. 아버지가 없어질 수도 있다는 사실만이 그저 좀 신기할 따름이었다.

"너라도 있으면 좋을 텐데……"

어머니는 또 말끝을 흐렸다. 그것이 무엇을 뜻하는지 나는 알고 있었다. 어머니는 아들놈이 당장이라도 서울에 올라가겠노라고 대답해주기를 바라고 있는 것이다. 그 말끝의 여운을 통해 내가 당신의 바람을 알아차려서 스스로 응하도록 유도하고 있는 것이다.

그러나 나는 어머니의 바람에 응하지 않았다. 제법 긴 침묵으로 나는 거부의 의사를 전달했다. 전화기를 사이에 두고 팽팽한 침묵으로 맞설 때, 나는 그녀의 뜻을 다 이해했다. 그러면서도 나는 끝내 어머니가 먼저 침묵을 거둬들일 때까지 버텼다. 변명으로 들리겠지만, 그리고 사실 변명이긴 하지만, 나는 무슨 말을 어떻게 해야 할지 가늠할 수 없었다. 가슴속이 텅 비어 있었다는 뜻이 아니다. 가슴속에는 오히려 너무 많은 생각들, 너무 많은 말들이 뒤섞인 채 웅성거리고 있었다. 너무 많은 것이 문제라면 문제였다. 어떤 것을 추려내야 할지, 어떤 것부터 추려내어 문장을 만들어야 할지 갈피를 잡을 수가 없었다는 말이다. 나는 물론 지금 변명을 하고 있다. 부끄러운 변명이다. 그러나 이렇게 부끄러운 변명이라도 해야 하는 사람의 심정이 얼마나 복잡하고 혼란스러운지 이런 부끄러운 변명을 해보지 않은 사람은 이해하지 못할 것이다.

전화는, 끊기고 말았다. 어머니는 아까보다 좀더 확실하게 한 번 더 훌쩍거림으로써 상황의 안타까움을 시위했고, 그리고 그뿐이었다. 아니다. 그것이 전부가 아니었다. 어머니는 부주의하게도 승미 이야기를 했다. 어제 왔었다. 어제가 니 아버지 생신이었는데, 넌 몰랐지야? 그 아가씨가 참 기특하더라. 조만간에 너 있는 델 한번 내려갈 기색이더라. 참 우리한텐 과분한 처년데…… 나는 어머니가 승미 소식을 전하면서, 승미가 과분하게 훌륭한 며느릿감이라는 말을 하고 싶었던 것인지, 아니면 승미가 기억하고 있는 '니 아버지' 생신조차 망각해버린 나의 불효를 꾸짖으시려고 했던 것인지 알 수가 없어졌다. 어쩌면 그 두 가지 의도를 함께 드러내고 싶었던 건지 모르겠다.

"승미에게 전할 말 없냐?"

"없어요."

"어떻게 넌…… 알았다. 어쩌면 이번 주말쯤 찾아갈지도 모르겠더라. 그리고 니 아버지, 불쌍한 양반이다. 너무 섭섭하게는 말아라."

어머니가 먼저 전화를 끊었다. 이례적인 일이었다. 여느 때와 달리 어머니는 범상치 않은 자신의 감정의 파문을 그런 식으로라도 전하고 싶었던 것일까. '불쌍한 아버지'를 거론할 때, 어머니는 실제로는 자신의 이야기를 하고 있으며, 따라서 나에 대해 아버지가 품고 있을지도 모르는 섭섭함이 아니라 자신이 감당하고 있는 섭섭함을 토로하고 있는지 모른다는 의혹이 처음으로 나의 뒤통수를 때렸다. 나는 끊긴 전화기를 들고 한동안 멍청하게 앉아 있었다.

8

별장의 여자 미스 윤을 다시 본 것은 서울특별시 종로구 평창동장으로 되어 있는 행정우편을 받은 날(그날을 마침 토요일이었다) 오후였다. 물론 청관산다방에서였다.
여직원이 건네준 누런 봉투를 받아든 순간 나는 평창동장이 보낸 우편물의 내용을 금방 짐작했다. 다른 우편물이 있을 리 만무했다. 나는 조심스럽게 봉투에 붙여진 테이프를 뜯었다. 짐작대로 그 안에는 위하식의 주민등록등본이 들어 있었다. 나는 꼼꼼하게, '이 등본은 주민등록표의 원본과 틀림이 없음을 증명한다'는 문구와 함께 평창동장의 직인이 찍혀 있는 주민등록표를 읽어 내려갔다. 본적이 길흥읍 신동리 142번지에서 서울로 옮겨져 있었고, 주소 이동 사항란에도 여러 차례 이사를 다닌 기록이 적혀 있었다. 지금 살고 있는 평창동 주소로는 3년 전에 전입한 것으로 되어 있었다.
그 주민등록표에서 나를 혼란스럽게 만든 부분은 위동식에 대한 기록이었다. 어이없게도 장남 위하식이 아니라 차남 위동식이 사망한 것으로 거기에는 나와 있었다. 차남 위동식의 이름과 인적사항 위에 길게 두 줄이 그어져 있고, 변동 사유란에 '1964년 9월 2일

사망'이라고 버젓이 기입되어 있었던 것이다. 서류상으로 볼 때는 죽은 사람은 위하식이 아니라 위동식이었다. 박 씨의 증언에 따르면, 그리고 이제까지 유추해낸 바에 의하면, 죽은 사람은 동생이 아니었다. 형이 죽었고, 그러자 동생인 위동식이 자기 이름을 버리고 형의 이름으로 바꾸었다. 그렇기 때문에 세인들에게 알려진 위하식이라는 위인은 실상은 그 본명이 위동식이라는 사실을 확인하지 않았는가. 그런데 이건 무엇인가. 이 서류는 무엇을 말하는가. 죽은 사람은 위하식이 아니라 위동식이 아닌가. 서류에는 개명의 기록이 없었다. 이름을 바꾼 것이 아니었다. 박 씨가 잘못 말한 것일까. 고의로 거짓 정보를 흘린 것일까. 아니라면 그 자신, 대단히 밀접한 친분이라도 유지하고 있는 양 떠들어대는 것과는 달리 그에 대해 아는 바가 별로 없는 게 아닐까. 어떻게 죽은 자가 살아 있을 수 있는가. 버젓이 살아 있는 자를 어떻게 죽은 것으로 만들 수 있는가……

나는 머릿속이 혼란스러워서 여러 차례 고개를 저었다. 남의 집안 족보에 필요 이상으로 신경을 쓰는 자신이 멋쩍기도 했다.

"퇴근들 해요. 자, 주말 잘들 보내고 월요일에 봅시다. 먼저 갑니다."

일주일에 한 번씩 가족을 만나러 가는 소장은 여느 때완 달리 서둘렀다. 소장이 퇴근을 하고 나자 나도 따라 일어섰다. 서둘러 나설 일은 없었지만, 그렇다고 주말 오후에 퇴근 시간을 넘겨가면서 직장에 붙어 있을 까닭은 더욱 없었다.

그러니까 나로서는, 시간의 규제를 받지 않는 날이면 늘 그래왔듯이(저녁 시간은 거의 항상 규제받지 않는 편이었지만) 그날도 청관 산다방의 적당히 편안한 어둠 속으로 어슬렁거리며 기어 들어갈 작정이었다.

덜컹거리는 철판 계단을 밟고 다방으로 들어갔을 때, 미스 지가 한쪽 테이블에 앉아 누군가와 이야기를 나누고 있었다. 나는 그 누군가가 바로 미스 윤이라는 걸 쉽게 알아보았다. 미스 지가 손을 들어 올려 알은체를 했기 때문에 나는 지체 없이 그쪽 테이블로 다가가 앉았다.

"오랜만이네요."

여자는 고개를 까딱해서 인사를 받고는 어색하게 웃었다. 그녀의 그 웃음이 어찌나 어색하던지 나는 직감적으로 그녀의 신상에 어떤 심상치 않은 변화가 생겼다는 걸 알아차릴 수 있었다. 그런 직감은, 그녀가 앉은 의자 옆에 반듯이 세워진, 표면에 체크무늬가 있는 한물간 유행의 커다란 여행용 가방을 보자 확신이 되었다. 그러고 보니까 차림새도 지난번과는 사뭇 달랐다. 육체의 선이 제법 잘 살아나도록 디자인 된 치마와 재킷을 입고, 베이지색 바바리코트까지 무릎 위에 들고 있었다. 목에는 스카프를 둘렀는데, 그 스카프에는 반짝거리는 장식물이 걸려 있기도 했다. 그녀로서는 한껏 멋을 낸 본새가 분명했다. 매니큐어가 반쯤 벗겨져 나간 붉은 손톱들만이 그녀의 그런 차림새를 비웃기라도 하려는 듯 이해할 수 없는 당돌함으로 무릎 위에서 꼼지락거렸다.

"얘, 간대요."

먼저 말을 꺼낸 쪽은 미스 지였다. 나는 물론 놀라지 않았다. 그러나 나는 마땅히 행해져야 할 너무 많은 설명들이 생략되었으며, 그 책임이 어느 정도 그녀에게 있기라도 한 것 같은 불만이 생겼고, 따라서 나는 내 의문이 포괄적인 대답을 유도해낼 수 있기를 기대하며 "왜?" 하고 물었다. 하지만 여자는 쉽게 입을 열지 않았다. 뜻밖의 침묵으로 말미암은 어색한 분위기가 견딜 수 없어진 미스 지가 다시 대역을 맡고 나섰다.

"끝났대요. 약속한 돈을 며칠 전에 다 받았대요. 그 돈 땜에 여지껏 버텨왔는데, 돈을 받고 나니 하루도 더 있을 기분이 안 나나 봐요. 끔찍하대요. 더는 못 하겠대요. 그동안 어떻게 버텨왔나 싶대요."

"그럼 노인은? 잘 움직이지도 못 한다면서요?"

나는 그 여자에게서 시선을 거두지 않은 채로, 그 시선을 통해 그녀의 대답을 바라는 내 마음이 전해지기를 바라면서 물었다. 다시금 떳떳하지 못한 어색한 웃음을 아주 잠깐 지어 보이고 나서, 이번에는 여자가 대답했다.

"연락했어요. 올 거예요, 금방. 나처럼 돈을 모아야 할 절실한 필요가 있는 여자가, 나처럼 까짓 일 년 세월쯤 담보로 하고 목돈을 한번 만져보려는 욕심에 부풀어서, 나처럼 돈에 눈멀고 헛똑똑한 여자가 한 명 곧 올 거예요. 이제 나는 가야 해요. 밤기차를 타야 하거든요."

여자는 가방을 들고 일어섰다. 가방이 제법 무거운지 한쪽 어깨를 축 늘어뜨리고 출구 쪽으로 걸어갔다. 그녀가 들고 걷기에는 어쩐지 힘에 부치는 짐처럼 여겨졌다.

"내가 정류장까지 바래다주겠소."

나는 그녀로부터 가방을 빼앗아 들었다.

여자는, 어떤 동기로 찾아왔든, 또 어떤 방식으로 살았든, 지난 1년간 자신의 족적을 담고 있는 길홍을 그렇게 무감동하게(?) 떠나갔다. 미련 같은 것은 거의 느껴지지 않았다. 차에 오르기 전에 그녀는 매우 스산하게 들리는 목소리로, 흡사 혼잣말을 하듯, 자신이 이제껏 살아왔던 그 별장에 대해 다음과 같이 중얼거렸는데, 나는 그것이 그녀가 길흥과 관련하여 가지고 있는 생각의 전부였다고는 결코 믿고 싶지 않다.

"이해하지 못하겠지만, 그 별장은 이 세상에 있는 집 같지 않아요. 금방이라도 유령이 나올 것 같고, 아니 내 자신이 금방이라도 유령으로 변해버릴 것 같아요. 노인은 하루 종일 말이 없다가 어쩌다 한 번씩 괴성을 질러대죠. 정신도 오락가락하는 그 노인의 악취 나는 똥오줌까지 받아내야 하는 건 정말 못 할 일이었어요. 조금만 더 있다간 정말 미쳐버릴 것만 같았다니까요."

9

이제 이 지루하고 변변치 않은 이야기는 종장에 이르렀다. 이제 나는 그 여자가 그처럼 스산한 목소리를 남기고 길흥을 떠난 후 직접 그 별장에 찾아간 이야기를 덧붙임으로써 내 이야기를 마무리하려고 한다. 그러려면 승미가 길흥에 내려왔었다는 사실부터 밝혀야 할 것이다.

미스 윤을 태운 버스가 요란한 소음과 매연을 뿜어내며 읍내를 빠져나간 후에도 한참 동안 나는 정류장에 머물러 있었다. 가닥을 잡을 수 없는 상념들이 종횡무진 머릿속을 어지럽히며 담배를 요구했다. 피어오르는 담배 연기를 물끄러미 보다가 나는 비로소 그 산속 별장으로 쳐들어가겠다는 결심을 했다. 결의를 다지듯 담배를 비벼 끄고 왔던 길을 돌이키려는 순간, 건너편에 버스가 한 대 와서

섰다.

"자, 삼산, 대덕, 회진 가실 분, 싸게싸게들 타시요이."

목청 좋은 차장이(이곳의 완행버스 차장들은 모두들 젊은 남자들이다. 따라서 그들을 안내양이라고 부를 수 없다) 막 도착한 버스 문밖으로 튀어나와 큰 소리로 호객을 하는데, 점퍼 차림의 중년 남자 두 명과 중학생으로 보이는 키 작은 여학생 한 명과 큼지막한 보따리를 머리에 인 세 명의 아낙과 함께 승미가 그 버스에서 내렸다. 버스에서 내리자마자 이리저리 휘둘러보는 폼이 꼭 마중 나온 사람을 찾는 모습이었다. 그 때문인지 나를 보고도 썩 놀라는 기색이 아니었다. 그녀의 그런 모습이 며칠 전의 어머니의 전화를 떠오르게 했다. 어머니는, 아버지의 생신을 기억하지 못한 아들의 불효를 힐난한 후 지나가는 말투로 조만간에 승미가 찾아갈지 모른다고 말했었다. 중요한 내용일수록 그런 식으로 어렴풋하게 암시하듯 말하는 것이 어머니의 말투였다. 모르긴 해도 승미는 분명히 어머니에게 이번 주 토요일 오후를 명시하면서 방문 계획을 알렸을 것이다. 아니면 어머니가 그녀에게 그러라고 요구했을 수도 있다. 버스에서 내려서는 순간 휘둘러보는 모습과 나를 대하고도 놀라지 않는 것이 다 그 때문일 거라고 나는 생각했다. 그러고 보니 나는 영락없이 그녀를 마중 나온 셈이 되어 있었다.

사실을 말하면, 그녀를 보고 싶어 하지 않은 것은 아니었다. 다만 아직 그녀를 만날 준비가 되지 않았다고 느끼고 있었다. 설명하기 힘든 부끄러움과 슬픔과 절망이 자주 가슴에 회오리를 만들었다. 아직 그런 상태였으므로, 의외의 장소에서 뜻밖의 시간에 그녀와 맞닥뜨리게 되자 무슨 말을 어떻게 꺼내야 좋을지 갈피를 잡을 수가 없었다. 의례적인 인사조차 더듬거려야 할 정도로, 엉겁결에 마주한 승미는 낯설었다.

새벽에 떠났는데 이제 왔다. 참 멀더라. 어떻게 이런 곳까지 내려올 생각을 했는지 모르겠다. 아무 말도 없이 그렇게 제멋대로 행동해도 되는 거냐. 나는 대체 당신에게 뭐냐. 어머니께서도 몹시 걱정이 많으시더라…… 하고 비교적 밝은 모습으로 묻기도 하고, 따지기도 하던 그녀는 내가 별 대꾸를 하지 않자 곧 입을 다물어버렸다. 아마 그녀는 떨어져 있었던 시간의 부피와 무게를 속으로 헤아리고 있었을 것이다.

그 별장까지 가는 제법 긴 시간 동안 우리는 거의 말을 하지 않았다. 그녀가 산길로 접어든 이후, 어디로 가느냐고 두 번 이어서 물었을 뿐이었다. 토요일 오후를 즐기려는 사람들이 여럿 가벼운 복장을 하고, 더러는 플라스틱 물통 따위를 들고 약수터와 배드민턴장으로 향하고 있었다. 좀더 부지런한 축들은 벌써 경쾌한 단속음과 명랑한 웃음을 대기에 섞고 있었다. 별장 입구에 이를 때까지 나는 그들이 만들어내는, 의미를 잘 알 수 없는 소리들에 주의를 기울이며 걷기만 했다.

운동을 하러 온 사람들의 여유와 명랑함을 시샘이라도 하듯, 갑자기 하늘이 어두워지기 시작한 것은 우리가 별장이 내려다보이는 둔덕에 이르렀을 무렵이었다. 조금 전까지만 해도 쾌청하던 날씨가 소나기라도 내릴 것처럼 어두워졌다. 나는 고개를 들어 하늘을 올려다보았다. 그러나 아직 비가 쏟아질 것 같지는 않았다.

나는 높고 튼튼한 담벽에 이르러 잠시 멈칫했다. 무엇보다 금방이라도 벽을 훌쩍 뛰어넘어 덤벼들 것처럼 사납게 짖어대는 개가 나를 주춤하게 만들었다. 승미도 조금 놀란 듯 얼굴에 긴장의 빛이 역력했다.

"여기예요? 여기서 살아요?"

승미는 믿지 못하겠다는 어투로 그렇게 물었다.

나는 문틈에 눈을 대고 안쪽을 살폈다. 커다란 바윗덩어리를 연상시키는 시커먼 개 한 마리가 바로 눈앞에서 앞발을 들어 올리고 으르렁거렸다. 다행히도 그 개의 목덜미에는 쇠줄이 매달려 있었다. 그리고 쇠줄은 기둥에 묶여 있었다.

나는 갑자기 용감해져서 쾅쾅 문을 두드렸다. 안에서는 아무 기척도 들려오지 않았다. 예상한 대로였다. 나는 망설임 없이 담을 뛰어넘었다. 담은 제법 높은 편이었지만, 뛰어넘을 수 없는 정도는 아니었다. 개가 한층 더 요란하게 짖었다. 어찌나 사납고 시끄러운지 쇠줄쯤은 썩은 새끼 토막처럼 툭 끊어버릴 것만 같았다. 나는 개의 눈치를 살피며 조심스럽게 대문을 열고 승미를 들어오게 했다. 승미는 내 팔을 붙들며 등 뒤쪽으로 몸을 숨겼다. 발악하듯 짖어대는 개의 눈이 시뻘겋게 충혈되어 있었고, 욕심껏 벌린 입에서는 끈적끈적한 침이 거미줄처럼 흘러 바닥에 떨어지고 있었다. 뒤를 주었다간 금방이라도 달려들어 물어뜯을 것 같았다. 나는 개와 눈을 맞춘 채 뒷걸음질을 쳐서 현관문을 열었다. 하늘은 더 어두워져서 해가 지고 난 저녁 같았다. "일식이에요. 오늘이 이십사일이지요? 맞아요. 이십 몇 년 만에 일식이 나타날 거라고 했어요. 오늘이오" 하고 승미가 갑자기 습격해온 어둠을 해석했다.

거실이 넓었다. 소파가 거실 한가운데 놓여 있고, 한쪽 벽에 여러 종류의 열대어들을 거느린 수족관이 놓여 있었다. 창 쪽으로 세워진 두 개의 장식장에는 그야말로 장식적인 전집 도서들과 책보다 훨씬 장식적인 도자기들이 일정하게 간격을 유지하며 진열되어 있었다. 돌연 찾아든 어둠 속에서 얼른 눈에 띄는 것들이 그랬다. 계십니까, 여보세요, 하고 나는 주인을 불렀다. 그러나 아무런 기척도 새어 나오지 않았기 때문에, 그럴 리가 없는데도, 나는 혹시 빈집일지 모른다는 생각을 했다. 그런 의혹은 세 개나 되는 방문을 모조리 열어보았는데도 사람의 모습이 보이지 않자 더 심해졌다. 퍼뜩 좋지 않은 생각도 떠올랐다. 의혹은 한쪽 귀퉁이에 딸린 부엌을 지나 작은 문을 발견하는 순간까지 끈질기게 따라다녔다.

그곳에 문이, 부엌의 가구들에 가려 잘 눈에 띄지 않는 조그만 문이 하나 있었다. 집의 구조로 보아 그 방은 정사각형 모양인 그 건물의 한쪽 모퉁이에 흡사 혹처럼 달라붙어 있는 셈이었다. 실내가 밝다고 해도 쉽게 찾을 수 있는 방이 아니었다. 상식적으로 얼른 납득이 가지 않는 구조이긴 했지만, 집에 딸린 부대 식구들, 가령 가정부나 자가용 운전사를 위해 별도로 저런 식의 방을 만들기도 하겠다는 생각이 들었다. 필시 미스 윤이 기거하던 방이었을 거라고 추측하면서 나는 조심스럽게 문을 열었다.

열자마자 무언가 시커먼 것이 밖으로 튀어나왔다. 어머, 하고 외마디 비명을 지르며 승미가 내 등에 얼굴을 묻었다. 방이 어두웠기 때문에, 그리고 너무 순간적인 기습이었기 때문에 나는 그것의 정체를 파악할 수가 없었는데, 저만치에 앉아서 이쪽을 응시하고 있는 날카로운 눈빛이 고양이였다. 미스 윤의 말이 떠올랐다. "노인은 하루 종일 고양이만 껴안고 살아요. 기분 나쁜 그 고양이가 노인의 유일한 친구지요."

아직 어둠에 눈이 익지 않아 방 안에 무엇이 있는지 포착해내지 못했다. 눈앞이 가물가물하고 사물의 윤곽이 어렴풋하게만 잡혔다. 눈보다 민첩한 것이 코였다. 견딜 수 없는 악취가 방 안에서 나고 있었다. 부패하는 냄새, 무언가 썩어가는 냄새가 그 별장에 혹처럼 달린 그 방에서 풍겨 나왔다. 승미가 코를 싸쥐고 뒷걸음질을 쳤다. "뭐예요. 여기는 어디에요?" 정황과는 상관없이 약간 희극적인 코맹맹이 소리로 그녀가 다그쳤다.

"하식이냐, 하식이 왔냐."

윤곽만 어렴풋하게 보이는 방 안에서 잔뜩 쉰 노인의 쇳소리가 새어 나왔다. 그 목소리는 너무 건조해서 물기가 전혀 느껴지지 않았다. 섬뜩한 한기가 피를 역류시키는 듯했다. 그런데도 나는 알 수 없는 힘에 이끌려 한 발짝 다가갔다. 서서히 밝아오는 게으른 적응시에 의존하여 사물의 모양새를 확보했다.

한쪽에 자리가 깔려 있고, 거기에 한 사람이 누워 있었다. 그 옆에는 흔들면 앞뒤로 움직이게 되어 있는 팔걸이의자가 움직이지 않은 채 놓여 있고, 반대편에는 플라스틱 제품으로 보이는 요강이 있었다. 손바닥만 한 창문에는 커튼이 쳐져 있었다. 전체적으로 어둡고 음침한 느낌을 주는 분위기였다. 방 안이 어두워서 그것밖에 볼 수 없었다. 무엇보다 견디기 힘든 것은 살 속으로 파고드는 것 같은 악취였다. 물기가 전혀 느껴지지 않는 건조한 목소리는 자리에 누워 있는 노인의 입에서 나왔다. 당연히 코를 찌르는 악취도 그 사람에게서 나오고 있었다.

"이 아비를 용서해라. 그러는 게 아니었는데, 내가 어리석었다. 내가 어리석었어. 하식아……"

노인은 헐떡이며 하식이를 찾고 있었다. 파리하게 야윈 손이 이불 밖으로 빠져나와 안타깝게 떨렸다. 노인이 나를 자기 아들 가운데 하나로 착각하고 있는 게 틀림없었다. 그러자 갑자기 끔찍한 생각이 몰려들었다. 아버지들은 닮았다. 아버지들은 수치스럽고 끔찍하고 거추장스럽다. 아버지는 폐쇄된 시간의 성에 유폐되어 있거나 그 시간의 수갑에 묶여 부끄럽게 목숨을 연명하고 있다. 아버지는, 아들에게는 죽은 시간이 벗어던진 허물에 불과하다. 버거운 짐이고, 이 방의 구조가 시사하는 대로 혹과 같은 존재다. 보기 흉하고 거추장스럽지만 혹은 또한 자신의 피부——자신의 삶의 일부여서 함부로 제거하거나 도려내거나 할 수 없다. 나와 상관없다고 할 수 없다. 그것이 아버지들이 끔찍한 이유이다. 아버지로부터 벗어날 수는 없다. 때때로 아주 잠깐, 혼신의 힘을 다해 그를 가릴 수 있을 뿐이다. 아들은 어김없이 패배하고 언제나 진다. 아들이기 때문이다. 아버지는 그런 존재다……

내가 허공에서 안타깝게 흔들리고 있는 노인의 손을 엉겁결에 잡아 줄 때까지 머릿속으로 그런 생각들이 스쳐 지나갔다. 나는 나도 모르게 노인 옆에 얌전히 무릎 꿇고 앉아서 노인에게 손을 잡혀주었다. 알 수 없는 힘이 나를 지배하고 있었다. 노인의 손은 기분 나쁠 정도로 앙상했고, 나뭇가지를 잡은 것처럼 딱딱했다. 그 손만큼이나 앙상하고 딱딱한 목소리가 계속되었다.

"하식아, 그때 널, 왜 그랬을까, 내가. 내가 널 동식이 놈 대신 군대에 보낼 생각을 하다니. 이런 못된 아비가 또 있겠느냐?"

"그럼 두 번이나 군대에?"

불현 듯 무릎을 탁 치고 싶은 깨달음이 왔다. 아, 이런 세상에……

그러나 나는 여전히 노인에게 내 손을 쥐어주고 있었다. 악취가 견딜 수 없게 코를 찔렀다. 하지만 나는 꼼짝도 할 수 없었다. 나는 노인의 고백을 더 들어야 했다. 방 안은 이제 아무것도 식별할 수 없을 정도로 어두웠다.

"용서해라. 하식아. 니가 거기서 그렇게 죽을 줄 누가 알았겠느냐. 오랫동안 널 기다리고 있었다. 고맙구나, 이렇게 와줘서. 이젠 눈을 감아도 한이 없겠다. 하식아……"

노인의 메마른 얼굴에 눈물이 흘러내리는 게 느껴졌다. 노인은 엄청난 것을 털어놓고 있었다. 그는 나를 자기 아들로 착각하고 있는 게 틀림없었다. 나는 무섭고 징그러워졌고, 그래서 노인의 손을 그만 놓으려고 했다. 그러나 노인의 앙상한 손이 이해할 수 없을 정도의 악력으로 꽉 쥐고 있었기 때문에 나는 그 손을 뿌리칠 수가 없었다. 뼈밖에 없는 것 같은, 저렇듯 앙상한 노구의 어디에서 이런 힘이 나오는 것인지 이해하기 힘들었다. 나는 마음과 자세가 한꺼번에 불편해졌다. 야릇한 광경을 호기심 어린 눈빛으로 지켜보고 있을 승미에게 무슨 변명인가를 건네려고 고개를 돌리는 순간 무릎에 이상한 감각이 느껴졌다. 차갑고 물컹거리는 감촉. 이런. 한쪽 무릎에 손을 대어 확인해보았다. 틀림없었다. 방바닥이 온통 노인의 배설물로 덮여 있었다. 죽은 아들이 돌아올 거라는 불가해한 희망을 품고 노인은 이 배설물과 악취 속에서 뒹굴고 있었단 말인가. 그 불가해한 희망이 실은 이 방의 공기를 부패시키는 지독한 악취와도 같아서 다른 사람에게는, 가령 살아 있는 다른 하식에게는 견딜 수 없는 고통을 줄 뿐이라는 것을 그는 모르는 것일까.

나는 무릎을 세웠지만, 그뿐 다른 도리가 없었다. 방 안은 너무 어두웠고, 노인은 내 손을 필사적으로 움켜쥐고 놓지 않았다. 말 그대로 나는 노인에게 붙잡혀 있었다. 어떻게 해서 이 난처한 국면을 타계해야 좋을지 알 수 없었다. 뒤에서 줄곧 보고만 있던 승미의 마음이 어땠을지, 어떤 감정이 생겨났을지 짐작할 수 없다. 다만 그 순간 승미가 부엌에 나가 대야에 물을 받아 들고 들어온 것은 확실한 사실이었다.

그녀는 아무 말도 하지 않고 벽을 더듬어 형광등 스위치를 올리더니 방 안의 오물들을 치우기 시작했다. 몇 번이나 왔다갔다하며 그녀는 냄새나고 더러운 노인의 배설물들을 닦아냈다. 그뿐만이 아니었다. 그녀는 어느새 더운물을 가져와서 이불을 걷어내고 노인의 옷을 벗겨내고, 그 몸을 닦아내기 시작했다. 물론 그녀는 한마디도 하지 않았다. 돈도 좋지만 더 이상은 못 견디겠다며 오늘 길흥을 떠난 미스 윤이 자주 절레절레 고개를 저으면서, 더러는 끔찍한 물건이라도 만지듯 얼굴을 찡그려가며 이 일을 했으리라. 돈이 그녀로 하여금 그 끔찍한 일을 하도록 시켰을 것이었다. 바로 그 일을 승미가 하고 있었다.

그녀가 입을 꼭 다물고 앙상하게 뼈만 남은 노인의 몸을 차근차근 닦아내는 동안, 노인은 눈을 감고 갑자기 조용해져버렸고, 나는 노인에게 손을 잡혀 꼼짝할 수 없었다.

〔『문학사상』, 1989년 3월호〕

고산 지대

몽크 김은 오늘 밤도 들어오지 않을 모양이었다. 강의실보다 기도실에 엎드려 있는 시간이 훨씬 많은 그를 우리는 오래전부터 이름 대신 몽크 김이라고 불렀다. 그에게선 실제로 죽음을 선취(先取)하려고 애쓰는 수도승의 완고함과 침울함이 풍겨 나왔다. 세속의 껍질을 벗어버린 듯한 초연한 표정이 그랬고, 지면으로 답답하게 깔리는 음성이 그랬고, 보이지 않는 것을 더듬는 듯한 눈길이 그랬다. 그 때문에 그는 종종 우리에게까지 세상의 분방함으로부터 떨어져 나와 무슨 수도원에 칩거하는 듯한 착각을 불어넣곤 했다. 성(聖)과 속(俗)에 대한 거의 결벽에 가까운 구별, 그리고 그에 대한 그 나름의 선험적인 편견이, 어쩔 수 없이 세속에 노출된 채 살아야 하는 그에게 자주 죄의식을 부추겼을까. 그랬을지도 모른다. 우리는 기도실의 깜깜한 어둠이나 뒷산의 나무 그늘 아래 웅크리고 앉아 짐승처럼 울부짖거나 그러다가 그대로 밤을 새우는 그의 모습을 자주 보았다. 나는 안다. 그는 오늘 밤도 기숙사에 들어오지 않을 것이다.

불트만의 독일어 원서를 붙들고 씨름하다가 문단속을 하는 아르바이트 사서의 눈총을 받으며 마지막으로 도서관에서 나왔을 때, 달도 없는 세상은 깜깜했다. 군데군데 가로등이 켜져 있었지만, 그것만으로 인적이 사라진 교정을 밝히기에는 어림이 없어 보였다. 사람의 움직임이 보이지 않는 곳에 우두커니 서 있는 가로등이 오히려 처량했다. 그것들은 호되게 야단맞고 쫓겨난 개구쟁이들을 연상시켰다. 가로등마저도, 전기의 힘을 얻어 번쩍이게 되어 있는 저 가로등마저도 사람들 사이에서만 제대로 빛을 내는 것인지 모른다.

세상은 수족관 속처럼 가라앉아 있었다. 가끔씩 가로등만큼이나 외로운 불빛들이 깜깜한 도화지 위에 선을 그으며 빠르게 사라져 갈 뿐, 도시는 깊이 잠들어 조용했다. 발아래 펼쳐진 수렁 같은 어둠의 도시를 내려다보고 서 있다가 나는 정말로 고산 지대라도 오른 것처럼 두세 차례 심호흡을 했다.

우리 대학은 이 도시에서 가장 높은 지대에 세워져 있었다. 등산할 각오를 하고 학교에 가야 할 정도였다. 채플이나 도서관에서 아래를 내려다보면, 썩어 없어질 이 세상에서 아옹다옹하는 이런저런 사람들의 삶이 갑자기 저열해져서 낯이 뜨거워지곤 했다. 그 때문에 우리들은 종종 우리 학교를 '고산 지대'라고 명명하곤 했다. 더러는 그럴싸한 의미를 부여해서, 또 더러는 얼마간의 자조감을 섞어서.

한두 차례 심호흡을 더 하고 나서 나는 깊이 가라앉아 있는 세상을 방치한 채 돌아섰다. 도서관 동편에 자리 잡은 기숙사 입구에 이르러 올려다보았을 때, 그와 내가 함께 기거하는 309호실엔 불이 켜져 있지 않았다. 예상대로 그가 돌아오지 않았다는 표시였다.

벌써 나흘째였다. 이번 주가 시작되자마자 그는 담요를 들고 기도실로 옮겨 갔다. 강의실에도 그는 거의 모습을 나타내지 않았다. 식당에도 나타나지 않는 것으로 보아 금식까지 하고 있는 게 틀림없었다. 어제저녁 수돗가에서 탈진한 채 물을 마시는 그를 보았다. 나는 무슨 말이든 건네고 싶었지만 아무 말도 하지 못하고 말았다. 왜 그랬을까. 왜 그랬는지 전혀 이해할 수 없는 건 아니다. 나는 무슨 말을 꺼내야 할지 알지 못했다. 아니, 나는 그에게 할 말이 준비되어 있지 않았다. 불시에 만난 모든 엉뚱한 대면의 순간이 늘 그런 것처럼 사전 준비 없이 그와 부딪친 나는 턱없이 당황해서 '어, 어' 하며 입술만 달싹이다가, 억지로 웃어 보이는 그의 초췌한 얼굴을 그냥 지나쳐 보내야 했다. 한방을 쓰고 있으면서도 그는 늘 그렇게 어려운 상대였다. 그건 비단 그가 나보다 네 살이나 나이가 많은 탓만은 아니었다.

나로선 어쩔 수 없는 노릇이었다. 예년의 관례대로 이번 해 역시 '골고다에의 길'을 거르지 않고 집행하려고 준비 중인 몽크 김에게 '뭘 좀 먹어야지요' 한다든가, 또는 '오늘은 방으로 와서 편히 좀 자는 게 어때요?'라고 말한다는 건, 생각처럼 그렇게 용이한 일이 아니었다.

매년 4월 초면 결행하는 그의 수난절 의식을 우리들은 '골고다에의 길'이라고 불렀다. 그날이 다가오면 그는 어김없이 그 의식을 치렀다. 서기 33년의 예루살렘, 그 뜨거운 4월 한낮에 자기 몸무게보다 더 무거운 십자가를 지고 처형장까지 걸었던 깡마른 예수의 발걸음을 모방하는 그의 의식은, 그 시절의 예수만큼이나 깡마르고 야윈 그에게는 딱할 정도로 힘에 벅찬 일이었다. 더구나 그는 사전에 음식물을 멀리하여 몸의 무게를 훨씬 더 줄이기까지 했다. 시골에서 초등학교 교사로 근무하다가 서른이 다 된 나이에 신학교에 들어온 지가 올해로 4년째였고, 따라서 그의 별난 의식도 이번으로 네 번째가 되는 셈이다. 마지막 해라고 해서 거를 이유가 없을 것이다.

그는 예년처럼 금식을 하고 철야를 하고, 뒷산에 올라가 아름드리 상수리나무를 찍어 날랐다. 어제 나는 흡사 성스런 의식이라도 집행하는 듯한 엄숙한 표정으로 그가 상수리나무에 톱질을 하고 대패질을 하는 모습을 보았다. 눈에서는 언뜻 날카로운 광기 같은 것이 번뜩였고, 그 때문인지는 확실치 않지만 접근하지 못하게 하는 어떤 위압감이 주변을 휩싸고 있었다. 나만 아니라 누구도 그에게 말을 건네지 못했다. 이제 날이 밝으면 그는 그때의 예수처럼 십자가를 어깨에 메고 비틀거리며 쓰러지며 골고다, 그 저주의 땅을 향해 가파른 언덕을 오를 것이다.

그렇긴 하지만, 불 꺼진 기숙사의 창문을 올려다보는 순간 속에서부터 불쑥 뜨거운 것이 치솟아 오르는 걸 피할 수 없었다. 그것은 그를 그 자리에서 끌어내 데리고 오지 않은 자책감 같기도 하고, 그 자리에 함께하지 않은 데서 오는 쓸쓸함 같기도 했다.

어디서인지 절규하는 듯한 울부짖음이 고요한 밤하늘에 울렸다. 습기가 잔뜩 밴 축축한 목소리였다. 목소리의 주인공이 먹고 자는 것과 같은 사람의 기본적 욕구를 팽개친 채 자기 육체를 학대함으로써 영혼을 투명하게 닦으려 씨름하고 있는 몽크 김일지 모른다는 데 생각이 미치자, 모른 척하고 안락한 이부자리 밑으로 숨어들 수가 없었다. 나는 소리 나는 쪽을 향해 끌리듯 다가갔다.

기도실은 언덕배기에 세워진 예배실의 한 귀퉁이에 딸려 있었다. 그리고 짐작대로 그곳에서 소리가 새어 나오고 있었다. 살며시 다가가 기도실 문을 열었는데도 예의 그 뜨겁고 축축한 목소리는 수그러들지 않았다. 누군가 들어왔다는 걸 의식하지도 못하는 것 같았다.
　기도실 안은 동굴 속처럼 어두웠다. 전면에 부착된 대형 십자가의 희미한 형체만을 짐작으로 어림할 수 있었다. 칠흑처럼 깜깜한 기도실 바닥에 잔뜩 웅크린 커다란 그림자 하나가 앞뒤로 빠르게 움직이고 있었다. 의미를 파악할 수 없는 소리는 거기서 나왔다. 내 둔한 귀는 너무 빠르고 급해서 흡사 허공을 굴러다니는 것만 같은 그 포효의 마디 중 어느 하나도 붙잡을 수가 없었다. 이른바 방언 기도라는 것을 알아차리지 못한 것은 아니지만, 그런 경험이 없는 내게, 어둠 속에서 불시에 듣게 된 그 비정상적으로 빠르고 의미 파악이 불가능한 울부짖음은 모골이 송연해지는 전율을 선사하기에 부족하지 않았다. 어두웠지만, 그래서 그 방언 기도의 주인을 확인할 순 없었지만, 나는 망설임 없이 그 사람이 몽크 김일 거라고 단정했다. 가지가지 신비한 체험을 두루 섭렵한 데다 그런 신비 체험을 중요한 믿음의 기준으로 이해하려 드는 그에게 방언 기도쯤은 아무것도 아닐 것이었다. 소문에 의하면, 그는 반죽음 상태에서 실제로 천국과 지옥을 기행하고 왔으며, 그 이후 초등학교 선생 자리를 버리고 신학교로 뛰어들었노라고 했다. 그의 그런 세계가, 두 학기째 같은 방을 쓰고 있는 내게 좀처럼 익숙해지지 않는다는 걸 굳이 숨기고 싶지는 않다.
　숫제 하나님을 압도하는 듯한 인상을 풍기는 그의 등 뒤에 엉거주춤 서서 이러지도 저러지도 못 하고 있던 나는 하는 수 없이 어둠을 더듬으며 겨우 기도실을 빠져나왔다. 4월 초의 날씨 치고는 어지간히 차가운 밤공기가 옷 속으로 슬금슬금 기어들었다. 그것들은 기도실로부터 들려오는, 의미를 파악하기 어려운 방언들과 함께 미끌미끌한 파충류가 되어 한사코 살갗에 달라붙으려 했다. 나는 한 차례 몸을 부르르 떨어 불쾌한 이물감을 떨쳐버리고는 걸음을 재촉했다.

그런 어느 순간, 갑자기 눈물이 핑 돌았다. 그러지 말았어야 했는데 나는 무심결에 몇 번 눈알을 깜박이고 말았다. 그것들은 공기 속을 둥둥 떠돌다가 어둠이 내리면 은밀히 형체를 풀어 액화되곤 했다. 그리하여 기회가 닿으면 우리 눈에서 잘 여문 봉숭아씨를 터뜨리듯 톡톡 눈물을 뽑아냈다. 늘 조심해야 했다. 캠퍼스를 거닐 때는 지뢰밭을 지나가는 병사들의 긴장과 신중함을 몸에 익히고 다녀야 했다. 그러나 우리 몸에 더 자주 익숙해 있는 것은 긴장과 신중함이 아니라 망각이었다. 아, 이런! 나는 손수건을 꺼내 눈을 틀어막으며 밤공기 속을 냅다 뛰었다. 등 뒤에서 여전히 형체를 붙잡을 길 없는 흥건한 울부짖음이 마구 쫓아왔다.

방에는 뜻밖에 찬익이 와 있었다. 허겁지겁 세면실로 뛰어들어 얼굴을 씻고 벌컥 방문을 열었을 때, 그는 방 안의 깜깜한 어둠을 이불 삼고 내 몫의 침대에 드러누워 있었다. 남의 자리를 차지하고 누운 그의 자세가 하도 당당하고 자연스러워서, 무슨 갑충(甲蟲) 모양으로 천장에 달라붙은 형광등이 몇 차례 푸드득거리며 속 날개를 꺼낼 때까지 나는 외인이 침입한 흔적을 눈치채지 못했다.

"랍비님께선 여전하시구먼. 이런 하 수상한 세월에 아랑곳 않고 죽은 헬라어 문법을 부활시키느라 시간 가는 줄 모르다니……"

방 안이 환하게 밝아지면서, 양쪽 벽에 붙여 세워진 두 개의 침대와 창 쪽을 보고 얌전히 앉아 있는 철제 책상, 그리고 그 책상 위에 어지럽게 널린 책들이며 볼펜, 리포트 용지, 마신 흔적이 그대로 엉겨 붙은 커피 잔들과 빵 조각들이 수줍은 듯 모습을 드러내자, 부스스 몸을 일으켜 벽에 등을 기대며 인사 삼아 꺼낸 그의 말이 그랬다. 비아냥기가 느껴지지 않는 것은 아니었지만, 그런 말투가 그 친구에겐 자연스러웠다는 사실을 상기하고는 괘념치 않기로 했다.

"어딨었어? 그동안. 얼굴이 안돼 보여. 밥은 먹었어? 커피라도 끓일까?"

나는 커피포트 플러그를 콘센트에 꽂으며 의자 위에 엉덩이를 부렸다.

"신경 안 써도 돼. 신경 쓰이지 않게 할게. 조용히 잠만 자고 나갈 거야."

그는 벽에서 스르르 미끄러지더니 다시 몸을 눕혀버렸다. 그러고는 한동안 아무 말도 하지 않았다. 끓는 물에 커피를 타서 그에게 권했을 때에야, 이제 막 생각났다는 듯 비어 있는 옆 침대를 턱으로 가리켰다.

"몽크 김은?"

"고행 중."

"여전한 건 그 친구도 마찬가지로구먼. 뭐야, 그 친구. 루터 이전으로 역사를 되돌리겠다는 똥배짱인가? 프로테스탄트의 첨병들이 키워져 나가는 훈련소에 들어와서 웬 엉뚱한 수도승 흉내를…… 꼴사납게시리."

"세속의 삶을 깡그리 부정하는 완고한 신비주의, 아니면 탈역사

고산 지대 **87**

적 경건 제일주의라고 할까? 그게 그 사람의 믿음이라는 건 너도 알잖아. 요즘 들어선 세상을 부정하고 외면하는, 뭐랄까, 메노나이트적인 입장이 한층 견고해진 느낌도 들어."

"흠흠, 그 잘난 경건과 신비주의. 세상은 불의와 부정과 어둠이 도도한 강물처럼 흘러 악취를 풍겨대는데, 그 훌륭한 수도원 담에 갇혀 눈감고 하늘을 우러르겠다는 발상의 철면피를 어떻게 이해해야 할지. 감은 눈에 뭐가 보이지? 하늘에 둥둥 떠다니는 구름이나 몇 잎 잡힐까? 눈을 떠야지. 눈을 떠서 청청한 하늘이 아니라 혼탁한 세상을 봐야 하는 거 아냐? 세상을 온통 시꺼멓게 도색해버린 저 참혹한 어둠과 불의와 치욕의 세력을 똑바로 직시하고 맞서야 하는 거 아냐?"

그는 조금 목소리를 높였다. 상대방을 일방적으로 매도해대는 이런 식의 대화는 나를 피곤하게 한다. 땅을 제거한 채 하늘의 풍경에만 한눈을 팔고 있는 넋 나간 사람들이 그러하듯, 그 반대편의 사람들 역시 답답하긴 마찬가지다. 여러 차례 반복적으로 말해져 해질 대로 해진 식상한 관용어구들을 마치 자신의 획기적인 발명품이라도 되는 것처럼 늘어놓는 볼멘소리를 듣고 있으면, 나는 공연히 그 양극의 틈바구니에 잘못 끼어들어 비참해진 것 같은 느낌이 들기도 하고, 나를 비참하게 만드는 그들의 신념, 그 신념의 견고함이 무서워지기도 하는 것이다.

지난 학기의 기도실 난입 때도 찬익은 지금과 똑같은 말로 몽크 김을 윽박질렀다. 몽크 김이 이끄는 '겟세마네'라는 기도 모임이 안정과 질서를 바라는 학교 측의 지원을 받고 있으며, 그 모임의 활성화를 통해 천천히 고개를 들기 시작한 소위 '불평 불만자들'의 조직을 와해시키려는 것이 학교 측의 속셈이라는 찬익과 그 동료들의 판단은 틀리지 않았던 것 같다. 그렇다고는 해도, 그들이 '나라와 민족을 위해' 밤을 새우며 기도하고 있는 어둡고 좁은 기도실에 난입해서 각목을 마구 휘둘러댄 것은, 나중에 대자보를 통해 그 '겟세마네'의 어용성을 호되게 질타했다고는 해도, 지나친 행동이었다는 비판을 피하기 어려운 것이었다. 그날, 몽크 김의 항변을 각목과 고함으로 막아내는 찬익의 눈에서, 기도에 몰입하고 있을 때의 몽크 김에게서와 다를 바 없는 광기 같은 빛이 뿜어져 나오는 모습을 나는 보았다. 두 사람이 갖고 있는 열정의 표면적인 차이와는 상관없이 그들의 열정이 근본적으로 동일하다는 것을 깨달은 것도 그때였다.

찬익은 벽 쪽으로 얼굴을 돌리고 이불을 끌어당겼다. 이불 속에서 혼잣말처럼 덧붙이는 그의 목소리에는 여전히 불만이 배어 있었다.

"요번에도 또 그 짓을 하려나? 십자가 메고 가파른 언덕을 오르는 그 유치한 쇼 말이야. 하겠지. 하지만, 그런 식의 유별난 고행 의식을 통해서만 그분을 따를 수 있다는 그 답답한 발상을 도대체 어떻게 받아들여야 할지."

그의 넓은 등짝을 바라보다가 나는 교정 곳곳에 붙어 있던 붉고 굵은 글씨체의 공고문을 떠올렸다. 그 포스터는 도서관 현관 유리문에도 붙어 있었다.

'비상 총학생회 개최. 신학도여 일어나라. 신학도여 깨어나라. 금요일 정오에 웨슬레 광장으로 모입시다.'

학기가 시작되었는데도 찬익의 모습이 보이지 않았기 때문이 아니라 내 관심이 다른 데 있었기 때문에(나는 4학년을 마치면 더는 이 땅에 남아 있을 생각이 없었다. 할 수만 있으면 졸업과 동시에 유학길에 오르고 싶었고, 그래서 거의 모든 시간을 도서관에서 보내다시피 했다) 나는 그를 잊고 지냈다. 그는 지난해 대학생 연합 시위에 가담하여 학교로부터 제적된 상태였다. 지난 겨울방학 때 고향으로 가는 열차를 갈아타기 위해 잠시 들른 ㅂ읍의 조그만 대합실에서 그의 사진이 붙은 수배 전단을 보았다.

그가 언제부터 투사가 되었는지 정확히 말하기는 어렵다. 그것은 저 아래쪽에서 시작된 바람이 어떻게 이 높은 곳까지 불어왔는가를 따져보려는 것만큼이나 부질없는 일일 것이다. 그러나 어쨌든 가령 찬익이가 "여긴 고산 지대야. 숨이 막혀" 하고 털어놓을 때, 그 말이 고산 지대의 환경에 잘 적응하지 못하는 개인의 특이 체질로 받아들여지지 않고(그렇게 이해되던 시절이 있었던 것으로 기억된다) 생명체의 생존에 부적합한 고산 지대 쪽의 척박한 조건(이를테면 기압의 급격한 저하, 산소의 부분압 강하, 그리고 주야간의 현저한 기온 차이 등)에 문제를 제기하는 것으로 읽히게 된 상황이 그리 오래된 것 같지는 않다.

아래쪽으로부터 불어온 수상한 바람에 몸을 실은 그의 눈에는 도서관에 앉아 '죽은 헬라어 문법이나 부활시키고 있는' 내가 허구한 날 기도실에 웅크리고 앉아 가시에 찔린 맹수 흉내를 내며 울부짖는 몽크 김과 마찬가지로 한심스럽게 보이는 모양이었다. 그는 강의실이나 교정의 잔디밭에 앉아 자주 흥분했다. 그는 자주 신학자들은, 또는 신앙인들은 그들의 신학을 또는 신앙을, 관념이나 종교 의식으로서가 아니라, 죽은 것이나 마찬가지인 문서 속의 도그마나 장식에 불과한 교회의 물량 과시로서가 아니라 자신들의 삶으로 보여주어야 한다고 핏대를 세우곤 했다. 가령 이런 식이었다. 예수님은 신학자들의 구태의연한 사고의 틀 밖으로 뛰쳐나오고 싶어 하신다. 그분은 신학자들의 고리타분한 언어와 논리의 벽을 헐고 나와 저 슬픈 어부들과 세리(稅吏)들과 창기들의 생활 현장에 함께 있고 싶어 하신다. 저 열악한 노동 환경의 한복판에 뛰어들어 노동자들과 함께 모래짐을 지고 대패질을 하고 트럭을 운전하고 싶어 하신다. 심지어 그분은 우리와 함께 최루탄을 맞아 눈물 흘리면서 돌이라도 던지고 싶어 하신다. 이 땅 곳곳에서 거대한 권력과 맞서 싸우며 피 흘리고 쓰러지는 투사들의 희생에서 우리는 그날의 그분의 그림자를 본다……

몽크 김은 찬익과 대극점에 서 있었다. 편리하게 비유해서 찬익이의 신앙관이 '예언자 의식' 쪽에 치우쳐 있다면, 몽크 김의 그것은 다른 한 극인 '제사장 의식' 쪽에 기울어 있는 셈이었다. 한쪽은 현실의 거침 속으로 '거침없이' 뛰어들려 하고, 다른 한쪽은 성소의 신비 속에 더 '신비적으로' 빠져들기를 원했다. 한쪽은 신앙의 정치화에, 다른 한쪽은 정치적 무관심에 빠져 있었다. 한쪽은 다른 쪽을 향해 '하나님 없는 세상'에서 살고 있다고 비난했으며, 다른 한쪽은 상대방을 향해 '세상 없는 하나님'만을 숭배한다고 내몰았다. 비단 찬익이나 몽크 김, 두 사람만의 이야기가 아니었다. 언제부터인지 학교 전체가 묘하게 두 갈래로 갈라져 있었다. 그 두 사람은 그들이 속한 그룹을 대표하는 두 개의 포스트에 다름 아니었다. 강의실에서는 두 개의 현실이 따로 존재하는 것이 아니라 오직 그리스도가 현실화된 하나의 현실만이 존재할 따름이며, 그 하나의 현실에서 하나님의 현실과 세상의 현실이 서로 하나가 되어 있음을 본회퍼를 따라 인정하면서도, 실천의 자리에선 늘 기도실의 안과 밖으로 그 '현실'을 옮겨버리곤 했다. 불행한 현실이 아닐 수 없었다.

침대에 누워 이런저런 생각을 뒤적이고 있는 내 곁에서 오랫동안 잠들지 못하고 몸을 뒤척이는 '불행한 현실'의 지명수배자인 최찬익의, 알지 못할 간절함과 초조감이 언뜻언뜻 내 가슴을 두드렸다. 잘 이해하기 어렵지만, 찬익에 대한 내 감정은 몽크 김에 대한 그것과 교묘하게 뒤섞여 있었다. 그 감정의 정체를 분명하게 밝히긴 어렵지만, 구실이야 무엇이든 그들의 자리에 동참하지 못한 자의 무안함과 자책감, 그리고 어디에도 끼지 못한 주변인의 쓸쓸한 열등감을 부정할 마음은 없다.

새벽녘에야 겨우 잠에 빠져든 나는 복도에 설치된 스피커로부터 쏟아지는 행진곡풍의 찬송가를 듣고 깨어났다. 새벽 기도 시간을 알리는 신호였다. 일어나야 했다. 이제 곧 사명감에 투철한 생활관장이 들이닥칠 것이었다. 게으른 영혼들을 깨워 일으키기 위해 모든 방문을 일일이 열어보고 빨리 나가라고 재촉하는 수선을 거르지 않을 것이었다.

나는 눈을 비비며 성경과 찬송가를 찾아들고 잠시 망설이다가 찬익이를 불렀다. 그의 기도회 참여를 권유하려는 의도가 아니라 생활관장의 습격이 우려되어서였다. 그도 이미 깨어 있었던 듯 이불을 걷어내며 일어나 앉았다. "뭐야, 새벽마다 강제로 깨워서 억지로 기도를 시키고, 이거 순 군대식이잖아" 하고 투덜거리긴 했지만, 어쩐 일인지 거부하지는 않았다.

그러나 내 곁에 앉아 기도회에 참석하던 녀석은, 기어이 도중에 몸을 일으켜 세우고 나가버렸다. 기도회를 인도하던 생활관장이

"사회가 참 어렵습니다. 우리 모두 나라와 민족을 위해 기도합시다" 하고 통성기도를 유도했을 때였다.

"걸핏하면, 생색이라도 내듯, '나라와 민족을 위해 기도합시다' 그렇게 해서 뭐가 어찌 된다는 거야. 애국자들 많아서 좋구먼. 나라와 민족을 위해 기도하면, 갑자기 모세가 지팡이를 들고 이 땅으로 내려오기라도 한다는 건가? 아니면 여호수아가? 왜들 이렇게 순진한지 모르겠어. 저 거대한 폭력을, 그 무시무시한 실체를 제대로 인식하려 들질 않아. 현실을 봐야 돼. 우리를 누르는 저 세력은 마치 켄 키지의 『뻐꾸기 둥지 위로 날아간 새』에 나오는 거대한 콤바인과 같애. 인간을 원하는 대로 얼마든지 개조할 수 있는 무소불능의 조직체 말야."

"너는 그 콤바인의 무시무시한 힘을 얕보고, 빤히 예정된 패배를 향해 천방지축 날뛰는 불쌍한 맥머피를 바라는 거니?"

다시 말하지만, 나는 이런 식의 대화에 되도록 말려들고 싶지 않았다. 그것은 내가 줄곧 견지하고 있는 무의식적인 처세술 가운데 하나였다. 이런 대화를 통해 얻어지는 소득이란 기력의 소모거나 상대방과의 관계 단절이 전부였다. 나는 불필요한 기력의 소모도, 이유 없는 상대방과의 관계 단절도 원치 않았다. 그의 말을 되받아 놓고 내심으로 아차, 싶었던 것이 말하자면 바로 그 지혜의 자각 때문이었다. 그러나 이미 내 말은 쏟아진 뒤였다. 어쨌거나 기력의 소모거나 불편한 관계이거나를 감수할 수밖에 없는 노릇이었다.

"그래서 영악하게 패배주의를 택하겠다는 것이로구나. 그 소설 속의, 세뇌되어 무력해진 환자들처럼 정신병동에 갇혀 신성한 인간을 반납하고, 그 대가로 조직의 양순한 부품이 되겠다는 것이로구

나. 싸워보지도 않고 미리 항복하겠다는 것이로구나. 행복한 패배주의, 노예의 안락에 안주하겠다는 것이로구나."

"기도가 가장 좋은 무기라고 믿는 사람들은, 그 기도를 가지고 가장 치열한 싸움을 벌이고 있는 건지도 몰라. 네가 돌을 던지듯 그들 역시 기도를 던지고 있는 거라는 생각은 안 드니? 왜 너만 옳다고 생각해? 그들의 진지한 싸움도 인정해주어야 하지 않아?"

"작자들이 겁을 내지 않는 무기를 너무 자랑하고 뽐내는 것은 민망한 일이야. 필요한 것은 좋은 무기가 아니라 효과적인 무기야. 저들이 두려워하지 않는 싸움은 이쪽에게만 치열할 따름이야. 잘 싸우려면 상대방이 무서워하는 무기를 써야지. 안 그래? 너의 사고방식은 저들, 콤바인이 쌍수를 들고 환영하는 논리에 다름 아니야. 그들이 바라는 게 바로 그거지. 너희들은 가만히 앉아 기도나 해라. 현실은 생각만큼 단순하지 않아. 알아? 훨씬 복잡하고 훨씬 치밀해. 신학생들은, 대체로 너무 순진해. 저 정신병원에 갇힌 키지의 환자들만큼이나…… 이따가 봐, 정오에. 싸움을 어떻게 해야 하는지."

거기서 그는 몸을 일으켜버렸던 것이다.

예상대로였다.

정오 무렵에 도서관 앞 웨슬레 광장으로 한 무리의 학생들이 깃발을 앞세우고 모여들었다. 최대한으로 볼륨을 높인 스피커에서는 날카로운 여학생의 목소리가 동료들의 참여를 권유하고 있었다. 그와 때를 같이하여, 학교 앞 후미진 골목에 아무렇게나 퍼질러 앉아 휴식을 취하거나 꾸벅꾸벅 졸고 있던 전경들이 부산하게 무장을 하고 교문 앞으로 몰려드는 모습이 보였다. 격렬한 한판이 예비되고 있었다. 학생들 스스로 오후 수업 완전 휴강을 선포하고 나선 참이 기도 했지만, 어차피 수업이 이루어지기 어려운 판이었다.

나는 성 금요일의 관례대로, 예수가 십자가에서 숨을 거둔 추정 시간인 오후 세 시까지 금식할 생각이었으므로 점심을 포기하고 도서관으로 향했다. 어제저녁, 시간에 쫓겨 읽다가 접어둔 불트만도 나를 필요로 했고, 며칠째 손을 못 댄 신약 원전은 더욱 급했다. 내게 신약학 전공을 권한 박성효 교수가 새 책처럼 깨끗한 내 헬라어 성경을 보면 호되게 나무랄 터였다. 영어가 짧은 것은 비영어권 학생으로서 어쩔 수 없다고 해도, 헬라어마저 부실한 채 무작정 유학길에 올랐다가 고생한 자신의 체험담을 들려주면서 박 교수는, 그러려면 신약학을 포기하고 다른 걸 하라고 윽박지를 게 뻔했다. 그의 그런 꾸중은, 암묵적인 유학 보장을 재고하겠다는 위협이나 마찬가지이므로, 거기에 소망을 걸고 있는 나로서는 꽤 신경이 쓰이지 않을 수 없는 노릇이었다.

도서관 안은, 여느 때와 달리 자리가 거의 비어 있었다. 빈자리가 많아서인지 4월인데도 을씨년스러웠다. 나는 책을 펴 들었다. 도서관 앞 광장에서는 서서히 시위에 불을 지펴가는 모양이었다. 빠른 템포의 노랫소리가 도서관의 유리창을 흔들었다. 약간의 시장기가 느껴졌다. 배 속이 좀 비어 있을 때 정신이 가장 맑아진다는 어떤 화가의 잠언을 떠올리며 헬라어의 알파벳을 뒤지기 시작했다. 가물거리는 헬라어 단어들과 시장기 사이로 바깥의 소음이 비집고 들어왔다. 귀를 막고 고개를 처박았지만, 도서관의 얇은 유리면을 투과해 들어온 짧은 구호들을 듣지 않을 수 없었다. 물론 사람들이 한꺼번에 목소리를 합쳐서 내지르는 바람에 그 구호의 내용이 정확히 전달되지는 않았다.

정작 비어 있는 것은 배 속인데 머릿속이 텅 빈 느낌이 이상했다. 글자들은 눈을 피해 달아나고, 나는 뼛속으로 스미는 한기에 몸을 떨었다.

책을 불트만으로 바꿔 들었다. 여전히 뜻을 알 수 없는 함성들이 썰렁한 도서관의 유리창에 부서졌다. 뜻을 알 수 없는 그 함성들은 여러 개의 다리를 거느린 벌레 모양을 하고 종이 위를 꾸물꾸물 기어 다니는 이방의 문자들과 뒤죽박죽 몸을 섞고 있었다.

나는 마침내 몸을 일으켜 세웠다. 그때 중심을 못 잡고 잠깐 비틀거렸다고 생각한 건 어쩌면 착각이었는지 모른다. 창가로 다가갔다. 도서관에 들어설 때보다 배나 많은 학생들이 광장을 가득 메우고 있었다. 잔디밭 쪽에 멀찌감치 자리를 차지하고 서 있는 이들도 있었다. 4월의 따뜻한 양광이 광장 끝에서부터 가물가물 아지랑이를 피워 올리고 있었다.

그리고 학생들 앞에 마이크를 쥐고 누군가가 서 있었다. 내게는 등을 돌리고 서 있는 셈이었지만, 나는 그가 누구인지 금방 알아차릴 수 있었다. 앉거나 서 있는 학생들의 환호와 박수를 간간이 받아 가면서 그가 감정이 격해지면 쉰 목소리를 내는 그 특유의 웅변술로 열을 뿜고 있었다.

"저 친구, 지난 학기에 짤린 최찬익 아냐?"

"그러게. 수배 중이라고 하던데, 무사할지 몰라."

"암튼 겁도 없는 놈이야. 저 친구가 나섰으니 좀 시끄럽겠군."

얼굴 정도는 익히고 있는 대학원생 두 명이 내 옆에 서서 건조한 목소리로 주고받는 대화를 나는 별 감정 없이 들었다.

"어쩌자는 판국인지 모르겠어."

"또 이곳저곳에 최루탄이 펑펑 터질 테지. 그놈의 최루탄 냄새 안 맡고 한 학기라도 넘겨봤으면 소원이 없겠어."

"누가 아니래. 요즘은 아예 저놈들이 최루탄으로 선공을 해오는 판국이니."

"캠퍼스란 게 꼭 간장 종지만 해가지고, 한번 터지는 날엔 어디 피할 데가 없으니……"

"오늘도 일찌감치 빠져나가는 게 상책일 것 같애. 책을 보긴 틀렸어."

"신학교에서까지 꼭 이래야 하나?"

그들은 별로 서두르지도 않고 자기 자리로 돌아가서 책상 위의 책과 노트들을 쓸어 담고 밖으로 나갔다. 나는 실내를 둘러보았다. 두 명의 대학원생 말고도 자리를 지키고 있던 몇 안 되는 학생들이 책 짐을 꾸리고 있었다. 워낙 학교가 좁기도 하지만 광장을 마주 보고 있는 도서관은 일이 생길 때 가장 큰 피해를 받는 곳이었다. 그래서 도서관 사서는 시위가 있는 날은 일찍 문을 닫을 궁리부터 했다. '학생은 안 나가?' 하는 표정으로 사서가 나를 빤히 쳐다보았다. 나는 그녀의 무언의 추궁을 무시한 채 창밖으로 시선을 옮겼다. 아까부터 찬익이 줄곧 마이크를 쥐고 있었다. 무슨 말을 하는지는 모르지만, 한쪽 손을 들었다 내렸다 하는 것으로 보아 몹시 흥분해 있다는 걸 알 수 있었다. 그의 현란한 뒷모습은 격정적인 교향곡을 지휘하는 지휘자를 연상시켰다. 그는 온몸을 바쳐 지휘하고 있었다. 그 안에 있는 모든 것이 쏟아지고 있었다. 그는 무엇을 지휘하고 있는 것일까. 그 순간 문득 어젯밤 기도실에서 보았던 절박한 어둠의

덩어리가 그의 뒷모습에 겹쳐 보였다. 불현듯 가슴속이 서늘해왔다. 서늘한 감동, 그것은 몽크 김의 뒷모습에서 어제 내가 채집한 뜨거움과 다르지 않은 것이었다. 나는 불쑥 창문을 열었다.

"안 돼요. 닫아요."

사서가 큰일이라도 난다는 듯 소리 질렀다.

"아직 바깥 공기가 무사해요."

나는 창밖으로 고개를 내밀고 코를 벌름거려 바깥 공기의 무사함을 알렸다. 투구에 방패에 방독면까지 착용한 패거리들이 교문 밖에 포진해 있는 게 보였다. 그리고 이제껏 유리창의 매끄러운 표면에 부딪혀 주르륵 흘러내리는 바람에 무슨 뜻인지 알아들을 수 없던 찬익의 뾰족하게 날 선 언어들이 창문 안으로 들어왔다.

……예수님에 이끌려 헤르몬 산에 올랐을 때, 제자들은 환상을 보게 됩니다. 예수님의 변신. 그의 얼굴에서는 광채가 났고, 입고 있는 옷은 눈부시게 희어졌습니다. 예수님이 영광과 권세 가운데 모세와 엘리야를 만나고 있는 장면을 제자들은 보았습니다. 그때, 베드로가 무어라고 말했습니까? 눈앞의 환상에 취하여 그가 무슨 말을 합니까? '주님, 여기가 좋습니다. 여기에다 초막을 짓겠습니다.' 복음서를 기록한 누가는, 베드로가 그 말을 하면서 자기가 무슨 말을 하는 것인지 자기 자신도 알지 못했다고 기록하지 않았습니까? 환상이 제공하는 엑스타시, 그 마취의 황홀경에 빠져서, '여기가 좋습니다. 여기에다……' 하고 넋 나간 소리나 질러대는 게 우리들 아닙니까? 저 아래, 귀신들린 자들과 굶어 죽어가는 자들과 병들어 죽어가는 자들의 신음 소리에는 두 귀 두 눈 꼭 막은 채 이 높고 광채 나는 헤르몬 산에 텐트 치고 안주하기를 꿈꾼 게 우리들

아닙니까?

　그는 거의 울부짖고 있었다. 성능이 좋지 않은 마이크 때문에 그렇게 들린 것 같지는 않았다. 그때까지 비교적 질서를 지키고 앉아 있던 청중들 속에서 술렁거림이 일기 시작했다. 나는 무심결에 꼭 쥔 나의 손바닥이 땀에 젖어 축축해진 사실을 알지 못했다.

　……언제까지 그래야 합니까? 언제까지 몽매한 황홀경에 빠져 환상이나 파먹고 살아야 합니까? 저 아래에는 더러운 귀신들이 우글우글합니다. 그들에 붙잡혀 울부짖는 우리의 형제, 우리의 이웃의 신음 소리를 들어보십시오. 예수가 그들을 데리고 헤르몬 산에 오른 것은 다시 내려가기 위해서였습니다. 우리 신학교도 마찬가지입니다. 자기가 무슨 말을 하는지 자기 자신도 알지 못했던 그 제자처럼 오늘 우리가 환상에 넋이 나가 '여기가 좋사오니' 하고 세상으로 내려가기를 거부한다면, 나는 분명히 말합니다. 우리는 진리를 거역하는 자의 편에 서게 되는 것입니다. 이제 그만 내려갑시다. 예수님처럼 합시다. 예수님처럼 내려갑시다. 예수님처럼 내려가 저 신음하는 우리의 민중들 속에 섞입시다. 내려가서, 그들 가운데서 우리보다 먼저 내려와 있는 예수님을 만납시다……

　내려가자 세상으로.

　내려가자 민중에게.

　광장 바닥에 질서를 지키고 앉아 있던 학생들이 한꺼번에 일어서서 한목소리로 외쳐댔다. 내려가자 민중에게, 내려가자 예수에게……

　그들은 언덕을 내려가기 위해 방향을 틀었다. 그러나 교문 밖의 패거리들이 더 빨랐다. 학생들이 움직이기를 기다렸다는 듯 최루탄이 날아왔다. 학생들은 약속처럼 투석으로 맞섰다. 이제 아수라장이 될 것이었다. 던지고 받고, 쫓고 쫓기고……

사서가 황급히 달려와서 유리문을 쾅 소리 나게 닫고 잠갔다. 밖에선 계속 뻥뻥 최루탄이 터지고 있었다. 곧 도서관으로도 날아들 것이다. 곧 도서관 유리창이 한두 개 깨질지도 모른다.

나는 불트만과 헬라어 성경과 헬라어 사전을 챙겨 들었다. 나오기 전에 유리창을 통해 흘깃 밖을 한 번 더 쳐다보았는데, 창밖의 아수라장 속에서도, 그 아수라장과는 전혀 상관없는 뜻밖의 장면이 펼쳐지고 있었다. 나는 발을 멈추고 섰다. 쫓고 쫓기며, 던지고 피하는 전경들과 학생들의 싸움판 한 귀퉁이에, 나는 보았다, 거대한 십자가 하나가 뒤뚱거리며 걸어오고 있었다. 십자가는 너무 크고 걸음은 느렸다. 몇 발짝 걷다가 고꾸라지고, 한참 만에 다시 힘겹게 몸을 일으켜 세워 서너 발자국 걷고, 그러다가 또 쓰러지고 다시 일어나고 하며 십자가는 교정의 가파른 경사로를 오르고 있었다.

그 장면은 나를 숨 막히게 만들었다. 전쟁터의 한복판에 흔적도 없이 스러지는 낙조를 누가 주의 깊게 지켜보고 아름답다고 찬탄할 수 있을까. 주변은 시끄럽고 요란했지만 그 순간 모든 것이 정지한 듯했다. 마치 내가 직접 십자가를 멘 것처럼 어깻죽지가 갑자기 무너지고 숨이 막혔다. 중단시켜야 한다. 어느 쪽이든, 저 떨어져 내리는 낙조든, 뜨겁게 달궈진 전쟁터의 열기든. 그러나 나는 꼼짝도 하지 않고 서 있기만 했다.

나 대신 시위대에 가담했던 학생들 중에 몇 명이 그쪽으로 뛰어가는 모습이 보였다. 상황을 알리고 설득하는 모양이었다. 그렇지만 그들은 결코 십자가의 행진을 중단시킬 수 없을 것이다. 완강하게 거부하는 몽크 김의 고집 센 자세가 그들을 쫓아내고 있었다. 그

때 그쪽으로 최루탄이 한 방 터졌기 때문에, 그들은 어쩔 수 없다는 듯 설득을 포기하고 자리를 피했다.

그 사이에 전쟁터의 상황은 급변해 있었다. 교문 밖에 대형을 유지하고 서서 최루탄을 날리던 전경들이 교문 안으로 저벅저벅 걸어 들어왔던 것이다. 방석모에다 방독면까지 뒤집어서 흡사 외계인 같은 흉물을 한 그들은 서서히 학생들의 공간을 잠식해 들어왔다. 시위대는 조금씩 영토를 내주며 뒤로 물러나지 않을 수 없었다.

그 순간이었다. 밀려오는 전경들과 가장 가까운 곳에서 마스크를 쓴 채 돌을 던지며 용감하게 구호를 외쳐대던 한 학생이 그 자리에 고꾸라지는 모습이 보였다. 공교롭게도 몽크 김이 십자가를 지고 비틀거리며 걸어가는 언덕과 가까웠다. 학생은 그 자리에 쓰러져 뒹굴며 괴로운 듯 몸부림쳤다. 그리고 나는 그가 입고 있는 청색 재킷을 통해 그가 찬익이라는 걸 알아보았다.

그는 홀로 쓰러져 있었다. 전경들이 거리를 좁혀오고 있었으므로 아무도 그쪽으로 가지 못했다. 불과 몇 발짝 떨어진 거리에 십자가를 멘 고행의 사나이가 비틀거리며 몸을 가누려고 애를 쓰고 있을 뿐, 아무도 없었다. 다른 시위대는 멀찌감치 떨어져 있었다. 때맞춰 연달아 쏘아대는 '지랄탄'을 피하느라 혼비백산이 되어 있던 터라 그의 위급한 상황을 눈치챈 사람도 거의 없는 상태였다. 쓰러져 괴로워하는 그를 향해 다가오는 것은 오히려 저벅거리는 군화 소리였다.

그 순간 나는 또 보았다. 여태 바로 옆에서 벌어지고 있는 살벌한 난장판에 눈 하나 깜짝하지 않고 외로운 고행을 계속하던 몽크 김이 정해진 교정의 경사로(우리들은 그 길을 '비아 돌로로사', 즉 고난의 길이라고 명명했다)를 버리고 있었다. 짧은 순간이지만, 그는 내가 본 것처럼 바로 옆에 피를 흘리며 쓰러져 몸부림치는 학생을 본 것이다. 망설임이 없었다고는 물론 생각하지 않는다. 실제로 그는 아래를 내려다보며 아주 잠깐 엉거주춤 서 있었다. 그러나 그는 곧 방향을 바꿔 아래쪽으로 내려딛기 시작했다.

십자가를 진 그가 최루탄을 맞고 쓰러져 누운 또 다른 그의 옆에 무릎을 꿇고 앉았다. 그가 자기의 등에서 십자가를 내려놓고 그 십자가만큼 무거운 또 다른 그를 등에 업는 순간, 모든 것이 일시에 멈췄다. 착각이 아니었다. 실제로 웅성거리며 돌을 던지던 학생들도, 뻥뻥 최루탄을 쏘아대며 거리를 좁혀오던 군화들도 그 자리에 우뚝 선 채 그 모습을 주시하고 있었다.

나는 충동적으로 도서관 창문을 열었다. 짜증을 부릴 사서 따위는 안중에도 없었다.

모든 것이 정지된 시간 위로 '그'가 '그'를 등에 업고 아래쪽을 향해 비틀거리며 내려가고 있었다. 그것이 유일한 움직임이었다. 그 움직임에 따라 등 뒤에 누운 '그'의 지체 어디선가 흘러나온 검붉은 피가 '그'를 적시고 있었다. 그들은 거의 한몸처럼 보였다.

나는, 그때 내 마른 눈알에 고여 돌던 눈물이 단지 최루가스 탓이라고 믿고 싶지 않다. 아마도 말 못 할 부끄러움이었을 것이다. 그 순간 도서관 유리창을 통해 그 장면을 바라보는 사람이라면 누구든 피할 수 없었을 서늘함, 또는 뜨거움.

그런 채로 한동안의 시간이 흐른 후에 시위 학생들 속에서 한두 사람이 울먹이는 목소리로 수난 찬송가를 부르기 시작했고, 곧 모든 학생들이 그 합창에 가세했다. 삽시간에 교정은 수난 찬송가의 애절하고 느린 선율에 휩싸였다.

거기 너 있었는가. 그때에. 주가 그 십자가 위에 달릴 때……

나 역시 거의 무의식 상태에서 창밖으로 손을 내밀며 찬송을 따라했다. 어젯밤에 기도실의 주인이 내었음직한 목소리가 내 입에서 나왔다. 그 때문에 손에 들고 있던 불트만의 신약 성서 신학과 헬라어 성경과 사전이 낙엽처럼 아래층으로 떨어져 내리는 사태를 그 당장은 눈치챌 수 없었다.

동작을 멈춘 채 망연히 올려다보고 있는 '그들'을 향해 비척거리며 내려가는 한몸이 된 '그'와 '그'의 등 뒤쪽으로 우리들의 무겁고 깊은 수난 찬송이 4월의 청명한 햇살과 함께 이슬처럼 부서져 내렸다.

오— 때로 그 일로 나는 떨려 떨려 떨려. 거기 너 있었는가. 그때에……

〔『문학사상』, 1988년 5월호〕

부재중(不在中)

"또 오셨어요?"

장일도 씨가 안경점 유리문을 열고 들어가 한쪽 벽에 걸린 외국 여자의 활짝 웃는 사진을 뜯어보고 있을 때, 언제나처럼 눈이 부시도록 흰 와이셔츠에 정갈해 보이는 하늘색 타이를 맵시 좋게 골라 맨 젊은 남자가 그에게 던진 첫마디가 그랬다. 그 말투에는 약간의 짜증기가 묻어 있었지만, 그보다는 느물거리는 조롱기 쪽이 더 강했다. 남자의 눈자위와 입술 근처로 야릇한 웃음이 스멀스멀 기어가고 있었다. 웃음을 억지로 깨무느라고 그러는지 입 모양이 약간 일그러져 보이기까지 했다.

"또 안 맞아요? 이번에도 물체가 여러 개로 보이고 어질어질해요?"

비틀린 입가로 빼꼼히 빠져나온 웃음을 감추며 남자가 그를 올려다보았다. 장일도 씨는 키가 훌쩍 컸다. 그래서 안경을 쓰고 있을 때 그의 얼굴은 종종 잠자리를 연상시켰다. 판넬 속에 들어앉은 이

방 여자의 커다란 뿔테 안경에서 시선을 거두지 않은 채 그는 자기 안경을 벗었다.

"네, 아무래도 바꿔야겠어요. 도수가 맞질 않아요."

"하지만 이건 불과 이틀 전에 바꿔 갔잖습니까? 벌써 몇번째인지 알고 계세요?"

"그래요."

"그 안경이 맞아요. 그날 시력검사를 했잖아요?"

"그랬지요. 그렇지만 마찬가지예요. 눈알에 모래 같은 것이 낀 것처럼 어른거리고, 사물이 흐릿흐릿해요. 하마터면 차에 치일 뻔했다니까요."

그랬다. 이틀 전에도 그는 안경점에 들러서 그 며칠 전에 바꿨던 안경을 다시 바꿨었다. 결코 몸에 밴 공손한 표정을 놓치지 않는 깔끔한 용모의 젊은이에게 시력검사를 받았고, 새로 건네받은 안경을 쓰고, "저를 보세요. 제가 잘 보입니까? 아직도 가물가물합니까?" 어쩌구 하며 손을 쳐들었다 내렸다 하는 젊은이에게 "이젠 됐어요" 하고 만족감을 표시했었다. 그러나 그의 만족감은 이번에도 오래가지 않았다.

시작이 언제였는지 분명하게 기억할 수는 없었다. 하지만 매번 사물이 여러 겹으로 겹쳐 보이고 머리가 어질어질해지는 데는 그로서도 다른 도리가 없었다. 어지럽고 거북했다. 턱없이 높은 도수의 안경을 끼고 있는 것 같고, 눈 안에 모래 알갱이가 들어 있는 것 같았다. 그 순간의 그의 안경은, 사물을 잘 보기 위한 보조 기구가 아니라, 잘 보는 것을 막기 위한 방해물에 다름 아니었다. 차라리 벗어버리고 싶은 마음도 간절했지만, 대학 입시를 준비하던 열아홉 살 이래로 안경은 그에게 눈과 다를 바 없었고, 그 때문에 안경을 벗어던진다는 것은 그에게는 곧 눈을 도려낸다는 것과 뜻이 통하는 말이었다. 충동에 따라 안경을 포기해버리는 일이 유독 장일도 씨에게 어려운 까닭이 거기 있었다.

그리고 그런 순간에 어김없이 쳐들어오는 현기증 ─ 발을 딛고 있는 땅이 돌연 액체처럼 출렁이며 몸의 중심을 못 가누게 만들어버리지 않던가. 그의 몸뚱이는 출렁이는 액체 위에 떠서 기우뚱거리는 한 척의 위태로운 배가 되고, 그의 의식은 어지럼증과 구토감을 거느리고 점령군처럼 밀고 들어온 뱃멀미에 사로잡히고 만다. 눈은 초점을 못 잡은 조명 기구처럼 제멋대로 흔들리고, 그 불성실하고 불완전한 시선 앞에서 세상의 모든 사물들은 정신없이 취해서 비틀거린다. 그렇다. 시선이 흔들리면 세상이 흔들리고, 머리가 어지러우면 세상도 어지럽다.

"또 어지러워요? 또 도수가 안 맞아요?"

"그래요. 도수가 안 맞나 봐요. 어질어질하고 가물가물한 게 그 무슨 회전목마를 타면 이런 기분일까 싶어요."

눈이 부시게 흰 와이셔츠를 입은 안경점 남자는 그가 도로 건네준 안경을 공중에 쳐들고 안경알과 안경을 벗어 어딘가 안정감이 없어 보이는 그의 얼굴을 번갈아 쳐다보았다.

"그거 참, 왜 그러지?"

남자의 중얼거림에다 대고, 그는 조금 낮은 도수를 부탁했다. 남자는, 여전히 뭐라고 중얼거리는 한편, 예의 스멀거리는 웃음을 한층 은밀히 추스르면서 칸막이 안쪽으로 들어갔다.

장일도 씨는 소파에 앉았다. 안경을 벗은 벌거숭이의 눈을 게슴

츠레 떠서, 아까부터 이쪽을 쳐다보며 활짝 웃고 있는 사진 속 여자의 커다란 눈과, 마찬가지로 커다란 입을 찬찬히 들여다보았다. 침침한 그의 눈에도, 벌린 입술 사이로 눈부시게 흰빛을 내쏘고 있는 여자의 치아들이 정갈해 보였다. 세로 주름이 비교적 선명한 편인 여자의 입술에는 붉은색 루주가 진하게 칠해져 있었다. 사진 아랫단에 고딕체로 적힌 '이태리 안경'이라는 글자만 아니라면, 화장품 광고나 치약 광고로 오해할 수도 있을 만큼 가지런한 치아와 과장된 입술 선이 인상적이었다. 상대적으로 그녀가 끼고 있는 검은 테의 안경은 눈에 잘 띄지 않았다. 마치 얼굴의 일부분인 것처럼, 그렇게 자연스러웠다.

여자의 사진 옆에는 양 끝에 구형의 추가 매달린 조그만 금속 조형물이 무게중심을 잡지 못하고 시소를 타고 있었다. 금속 막대의 양 끝에 매달린 구슬 모양의 추가 위로 치솟았다가 이내 아래로 곤두박질쳐 내리는 지루한 움직임을 쉴 새 없이 반복해댔다. 지옥에서 천당까지. 언제부턴가 그에게는 그 우스꽝스런 조형물을 볼 때마다 '지옥에서 천당까지'라는 익숙한 관용어를 입속에서 가만히 굴려보는 버릇이 생겨 있었다. 그것은 그가 이십대 후반 3년을 보낸 파주 근처의 보병 부대에서 신물이 나게 들어왔던 끔찍한 군대 용어들 가운데 하나였다. 분대장이나 선임하사는 군가를 부를 때마다 '지옥에서 천당까지'를 요구했다. "반동간에 군가한다. 군가는 전선을 간다. 반동은 지옥에서 천당까지. 반동 시작. 하나 두울 셋 넷……"

언제나 '지옥에서 천당까지'였다. 어쩌다 변화를 준다는 게 기껏해야 '천당에서 지옥까지'로 천당과 지옥의 자리를 바꾸는 정도였다. 그러나 반동을 통해 '지옥에서 천당까지'를 줄기차게 오고 갔던 그의 끔찍한 3년은 언제나 지옥이었고, 단 한순간도 천당은 아니었다.

좌우대칭을 이룬 금속 조형물의 상하 운동은 '지옥에서 천당까지' 이루어지고 있었다. 한쪽 끝이 지옥에 닿는 순간에 다른 쪽 끝은 천당으로 치솟고, 곧이어서 천당과 지옥의 위치가 바뀌었다. 그렇지 않아도 사물의 모양새를 정확히 포착하지 못하는 그의 벌거벗은 눈에 그 움직임의 폭은 실제로 천당과 지옥의 거리만큼 멀어 보였다.

"껴보세요."

칸막이 안쪽에서 나온 흰 와이셔츠 남자가 싱글거리며 그에게 다른 안경을 내밀었다.

"이번에도 또 도수가 안 맞는다고 하면 곤란해요. 저로서는······ 하지만, 불편하시거든 언제든 다시 오세요. 어때요? 잘 보입니까?"

그는 사내가 내미는 대로 안경을 껐다. 남자는 그가 안경점에 들어섰을 때의 표정을 끈질기게 유지하며 그의 안경 속으로 쑥 들어왔다.

"한결 선명해진 것 같네요. 고마워요."

그는 줄곧 똑같은 표정으로 그를 대하는 흰 와이셔츠 사내와 둥글고 까만 뿔테 안경의 외국 여자와 여전히 천당에서 지옥까지를 오르내리는 금속 조형물의 지루한 움직임을 고루고루 쳐다본 다음 유리문을 밀고 안경점을 나왔다.

거리는 물처럼 흐르고 있었다. 조금씩 세력을 넓혀가는 어둠에 한 줄기씩 길을 내며 매끄럽게 흘러가는 자동차의 헤드라이트 불빛과 함께. 바람은 보이지 않는 곳에서 태어나 알 수 없는 곳으로 불어 갔다. 추억처럼, 또는 범접할 수 없는 불가능한 동경처럼 어디선가 낯익은 피아노 선율이 허공을 흐느적흐느적 떠돌아다녔다.
 그는 몸을 움츠렸다. 추웠다. 저녁 시간이 되면, 미지로부터 불어닥친 차갑고 앙칼진 바람이 어김없이 그의 가슴속을 겨냥하고 파고들었다. 저녁 시간의 추위는 늘 그의 가슴을 텅 비게 만들고, 집 없는 고아라도 된 것처럼 안절부절못하게 했다. '집'이라는 따뜻한 단어를 기억할 수 없는, 또는 '집'이라는 단어와 그 단어가 연상시키는 관념들로부터 유독 자기 자신만 열외된 듯한 상태가 그의 저녁녘을 참담하게 만들곤 했다. 자신이 직접 열쇠 구멍에 열쇠를 집어넣고, 게으른 형광등을 깨우고, 그리하여 방 안에 웅크린 썰렁한 고요와 대면해야 하는 현실에 도무지 익숙해지지 않았다. 있어야 할 자리에 있을 것이 놓여 있는 모습을 목격할 때의 그 튼튼한 안정감이 빠져 있는 썰렁한 방 안에 한 움큼의 추위와 고요를 껴안고 널브러져 있어야 하는 시간을 그는 좀처럼 감당할 자신이 생기지 않았다.
 "개새끼들아. 나를 깔고 넘어가라. 이 배상칠이 배때기를 터뜨리고 지나가. 이 세균 덩어리들, 이 쌍놈의 새끼들……"
 길거리 한복판에서 날것의 욕설이 터져 나오고 사람들이 모여 웅성거리고 있었다. 그는 둘러선 무리의 허름한 곳을 비집고 들어갔다.
 '도로 정비반'이라는 노란색 글자를 몸뚱이에 두른 큰 트럭이 인도 가까이에 붙어 서 있고, 그 트럭 위에는 리어카가 여러 대 실려 있었는데, 그 리어카에는 귀걸이며 반지, 목걸이 따위의 액세서리와 바나나, 귤, 사과 따위의 과일들, 그리고 티셔츠나 청바지, 추리닝 들이 어지럽게 널려 있었다. 반쯤 찢긴 러닝셔츠 차림의 남자가 그 트럭 앞바퀴에 배를 바짝 디밀고 누워 있었다. 날것의 욕설을 쏟아내는 사람이 그 남자였다. 이미 넝마나 마찬가지인 러닝셔츠를 찢으며 울부짖는 사내의 육체는 단단해 보였다. 툭툭 불거진 힘줄들과 팔뚝을 기어 다니는 문신들이 사내의 욕설을 따라 금방이라도 튀어나올 것만 같았다.

"한입에 몇 억씩 꿀꺽꿀꺽 삼키는 도둑놈들한테는 별 아양을 다 떨며 떠받들면서 하루 공치면 그날은 굶어야 하는 우리 같은 피래미들만 괴롭히는 이런 개떡 같은 나라가 민주국가여? 법? 법 좋아하시네. 그 잘난 법으로 그래, 우리 같은 불쌍한 행상들 리어카나 부숴? 이 새끼들아. 자. 그 트럭으로 밀어봐. 어디 한번 깔고 넘어가봐……"

사내는 악을 썼고, 구경꾼들은 사태의 진전을 기대하면서도 애써 무표정한 얼굴들을 하고 지켜보았다.

트럭 위에 올라앉은 세 사람과 그 트럭 옆에 인상을 잔뜩 찡그리고 서서 구경꾼들을 쫓아내는 두 사람은 머리에 노란색 모자를 쓰고 팔에 노란색 완장을 차고 있었는데, 그 완장에는 트럭의 몸체를 두르고 있는 것과 같은 글자가 씌어 있었다. '도로 정비반.'

"왜 못 지나가? 이 좆같은 새끼들아. 내 생명이나 다름없는 리어카는 부수면서 뭣이 겁나서 그 리어카 없으면 하루도 못 사는 나를 못 죽이는 거야."

사내는 아스팔트 위를 뒹굴었다. 아스팔트에 주먹질을 해대며 악을 썼다. 그때마다 그의 팔뚝에서 힘줄과 문신이 동물적으로 꿈틀거렸다. 그러나 그의 다부진 주먹질이 아스팔트를 이길 수는 없었기 때문에, 그의 손에는 이내 검고 끈적끈적한 피가 엉겨 떨어져 내렸다. 날것의 고함들과 끈적끈적한 핏덩이가 사내의 말로 다할 수 없는 절망의 현시인 것만 같았다.

그렇지만, 사실을 말하면, 익숙한 풍경이었다. 이 길을 걸을 때면 목격하게 되는 도로 정비반원들과 노점상들 간의 조금 심한 몸 싸움이려니 생각하면서, 그는 그냥 지나쳐 가려 했다. 그런데 그 문신의 사내가 일으켜 세워지고 있었다. 노란 완장을 찬 두 명의 남자가 한쪽씩 팔을 잡고 일으켜 세우자 다른 한 사람이 멱살을 움켜쥐었다. 그들은 "이 죽일 놈들. 차라리 죽이란 말야. 죽여" 하고 악을 써대며 반항하는 사내를 개 끌 듯 끌고 골목으로 들어갔다.

"뭔 재밌는 구경거리라도 생겼다고 모여들 있는 거요? 가시오. 빨리들 가란 말이오."

완장들 가운데 한 명이 구경꾼들에게 손짓하며 눈알을 부라렸다. 그러나 모인 사람들은 사내의 나무람을 듣고도, 한두 발짝씩 형식적으로 비켜주기만 할 뿐, 자리를 피하지는 않았다. 노란 완장을 찬 사내들이 한 노점상인을 어떻게 다루는지 기어이 구경하고 말겠다는 표정들이었다. 그러나 사람들은 남자가 끌려간 골목 안에서 무슨 일이 벌어지는지 직접 눈으로 볼 수가 없었다. 또 다른 두 명의 완장이 입구를 막고 서서 그들의 궁금증을 봉쇄해버렸기 때문이다. 하지만 곧이어 그 골목 안으로부터 퍽퍽, 내지르는 둔탁한 탁음이 전해져왔고, 거기 섞여 한층 절망적인 사내의 거친 목소리가 화살촉처럼 날카롭게 그들의 가슴에 박혔기 때문에, 사람들은 그들의 눈이 미치지 못하는 장소에서 무슨 일이 일어나고 있는지를 알아내는 데 하등의 어려움도 느끼지 않았다. 아니, 보이지 않기 때문에 오히려 눈앞에서 벌어지는 것보다 훨씬 생생하게 그 장면을 그리고 있는 사람도 적지 않았다. 이를테면 장일도 씨의 경우가 그랬다. 그는, "이 개백정들아. 그래 죽여라, 죽여. 죽여……" 하고 울부짖는 사내에게 마구잡이로 가해지는 무자비한 발길질과 주먹질을 눈을 감고도 똑똑하게 지켜보고 있었다. 상상력이 동원되어 만들어진 그림은 그의 다리를 부들부들 떨리게 했다. 그리고, 그러자 이내 눈앞이 뿌옇게 흐려 왔다. 망막에 잡힌 상(像)이 두셋씩 겹쳐 보였고, 머릿속에선 아지랑이들이 몽롱하게 피어올랐다. 금방이라도 쓰러져 버릴 것처럼 위태로워져서 그는 안경을 벗고, 습관대로 손바닥으로 연신 눈알을 비볐다. 그러나 세상은 좀처럼 선명도를 회복하지 않을 것이고, 그는 좀더 기우뚱거리며 '육지에서의 뱃멀미'를 참아내야 할 것임을 모르지 않았다.

차라리 빈방의 냉기를 견디는 편이 낫겠다는 생각에서라기보다 물 위에 둥둥 떠 있는 것 같은 어지럼증을 달래기 위한 가장 효과적인 처방으로 자신의 집에서의 휴식을 떠올린 장일도 씨는 서둘러 택시를 잡아탔다. 아파트 문을 밀고 들어서서 잠들어 있는 형광등을 불러일으킬 때까지 그는 여전히 가물가물한 아지랑이 속에 있었다. 그러나 그의 집은, 언젠가부터(그는 그날을 또렷하게 기억하고 있었다) 더 이상 휴식을 제공하지 않았다.

외출에서 돌아와 방문을 열 때면(꼭 그때만 그런 느낌이 엄습하는 건 아니었지만) 왠지 집을 나서기 전에 깨끗하게 정리되어 있던 방 안의 집기들과 소도구들이 뒤죽박죽 아무렇게나 헝클어져 있는 것 같은 기분에 사로잡히곤 했다. 소용에 닿지 않는 물건이라고 판단되는 것부터 하나씩 치워나가도, 실내는 좀처럼 깨끗하고 규모 있게 정돈되지 않았다. 자신의 방이 쓸데없는 잡동사니들을 아무렇게나 쌓아둔 지저분한 창고 속 같아서 짜증이 났다. 그는 그동안 마음먹고 마련해왔던 물건들을 하나씩 버리거나 눈에 안 보이는 곳에 처박아 넣곤 했다. 요즈음의 그의 밤 시간은 방 안의 집기들과 물건들을 이쪽저쪽으로 옮겨 재배치하거나 쓰레기통에 처넣는 작업으로 채워지는 경우가 많았다.

 오늘도 마찬가지였다. 자신의 집이 허접쓰레기투성이로 어지럽혀져 있다는 느낌이 어김없이 그를 찾아왔다. 무엇을 어떻게 바꾸고 또 무엇을 제거할 것인지 결정하기 위해 방 안을 휘둘러보는 그의 눈에 책상 위에 비스듬하게 기대 서 있는 한 장의 사진이 들어왔다. 사진 속에는 세 명의 인물이 정물로 박혀 있다. 한 사람은 여자이고, 둘은 남자인데, 그들 중 한 사람은 걸음마나 막 시작했음직한 어린아이다. 입을 헤벌리고 다리도 마찬가지로 벌리고 서 있는 어린아이를 한쪽 팔로 붙들어 부축하고 있는 여자의 어깨를 남자가 가만히 안고 있다. 그들은 웃고 있다. 사진기에 찍혀 하나의 정물로 고정된 모든 웃음은 쓸쓸하거나 슬프다.

 그의 아내와 아들은 태평양 상공에서 공중폭발한 여객기의 탑승객이었다. 그 소식을 그는, 사건이 발생한 후 세 시간이 지나서야 조마조마한 심정으로 서성대던 공항에서 들었다. 비행기는 공중에서 산산조각으로 분해되고, 파편들은 바다가 삼켰다. 바다는 아내와 아들을 삼켰다. 삶에는 일정한 궤도가 없다. 저 쉼 없이 출렁이는 검은 바다와 막막한 하늘처럼, 우리의 삶에는 밑바닥이 없다. 우리의 삶은 공중에 둥둥 떠 있거나 바다 위를 아슬아슬하게 표류하고 있다. 우연과 부조리가 우리의 유일한 규범이다. 그런 신파 조의 넋두리를 되뇌이며, 태평양 상공에 뜬 그는 "이 지점쯤 됩니다. 확실친 않지만. 추측건대 이 지점이 그 비극의 현장에 가깝습니다" 하며 억눌린 목소리로 설명을 늘어놓는 승무원의 안내를 받아 아내와 아들을 삼킨 그 시퍼런 바다를 내려다보았다. 내과 전문의인 큰아들을 따라 이민 가 살고 있는 친정어머니를 만나러 갔다가 돌아오는 길이었던 착한 아내와 아들을 덥석 삼켜버린 맹목의 바다는 그대로 거대한 늪이었다. 완벽한 공허였고, 모든 것을 무화(無化)시키는 마이너스의 전능, 탐욕의 입을 벌리고 끝없이 희생자를 요구하는 몰렉Moleck의 심연이었다. 그에게는 그렇게 보였다. 그리고 그 앞에서 그는 무력했다. 기체(機體)에 머리를 찧으며 밑바닥에서부터 끓어오르는 울음을 토해내는 희생자 가족들을 찬찬히 뜯어보면서도 그는 눈물을 흘리지 못했다. 이상했다. 공중에 뜬 채 눈 아래 펼쳐진 검은 바다를 내려다보면서 그의 눈알은 이상하게도 메말라 붙었고, 울음 대신 거칠고 불합리한 상념들만 머릿속에서 오락가락했다. 어떤 여자는 자기도 함께 바다에 수장되겠다고 발악을 해댔지만, 그는 이 세상에서의 우리 삶이라는 것이 결국 바닥 없는 공중에서의 아등바등이며, 출렁거리는 망망대해 가운데에서의 지겨운 뱃멀미에 다름 아닐 수 있다는 생각으로 몸을 떨었을 뿐, 끝내 울음을 만들진 않았다.

 방 안의 물건들을 정리하고 구조를 바꾸고 버리고 하는 일들이 그 이후 일어났다. 그는 아무 일도 없다는 듯 그대로인 방이 무서웠고, 끔찍했고, 그래서 손을 대고 정리하고 버렸다. 그러나 장일도 씨는 그 사진만은 제거하지 못했다. 아들의 곰 인형을 쓰레기통에 처박아 넣었지만 그 사진만은 여태 손을 대지 못하고 있었다.

 소파에 깊숙이 몸을 묻고 그는 가물거리는 눈을 비볐다. 다시금 뼛속에서부터 섬뜩한 추위가 엄습했고, 그는 자신의 몸이 바닥의

견고함을 버리고 허공으로 둥둥 떠오르는 것 같은 느낌에 시달렸다. 그냥 잠들 수 있는 기분이 아니었다.

아파트 단지를 살짝 벗어나면 즐비하게 늘어서 있는 술집 가운데 그가 단골로 삼고 있는 곳이 있었다. 그곳에는 남자의 수성을 자극하는 수완에 이골이 난 여자들이 여럿 있었다. 그는 가끔 그 술집에 들렀고, 그때마다 동행이 없는 그의 옆자리를 차지하고 앉은, 화장이 요란하고 붉고 긴 손톱을 가진 여자들 가운데 한 명과 대작을 하곤 했다. 더러 그 술자리가 여관방의 퀴퀴한 어둠 속으로 연결되기도 했다는 사실을 숨길 이유는 없지 싶다. 그런 밤이 있었다. 성(性)이 몸을 달구는, 그런 불안한 밤이 있었다. 그 불안은, 정신이나 감정의 불균형 상태에서라기보다는 보다 원시적인 충동으로서의 동물적인 불안이었다. 몸속에 배설해야 할 무엇인가가 포화 상태에 이르렀을 때, 정신은 혼미하게 흔들리며 평형의 상태를 그리워한다. 우리의 몸이 그 시기를 기가 막히게 알아차리는 것도, 따지고 보면 우리로 하여금 늘 쾌적한 균형감을 잃지 않게 하려는 조물주의 극진한 배려인지 모른다.

그랬다. 섹스 행위는, 적어도 최근의 그에게 있어서는, 애정이 동기가 된다든지 애정을 수반한 행위라든지, 하다못해 그 결과로서 애정을 이끌어낸다든지 하는 것과는 상관이 없었다. 그것은 몸속에 포화 상태로 들어찬 찌꺼기를 몸 밖으로 배설해내는 단순 행위이며, 편의적인 처리에 불과했다.

오늘따라 그는 술을 간절히 필요로 했고, 어쩌면 배설 작업 또한 그런지 몰랐다. 그가 '물보라'에 들어간 지 두 시간쯤 지난 시간인 자정 무렵이 되어 계산을 치르고 밖으로 나왔을 때, 그의 의식은 알코올에 푹 젖어 있었고, 술기운에 기대어 자꾸만 비틀거리려는 그의 몸을 화장이 요란하고 빨갛고 긴 손톱을 가진 여자가 부축해 안았다.

"301동 몇 호요? 1005호예요? 1105호예요? 확실하게 말해야지요."

"아무 데나. 아무 데나 내 집이고, 또 아무 데도 내 집이 아니지."

"이 아저씨, 오늘 된통 취해버렸네. 이렇게까지 몸을 못 가누다니…… 어디로 갈래요? '수라장'으로 갈래요? 정말로 아저씨 아파트로 가도 되는 거예요? 다른 사람들이 보면 어쩌려고 그래요?"

"어떤 놈이 뭐라고 그래. 내 집에 내가 들어가는데. 쓸데없는 걱정은 집어치우라고…… 301동 1005호다, 1005호. 하나공공다섯. 올라잇……"

그가 아무리 취했어도 이처럼 허튼소리를 내뱉지 않았다는 사실을 염두에 둔다면, 그의 평형감은 극도로 불안정하다고 할 수 있었다. 더구나 그 예외적인 '허튼소리'가 알코올에 지배당한 상태에서가 아니라, 어느 정도는 알코올을 지배하고 있는 상태에서 비롯한 것임을 감안하면 매우 이례적이라고 할 수 있었다. 그는 알코올 뒤에 육체와 의식을 감추고 한층 위악적으로 '허튼소리'를 일삼으면서 여자의 옷 속으로 손을 집어넣었다. 여자는 대체로 순응적이라기보다는 무반응이었고, 그것은 여느 때와 다르지 않았다.

"이 터널 속 같은 세상에서 그대들이 바라보는 것은 무엇인가. 터널의 끝을 보는가. 터널의 지옥을 거쳐 빛의 천국이 도래하리라는 망상을 그대들은 아직도 견지하고 있는가. 오호라, 그대들 한 번도 신의 이름 앞에 무릎 꿇어본 적이 없는 그대들, 임박한 재앙의 우박과 진노의 소나기가 너희를 덮치리니, 저주는 가깝고 구원은 멀구나……"

이게 뭐야. 술집 앞에 덥수룩한 수염으로 얼굴이 뒤덮인 양복 차림의 노인이 행인들을 향해 목청을 높이고 있었다. 명멸하는 나이트클럽 간판의 네온사인을 받고 서 있는 노인의 표정에 언뜻언뜻 냉소와 슬픔 같은 것이 드러나곤 했다. 그는 여자와 몸을 맞대고 그 옆을 지나갔다.

"저 영감탱인 어째 저렇게 까먹지도 않는지 몰라. 자기가 무슨 예언자라고…… 미쳐도 볼썽사납게 저렇게 미치지?"

몸을 더욱 바짝 밀착시키며 여자가 중얼거렸다.

"빨리 가요. 재수 없어."

걸음을 재촉하는 그녀와 그의 등 뒤로 쩌렁쩌렁한 노인의 독설이 끈질기게 뒤쫓아왔다.

"그대들, 거짓 풍요와 사이비 안락에 마취되어 노예이기를 자청하는 그대들. '사람'을 팔아 얻은 돈과 '동물'이 너희를 목 조를 것이다. 하늘이 무너지고 땅이 꺼질 것이다. 너희가 성취한 것이 무엇이냐. 너희가 이루어놓은 일이 도대체 무엇이냐. 하늘이 무너지고 땅이 내려앉을 것이다……"

그는 가능한 한 빨리 걸었다. 머리끝까지 치솟아 오른 술기운이 정신을 흐느적거리게 풀어놓았다고 믿었는데, 그 '미친 노인'의 카랑카랑한 독설들이 뜨거운 인두가 되어 가슴을 지져대는 것 같았다. 그는 그 사실을 인정하기가 싫었다.

그런 식의 낭패감과 울화에 쫓겨서였을 것이다. 그는 방 안에 들어서자마자 다른 때보다 거칠게 여자의 몸을 다뤘다. 피차 몸이 달귀져야 할 이유 같은 건 없었다. 어차피 여자에겐 술을 따르는 일의 연장에 불과했고, 그에겐 편의상의 배설 행위 외에 아무것도 아니었다. 그런데 어찌 된 영문인지 제법 살집이 풍성한 여자의 몸 위에 엎드린 그는 배설의 쾌감을 느끼기 전에 역한 구토감부터 치러야 했다. 그 지겨운 어지럼 증세가 다시 고개를 내밀고 있었다. 그가 "바다에 배를 타고 둥둥 떠다녀본 적이 있어?" 하고 엉뚱하기 그지없는 질문을 불쑥 꺼내 든 것도, 말하자면 그 순간 자신이 출렁이는 바다 위에 둥둥 떠서 뱃멀미를 심하게 앓고 있는 게 아닌가 하는 기분에 사로잡혔기 때문이었다. 여자는 "이 아저씨, 짓궂기는…… 뜬금없이 웬 배 타는 이야기예요?" 하고 눈을 흘기다가 더 이상 참지 못하겠다는 듯 쿡쿡 웃음을 터뜨리고 말았다.

"뱃멀미를 해본 적이 있는지 알고 싶어서. 지금의 나처럼 말이야."

"점점…… 지금 뱃멀밀해요? 뱃멀미를. 아이구 고만 좀 웃겨요. 제발. 배꼽 떨어져요."

"난 심각한데, 왜 웃지?"

"큭큭, 하기야 배는 배니까. 멀미가 생기지 말란 법도 없긴 하겠지요."

여자는 한동안 웃음을 그치지 않았다. 그 때문에 실제로 여자의 몸은 바닷물 위에 떠 있는 배처럼 출렁거렸고, 출렁거리는 물속에 빠지지 않기 위해서 그는 가능한 한 배의 난간을 꽉 움켜잡아야 했다.

"아파요. 숨도 막히고…… 큭큭."

여자는 너무 웃은 나머지 금방 숨넘어가는 소리를 냈다.

"말해봐. 바다에서 배를 타본 적이 있는지. 뱃멀미를 해본 경험이 있는지……"

"배라고는 한강에서 유람선 타본 것밖에 없어요, 전…… 뱃멀미는 잘 모르겠어요. 차멀미 비슷한 거겠죠? 참, 그런데 그날, 그 유람선에서 재밌는 사람을 봤어요. 키가 난장이 똥자루만 하고, 좀 어벙하게 생겼는데, 다리를 절었어요. 꼴에 양복을 쫙 빼입었데요. 그 작자가 글쎄, 나하고 황 언니, 갸름한 얼굴에 항상 까만 원피스만 고집하는 우리 집 큰언니 말이에요, 그 언니랑 둘이 같이 갔거든요, 근데 글쎄, 그 작자가 우리 주변을 서성대면서, 내 참, 꼴사납게시리 자꾸만 지갑을 꺼내가지고 돈을 세는 거예요. 그 병신 새끼가. 어쩌자는 수작인지. 하긴 뻣뻣한 만원권이 제법 많이 있긴 했어요. 수표도 여러 장이고요. 세고 또 세고, 그게 무슨 지랄이에요? 그것도 꼭 우리가 보는 앞에서만…… 그러고는 마구 사진을 찍데요. 유람선에는 즉석으로 사진 찍어주는 카메라쟁이들이 있거든요. 주변이 어두워서 까맣게 찍혀 나올 뿐일 텐데, 글쎄, 찍고 또 찍고, 자꾸만 찍어대더라니까요. 덜떨어져도 이만저만이 아니지 뭐예요. 이놈의 땅덩어리에 미친 작자들이 요새 왜 그렇게 많은지 모르겠어요……"

여자는 신이 나서 떠들어댔다. 중간에서 말을 자르지 않았다면, 언제까지 계속될지 알 수 없는 노릇이었다.

"나도, 유람선을 타보고 싶다. 유람선을 타고서 나도 사진을 찍고 싶다. 찍고 또 찍고 자꾸만 찍고……"

공연히 심각해진 목소리로 그는 울컥 치솟는 내면의 충동을 드러냈다. 그러나 그는, 여자가 곧 "그래요? 한번 같이 가보실래요?"라고 호들갑을 떨어왔기 때문에 자신의 부주의한 성급함을 후회하고 말았다. 그는 아무 대꾸도 하지 않고 물끄러미 천장을 올려다보았다. 현기증이 서서히 퍼지면서 몸을 조금씩 공중으로 들어 올리고 있었다. 그런 상태로 적어도 한동안은, 그러니까 여자가 책상 위에 비스듬히 세워진 사진들을 발견하고 새로운 질문으로 자신의 수다를 바꿀 때까지 두 사람은 침묵을 가운데 두고 멀찌감치 떨어져 있는 형국이었다.

"전부터 궁금했는데요. 아저씬 가족이 없어요? 이 큰 집에서 혼자 살아요?"

그는 대답하지 않았다. 세상에는 질서가 없다, 이 세상에서의 우리의 삶은 유감스럽게도 궤도가 없이 떠도는 막막한 방황이거나 궤도를 이탈한 오만한 질주이거나 둘 중 하나일 뿐이다, 우리는 종종 바닥이 무너진 공중에 발을 대롱대롱 매달고 있거나, 그렇지 않은 경우에는 출렁이는 바닷물 위에서 기우뚱기우뚱 표류하고 있다, 라고 그는 말하지 않았다. 그런 말들은, 모르긴 해도 그녀에겐 이국어처럼 낯설게 들릴 것이고, 따라서 그의 말들은 입에서 빠져나오자마자 공중을 둥둥 떠다닐 게 분명할 터이므로.

"저 사진 속의 아주머니, 아주머니 맞죠, 왜 저렇게 슬퍼 보이죠? 환하게 웃고 있는데도. 가운데 아이는 아저씨 애죠? 닮았어요. 근데, 헤어져 살아요?"

남의 입에 오르내릴 사생활을 많이 가지고 사는 이런 여자들일수록 남의 사생활에 대한 궁금증을 참아내지 못하는 것일까. 여자는 집요하고 눈치가 없었다.

"이혼했어요? 아니면 사정상 별거? 요즘은 그런 사람들이 많대요. 직장이 달라서도 그렇고."

그는 대꾸하지 않았다. 공중에서 파편처럼 부서지고, 흔적도 없이 불에 태워져 태평양 깊은 물속에 가루로 뿌려진 사람들의 몸을 아느냐. 사람의 몸이란 게 그처럼 부서지고 타기 쉬운 흙덩이에 불과하다는 걸 아느냐. 그 몸과 몸의 주인인 영혼을 끝내 공중에도 바다에도 뿌리지 못한 또 다른 영혼의 안타까움에 대해 아느냐. 몸을 가진 사람의 삶은 공중에서 발판 없이 떠도는 방랑이거나 기우뚱거리며 물 위를 부유하는 표류에 다름 아니라고 우겨야 하는 자의 쓸쓸함을 아느냐. 공중에서 부서져 바다에 꽃처럼 떨어져 내린 자들의 몸값으로 그대의 몸값을 지불하는 자의 숨죽인 눈물을 아느냐…… 그렇게 물을 순 없었다. 말할 수 없었다. 말은 종종 교활한 밀고자 노릇을 떠맡는다. 현상과 본질, 또는 속셈과 외용(外容) 사이의 그 심각하고 미묘한 간극을 대부분의 경우 우리의 불확실한 언어는 제대로 건너뛰지 못하고, 심지어는 그 간극을 무작정 넓혀놓기도 한다.

여자는, 자신의 호들갑에도 불구하고 견고해져만 가는 그의 침묵을 귀찮음과 짜증으로 이해하는 대신 천천히 확산되어가는 숙취와 졸음의 작용이라고 너그럽게 오해했다. 그에게 등을 보이고 돌아눕는가 싶더니, 어느새 거칠고 불규칙적인 숨소리로 세상살이의 피곤함을 거침없이 드러내며 그대로 잠들어버렸던 것이다. 그는, 그러고도 한동안 잠들지 못하고 깨어 있었다.

새벽녘이 되어서야 힘들게 청한 잠 속에서 그는 어지러운 미로를 오락가락하며 헤맸다. 음침한 꿈들은 그의 의식을 헝클어놓았는데, 최근 들어 그의 꿈속에 자주 등장하는 살찐 쥐들이 어김없이 다시 모습을 보였다. 놈들은 통통하게 살이 올라 있었다. 쥐들은 날카로운 이빨을 아무 데나 박고 닥치는 대로 갉아댔다. 놈들이 끈질기게 갉아대는 것은 그가 타고 있는 배였고, 그의 아내와 그의 아들을 태운 거대한 비행기였고, 그리고 그가 아내와 아들을 안고 찍은 사진들이었고, 그 사진들이 있는 그의 집이었다. 그들이 이빨을 들이밀면, 삽시간에 기둥도 발판도 기우뚱거리며 무너져 내렸다. 무너져 내리는 것은, 그러나 배의 난간이나 항공기의 날개나 아파트의 벽만이 아니었다. 그것들은 또한 세계를 떠받들고 있는 세계의 기둥, 세계를 받치고 있는 세계의 발판이었다. 그것은 또 그의 몸이었으며, 그의 삶의 복판에 세워진 기둥과 발판이기도 했다. 살찐 쥐새끼들의 날카로운 이빨을 감당하지 못하고 있는 것은, 곧 세계였고, 인간이었고, 그리고 그 자신의 허술한 삶이었다. 그는 꿈속에서 땀을 비오듯 쏟으며 소리를 지르다가 겨우 깨어났다.

꿈에서 벗어난 시간이 잠에서 깬 시간이었다. 그가 정신을 가다듬기 위해 머리맡을 더듬어 안경을 찾아 쓰고 방 안을 휘둘러보았을 때, 창문 상단부에 허리를 걸치고 있는 햇빛이 한낮임을 알리고 있었다. 옆자리는 비어 있었다. 여자는 가고 없었다. 여자가 누워 있던 자리에 흰 쪽지가 한 장, 그 여자의 흐트러진 자태대로 방만하게 놓여 있었다.

'먼저 가요. 아저씨 지갑에서 이만오천 원을 꺼냈어요. 늘 그랬던 대로. 물보라에 또 들러주세요. 언제든지 환영. 미스 주.'

전화벨은 하루가 다 지나가도록 한 차례도 울리지 않았다. 그의 응답 전화기에는 자신의 부재를 알리는 녹음된 목소리 외에 아무 소리도 들어 있지 않은 날이 많았다. 그는 비어 있는 응답 전화기의 녹음테이프를 통해 자신의 존재가 소멸되어가는 듯한 느낌에 빠져들곤 했다. 다른 사람 눈에는 보이지 않는 투명 인간으로 변해버린 것도 같고, 세상 모든 사람들이 공모하여 자신의 공간과 시간을 다른 차원으로 옮겨버린 것도 같았다. 사람들은 그의 시간과 공간을 착실하게 비껴서 지나가고, 그 때문에 고철처럼 구겨진 그의 존재는 허상이 되어버린 것이나 아닌가, 그런 의혹이 불쑥불쑥 고개를 쳐들곤 했다. 그런데도 그는 외출하기 전에 어김없이 응답 전화기에 자신의 부재를 녹음했다. '지금은 전화를 받을 수가 없습니다. 메모를 해주시면……'

장일도 씨가 한강에 유람선을 타러 가던 날도 마찬가지였다.

그는 공을 들여서 안경알을 닦고 중요한 용무라도 있는 사람처럼 정성스레 면도를 하고, 넥타이를 반듯하게 골라 매고, 그리고 응답 전화기에 자신의 목소리를 녹음해놓고, 버튼을 누르고 집을 나섰다. 바깥 날씨는 추웠다. 바람이 거세게 불었고, 도시의 하늘을 어지럽게 가로지르고 있는 전선줄들이 부르르 몸을 떨었다. 아직 겨울이었다. 나뭇가지나 지붕 위에 쌓여 있던 먼지 같은 눈가루들이 바람을 타고 이리저리로 날아다니기도 했다. 그것을 기회 삼아 그의 눈이 그를 괴롭히는 일이 다시 일어나지 않기를 기원하면서, 그는 여러 차례 눈을 깜박였다.

카페 물보라 앞에서 육교를 건널 때, 그는 그곳에서 지난밤의 노인을 만났다. 처음에는 그 노인을 알아보지 못했다. 그도 그럴 것이 노인은 그때와는 영 딴판으로 허름한 작업복 차림이었다. 노인의 점퍼나 바지에 묻어 있는 땟자국이 그 깔끔한 양복 차림의 카랑카랑한 노인과 동일인이란 말인가. 믿기지 않았지만, 그래서 긴가민가하고 한동안이나 쳐다보았지만, 그 사람이 아니라고 할 수도 없었다.

노인은 육교 난간에 기대고 앉아 조는 듯 눈을 감고 있었는데, 그 앞에는 누가 살 것 같지 않은 조잡한 물건들이 열을 지어 펼쳐져 있었다. 물건들마다에 항목별로 상품명과 가격이 적힌 명찰이 달려 있었다. 가령 거기에는 '손톱깎이 300원' '나환자촌 무좀약 1,000원' '신식 병마개 100원' '신발깔개 2개에 500원' 따위의 내용들이 적혀 있었다. 진열된 상품도 상품이지만, 노인은 그 물건만큼이나 태평스러웠다. 도대체 장사를 하려는 사람의 자세가 아니었다. 헌 책을 엉덩이 밑에 깔고 앉은 노인은 졸고 있었다. 가끔씩 고개가 균형을 잡지 못하고 가슴 근처로 푹 떨어졌다가 재빨리 다시 일으켜 세워지곤 했다. 그의 모습 어느 곳에서도 세상의 종말을 예고하던 지난밤의 그 쩌렁쩌렁한 목소리의 주인을 발견할 수 없었다.

노인의 독설을 인내심 있게 들어낼 자신이 없어서 그 곁을 빠르게 스쳐지나갔던 것처럼, 그는 생활의 곤궁함과 일상의 피곤이 덕지덕지 붙어 있는 육교 위의 노인을 주시하는 것이 거북했으므로 얼른 육교를 내려갔다. 그는 타인을 위해서 아무것도 할 일이 없다는 것을 잘 알고 있었다. 타인은, 그는 생각했다, 어떤 경우도 나일 수 없다.

애초부터 목적지가 한강이었는지는 자신 있게 말할 수 없다. 최근 그의 외출에는 대부분 목적지가 정해져 있지 않았고, 그때그때 발길이 이끄는 대로 방향을 잡곤 했으니까. 그러나 이번에는 목적지가 한강이 아니었다고 말할 수도 없다. 그는 육교에서 내려오자마자 마침 택시가 와서 섰으므로 곧바로 올라탔는데, 몸을 싣자마자 행선지부터 묻는 운전기사에게 어떤 지명인가를 지시해줘야 하는 입장이었다. 그때 그의 입에서 비교적 자연스럽게, 거의 무의식적으로 "한강으로 갑시다. 유람선 타는 데로요" 하는 말이 나왔던 것이다.

"어느 쪽으로 갈까요? 여의도하고, 잠실이 있는데……"

"가까운 데로 가지요. 여의도 쪽이 어때요?"

"그러지요. 유람선을 타기엔 좀 추운 날씨 아닙니까? 하긴 이런 날씨에도 사람들이 꽤 있긴 합디다만."

"타보셨나요?"

"기회가 닿아야지요. 얼마 전에 시골에서 어머님이 올라오셨는데, 집사람이 애들 데리고 거길 한번 갔다 온 모양입니다. 다른 건 모르겠지만, 뭐 볼 것도 없는 밋밋한 한강을 한 바퀴 도는 대가로 삼천 원인가 얼만가 받았다던데, 터무니없이 비싸다 싶읍니다. 물 위에서 보는 한강이라고 뭐, 특별난 게 있을 리도 없고."

운전기사는 다변이었다. 곧 이어서 운전기사가 요지경 속의 정치판을 도마에 올리고 대화를 주도했다. 그는 건성으로 "예, 예" 하고 최소한의 반응만을 내비치면서 말 많은 택시 주인의 승객이 된 의무를 치러내었다.

유람선 타는 곳에 내려주면서, 운전기사는 "구경 잘 하세요" 하고 인사하는 걸 잊지 않았다. 그 말을 '물 위에서 보는 한강이라고 뭐 특별난 게 있나요? 그게 그거지'라는 비아냥으로 고쳐 들은 것은 필시 그의 자격지심이었을 것이다.

'그게 그것'일 뿐인 한강을 '물 위에서 보기 위해' 사람들은 두꺼운 옷차림을 하고 모여 있었다. 시골에서 올라온 듯한 중년들이 대부분이었지만, 어른의 손을 붙잡고 온 아이들의 모습이 더러 눈에 띄었고, 팔을 끼거나 손을 맞잡고 있는 젊은 남녀도 보였다.

그는 유람선 안에 마련된 좌석 가운데 한 칸을 차지하고 앉았다. 실내가 넓어서인지 빈자리가 많았다. 양쪽에 TV 수상기가 켜져 있었는데, 거기서는 두 사람이 발길질로 바람 소리를 내며 화면을 가르고 있는 중이었다. 모래사장에는 흰 옷을 입은 사내들과 붉은 옷을 입은 사내들이 반씩 숫자를 맞춰 널브러져 있었다. 상투적이지만, 무술영화의 정석대로 마지막 남은 양 진영의 고수끼리 일진일퇴를 거듭하고 있는 장면이었다. 이제 막상막하의 무술 실력은 한 사람(아마도 붉은 옷차림의 사내?) 쪽으로 기울 것이고, 그러나 막판의 승리는 열세에 몰린 자(흰 옷을 입은 사내?)가 극적으로 차지하게 될 것이다. 왜냐하면, 그가 주인공일 테니까.

유람선을 타고 물 위에 떠 있으면서도 승객들 중에는 정작 물이나 한강은 관심 밖이라는 듯 딴짓에 매달리는 이상한 사람들이 실내 이곳저곳에 있었다. 이를테면 두 사내의 발길질에 넋을 빼앗기고 있는 사람들이 그랬다. 한강 주변의 풍치며, 물 위에 떠 있는 기분 따위에는 신경 쓰지 않고 떨어지면 큰일이라도 날까 봐 부둥켜안고 있는 젊은 연인들도 여러 쌍 있었다. 모르긴 해도 동행이 없는 사람은 장일도 씨 혼자뿐인 것 같았다.

그는 창가에 앉아 바로 눈 아래에서 출렁거리는 물살을 찬찬히 내려다보았다. 금방이라도 그를 삼킬 것 같은 기세로 물살은 세차게 부서졌다. 거기 있었다. 물은. 그의 발아래. 모든 것을 무화시키는 마이너스의 전능, 탐욕스레 아가리를 벌린 파멸의 동굴, 닿기만 하면 무엇이든 완벽하게 허무를 만들어버리는 거대한 심연. 그의 발아래 그 물이 있었다. 그 물이 그의 발목을 자꾸만 잡아당겼다. 몸이 서서히 물속으로 가라앉는 것 같았다. 엄청난 위력의 물의 세계로부터 자신을 보호해주는 것이 고작 나무 판때기 하나라는 사실이 그를 불안하게 했다. 갑자기 머릿속이 헝클어지면서 가슴이 쿵쿵 뛰기 시작했다. 그 소리는 원치 않는 불청객이 대문을 두드리는 소리처럼 들렸다. 한 번도 초청해본 적이 없는 불청객의 익숙한 내방. 금방이라도 속엣것들을 토해내고 말 것 같은 메스꺼움이 곧 그 뒤를 이었다.

그는 그 불청객을 다스리기 위해 급히 몸을 일으키고 복도를 지나 뒷문을 열고 갑판으로 나갔다. 입구에 서 있던 제복 차림의 여자 안내원은 "밖은 추워요. 가능하면 안에 계세요" 하고 말은 했지만 저지하지는 않았다.

그는 난간에 기대 호흡을 가다듬고 하늘을 보았다. 우중충한 하늘은 손을 뻗치면 금방이라도 잡힐 듯 낮았고, 그의 몸은 무중력 상태에 빠진 것처럼 둥둥 떠오르려 했다. 익숙한 습격이었다. 그러나 늘 견뎌내기는 쉽지 않았다. 난간을 붙잡은 손에 힘을 가하면서 그는 필사적으로 버텼다. 그러다가 난간을 붙잡은 채 얼음 쪼가리들이 군데군데 떠 있는 강물에 속엣것들을 토하고 말았다. 그는 그렇게도 잘 억제해왔던, 그러나 진정한 의미에선 한순간도 억제된 적이 없었던 이름을 깊은 곳에서부터 끌어 올려 함께 토했다.

여보—

훈아—

유람선이 내가르는 요란한 물살이 기다렸다는 듯 그 뜨겁고 끈끈한 이름들을 덥석 삼켰다. 도수가 맞지 않는 것처럼 가물가물한 그의 시선의 끝에서 물은 공중으로 치솟아 오르고, 하늘은 물속으로 곤두박질쳤다. 그것들은 경계선을 잃고 뒤엉켰다.

아무도 그를 기억하지 못했다.
　한 시간 동안의 한강 순환을 마치고 유람선이 마침내 선창에 닿고, 한 사람씩 육지에 발을 내려디딜 때, 한 시간 전에 그들과 함께 배에 올랐다가 밑바닥에 닿기 위해 차가운 물속에 가라앉아버린 한 남자의 행방불명을 눈치챈 사람은 없었다. 그에 대해 관심의 코빼기를 드러내 보인 사람도 없었다. 그들은 배에 올라탈 때와 마찬가지로 팔을 끼거나 손을 잡고, 깔깔 웃거나 유쾌하게 대화를 주고받으면서, 껌을 씹거나 코트 깃을 세우면서 유람선을 벗어나 현실로 돌아갔다.
　그날 저녁, 마침 장일도 씨의 대학 동창이며, 중산층으로 오르는 계단을 착실하게 잘 밟아 대기업 차장으로 근무하는 J라는 친구가 동창회 소식을 전하기 위해 그에게 전화를 걸었을 때, J는 장일도 씨의 녹음된 목소리만 들을 수 있었다.
　―저는 지금 부재중입니다……
　J는 '돌아오거든 전화를 좀 해달라'는 메모를 남기고는 수화기를 내려놓았다.
　그리고 이틀 후, 아무리 기다려도 전화가 없어 이번에는 조금 신경질적으로 다시 다이얼을 돌렸을 때도, J가 들은 것은 장일도 씨의 녹음된, 건조한, 그래서 말의 시체만 같은 그 목소리 뿐이었다.
　―저는 지금 부재중입니다……
　그의 '부재중'의 의미를 이해할 까닭이 없는, 그리고 친구의 형편에 대해 그렇게까지 심각하게 신경을 기울이면서 살 여유를 확보해 보지 못했던 J는 투덜거리면서 전화기를 내려놓았다.

"이 자식, 실업자에 홀애비 주제에 어딜 이렇게 쏘다녀? 지 마누라하고 애새끼 몸값을 솔찮이 받아내더니, 일도 안 하고…… 참내, 공짜 돈이 생겼다 그거지?"

〔『문예중앙』, 1988년 6월호〕

못

바다는 상처투성이였다. 여기저기에 기름 덩어리들이 떠 있었고, 그것들은 잔뜩 곪아 터질 시간만을 기다리는 종기 같아 보였다. 해안에 세워진 거대한 정유 공장 탓이었다. 제 빛깔을 잃은 바다의 피부는 탁하고 거칠었다. 병색이 완연한 바다. 거기다가 심해(深海)의 자궁에서부터 쳐 올라오는 듯한 모진 바람이 견딜 수 없이 차가웠다. 나는 해안선을 따라 촘촘히 박힌 쇠기둥에 비스듬히 기대어 서 있었는데, 금세 귓불이 얼얼해지는 게 느껴졌다. 꽃 소식이 중부 지방에 당도한 지 보름이 지났지만 이곳 음식점과 찻집들이 아직까지 난로를 치우지 않는 사정을 이해할 만했다. 바람 속에는 모래까지 휘감겨 날렸기 때문에 나는 자주 눈을 비벼야 했다. 그렇게 해서 눈물을 만들어내는 것이, 말하자면 그 상황에서 내가 할 수 있는 유일한 의태(擬態)의 수단이랄 수 있었다.

나는 곧, 바다를 보고 싶다는 갑작스런 충동에 이끌려 고작 월미도를 떠올린 나의 철면피에 화가 났고, 바다고 뭐고 다 집어치우고…… 하는 생각을 곱씹으며, 그 바다의 거센 입김으로부터 몸을 감출 자리가 어디 없나 두리번거렸다. 바다를 향해 아부라도 하듯 아가리를 벌리고 일렬횡대로 늘어서 있는 횟집들이 보였다. 해운대집, 팔미횟집, 월미수족관, 다모은횟집, 팔팔식당…… 촘촘히 늘어선 간판들 아래서 큼직한 수족관에 갇힌 가지가지 물고기들이 바다가 왜 이리 좁아졌느냐고 발광을 해대고 있었다. 그 촘촘한 횟집 간판과 물고기들의 발광의 틈바구니에서 '하리케인'이라는 카페 간판을 발견해낸 나는 망설이지 않고 그쪽으로 걸음을 옮겼다. 수족관처럼 유리로 된 창 안에 들어앉아 밖을 내다보고 있는 사람들은, 수족관 속의 물고기들과는 달리 아늑하고 평화로워 보였다. 그러나 그 무풍지대로 들어가기 위해서는 거쳐야 할 통과 의식이 마련되어 있었다.

"아저씨, 미안하지만 셔터를 좀……"

가슴께에 팔을 모아 책을 안고 있는 폼이 대학생 같아 보이는 젊은 여자 셋이 바다를 등진 자세로 서 있었다. 나는 엉겁결에 카메라를 받아들었다. 불어오는 바람에 여자들의 머릿단이 사정없이 날렸다. 한 여자는 유난히 긴 생머리를 하고 있었는데, 바람에 맡겨져 휘도는 그 여자의 머리카락이 무엇 때문인지 정신 나간 사람의 무절제한 웃음을 연상시켰다. 그것은 주변을 의식하지 않는 젊은이 특유의 웃음으로 그들이 깔깔대고 있는 탓인지 몰랐다.

"노출이랑 거리는 손대실 필요가 없구요, 그냥 누르시기만 하면 돼요."

렌즈를 통해 내가 처음 본 것은, 팽팽하게 웃어대는 그녀들의 머릿단들 너머로 푸르게 널린, 의외의 바다였다. 그 바다에 대해 의외라고 느낀 것은, 사각의 화면 속에 갇힌 바다가 조금 전에 육안으로 확인한 맨몸의 바다와 동일한 것이라고 인정하는 일이 용이치 않았기 때문이다. 그만큼 엉뚱하고 낯설었다. 우선 화면 속의 바다는 이상스럽게 고요하고 평화로웠으며(그야 물론 렌즈 안에 들어앉은 순간 바람이 갑자기 숨을 죽여버린 결과일 테지만), 이해 못 할 정도로 푸르렀고, 사각으로 도려내졌음에도 불구하고 오히려 훨씬 넓어 보이기까지 했던 것이다. 그때, 그러니까 카메라에 갇힌, 갇혀서 엉뚱하게 넓고 고요하고 아늑해진 바다를 찬찬히 들여다보면서, 나는 맨몸으로 마주 대하는 바다보다 한 겹의 투명한 막을 통해 투시되는 바다가 훨씬 보기 좋은데, 그건 여자의 육체가 그런 것과 크게 다르지 않을 거라는 따위의 제법 여유로운 감상을 저작하고 있었다. 그러나 그런 감상은 부질없는 것이고, 더구나 그런 투의 흐물흐물한 감상을 늘어놓는다는 것은 더욱 견딜 수 없는 일이었다. 월미도를 찾아 나선 동기가 한가한 바다 구경에 있었다고 하더라도 말이다.

나는 서둘러 셔터를 누름으로써 얼른 '한가한 바다 구경'에 쉼표를 찍었다.

찰칵.

바다가 필름 속에 갇히는 소리를 들으면서 나는 아차, 싶었다. 여자의 젖꼭지마냥 툭 불거져 나온 그 셔터의 돌기에서 손을 떼는 찰나, 그 필름에 바다만 가둬버린 것 같은 생각이 들었기 때문이었다. 그러나 그 사실을 밝히는 것은 현명한 일이 아닐 것이다. 설혹 저들이 나중에 현상된 필름에서, 시퍼런 바닷물 속에 그들의 머릿단만 괴기스럽게 담겨진 꼴이나, 아니면 모퉁이에 한 사람만, 그마저도 반쪽만 건져진 꼴을 보고 죽일 놈 살릴 놈 한대도 그건 어쩔 수 없는 노릇이었다.

　나는 황급히 카메라를 건네주고 길을 건넜다. 바람이 연신 머리채를 잡아당기고, 여자들의 낭자한 웃음이 발목에 딴죽을 걸어왔다. 그 때문에 내 다리는 중심을 잡지 못하고 비틀거렸다.

　'하리케인'은 따뜻했고, 적당히 어두웠다. 창가에 자리를 잡고 앉자 마치 아까 렌즈를 통해 보았던 그 깊은 바다의 정적 속으로 들어온 것 같은 느낌이 들었다. 띄엄띄엄 배치된 탁자에 둘씩 셋씩 둘러앉은 젊은 애들이 상체들을 앞으로 숙이고 소곤거리는 모양이 그림 같아 보여서 그런 느낌을 부채질했는지 모르겠다. 내게 사진 촬영을 부탁했던 창밖의 젊은 여자들은 아직 그 자리에 선 채 거센 바닷바람을 팽팽한 몸으로 막고 있었다. 방만한 웃음들이 그들의 머리카락을 표표히 날리고 있었다.

　나는 커피를 시켰다.

　커피는 식도 속으로 화톳불처럼 뜨겁게 부어졌다. 화들짝 놀란 피톨들이 몸속 이곳저곳을 들쑤시고 다니는 기분이 싫지 않았다.

　어디서인지 차임벨 소리가 들려왔다. 이 갇힌 것 같은 작은 마을에 교회가 있는가. 그러고 보니 버스에서 내렸을 때, 방파제 근처에서 길 안쪽으로 화살표 표시가 된 교회 안내판을 본 듯싶기도 했다. 손목을 들어 올려 시간을 확인했다. 일곱 시가 가까워 오고 있었다. 바깥은 어둑어둑했고, 해안선을 따라 일렬로 늘어선 보안등에도 언제부터인지 파란불이 들어와 있었다. 차임벨이 계속 울렸다. 처언성에 가는 길 험하여도 생명길 되나니 으은혜로다…… 차임벨 반주에 맞춰 나도 모르게 가사를 붙여가고 있는 자신을 깨닫고 무안해진 나는, 남은 커피를 송두리째 부어 넣었다. 저 소리는, 그 소리를 들으면 하던 일을 중단해야 한다는 점에서 어떤 사람들(이를테면 내 아내)에게는 대단한 위력을 가진 흡착기라 할 만했다.

아내는 어제 또 집을 나갔다. 고난주간이라고 금식을 한다며 옆 사람의 식욕까지 떨어뜨리더니, 이번에는 부활주일까지 사나흘 집을 비울 거라면서 담요와 성경과 찬송가를 주섬주섬 가방 속에 쑤셔 넣었다.

"이번엔 또 왜?"

"고난주간이라니까요. 예수님께서 이번 주에 고난받으시고 십자가에 못 박혀 돌아가셨어요. 그리고 당신, 맨날 집에서 빈둥거리며 놀기만 할 거예요?"

"그러면, 내 취직자리라도 하나 부탁하러 간단 말이야?"

나는 무덤덤한 얼굴로 아내의 부지런한 손놀림을 바라보기만 했다. 주택가 요지마다 세워져 있는 십자가탑의 어느 한 곳으로부터 차임벨이 기세 좋게 울어대고 있었고, 아내는 떠났다.

아내는 걸핏하면 가방을 꾸려 기도원에 갔다. 동생이 대학 입시를 치른다고, 삼촌이 해외에 나가게 되었다고, 처형이 사업을 시작했다고, 또 누가 군에 입대하게 되었다고…… 구실 아닌 것이 있을 리 없었다. 눈에 보이고 귀에 들리는 모든 것, 그러니까 일상 자체가 그녀에겐 기도거리라고 할 수 있었으니까. 그런 그녀에게, 명분상 자진 정간이라고 해도 실제로는 공권력의 개입에 의해 문을 닫은 잡지사의 형편에 따라 직장을 잃고 방 안에 들어앉은 남편의 처지는 무엇보다 간절하고 화급한 기도원행의 동기가 되었을 것이다. 한 줄의 취재 기사가 문제였다. 한 줄의 취재 기사가 문제될 수 있는 사회에서 살고 있다는 걸 나는 왜 망각했을까. 한두 군데 나가던 시간 강사 자리마저 사라지는 엎친 데 덮친 격의 사태 앞에서 나는 맥이 풀렸고, 그러자 아내는 더욱 기도원에 매달렸다.

나는 가끔 따졌다. 하필이면 왜 꼭 산이냐, 산에 올라가야만 기도에 효험이 생긴다는 발상은, 당신이 믿는 하나님의 시청각 기능을 의심하는 처사가 아니냐, 생각해보라, 산에 계신 하나님이 여기엔 없겠느냐, 그분은 무소부재하시고 시공을 초월하여 편재하시지 않느냐, 산에서 하는 기도는 잘 들어주고 우리 집 안방에서 하는 기도는 듣지 못하는 하나님이라면, 그게 어디 하나님이냐, 산이 높으니까 그분에게 보다 가까이 다가갔다는 유의 심리적 위안을 삼는 거라면, 그건 또 얼마나 당신네 종교의 교리를 곡해하는 것이냐, 알다시피 하나님은 가장 가까운 곳에, 곧 당신과 나의 대화 속에, 호흡 속에, 그리고 심령 속에 내재하는 분이 아니냐, 하는 식의 나의 항변은 그녀가 신봉하는 철통같은 경험론에 의해 번번이 휴지처럼 구겨지고 말았다. '겪어보지 않은 사람은 알지 못한다'는 것이 그녀의 한결같은 응수였고, 하긴 그녀의 응수——겪어보지 않은 사람은 모른다——야말로 신비주의의 기본 명제에 마땅한 말이긴 했다. 그녀는 '자신의 경험으로' 산(山) 기도의 효능을 믿고 있었고, '반복된 경험으로' 월계산 기도원 원장의 탁월한 능력을 신뢰하고 있었다. 그녀는 그 기도원에서 불치의 암환자가 깨끗하게 치료를 받고 하산하는 기적을 두 눈으로 똑똑히 '본' 사람이었고, 그 기도원에서의 안수와 간절한 기도 덕택으로 닫혔던 자궁을 10년 만에 열고 아들을 분만한 축복을 두 귀로 분명히 '들은' 사람이었다. 보고 들은 사람의 설득력 앞에서 보지도 듣지도 못한 나의 임기응변은 꼬리를 사렸다.

한 무더기의 여자들이 황급히 몸을 피하며 한쪽으로 쏠리는 모습이 얼핏 보였다. 나는 희뿌연 창문을 손바닥으로 닦아내고, 창 쪽으로 몸을 기울였다. 예의, 내게 카메라를 건넸던 대학생 차림의 여자들이 잡히고, 또 몇 사람이 보였다. 그들은 달아나듯 급히 몸을 움직여 길을 건너갔다. 길 건너편으로 몸을 피한 그들은, 그러나 아예 자리를 뜨지는 않고, 방금까지 있었던 곳을 호기심 어린 눈짓으로 바라보며 뭐라고 수군대는 눈치들이었다. 그리고 나도 보았다. 거기에는, 베케트의 부조리극에나 나올 법한 비현실적인 장면이 펼쳐지고 있었다.

두 명의 남자. 남자 A는 건장하고 우락부락하고 무뚝뚝해 보인다. 남자 B는 왜소하고 흐물흐물하고 몽환적으로 보인다. 남자 B의 팔에 팔찌 같은 게 있고, 그 팔찌에는 굵은 끈이 매달려 있다. 그 끈을 남자 A가 오른손으로 쥐고 있다. 남자 B는 병든 강아지 같고 남자 A는 병든 강아지의 주인 같다. 남자 B, 즉 '흐물흐물'은 바다를 보고 있다. 아니다. 바다 쪽으로 몸을 틀고 있다. 그가 보고 있는 것이 무엇인지는 분명치 않다. 아무것도 보지 않고 있는지도 모른다. 그의 발아래서 파도가 운다. 파도는 바람의 육체이다. 바람은 파도의 의식이고, 파도의 영혼이다. 바람은 파도에게 생명을 불어넣고, 파도는 바람에게 형체를 부여한다. 바람은 파도의 내용이고, 파도는 바람의 형식이다. 남자 A, 즉 '우락부락'은 태무심한 표정으로, 바다 쪽을 향해 있는 '흐물흐물'을 향해 있다. 그는 가끔씩 주변을 둘레둘레 둘러보기도 하지만, 자기네들을 쳐다보고 있는 행인들의 호기심 따윈 신경 쓰지 않는다는 태도이다. 그러면서도 그는 '흐물흐물'을 붙잡고 있는 예의 그 끈을 놓지 않는다.

저게 무언가. 무대도 아닌 곳에서, 저게 무엇인가.

"미친놈이에요."

찻잔을 치우러 근처 탁자로 다가온 여자 종업원이 내 시선의 꼬리를 좇더니, 빠르게 내뱉는 짧은 말이 그랬다.

"누가? 저 우락부락, 아니면 흐물흐물한 쪽이?"

"그야, 흐물흐물한 쪽이지요. 하지만 저러고 사람들이 많은 데로 스스럼없이 나오는 걸 보면 다른 한쪽도 정상은 아닐 테지요. 안 그래요?"

"자주 나오나 보지?"

"가끔요. 심심하지 않을 정도로. 이 동네에 사는 것 같아요."

여자는 익숙한 손놀림으로 커피 잔과 설탕통과 크림통을 쟁반 위에 올려가지고 사라졌다. 나는 여자가 사라진 후에도 바다를 내려다보고 서 있는 그들을 내려다보며 앉아 있었다. 그 그림은 파격적이었다. 한 사람은 가축처럼 묶여 있고, 한 사람은 그 묶인 가축에게 묶여 있지 않은가. 이어서 나는 한층 파격적인 장면과 맞닥뜨렸다. 그것은 마땅히 예감되었어야 할 장면이었다. '흐물흐물'이 돌변했다. 마치 이제까지의 흐물흐물은 지금의 돌변을 감추기 위한 연극에 불과했다는 듯 요란하게 몸을 흔들며 날뛰었다. 해안선을 따라 빙 둘러 박힌 철기둥을 넘어가려고 한쪽 발을 치켜든 그의 얼굴이 흉하게 일그러져 있었다. 카페 안까지 들리지는 않았지만 짐승의 소리를 질러대고 있을 것이었다. 발아래서는 파도가 굶주린 맹수처럼 으르렁거렸다. 그러나 그의 시도는 그를 묶고 있는 끈에 의해 방해를 받았다. 뜻대로 되지 않자 '흐물흐물'은 '우락부락'에게 달려들어 목을 물어뜯었다. 그러자 '우락부락'이 '흐물흐물'을 번쩍

들어 안았다. '흐물흐물'은 공중에 들려서도 발광을 했다. 그의 두 다리가 허공에서 개구리 뒷다리처럼 수축과 이완을 교대로 했다. '우락부락'은 체구에 비해 동작이 민첩했다. '흐물흐물'을 껴안고 횟집과 횟집 사이 좁은 골목으로 사라져버렸다. 순식간의 일이었다.

그들이 퇴장한 무대 위에 일단의 엑스트라들이 등장했다. 봄이라곤 하지만 매운바람이 귓불을 얼얼하게 하는 월미도 해안을 따라 무리를 지은 사내들이, 반바지에 반팔 셔츠만 걸쳐 구릿빛 살갗을 거의 그대로 드러낸 사내들이 꽥꽥 소리를 지르며 일사분란하게 발을 맞춰 달려오고 있었다. 사나이로 태어나서 할 일도 많다만 너와 나 나라 지키는 영광에 살았다…… 그들은 악을 버럭버럭 질러대며 짝짝, 손뼉을 쳤고, 그 노랫말 사이사이로 열외의 사내가 호루룩 삑, 호루라기를 불어댔다. 전투와 전투 속에 맺어진 전우야 짝짝, 호루룩 삑……

나는 곧 내 앞에서 전개된 사건의 순서를 짜 맞추기 시작했다. 돌연 '흐물흐물'이 발광을 시작하고, 이내 '우락부락'이 그를 싸안고 골목으로 피했다. 피한 자리로 곧 일단의 군가와 호루라기와 박수의 행렬이 지나갔다. 이 모든 일은 순식간에 일어났다. 일의 순서를 찬찬히 되짚어보다가 나는, 확실한 근거가 있어서는 아니지만, 일견 무관해 보이는 그 두 개의 그림 사이에 실제로는 꽤 끈끈한 줄 같은 것이 연결되어 있을지 모른다는 제법 질긴 예감의 눈총을 받았다.

나는 커피 값을 계산하면서 카운터에 앉아 있는, 두터운 몸피의 중년 여인에게 이 근처에 부대가 있느냐고 물었다.

"요 뒤에 작은 산이 있잖우? 거기 아마 해병댄가가 파견을 나온 모양이데."

"그래서 군인들이 보였군요. 여기 어디 식사할 만한 데 좀 일러 주시겠습니까?"

"회 드시게? 아무 데나 들어가요. 다 싱싱하구 좋아. 아직 관광철이 아니라 푸짐하기도 할 거구."

나는 '아무 데나 들어가'기 위해서 '하리케인'을 나왔다. 아닌 게 아니라 배가 좀 고팠고, 아침부터 우유와 인스턴트 스프 한 컵, 커피 두 잔밖에 공급받지 못한 위장이 꼬르륵 소리로 불만을 표시하고 있었다.

조금 이르다는 생각이 안 든 것은 아니었다. 그러나 낯선 바닷가에서 주섬주섬 주린 배를 채우고 나자 막상 할 일이 없었다. 물론 기름 덩어리가 둥둥 떠다니는 더러운 바다일망정 한 번 더 바다 구경을 해보고 싶은 마음도 있었으나, 바닷속에서부터 치솟아 오르는 거친 바람과 맞설 용기가 생기지 않았다. 밤이 되면서 바람은 한층 난폭하고 살벌해져 있었다. 나는, 망설임 없이, 마치 처음부터 그렇게 계획하였던 일인 양 여관을 찾아들었다. 횟집들이 늘어선 도로변을 비껴나자 아크릴 간판에 '칼라 TV, 욕실 완비' 등의 글자를 적어 넣은 여관들이 여럿 발견되었다.

나는, 종업원으로 보이는 깡마른 체격의 여자가 건네준 숙박계에다 이름, 나이, 주민등록번호, 성별, 출생지, 현주소, 전 숙박지, 행선지 등을 적어 넣었다. 방은, 어쩔 수 없이 특유의 큼큼한 냄새를 풍겨내긴 했지만 그런대로 깨끗했고, 무엇보다 따뜻해서 좋았다. 아직 제철이 아닌 데다가 이런 곳을 찾기엔 이른 시간이라 그런지 다른 손님은 없는 것 같았다.

나는 얼굴과 발을 대충 씻고 이불 속으로 파고들었다. 바닷가에서 얼어붙었던 육체가 느슨하게 풀리는 기분이 좋았다. 텔레비전에 스위치를 넣어보았다. 국회에서의 발언 때문에 곤욕을 치르고 있는 한 야당 의원의 연립주택 앞에 늘어서서 머리에 띠를 두르고 구호를 외쳐대는 반공주의자들의 상기된 표정이 한동안 화면을 채우더니, 곧 이어서 대학 정문 앞에 포진한 딱정벌레 모양의 전경들이 쏘아대는 최루탄 분말이 뿌옇게 화면을 덮었다. 나는 스위치를 눌러 화면을 지워버렸다.

불을 껐다. 이내 어두워진 공간으로 당혹스럽게도 끈끈하고 축축한 감정이 몰려들었다. 손을 뻗치면 금방이라도 잡힐 것 같은 그 감정들은 설움 같기도 했고, 웬 뜬금없는 외로움 같기도 했다. 나는 이를 악물었다.

어둠과 결탁하여 더욱 드세어진 바람이 휘이휙 휘파람 소리를 내며 월미도 일대를 휩쓸고 다니는 모양이었다. 멀지 않은 곳에서 문짝이 덜컹거렸다. 바람이 음흉한 손길을 그 문짝 틈으로 밀어 넣고 있는 모양이 눈에 선했다. 아내가 가 있는 산속은 더 춥고 바람도 더 세찰 것이다. 그녀는, 그리고 어쩌면 이 추위와 바람 속에서도 추위와 바람을 전혀 느끼지 못한 채 열광적인 기도를 만들고 있을지 모른다. 2천 년 전의 어느 날, 종교인들에게 미움을 사 정치범으로 십자가에 매달려 죽은 예수의 수난을 생각하면서. 그리고 방 안에 엎드려 번역 원고나 만지작거리고 있는 이 궁상스런 남편을 위해서.

나는 이불을 머리 위까지 끌어당겼다. 파견 부대에서 나오는 게 분명한 취침나팔 소리가 바람의 후미진 골을 타고 들려오다 끊어지고 다시 이어지고 했다. 취침을 종용하는 그 나팔 소리에 이끌려서인지 나는 질펀한 잠의 수렁 속으로 나른하게 미끄러져 들어갔다.

잠결에 언뜻 내 방 문고리를 비트는 소리가 들렸다. 바람 소리는 아니었다. 이번에는 노크 소리로 바뀌었다. 똑똑. 꿈을 꾸고 있는 것도 아니었다. 똑똑. 나는 벌떡 몸을 일으켜 세웠다. 누구세요? 나는 내려 덮인 잠의 너울을 걷어내기라도 하듯 눈을 비볐다. 들어가도 돼요? 여자 목소리였다. 내가 대답도 하기 전에 문이 빼꼼 열리고 여자가 들어왔다. 복도에 켜진 형광 불빛이 개폐가 가능하도록 되어 있는 방문 위의 작은 유리창을 통해 희미하게 새어 들어오긴 했지만, 여자의 얼굴을 확인할 수는 없었다. 깡마른 체구에 뒷머리를 잡아 묶은 모양으로 미루어 보아 내게 숙박계를 쓰게 했던 여자인지 모른다고 어림짐작해보았을 뿐이었다. 나는 불을 켜려고 앉은뱅이걸음을 걸어 벽을 더듬었다. 여자가 내 손을 제지했다.

"난, 아가씨가 안 피, 필요한데. 지금 시간이 어떻게 되었지요?"

나는 공연히 더듬거렸다.

"열한 시가 넘었어요."

여자는, 그렇게 말하고 나서 목에 두르고 있던 스카프와 겉옷을 벗었다. 스타킹도 손가락으로 훑어 내렸다. 어둠 속에서 여자의 동작은 익숙했고, 나는 아무 말도 하지 않았다. 나는 여자의 희끄무레한 몸놀림을 나와는 상관없는 일을 구경하듯 바라보았다.

여자가 이불 속으로 파고들며, 신음 비슷한 소리로 "으, 따뜻해" 하고 뇌었다. 그런 여자를 망연히 바라보고 있다가 가만히 몸을 눕힌 나는 맹랑한 아가씨로군, 하고 말하며 별 뜻 없이 손을 뻗었다.

그녀의 손에 손이 닿았다. 그녀의 손은 차가웠다.
"여기 있는 아가씬가?"
"예."
"고향은 아니겠지, 아마도. 여기가."
쓸데없는 말들이 나오고 있었다. 궁금한 것이 아무것도 없는 상대에게 없는 관심을 가장하여 타성적으로 꺼내놓기 마련인, 전혀 궁금하지 않은 질문들. 어떤 대답이 돌아오든 아무래도 상관없는 그런 무의미한 질문들이 성대를 빠져나오고 있었다. 나는 어떻게 해야 좋을지 결정을 하지 못하고 있었다. 원치는 않았다 하더라도, 이 어둠과 은폐된 공간, 거기다가 한이불 속에 젊은 여자와 함께 누워 있었다. 이 당돌하고 도발적인 현실을 외면하지 못하고 허둥대는 꼴이라고 할까. 그러나 여자는 그냥 툭 던졌을 뿐인 내 무성의한 질문에 비교적 성의 있게 대꾸를 해왔다.
"영종도요. 요 앞 부두에서 배를 타면 이십 분이 채 안 가 닿는 조그만 섬이죠. 아시죠?"
"아니. 전혀."
"첨 오셨군요? 어렸을 때, 언덕에 올라가서 보면 바다 건너 이곳의 근사하고 높은 건물들이 연기 같은 걸 도너스처럼 퐁퐁 쏘아올리고 있는 모양이 참 보기 좋았어요. 그게 정유 공장과 목재 공장 굴뚝이라는 걸 나중에 알게 되었지만요. 그땐 왜 그랬는지 몰라요. 이렇게 숨 막히고 답답한 땅인 줄 모르고……"
"그곳에 가보고 싶군. 그 언덕 위에 서서 나도 목재 공장과 정유 공장 굴뚝을 바라보고 싶군."
"육지와 연결되긴 했지만, 이곳은 여전히 섬이에요. 바다 구경하러 온 관광객들은 생선의 생살이나 우기적우기적 씹고는 바닷가만 맴돌다 가버리니까 모르죠. 며칠만 묵어봐도 월미도의 공기가 얼마나 답답하고 음습한지 알게 될 텐데."

여자가 몸을 밀착시켜왔다. 여자의 머리카락에서 소나무 향이 풍겨 나왔다. 코끝을 자극하는 여자의 체취가 잠들었던 내 육체의 이곳저곳을 들쑤시며 깨우고 다녔다. 몸이 달아오르기 시작했다. 나는 충동적으로 불쑥 여자를 안았다. 여자는 내 가슴에 맞춤하게 들어와 안겼다. 여자는 보기보다 양감이 있었으며, 시종 격렬하게 몸을 뒤채며 나의 남자를 탐했다. 여자의 집요한 몸부림에 나는 쉬 지쳤고, 곧 절제하지 못한 충동을 후회하고 말았다. 여자는 잔뜩 굶주린 어린아이처럼 핍절하게 보채기를 계속했고, 나는 그런 여자에 밤새 시달렸다.

"저게 무슨 소리야."

나는 집기를 집어던지는 듯 쿵쾅거리는 소리를 듣고 그녀의 몸을 밀쳤다. 내가 묵은 여관은 2층 건물이었고 내가 차지하고 누운 방은 1층이었다. 천장이 들썩이는 것으로 보아 그 요란한 소동은 바로 윗방에서 일어나고 있는 게 분명했다.

"또 시작이네."

입안의 껌이라도 뱉듯 여자가 중얼거렸다.

"또 시작이라니?"

"지겨워."

여자는 이불을 뒤집어썼다. 위층에서는 여전히 무엇을 집어던지는지, 아니면 벽을 걷어차는지 쿵쿵거리는 소리가 계속 들렸다. 잠시 후에는 웬 발악적인 고함 소리가 가세했다. 자세히 들어보니 의미 없는 고함 소리가 아니라 군가였다. 군가가 원래 좀 그렇긴 하지만, 음절과 음절 사이의 그나마의 곡선조차 무시하고 그저 직선으로 솟구쳤기 때문에 군가라는 걸 바로 알아차리기 어려웠다. 너와 나 쿵쿵, 나라 지키는 쿵쾅쾅, 영광에 살았다 쿵쾅쿵쾅…… 군가 소리는 시종 오르락내리락할 뿐인 단조로운 직선이었고, 직선인 노래는 그냥 소리일 뿐이었다. '너와 나 나라 지키는'이나 '쿵쾅쿵쾅'이나 소리이기는 매한가지였다. 제법 끈기 있게 기다렸지만 소리들은 바뀌지 않았고 그칠 기미도 보이지 않았다. 시간이 지나면서 오히려 더 심해졌으므로 나는 나의 하늘인 천장이 혹시 머리 위로 떨어져 내릴지 모른다는 시답잖은 염려를 붙들고 있어야 했다.

"누구지?"

"……"

"왜 저래?"

"이 집 아들이에요. 미쳤어요."

여자는 속으로 잦아드는 목소리를 냈다. 이불까지 뒤집어쓰고 있었기 때문에 그녀의 말소리는 이 빠진 노인의 웅얼거림처럼 들렸다.

"밤이면 가끔 저래요. 연신 나무 문을 두드리고, 차고, 울고, 괴성을 지르고, 곡조도 없는 군가를 불러대고, 저 모양이에요. 문을 잠가놓고 저러니까 말릴 수도 없어요. 진이 빠질 때까지 저 짓을 계속할 거예요. 지겨워요. 지겹고 울화통이 터져요."

여자는 이불 속에서 웅얼거렸다. 그 때문에 그녀의 목소리는 다분히 비현실적으로 들렸다. 나는 '아가씨가 지겨울 건 또 뭐람' 하는 투로 무성의하게 받아넘기려다가 무언가 스치는 생각이 있어서 이불을 들쳤다. 얼굴을 기묘하게 일그러뜨리고 있는 그녀의 난해한 표정을 어둠은 감추지 못했다. 살짝 건드리기만 해도 와락 눈물을 쏟아낼 것 같은 위태로움을 여자의 보통 이상으로 큰 눈알이 머금고 있었다. 나는 개의치 않기로 마음을 다져먹고 여자의 턱을 붙들었다.

"아까 저자를 본 것 같아. 바닷가에서. 틀림없을 거야. 연체동물처럼 호물호물거리며, 초점 없는 눈으로 바다를 보고 있었어. 우락부락하게 생긴 친구가 붙잡고 있었지. 그리고 저 군가는, 그때 마침 그곳을 구보해 가던 한 무리의 군인들 입에서 터져 나왔어."

산봉우리에 해 뜨고 쿵쿵쾅쾅, 해가 질 적에 쾅쿵쾅쿵, 부모형제 나를 믿고 쿵쾅쿵쾅…… 소리는 여전히 멈추지 않았고, 아직 하늘은 무너지지 않았다.

"가끔씩 바람을 쐬러 나가요. 발작이 워낙 우발적이고 난폭해서 늘 가둬두지만, 바깥세상을 너무 차단하는 것도 해롭다고 해서……"

"그렇더라도…… 볼썽사납게, 꼭 그렇게 해야만 하나?"

"한번 큰일 난 적이 있었어요. 갑자기 발작을 시작하더니 바닷속으로 무작정 뛰어들었어요. 구조선이 동원되어 겨우 건져낼 때까지 발작을 멈추지 않았어요. 그런 일이 있고 나서 그의 어머니가, 그 독한 과부는 교회 권사예요. 속 비고 의지가지없는 여자들이 대체로 그렇듯 교회 목사 말이라면 껌뻑 죽는 부류지요. 그 아들 땜에 더 그리되긴 했지만. 지금도 교회 가고 없어요. 걸핏하면 교회에 가서 밤을 새요. 암튼 그 어머니가 지능은 모자라고 힘은 좀 쓰는 사내를 하나 샀어요. 그 과부는 꼭 샀다고 그래요. 그 사내가 이를테면 이 여관의 잡역부이고, 그 미친 아들의 시중꾼이고, 경호원이고, 뭐 그런 셈이지요."

그 흐물거리기만 하던 육체의 어느 구석에 저런 힘이 숨겨져 있었단 말인가. 나는 빠져나갈 공기구멍 하나 없어 극한대까지 부풀어 오른 고무풍선을 연상했다. 겉으로는 그저 흐물거리기만 할 뿐인 육체 속에 쏟아내야 할, 더럽고 악취 나는 공기가 꽉 차 있는 것이다. 저 위태로운 포화 상태를 모면하기 위해서는 바늘구멍만 한 통풍구라도 하나 마련해주어야 하는데, 그게 허락되지 않은 것이다. 그래서…… 나는 생각을 계속했다. 그래서 저 위험한 육체는 이제 어느 단계까지 저렇듯 아슬아슬한 포화 상태를 견디다가 힘이 부치면 터져버릴 것이다. 터져서 파편이 되어 공중에 날릴 것이다. 그 길밖에 없을 것이다.

"이젠 좀 조용해질 거예요. 군가를 부르고 나면 제발 좀 살려달라고, 잠 좀 자게 해달라고 애걸복걸하다가 깊은 잠에 빠져드는 게 순서거든요. 한번 잠들면 꼬박 이틀 낮밤을 잘 때도 있어요. 긴장이 풀리는 걸까요. 그러고 깨어나면 정신이 좀 맑아지나 봐요. 한동안은 정상적으로 사고하고 정상적으로 말을 하고 그래요. 그럴 때면, 자기 땜에 공연히 죄 없는 사람들이 고생한다고 말하기도 해요. 자기가 죽어야 한다고. 그럴 때 보면 안쓰러워요. 불쌍한 사람이지요."

여자는 울먹이고 있었다. 울먹이면서 여자가 '미친놈' 이야기를 비교적 소상히 늘어놓는 동안, 여자의 말을 듣기라도 한 것처럼 2층의 소란이 그쳤다. 갑자기 조용해진 자리로 깜빡 잊고 있었다는 듯 다시 미친바람이 휙휙 불어대었다. 바람은 깊은 바다의 자궁으로부터 솟아올라 월미도의 낮고 자잘한 집들을 건너뛰며 뒷산의 아카시아나무 숲으로 숨어들었다.

……청년은 머리가 좋았고, 어렸을 때부터 공부를 잘했다. '빌어먹을' 전쟁의 아수라장 속에서 빨갱이로 몰린 남편을 잃고 과부가 된 그의 어머니는 새벽 일찍 연안 부두에서 생선을 받아 서울을 오가며 아들을 키웠다. 그 어머니에게 아들은 유일한 꿈이었다. 어머니는 그 '빌어먹을' 세월에 대해 원한이 많았고, 아들은 그녀가 언젠가 복수하기 위해 이 세상에 내밀 비장의 무기였다. 잘 돌보지 못함에도 불구하고 늘 우등생인 아들은 그녀의 자랑거리였다. 아들을 생각하면 피곤한 줄도 모르고 일할 수 있었다. 자신을 위해 모든 것을 희생하는 어머니 때문에 영리하지만 심약한 성격의 아들은 더 열심히 공부를 했다. 마침내 아들은 누구나 부러워하는 대학에 보란 듯이 합격했고, 그때쯤 어머니는 그동안 '개처럼 번' 돈을 들여 월미도에 관광객을 상대로 여관을 지었다.

그런데 생각지 못한 일이 생겼다. 6·25를 경험한 어머니에게 아들이 빨갱이가 되어간다는 것은 끔찍한 일이었다. 아들은 자주 집을 비웠고, 집에 있을 때도 말이 없어졌다. 한번은 가죽점퍼를 입은 두 명의 사내가 아들을 찾아오기도 했다. 지아비를 데리고 갔던 30몇 년 전의 사내들을 아직도 선명하게 기억하고 있는 그녀에게 무작정 들이닥친 가죽점퍼들은 적지 않은 공포와 불안을 불러일으켰다. 어머니는 세상이 얼마나 무자비하고 독한지 잘 알고 있었다. 그녀는 아들을 붙들고 울고불고, 사정을 하고, 그러다가 실성을 하기도 했다.

생각다 못한 어머니는 아들의 마음을 붙잡아둘, 그녀로서는 최선이라고 생각된, 가장 고전적인 방법을 강구해냈다. 아들에게는 대학에 들어가기 전부터 알고 지내던 여자가 있었다. 그때까지만 해도 어머니는 여자네 가문을 이유로 두 사람의 교제를 탐탁지 않게 여겼는데, 서둘러서 그녀와 결혼을 시켰던 것이다. 처음에는 어머니의 고전적인 방법이 실효를 거두는 듯했다. 아들은 가정과 어머니에게로 돌아왔고, 어머니로 하여금 전날의 기쁨과 희망에 다시 기대게 했다. 그러나 '가정'이라는 안전한 대피소에 은신해 있기에는 스물둘이라는 그의 나이가 너무 불안정했던 것일까?

아들은 다시 집을 비우기 시작했고, 어머니는 다시 불안해지기 시작했다. 오랫동안 집에 돌아오지 않는 아들을 막연히 기다리던 어머니는 어느 날, 불안한 예감과 걱정을 안고 학교로 찾아갔고, 이제 자기 아들이 그렇게 어미를 우쭐하게 만들고 자신의 숱한 고생을 아무것도 아닌 것으로 탈바꿈시켰던 그 자랑스런 대학교의 학생이 아니라는 사실을 알게 되었다.

아들은 집요한 수소문에도 불구하고 찾을 길이 막연했다. 새로 들어선 공화국이 불량배들을 일제히 잡아들여 특수교육인가 뭔가를 시킨다는 구실로 반쯤 죽여놓는다는 어수선한 시절이었고, 어머니는 이래저래 가슴을 졸여야 했다.

"아들은 수개월 만에 돌아왔어요. 지금의 저 모습으로. 군인들이 왔어요. 군인들이 지프차를 몰고 와 그를 내려주고 갔어요. 그들이 말했죠. 아들이 소집 영장을 받고 입대하여 훈련을 받던 중 사고로 다쳤다고요. 믿기 어려웠어요. 그의 야윈 몸과 초점을 잡지 못하고 시종 불안하게 흔들리는 눈동자는 공포스럽기까지 했어요. 아들 하나를 바라고 모진 목숨을 부지해온 어머니의 아픔과 절망감은 어떻구요. 그 아들을 고쳐보겠다고 백방으로 손을 써봤지만 모든 게 허사였지요. 그 어간쯤 해서 어머니는 교회에 깊숙이 빠져들었고."

여자는 울먹이면서도, 그 모든 이야기를 끈질기게 내게 들려주었다. 여자의 표정이나 어투는 무슨 힘에 붙잡힌 듯 필사적이었는데, 눈자위가 자주 파르르 떨리는 모습을 나는 어둠 속에서도 놓치지 않고 보았다. 나는, 이 여자 역시 적당한 배출구를 마련하지 못해 곧 터질 순간만을 기다리는, 포화 상태의 고무풍선일지 모른다는 생각을 곱씹을 뿐 아무 말도 하지 못했다. 그녀의 필사적인 표정과 어투에 타인의 섣부른 개입을 저지하는, 어떤 범상하지 않은 기운이 느껴졌던 것이다. 나로서는 그 '기운'의 정체를 그 당장은 알 수 없었다.

여자는 머리맡의 두루마리 화장지를 뜯어내 팽 하고 코를 풀고는 훌쩍거림을 멈추었다. 휴지 뭉치를 윗목으로 휙 던지고 돌아눕는 그녀의 표정에 힘든 과업을 수행하고 난 다음의 홀가분함 같은 것이 비쳤다. 그녀는 그런 표정을 하고 잠 속으로 빠져들었다. 잠든 얼굴이 평화로워 보였다. 나도 그녀 곁에 자세를 반듯이 하고 누워 잠을 청했다. 그러나 그녀와는 달리 나는 쉽게 잠들 수 없었다. 나는 몇 번이나 몸을 뒤채며 혹시나 하고 2층 쪽에 귀를 기울였다. 고립된 바닷가 마을을 할퀴고 다니는 난폭한 바람 소리만 아니라면 더없이 조용한 밤이었다.

나는 돌아누웠다. 잠은 좀처럼 나를 받아들이려 하지 않았다. 나는 바다를 보러 월미도에 온 걸 후회했다. 괜히 여길 왔어. 바다도 병들었고, 병든 바다 말고는 볼 것도 없고, 잠자리도 편하지 않고, 바람은 전쟁터마냥 포악하고, 이곳에 사는 사람들도 정상일 리 없지. 날이 밝는 대로 이곳을 빠져나가리라 몇 번이고 다짐하다가 겨우 잠의 끄트머리께를 붙잡은 모양이었다. 잠결에 무슨 소리인가를 포착했을 때, 나는 내가 그 '무슨 소리' 때문에 깨어난 사실을 알아차렸고, 그 '무슨 소리'가 내 잠든 의식 속으로 뚫고 들어왔다는 사실을 재빨리 유추했던 것이다.

그 '무슨 소리'는 우선 한 무더기의 웅성거림이었다. 절규하는 것 같기도 하고, 애원하는 것 같기도 하고, 울부짖는 것 같기도 하고, 더 정확하게는 그 절규와 애원과 울부짖음이 한꺼번에 엉켜 뒤죽박죽된 것 같기도 한 한 떼의 아우성이 바람의 갈기들을 들추고 돌진해 왔다. 처음엔 어디에서 들리는 소리인지 이해하지 못했다. 내가 그 아우성의 발원지를 깨달은 것은, 그 절규와 애원과 울부짖음의 혼합음이 찬송가로 바뀔 즈음이었다. 웬 말인가 나알 위하여 주우 돌아가셨나 이 벌레 같은 날 위해 큰 해 바앋으셨나. 찬송가는 청승맞게 늘어져서 길게 꼬리를 늘이고 내 이불 속까지 침투해 들어왔다. 그리고 다음 순간 나는, 그 침울한 수난곡의 꼬리 근처에서 그 노래와는 어울리지 않는, 그러나 어찌 들으면 그 느린 곡조의 찬송가에 대한 서툰 반주음처럼도 들리는 단음절의 탁음을 들었다. 그 탁음은 수난곡에 맞추어 느리게 이어졌는데, 처음엔 탁, 또는 딱처럼 들리다가 다시 귀 기울이면 팍, 또는 꽝처럼 들리기도 했다. 그 소리는 대체로 둔탁했다. 나는 귀를 기울였다. 그 탁음이 수난 찬송과는 상관없는 장소에서 태어나고 있음을 어렵사리 눈치챌 수 있었다. 기원이 다른 두 종류의 소리가 내 귀에서 기묘하게 섞이는 형국이었다.

나는 여자를 흔들어 깨웠다. 여자는 귀찮다는 듯 내 팔을 뿌리치고는 돌아누웠다.

"이봐. 일어나봐. 무슨 소리가 들리지 않아?"

"자다 말고 무슨 소리가 들린다고 그래요?"

여자는 잠에 취한 목소리로 대꾸했다. 어렵게 얻은 수면의 안락함을 쉽게 포기하지 않겠다는 의지가 느껴졌다.

"이봐. 잘 들어봐. 무슨 소린가 들리지 않아?"

"저거 말예요? 찬송가 소리잖아요? 지금 옆 교회에서 새벽 기도할 시간이란 말예요."

여자는 잠의 늪 속에 가라앉아 있었고, 보채는데도 불구하고 그 늪으로부터 벗어나기 위해 허우적거리는 정도의 최소한의 노력도 보여주지 않았다.

"그게 아니라. 잘 들어봐. 저 소리⋯⋯"

내 지은 죄 다아 지시고 못박히이셨으니 웬일인가 웬 은혠가 그 사아랑 크셔라.

"오늘이, 있지요, 수난절이래나 그렇대요. 예수가 십자가에서 못박힌 날이라는 거죠. 그래서 저렇게 청승맞은 거라구요. 딴 땐 안 그래요. 박수치고 난리라구요. 그만 자요. 아직도 한참 더 잘 수 있어요."

나는 여자를 깨우는 것을 포기했다. 청승맞은 수난 찬송은 꼬리를 내 이불 속에 담근 채 그칠 줄 모르고, 그 수난 찬송에 대한 반주음처럼 들리는 기묘한 탁음도 반복되고 있었다. 주 십자가 모옷 탁, 박힐 때 쾅, 그 해도오 빛 잃고 딱, 그 밝은 빛 가리워서 꽝, 캄카암케에 되었네 탁.

나는 더 이상 잠을 이룰 수 없었다. 어디서 뭐가 튀어나올 것 같았고, 몸이 오그라붙는 것 같았다. 고문을 당하는 것과 다르지 않았다. 불길하고 수상한 방이라는 생각이 들었고, 그러자 마음이 다급해졌다. 나는 더 이상 고문을 받고 싶지 않았다.

나는 주섬주섬 옷을 챙겨 입고, 여자의 머리맡에 몇 장의 지폐를 떨어뜨려놓고 방을 나왔다. 밖에는 바람이 여전히 무섭게 몰아치고 있었다. 나는 여관 입구에 서서 한번 힐끗 위를 올려다보았다. 창마다 모두 불이 꺼져 있었는데 선입견 때문인지 꼭 옥사(獄舍)처럼 보였다.

정작 밖으로 나오자 마땅히 갈 곳이 없었다. 어디로도 갈 수 있는 시간이 아니었다. 아직 어두웠고, 세상은 채 깨어나지 않은 상태였다. 맞은편의 교회당만이 유혹이라도 하듯 환하게 불을 밝히고 있을 뿐이었다. 그 순간 나는, 일자리를 놓친 남편을 위해 밥을 굶고 밤을 새며 기도하고 있을 아내를 어쩔 수 없이 떠올렸다.

"꼭 허겁지겁 도망가는 사람 같애."

사흘째 굶어 핏기 가신 얼굴로 불쑥 기도원에 가겠다고 일어서는 아내에게 내가 말했다.

"늘 그래. 당신이 기도원에 가겠다고 가방을 챙길 때면 언제나 얼굴에 두려움의 그늘이 깔려 있어. 꼭 그 두려움의 추적을 피해 달아나는 꼴이란 말이야."

"거길 올라가 있으면 마음이 편안해져요. 모든 것이 가능할 것 같고, 모든 것이 낙관적으로 보이고, 상처나 패배는 생각도 안 나요. 다시 내려오면 그렇지가 않아요. 그래서 또 올라가게 돼요."

"당신은 환상을 찾고 있는 거야. 현실이 너무 날카롭고 무시무시할 땐 그 현실의 무시무시한 날카로움을 둔화시키는 환상도 더러는 필요할 테지. 그 현실의 흉기에 찔려 비명횡사하는 불운만은 면하게 해줄 테니까. 하지만 환상으로 현실을 덮을 수 없다는 엄연한 사실에 당신의 고민이 있는 것 같군."

"모르겠어요. 우리가 왜 이렇게 됐죠, 여보?"

아내는 눈물을 글썽이며 내 품으로 쓰러졌다. 아내의 몸은 검불만큼이나 가벼웠다. 그런 아내의 눈물 앞에서 속수무책일 수밖에 없는 나는 입을 닫고 침묵했다. 입안에 말들이 고여 있었다. 그러나 그 말들은 더욱 입 밖으로 꺼내기 민망한 것들이었다. 아내여, 환상의 양은 현실의 날카로움에 비례한다. 환상을 제공하는 장소가 번창하는 것은 시대가 그만큼 불안정하다는 방증이다. 그렇지만, 아내여! 현실의 그 날카로움과 무시무시함을 피해 숨어들 환상이라도 가지고 있다는 건, 어차피 날카롭고 무시무시한 현실 속에서 살아야 하는 사람에게는 다행한 일이 아니냐. 피해 숨어들 환상도 없이 이 날카롭고 무시무시한 현실과 맞부딪쳐야 하는 사람이야말로 불행한 사람이 아니냐……

외진 마을의 교회당치곤 제법 넓었다. 의자도 없이 장판 바닥에 방석을 깔고 옹기종기 모여 앉은 신자들의 숫자도, 대부분 중년 이후의 여성들이긴 했지만 예상보다는 많았다. 나는 낯을 가리는 어린아이처럼 조심스럽게 문을 열고 들어갔다. 구두를 벗어 한쪽에 밀쳐놓고 맨 뒷자리를 차지했다. 아무도 뒤돌아보지 않았다.

……눈에 보이는 뾰족한 못이 전부가 아니었습니다. 더 많은, 보이지 않는 못들이 예수를 십자가에 못 박았다는 것을 알아야 합니다……

목사로 보이는 사십대 남자가 강대상을 짚고 서서 설교를 하고 있었다. 필시 예수의 육체가 저랬으리라 싶게 깡마르고 창백해 보이는 인상의 남자였다. 나는 언뜻 그 사람의 육신에 비치는 투명한 정신을 본 듯했다.

　……예수는 로마의 법에 의해 정치범으로 사형을 언도받았습니다. 그런데 그를 죽이라고 송사한 것은 역설적이게도 당시의 종교였습니다. 이 점을 기억하십시오. 무엇이든 경직되고 굳어지면 폭력이 됩니다. 아무리 부드러운 것도 오래 두어 굳으면 딱딱해집니다. 예수님 당시의 제사장들과 바리새인들의 경직된 율법주의는 곧 굳어진 종교의 뿔과 같은 것이었고, 그 굳어진 종교의 눈에 예수의 부드럽고 말랑말랑한 사랑은 위험하기 그지없는 것으로 보였을 것입니다. 부드러운 것은 사람을 해치지 않습니다. 딱딱한 것, 굳은 것이 사람을 해칩니다. 부드러운 것은 무기가 되지 않습니다. 뾰족한 것이 무기가 됩니다. 못처럼 날 선 정치, 못처럼 딱딱하게 굳어진 종교가 사람을 죽입니다. 그것들이 예수를 십자가에 매달고 피 흘리게 했습니다.

　목사는 비관적인 얼굴을 하고, 그 비관적인 얼굴에 어울리지 않게 매우 열정적으로 소리를 높였다. 촉수 낮은 백열전등이 그의 이마의 땀방울을 과장해서 비춰주었다. 나는 그의 설교에 귀를 내주고 있었다. 2천 년을 사이에 두고 이쪽저쪽을 오가는 그의 능란한 도하 솜씨에 속으로 박수를 치고 있었던 것도 같다.

　……못의 시대입니다. 못이 도처에 널려 사람을 해치는 시대입니다. 그 못들로 인해 예수는 아직도 끊임없이 못 박히고 있다는 소문이 아마 사실일지 모릅니다. 더구나 비관적인 전망 같지만, 이 시대의 날 선 못들이 제 발로 사라져줄 것 같지 않습니다. 마냥 피하고 도망만 다니는 것은 방법이 아닙니다. 왜냐하면 피해 도망할 곳이 없기 때문입니다. 못이 없는 곳이 없습니다. 우리에게 가능한 유일

한 길은, 예수를 모방하는 것입니다. 예수가 우리의 선생입니다. 모두 예수처럼 못에 박혀 예수처럼 죽을 각오를 해야 합니다. 예수처럼 죽는 자는 예수처럼 부활할 수 있습니다. 부활에 대한 믿음이 있는 자는 죽음을 두려워하지 않을 수 있습니다. 딱딱한 것과 싸우기 위해 딱딱해지지 말자는 말입니다. 이 길이 이 딱딱하고 날카로운 현실에 대해 얼마나 무력하고 비현실적인 방법인지 누가 모르겠습니까?

목사의 언어는 그의 영혼이 앓고 있는 신음 소리 같았다. 그만큼 핍진하고 필사적인 데가 있었다. 나는 그가 의심하는 도마에게 깡마른 손바닥을 펴 못 자국을 보여주는 예수처럼 느껴져서, 왜소하고 야윈 그의 얼굴에서 눈을 떼지 못했다. 그는 자주 얼굴을 찌푸렸는데, 그 모습은 바로 지금 못에 찔려 고통스러워하는 것 같은 착각을 불러일으켰다.

……하지만, 우리는 이 비현실이 현실이 될 날을 꿈꿉니다. 이 무력이 능력이 될 날을 기다립니다. 예수의 부활이 현실이었던 것처럼 우리의 부활도 현실일 수 있음을 믿으며 삽니다. 고통의 못질 없이 그분의 부활이 불가능했던 것처럼 이 시대의 뾰족하고 딱딱한 못들 또한 우리를 눈부신 새 삶으로 인도하는 사다리라 믿으며 삽니다. 그런 점에서 오늘날, 못의 시대를 사는 종교는, 현실의 위험을 피해 대피해 온 방주가 아니라, 그 현실의 날에 깔려 쓰러진 여러 예수들이 부활을 기다리며 누워 있는 무덤 속이라고 새롭게 인식되지 않으면 안 됩니다. 부활만이 못의 뾰족함을 둔화시킬 것입니다.

목사는 설교를 마치고, '거기 너 있었는가'로 시작되는 수난 찬송을 함께 부른 후 주기도문을 외도록 했다. 그리고 '주님의 고난을 상기하며' 자유롭게 기도하다가 돌아가도록 지시하고는 자신도 그 자리에 꿇어앉아 기도를 시작했다. 삽시간에 40평이나 될까 말까 한 좁은 공간이 울음바다로 변하는 현장을 나는 목격했다. 여관방에 누워 내가 처음 들었던 그 절규와 애원과 울부짖음의 무더기 아우성이 이것이었다. 그 무더기 아우성에 무방비 상태로 맞서는 것은 불가능했다. 나도 그들처럼 악을 써서 그 '무더기'에 가세해야 했다. 그 방법밖에 없었다. 나는 고개를 숙였다. 나도 무언가 기도의 언어를 만들어내고 싶은데, 내 안에도 그런 게 가득 들어 있는 것 같은데, 머릿속이 백지장처럼 하얗기만 했다. 나는 그냥 고개를 숙인 채 그 무더기 아우성을 견딜 수밖에 없었다.

그러자 이상한 일이 일어났다. 그렇게 껄끄럽던 신자들의 기도 소리가 내 귓속에서 이명 현상이라도 일어난 것처럼 의미 없는 단순한 웅얼거림으로 부드럽게 전환되어 들리기 시작한 것이다. 그 웅얼거림에서 나는 기이하게도 평안을 느꼈다. 웅얼거리는 듯한 그 부드러운 소리들은 안락한 소파가 되어 밤새 잠들지 못해 피곤한 내 육신을 포근하게 안아주었다. 아늑했다. 나는 안락한 소파에 편안하게 기대고 앉아 잠 속으로 곤두박질쳐 내려갔다.

얼마나 오랫동안 잠을 잤는지 모른다. 관자놀이께를 간지럽히는 햇살의 장난에 놀라 눈을 떴을 때, 나는 교회당 장판 바닥에 양무릎을 앞가슴에 모으고 잔뜩 웅크린 자세로 누워 있었다. 주변엔 아무도 없었다. 바다는, 아침이 되면서 그 지독하던 지난밤의 바람을 거둬 가고, 그 대신 화살촉 같은 햇살을 뿜어 올린 모양이었다. 화살촉들은 창문을 뚫고 들어와 강대상과 십자가상, 그리고 장판 바닥에 뒹구는 방석들과 공중에 떠도는 먼지들에 무수히 내리박혔다. 나는 몸을 가누고 일어서다 그 무더기 화살촉들의 습격을 받고 잠시 비틀거렸다. 열 시가 다 되어가고 있었다.

괴기스럽기까지 하던 간밤의 바람과 교체한 햇살 덕택에 밖은 의외로 따뜻했다. 나는 시장기를 느꼈다. 식당을 찾아볼 요량으로 도로변 쪽으로 걸음을 옮겨 디뎠다. 바닷가로부터 얼마간 벗어난 곳이어서인지 길거리는 매우 한산했다. 나는 어젯밤 나를 고문했던 여관 쪽으로 향했다. 그 여관의 이름이 '청수장'이라는 걸 그제야 알게 되었다. 나는 또 보았다. 여관 입구에 예닐곱 명의 마을 사람들이 모여 수군거리고 있었다. 사람들의 표정이 복잡했다. 나는 그곳에 멈춰 서서 여자들이 끌끌 혀를 차며, 끌끌 혀를 차듯 방만하게 차내는 말들을 주워들었다.

"불쌍한 것. 그래, 저승에 가서 편히 쉬어라."

"세상이 웬수여. 요놈의 세상이 성한 사람을 실성하게 하고, 발광하게 하고, 종내에는 목숨까지 끊게 하는 거 아녀. 좀 똑똑하고 착한 애였어?"

"그러고 보면, 제정신이 돌아오면 괴로웠던가 보지?"

"젊은 놈이 오죽 괴로웠으면 창창한 목숨을 제 손으로 끊었을꼬. 그나저나 강 권사는 이제 뭘 믿고 살까 몰라."

"하나님 있잖아. 언제부터 하나님을 아들 대신 섬기기 시작했는데."

"그 정신에 못이랑 망치는 어디서 구했대요? 손수 못질을 하고 거기다가 목을 매달았다며? 세상에, 그러도록 아무도 몰랐나?"

나는 걸음을 빨리 해서 달아나듯 그곳을 벗어났다. 식당은 곧 발견되었으나 바닷가까지 계속 걸었다. 식당을 여러 개 지나쳤으나 밥을 먹고 싶지 않았다.

 바닷가를 따라 한 무리의 군인들이 구보를 하며 부르는 군가 소리가 호루라기의 호루룩 삑 소리와 함께 가까이에서 들려왔다. 전투와 전투 속에 맺어진 전우야 호루룩 삑, 산봉우리에 해 뜨고 해가 질 적에 호루룩 삑……

 나는 그날 오후에 월미도를 떠났다.
 그곳을 떠나기 얼마 전에 마이크로버스가 청수장 앞에 정차해 있는 모습을 보았다. 버스는 부평에 있는 화장터로 떠날 거라고 했다. 나는 버스에 오르는 유족들 가운데에서, 소복 차림의 여자를 발견했다. 여자는 시종 무표정했는데, 자신을 주의 깊게 바라보는 나를 의식한 듯 고개를 떨구고 얼른 차에 올라타버렸다. 나는 그 여자의 가슴께에, 어쩌면 그 남자의 것보다 더 크고 뾰족한 못이 하나 단단하게 박혀 있을지 모른다는 생각을 하며 그곳을 떠났다.

〔『문학사상』, 1987년 4월호〕

유산일지

어머니의 전화가 아니더라도 만삭의 아내를 금촌에 데리고 갈 생각이었다.
어느새 열 달이 차 있었다. 아내는 태아에게 해롭다며 그렇게 즐기던 커피도 마시지 않는다. 내가 무심결에 담배를 빼들라치면 눈을 흘기며 한쪽 손으로 내 손을 잡고 다른 쪽 손으로는 자신의 배를 가리킨다. 집 안에 모차르트며 차이코프스키가 흐르게 된 사정도 순전히 뱃속에 들어앉아 있는 녀석에게 부모의 '몹쓸 귀'를 유전시키지 않으려는 그녀의 배려가 작용한 결과였다. 아내는 걸어 다닐 때나 앉아 있을 때나, 심지어는 잠잘 때조차 뱃속의 아이를 양손으로 떠받들고 지낸다. 한 번 유산을 경험한 그녀로서는 지금까지 탈 없이 자라준 아이가 더없이 고맙고 소중할 터였다. 출산일이 가까울수록 운동이 필요한 법이라며, 모차르트를 틀어놓고 좁은 거실을 왔다갔다 하는 그녀의 모습을 보고 있노라면 내 마음속 한곳이 뜨거워지곤 했다.

6월치고는 후텁지근한 날이었다. 거기다가 무슨 일인지 1호선 전철은 선풍기도 틀지 않고 운행했다. 그야말로 짐칸에 실린 짐짝처럼 이리저리 밀려다니다가 다시 짐짝처럼 내동댕이쳐져 이 도시에서의 이렇듯 아웅다웅하는 생존에 자못 씁쓸한 비애감을 씹으며 사무실에 들어섰을 때, 전화벨이 맹렬하게 울었다.

"정택이냐? 에미다."

나는 출근길의 짜증을 제대로 소화하지 못한 채 전화기를 집어들었다. 어머니의 짱짱한 목소리가 튀어나왔다. 언제부터 어머니의 목소리를 짱짱하다고 생각했을까. 여자 혼자 힘으로 가정을 꾸리며 험한 시절을 헤쳐오느라 덤으로 맡아야 했던 '남자' 역이 어머니로 하여금 모성의 노출을 되도록 억제하도록 강요하지 않았을까 생각한 적이 있는데, 어머니의 목소리에서 짱짱한 동아줄을 연상한 것이 아마 그 무렵이었을 것이다. 홍수로 불어난 성난 물줄기가 가장 허술한 둑을 찾아내 제 길을 트듯 어머니가 입버릇처럼 말하는 대로 '징한 세월' 또한 그런 법이다. 그 징한 세월에게 밀어붙임을 당해 무너지지 않으려면 허술하게 보이지 않게 잘 무장해야 한다는 사실을 체험을 통해 터득하신 분이 어머니였다. 말하자면 동아줄처럼 짱짱한 어머니의 목소리는 저 징한 세월에게 자신이 결코 만만하지 않다는 걸 보여주려는 필사적인 노력에 의해 만들어진 것이었다. 어머니의 목소리에서 세상에 대한 당신의 치유할 길 없는 피해의식과 그에 대한 서툰 방어기제의 흔적을 엿보는 일은 결코 마음 편한 일이 아니었다. 그럴 때면 슬픔과 짜증이 뒤섞인 복잡한 감정이 한데 엉겨 꿈틀거리는 걸 피하기 어려웠다.

"날짜가 거의 다 되었지?"

어머니는 그 쨍쨍한 목소리로 내 복잡한 감정들을 부서뜨렸지만, 나는 얼른 대꾸하지 못했다. 그렇지 않아도 오늘 거기로 데려갈 참이었어요, 하고 말했어야 했다. 왜냐하면 실제로 그럴 마음을 먹고 있었으니까. 그런데 그 순간 꼭 금촌까지 갈 필요가 있느냐는 아내의 목소리가 떠올랐고, 나는 두 목소리 사이에서 흔들렸다. 내가 아무 반응도 보이지 않자 어머니는 애기 말이다, 오늘내일할 텐데, 하고 덧붙였다.

"네. 예정일이 며칠 남지 않은 모양이에요."

나는 겨우 그렇게 말했다. 출근하기 전에 몸 상태를 묻는 내게 아내는, 나흘이면 나올 거예요, 요 녀석이 나처럼 제날짜를 정확히 헤아리고 있다면 말예요, 하면서 만삭의 배를 손으로 쓰다듬었었다.

"진통이 언제 시작될지 모르는 일이다. 뱃속 애가 달력을 보고 있는 것도 아니고. 웬만하면 오늘 오너라. 손주 녀석을 이 할미 손으로 직접 받아야겠다. 알지?"

"알아요. 데려갈게요."

"그래, 몸조리 잘하고. 늦지 않게 일찍 내려오너라."

"그렇게 할게요."

어머니는 군소리를 길게 늘어놓지 않았다. 어머니는 단지 알지, 하고 물었고, 그리고 그것으로 충분했다. 나는 그 한마디에 함축되어 있는 어머니의 말들을 어려움 없이 알아들었다. 첫애가 뚜렷한 이유도 없이 유산됐을 때, 당신 손으로 직접 손자 녀석을 받아내겠다고 잔뜩 벼르고 있던 어머니의 실망은 이만저만한 것이 아니었다. 어디서 들었는지 최루탄이 태아에 좋지 않고 유산의 원인이 되기도 한다며 집을 옮기도록 종용했다.

"세상에, 이런 데서 어떻게 사냐? 참말로 못 살 동네구나. 나도 숨이 콱콱 막히고 눈물이 나는데 배 속의 어린것은 오죽했을까. 불쌍한 것."

어머니는 아예 손자를 유산시킨 범인으로 최루탄을 지목하고 나섰다. 태아에게 좋을 리 없다는 건 아마 맞을 것이다. 팔레스타인 가자 지구의 유산율이 다른 지역에 비해 현저하게 높은데, 그 이유가 잦은 시위와 그때마다 쏘아대는 최루탄 때문이라는 신문 기사를 읽은 기억도 나고 해서, 우리는 비교적 전세가 싼 대학가 주변의 낡은 한옥을 떠나 서울과 부천의 경계를 이루는 오류동으로 집을 옮겼다.

그 이후 당신 손으로 손자를 받겠다는 어머니의 의지는 더 견고해졌다. 기회가 생길 때마다 입버릇처럼 그 말을 하곤 했는데, 자신에게 주문을 거는 것도 같고 우리 부부를 세뇌하는 것 같기도 했다.

니 아버지가 아들 하나만 심어놓고 자취를 감춰버린 후, 평생 남의 새끼만 받아내며 살아왔다. 물론 그 일도 나름대로 보람이 있었다. 그러나 이제 살 만큼 살았고, 늙을 만큼 늙었다. 또 조산원을 찾는 사람도 요새는 거의 없다시피 한다. 시골이라고 별로 다르지 않다. 인생의 황혼에 닿은 지금, 내 속에 소원이 하나 생겼다. 마지막으로 내 새끼를 한번 받아보고 싶다. 이 손으로, 내 새끼를······

어머니는 언젠가 자기 속내를 그런 식으로 드러내셨고, 그 이후 자주 같은 말을 반복했다. 시간이 갈수록 그 표현이 강해졌다. 이해하지 못하는 것은 아니지만 한편으로는 은근히 불길한 생각이 들기도 했다. 가령 어머니가 '마지막 소원' 운운하며 당신답지 않게 눈시울을 붉힐 때 그랬다.

어머니의 마음을 이해하면서도, 아내는 어머니의 뜻을 존중하기를 바라는 나의 권유가 탐탁지 않은 모양이었다. 내가 금촌에 언제 갈까, 하고 물었을 때, 아내는, 꼭 그렇게 해야 해요, 불편하고, 하며 내 눈길을 피했었다. 아내는 직접적으로 말하지 않았지만, 안심하고 입원할 수 있는 시설 좋은 병원들을 놔두고 구태여 조산소에서 애를 낳아야 하는가, 더구나 시골까지 가서…… 하는 불만을 읽지 못할 내가 아니었다. 도시에서 나고 자란 그녀가 조산소를 못 미더워하는 것은 어쩌면 당연했다. 그러나 나는 모르는 척했다.

내가 언제 조산소엘 가자고 했어, 어머님한테 가자고 했지, 하고 받아치는 이해심 없는 남편을 기억하는 그녀로서는 다른 선택을 할 수 없었을 것이다. 아내는 언제나처럼 자기주장을 하지 않고 침묵했다. 그녀의 침묵은, 전적인 동감의 표시가 아니라 자기 의사를 일단 유보하는 기권의 표현이었다. 결국 표나게 거부감을 드러내지 않은 채, 혹은 못한 채 내 결정을 따르게 되리라는 걸 나는 알았다. 진통이 시작되고 나서 움직여도 늦지 않다며 말꼬리를 감추는 아내에게, 어쨌든 점심 무렵쯤 전화할 테니 준비하고 있으라고 잘라 말하고 집을 나선 것은 아마 그 때문이었을 것이다. 그렇지만 그때까지만 해도, 사실을 말하면, 마음을 완전히 정한 것은 아니었다. 아내의 의견이 틀리지 않다는 생각이 마음 한쪽에 남아 있었다. 결국 누구를 설득하는 것이 쉬우냐 하는 문제였다. 당연히 어머니를 설득하는 것보다는 아내를 설득하는 편이 쉬웠다.

"아침부터 무슨 전화야? 무슨 전환데 그렇게 심각해?"

맞은편에 앉아 조간신문을 뒤적이던 최가 살짝 고개를 들어 내 표정을 살폈다. 나는 전화기를 내려놓고 어깨를 으쓱해 보인 뒤 애매한 웃음을 지으며 신문을 한 장 끌어당겼다.
"뭐, 읽을거리 좀 있어?"
"읽을거리? 임 선배가 기대하는 읽을거리라는 것이 중동 전쟁의 종전, 주가 폭등, 뭐 그런 거라면, 유감스럽게도 아니올시단데요. 신문이 온통 '남북 학생 회담'으로 도배를 했군. 학생들은 무슨 일 있어도 강행하겠다고 철야 시위에 들어가고, 경찰은 학생 수보다 배나 많은 병력을 곳곳에 배치해서 원천봉쇄하겠다고 난리고······ 어떻게 되려는지······"
최의 넋두리를 건너편의 송이 받았다.
"어떻게 되긴. 보나마나 경찰의 강력 저지로 남북 학생 회담 무산, 그렇게 되는 거지. 모르긴 해도 지금쯤 석간신문들은 '학생들의 판문점행, 경찰의 원천봉쇄로 좌절' 뭐 그런 식의 기사를 만들고 있을걸. 한두 번이 아니잖아."
"어젯밤에 벌써 경찰들이 요소요소에 깔렸던데. 우리 집이 원당이잖아. 어제 한잔하고 헤어진 게 몇 시야? 열 시쯤 되었나? 그때부터 검문을 하더라니까. 젊은 놈들만 골라서 붙들고 신분증 검사를 하는데, 이것들이 나는 안 잡아. 그거 은근히 섭섭하던데······"
"저 친구, 일찍 장가들어가지고 애까지 있으면서 응큼하게 젊어 보이고 싶어서······"
"아니, 오해 말라구. 내 말의 요지는 어제저녁 이후 이 도시의 모든 젊은이들이 잠재적인 범죄자의 혐의를 쓰고 있다는 거지. 괜한 사람, 바람둥이 만들려 들지 말라구."
최가 다시 특유의 거나한 입심을 발휘하여 호들갑을 떨었다. 그때까지 가만히 있던 황이 불쑥 물었다.

"그나저나 어떻게 생각해요? 학생들의 요구가 시대의 흐름을 지나치게 앞질러가고 있는 것 같지 않은가요. 어때요?"

그의 목소리가 무엇 때문인지 잔뜩 가라앉아 있었다. 그 순간 나는 그가 바로 앞자리에 앉아 있는 나를 향해 질문을 던졌으며, 따라서 동의를 표하든 반대 의견을 내놓든 대꾸를 하지 않으면 안 된다는 의무감에 사로잡혔다. 그때까지도 어머니의 전화로부터 완전히 벗어나지 못한 상태에 있었으므로 나는 조금 당황했다. 아내에게 오늘 금촌에 갈 준비를 하고 있으라고 큰소리를 치기는 했지만 마음을 완전히 정하지는 못하고 있던 참이었는데, 어머니의 전화를 받고 나자 어쩔 수 없이 그쪽으로 마음이 기울었던 것이다. 안 갈 거라면 몰라도, 어차피 가야한다면, 어머니의 말마따나 일찍 아내를 데려다주는 게 좋을 거라는 생각이 들었다. 기미를 느끼고 나서 출발한다는 건, 아무리 택시로 한 시간밖에 안 되는 거리라고 해도 안심할 수 없는 일이었다. 기왕 가야 할 길인 바에야…… 그런 생각들을 하고 있던 참이었다. 건성으로 뒤적이고 있던 신문에서 눈을 떼며, 황의 질문에 무슨 의견인가를 내세워 의무를 다하려는 그 틈이 제법 길었던 것일까, 누군가가 그 틈을 대신 메우고 나섰다.

"그런지도 모르지. 하지만 그네들이 너무 앞질러가는 게 사실이라면, 꼭 그만큼 저네들이 너무 뒤떨어져 있는 것 또한 사실일 거야. 뭐 큰일 난다고 지레 흥분들 해서 일을 크게 만드는지 알다가도 모르겠다니까. 그냥 내버려두면 안 되나? 판문점? 막을 게 뭐 있어? 저쪽에서도 나오겠다고 하니까 뭐, 가서 악수하고 포옹도 하고, 이쪽이나 저쪽이나 정치며 문화며 사회 돌아가는 꼴이 비정상적으로 뒤틀리게 된 원인이 모두 여기 그어진 이놈의 휴전선 때문이다. 그러니 문화든 스포츠든 경제든, 어떤 형태의 교류든 왔다갔다하면서 지도상에 그어진 이놈의 휴전선을 우리들의 의식과 생활 속에서 지워버리도록 노력하자. 그러고 오면 좀 좋아? 까짓게 뭐 대수야. 손 흔들어 보내야지. 포드, 카터, 그 양코배기들 올 때만 그럴 게 아니라, 통일로 주변에 쫙 모여서서 태극기 흔들어 보내야지. 안 그런가?"

"틀린 생각은 아닌데, 좀 감상적인 것 같긴 해. 그렇게 간단한 문제는 아닐 거야. 무엇보다 어째 갑자기 주변을 휘둘러보고 싶어지는 걸 보면 어딘지 위험한 생각인 것도 같아. 몸에 밴 습성이란 게 이렇게 무섭다고."

"그나저나 오늘도 최루탄 쏘아댈 건 불을 보듯 뻔한 일, 서울 시내 하늘이 몸살 좀 앓겠네."

동료들이 신문을 넘겨가며 앞다투어 시사 분석들을 하는 동안, 나는 내가 아내를 데리고 가야 하는 금촌이 오늘 학생들이 경찰의 저지를 무릅쓰고 기어코 진입하려고 하는 판문점의 길목에 있다는 사실을 깨달았다. 양쪽의 충돌이 불을 보듯 뻔히 예상되는 상황이었다. 그 불속으로 뛰어드는 것은 무분별하고 어리석은 짓이 아닐 수 없었다. 배 속의 아이가 갑갑하다며 발버둥을 치고 나오지 않는 한 어머니께 가는 걸 미루는 게 좋겠다는 생각이 들었다. 엉뚱한 계기에 의해 결정이 내려지고 있었다.

차라리 잘 되었는지도 모르지. 아내도 썩 내키지 않아 하는 일이었으니……

마음을 그렇게 바꿔먹자 기분이 좀 홀가분해졌다. 나는 자진해서 동료들의 대화 속에 합류했다. 내가 그들과의 합류를 위해 몸을 비스듬히 틀어 한쪽 다리를 다른 쪽 허벅지에 올려놓고 신문지를 쳐들었을 때, 동료들의 대화는 남북 학생 회담, 판문점, 통일로, 분단, 전경, 지배 이데올로기에서 빠져나와 다른 쪽에 쏠려 있었다. 그들이 빠져 있는 수렁이 무엇이든, 나 역시 빠질 용의가 있다고 마음먹고 발을 내밀었을 때, 내 발이 빠진 수렁은 프로야구였다. 독수리가 요즘 웬일이야. 호랑이도 잡고 1위로 뛰어올랐네. 훨훨 날아…… 그 감독이 진짜 실력이 있는 건지 그저 운이 좋은 건지 모르겠어. 가는 팀마다 우승을 만들어내니……

프로야구라면 나 역시 대화에서 빠지지 않을 정도는 된다고 자부하고 있었으므로. 그리고 동료들의 관심사에서 얼마만큼 비켜나 있던 그동안의 침묵을 벌충할 심산으로 나는 과장되게 손짓을 하며 이야기에 끼어들었다.

"내가 생각하기에는…… 단체 스포츠의 경우에는, 특히 선수들의 기량이 어느 정도 확보되어 있는 프로의 경우에는, 승패의 상당한 부분이 실력보다는 팀웍에 의해 결정되는 수가 있지. 독수리는, 비록 태어난 지 얼마 안 되었고, 걸출한 선수도 없지만, 지난해 이미 탄탄한 팀웍을 보여줬잖아?"

"임 선배가 야구 이야기를 하니까 살아나는군요. 야구광인 줄은 알고 있었지만…… 근데 간밤에 무슨 일이 있었어요? 표정이 굳어 있어서……"

약간의 과시욕을 숨기지 못한 채 프로야구 기록을 주워섬기는 내 얼굴을 빤히 쳐다보고 있던 송이 반갑다는 안색으로 말을 붙여왔다.

"무슨 일은 무슨…… 1호선 한번 타봐. 특별시민의 허울을 유지하려고 서울의 끝에 매달려 사는, 3류도 못된 오류동의 시민이 매일 맛봐야 하는 출근길의 비참한 기분이 어떤 건지 금세 알게 될 테니까."

"허, 이 친구, 꼬박꼬박 주택 청약 저축인가 뭔가 부어 오늘내일 사이에 버젓한 아파트 한 채를 분양받게 될 거라고 큰소리칠 땐 언제고…… 이 사람아, 그런 희망도 없이 떠밀려가며 사는 사람도 많아. 가령 나만 보더라도……"

두서가 있을 리 없는, 여기서 저기로 종횡무진 건너뛰는, 밑도 끝도 없는 대화는 거기서 끝났다. 과장이 큰 기침을 두어 차례 한 다음, 서류를 뒤적이기 시작했고, 그 동작이 업무 시작을 명하는 신호임을 알고 있는 직원들은 책상 위에 널린 신문지들을 치우고, 한껏 여유 부리느라 방만하게 늘어져 있던 자세들을 고쳐 앉았다. 어차피 오고가던 대화들이 시답잖은 것들이었으므로 아쉬움은 없었다. 나도 미련 없이 프로야구와 오류동과 주택 청약 저축과 1호선 전철과 아파트를 버리고 책상 앞으로 다가앉았다.

나는 오전에 거래처에 갈 일이 생겨서 회사를 비웠다. 도심 하늘에는 동료들의 우려대로 심상치 않은 공기가 떠돌고 있었다. 두터운 제복 속에 표정을 감추고 흡사 움직일 줄 모르는 벽처럼 묵묵히 서 있는 전경들 곁을 지나칠 때 조건반사에 민감해진 내 코는 최루탄 냄새를 맡았다. 서울 거리를 걷는 행인들에게 그런 정도의 조건반사는 보편화된 지 오래였다. 그것은 도시에 사는 시민의 상표 가운데 하나였으며, 마땅히 지불해야 할 세금이기도 했다. 도로변에 창문을 철망으로 가린 채 기대 세워진 여러 대의 대형 버스들과 그 앞과 뒤와 옆에 살아 있는 벽이 되어 서 있는 전경들은, 곧 벌어질 혼란과 무질서를 불길하게 보증하고 있었다.

내가 금촌행을 미루기를 잘했다고 생각하며 회사로 돌아온 것은 정오 무렵이었다. 동료들과 함께 점심 식사를 하러 나가려다가 아내로부터 전화를 받았다. 아내는 거의 울먹이는 것처럼 힘들게 말을 했는데, 그 목소리에서 어찌할지 몰라 허둥대는 다급함이 느껴졌다. 그 때문에 나는 사정도 모르고, "무슨 소리야. 알아듣게 얘기해" 하고 역정을 냈다.

"어떻게 해요? 지금 시작되나 봐요. 진통이……"

아내가 그렇게 더듬거리며 말하자 내 머릿속은 하얗게 변해버렸다. 마땅히 먼저 떠올렸어야 하는데도 산통을 예상하지 못한 것이 이상했다. 내 스스로 오늘은 금촌에 가지 않겠다고 결정한 다음이라 무의식적으로 망각하게 되었는지 모를 일이었다.

"알았어. 금방 갈게."

나는 회사에 사정 이야기를 하고 곧바로 택시를 잡아탔다. 나는 택시 기사에게 오류동에 들러서 금촌까지 갈 수 있겠느냐고 물었다. 기사는 머리가 반쯤 벗겨지고 이마에 주름이 깊이 패인 사내였다.

"금촌이오? 파주 말입니까? 오류동 들렀다가 파주를요?"

"네. 좀 급해서 그런데, 요금은 충분히 드리겠습니다."

"가만 있자……"

운전기사는 잠시 생각을 모으는 눈치더니 말을 이었다.

"금촌이면, 거 문산 가는 길 아닙니까? 통일로를 타고 가야 할 텐데 오늘 날이 날이라서……"

"아직은 괜찮지 않겠습니까?"

"하긴 시간이 좀 있긴 하지요. 몹시 급하신 모양인데, 한번 가보지요. 그 대신 왕복 요금을 주셔야 합니다."

"그러지요. 고맙습니다. 할 수 있는 대로 빨리 갑시다."

택시가 서부역을 지나쳐 달려갈 때 역 광장을 막아서고 있는 한 무리의 전경들과 그들을 향해 돌을 집어던지는 학생들의 모습이 눈에 들어왔다.

"저런 철딱서니없는 것들, 하라는 공부는 안 하고…… 제깟놈들이 공산주의를 알아? 6·25를 겪었느냐 말이야. 알면, 겪었으면 저렇게 경솔하게 굴지 않을 테지. 안 그래요?"

횡단보도 앞에 차가 신호를 받고 멈춰 서자, 운전기사가 혼잣말처럼 투덜거린 다음 나의 의사를 타진해왔다. 나 역시 그 풍경을 바라보긴 했지만 특별한 생각을 하지는 않았다. 내 신경이 다른 데에 가 있어서 바깥 풍경을 꼼꼼히 점검할 여유가 없어서이기도 했지만, 이 도시에 사는 사람이면 누구나 갖게 마련인 일종의 면역반응에 더 큰 이유가 있을지도 모르는 일이었다.

나는 애매한 미소를 지어 적어도 그의 의견에 적극적으로 반대하지는 않는다는 뜻을 전한 다음 택시를 재촉했다.

"조금 빨리 가지요. 급해서 말입니다."

"무척 급한 모양인데…… 무슨 일입니까?"

"네. 저, 제 처가 진통을 시작했습니다. 첫아입니다."

"집이 금촌입니까?"

"아니오. 오류동입니다."

"그러면 병원이 금촌에 있나 보군요."

자세히 설명할 상황이 아니었으므로 나는 그렇다고 대답했다. 운전기사는 이해할 수 없다는 표정을 지었다.

"모를 일이로군요. 쌔고 쌘 게 산부인관데, 서울 사람이 구태여 거기까지……"

"그럴 일이 좀 있어요."

앞이마가 반쯤은 벗겨진 운전기사는 고개를 갸우뚱했지만, 그리고 그 고갯짓으로 납득할 만한 설명을 요구했지만, 내가 입을 다물어버림으로써 더 말하고 싶지 않다는 내심을 드러냈기 때문에 더는 물어오지 않았다.

내가 택시를 대문 앞에 세워놓고 뛰어 들어갔을 때, 아내는 양손으로 만삭의 배를 감싸 안고 소파에 비스듬히 앉아 있었다. 그 모습이 의외로 평온해 보였다. 아내는 "괜찮아? 괜찮아?" 하고 안절부절못해하는 나의 허둥거림이 흥미롭다는 듯 입가에 엷은 웃음을 지어 보이기까지 했다. 재촉해 묻자 한동안 진통이 심했는데 이제 좀 괜찮아졌다고 대답했다.

나는 그녀를 부축해서 택시에 태웠다. 아내의 부른 배를 보자 사정이 심각하다고 느껴졌는지 운전기사도 말없이 속도를 냈다.

전혀 예상하지 못한 일은 아니었다. '행여나' 하는 기대와 '제발'이라는 소망에 기대어 출발한 길이었다. 마음이 지나치게 조급하거나 간절해지면, 조금 떨어져서 바라보는 사람의 눈에는 불가능해 보이는 어떤 일에 터무니없는 희망을 걸게 되는 경우가 있다. 가령 오늘의 내가 그랬다. 길거리 곳곳에 시멘트벽처럼 서 있는 무표정한 젊은이들의 대열과 무슨 수를 써서라도 그 벽을 헐고 말겠다고 거리로 뛰쳐나온 또 다른 한 떼의 젊은이들을 목격한 사실만으로도, 나의 '행여나'나 '제발'이 실현되기에는 과분한 욕망임을 깨달았어야 했다. 더구나 그네들이 접전을 벌이기로 예정된 쪽을 향해 가는 길이 아닌가.

그나마 다행인 것은, 아내의 진통이 그다지 심하지 않은 점이었다. 진통이 한차례 지나간 때문인지, 간간이 이맛살을 찌푸리긴 했지만, 아내는 내 어깨에 머리를 기대고 비교적 평온하게 눈을 감고 있었다.

"이거 보세요. 제가 뭐랬습니까? 저 앞에 쫙 늘어서 있는 차들, 보이지요?"

운전기사가 차를 세운 다음 핸들을 놓고 고개까지 돌려 그렇게 말한 것은 불광동으로 접어드는 언덕길에서였다. 나는 조금 초조해져서 아내의 옆얼굴을 한번 훔쳐보고는 창문을 열었다.

"어어, 손님, 문 닫아요. 저기 걸어 다니는 사람들, 입 코 싸매고 종종걸음치는 거 보면 모르겠어요?"

운전기사가 인도 쪽을 가리키며 소리쳤기 때문에 나는 얼른 문을 닫았다. 반팔 셔츠에 굽 높은 구두를 신은 젊은 여자 두 명이 손수건으로 코와 입을 틀어막고 뛰다시피 지나가는 모습이 보였다. 무슨 축구회의 이름이 적힌 모자를 눌러쓴 중늙은이는 얼굴을 잔뜩 찡그리고서 연신 재채기를 했다.

"어떻게 하지요?"

운전기사는 나와 내 어깨에 몸을 의지하고 비스듬히 앉아 있는 배불뚝이 아내를 번갈아 쳐다보면서 난감한 표정을 지었다. 참 귀찮은 짐짝을 떠맡아 공연히 고생이라고 그 표정이 말하고 있었다.

"무슨 사정이 있는지는 모르지만, 출산을 위해서 가는 거라면, 길도 안 좋고 한데…… 저기도 산부인과 병원이 하나 눈에 띄는군요."

건너편 3층 건물 꼭대기에 '유선혜 산부인과'라는 간판이 걸려 있었다. 바로 그 간판 아래에는 '여의사 진료'라는 글씨도 눈에 띄었다. 아내도 눈을 떠서 창밖을 보았다. 그녀 역시 '유선혜 산부인과'와 '여의사 진료'라는 글씨를 읽었을 것이다. 그러나 그녀는 아무 말도 하지 않았다. 아무 말도 하지 않음으로써 상대방을 부담스럽게 만드는 기술이 그녀에겐 있었다. 결혼 날짜를 잡아놓고 데리고 갔던, 금촌읍 아동리 근처의 야산에 있는 아버지 산소에서도 그녀는 저렇게 아무 말도 하지 않고 빤히 쳐다보기만 함으로써 나의 대답을 재촉했었다. 그때 내가 주절주절 우리 집안 내력을 털어놓은 것은 전적으로 그녀의 그와 같은 침묵 때문이었다.

무덤 앞에 두 번 절한 다음 무릎을 꿇은 채로 내가 이 무덤 속에 누가 누워 있는지 알아, 하고 물었을 때, 그녀는 의아하다는 듯, 정택 씨 아버님이라면서요, 하고 반문했었다. 나는 말없이 고개를 두어 차례 저었고, 그녀는 그렇지 않아도 작지 않은 눈을 한층 크게 떠서 내 얼굴을 들여다보기만 했다. 으레 '그게 무슨 소리예요?'나 '아니, 그럼 엉뚱한 무덤에다 절을 했단 말예요?' 하고 궁금증을 끄집어낼 상황인데도, 그녀는 아무 말도 하지 않고 그저 뚫어질 듯 쳐다보기만 했다. 나는 그녀의 고집스런 침묵을 감당할 자신이 없었다.

"이 무덤 속엔 아무도 누워 있지 않아."

내가 그렇게 말했는데도 그녀는 여전히 입을 열지 않은 채 내 눈만 응시했다. 하지만 나는 그 시선에서, 정택 씨 아버님 산소에 간다고 하고서 여기로 데려온 거 아녜요? 하는 목소리를 듣고 있었다.

그날, 그녀에게 아버지 이야기를 했던가. 아니다. 나는 아버지가 아니라 어머니 이야기를 했다. 내가 아버지에 대해 이야기한다는 것은 불가능한 일이었다. 내 아버지는 키가 대나무처럼 크고 구레나룻을 멋있게 길렀다든지, 고시공부를 하느라고 절에 오랫동안 머물렀다는 이야기를 할 수는 있었을 것이다. 하지만, 그런 정도의 아버지에 대한 피상적인 이해조차도 실상은 내 고유의 것이 아니었다. 그것들은 모두 어머니의 입을 통해 전해진 것들이었으므로 설령 내가 그런 투로 실체가 만져지지 않는 아버지를 옮긴다 해도 그것은 결국 어머니에 대해 말하는 것에 다름 아니라는 사실을 나는 모르지 않았다.

전쟁이 내 어머니를 청상과부로 만들고, 나를 애비 얼굴도 모르는 '호로자식'으로 만들었다.

이미 남의 땅으로 넘어가버린 고향의 전답을 포기하고 남하하는 국군을 따라 피난길에 올랐을 때, 어머니의 불룩한 배 속에는 아이가 들어 있었다. 그 몸으로 피난길에 오르는 일이 거의 불가능하다는 것을 알고 있었지만, 인민의 적, 반동의 지주라는 낙인에 들어 있는 죽음의 위협을 무시하는 것은 더욱 불가능했다. 며칠 밤을 공포로 지새운 뒤 아버지는 결단을 내렸고 기어이 만삭의 아내를 데리고 집을 떠났다. 그 어수선한 피난길에서 어머니는 경황없이 출산을 했고 그 대가로 남편을 잃었다. 언젠가 어머니는 그때의 사정을 담담한 목소리로 전해주었다.

"밤이 되었는데 아동리라고 하는 마을에 도착했다. 그런데, 이상하지. 아직 날짜가 여러 날 남았는데 정택이 네가 나오려고 난리를 쳐. 큰일났다 싶더라. 그 동네에 그런대로 성한 빈집이 있어서 무조건 찾아들긴 했지만, 첫애겠다 무얼 어떻게 해야 할지 참 막막하더

라. 네 아버지는 동네에서 혹시 산파나 아니면 나이 든 아낙이라도 찾을 수 있을지 모른다고 하면서 허둥지둥 뛰어나갔는데, 글쎄 네놈이 세상 구경을 하고 싶다고 얼마나 서둘러대는지…… 허둥지둥 나간 아버지는 깜깜 무소식이고, 그래 결국 내 혼자 너를 낳았다. 아니, 너 혼자 스스로 나왔지. 무서운 밤이었다. 아마도 네가 세상에 나오면서 처음 들은 소리는 타당타당 내질러대는 총소리였을 것이다. 네가 태어난 그 새벽 무렵에 그 근방 어디에서 한바탕 전투를 벌인 모양이더라. 너는 옆에서 마구 울어대고 정신은 혼미한데 한참 있으니 수색 중이던 미군 두 명이 집으로 들어와서 우리를, 너하고 나를 데리고 갔다. 네가 요란한 울음소리로 그 사람들을 부른 셈이지. 그리고 얼마 동안 나는 정신을 잃어버렸는데, 그 후로 다시는 아버지를 볼 수가 없었구나……"

그렇지만 어머니는 아버지를 단념할 수 없었다. 피난지에서 어머니가 나를 돌보는 시간 외에 마음을 써가며 했던 유일한 일은 아버지를 찾는 것이었다. 그런 노력은 전쟁이 끝난 후에도 한동안 계속되었다. 어머니는 휴전 후 서울 변두리에서 남의 집 빨래를 해주며 살았는데, 아버지를 어디서 보았다는 말만 들으면, 그곳이 어디든, 번번이 실망으로 끝날 줄 예감하면서도, 찾아가곤 했다.

어머니가 금촌에 터를 잡고 조산원을 시작하신 것은 내가 초등학교 2학년 때였다. 어머니가 빨래를 비롯해서 허드렛일을 도맡아 해주던 집이 마침 그 당시 출산 붐을 타고 번창 일로에 있던 조산소여서 어머니는 자연스럽게 조산원의 일을 익힐 수 있었다고 했다. 원치 않는 임신으로 생긴 태아를 남몰래 처리하기 위해 조산원을 찾아오는 이도 있었고, 또 은밀히 그런 도움을 제공해주는 조산원도 많았지만, 어머니는 그런 손님을 단호히 거부했다. 하늘이 준 자식을 죽이다니, 제 배 속에 들어앉은 생명을 긁어내다니, 이런 천하에……어머니는 그렇게 호통쳐서 돌려보내곤 했다.

조산원을 시작한 일이야 그렇다 하더라도, 손님이 그리 많을 리 없는 시골로 들어가 정착한 어머니의 속셈을 어렴풋이나마 눈치채게 된 것은 세월이 많이 지난 후의 일이었다. 그전부터 어머니는 단편적으로 아버지의 인상을 내게 들려주곤 했다.

―네 아버지는 머리가 비상했지. 동네서 천재가 하나 나왔다고 떠들썩했단다. 그 미친 난리 통만 아니었으면……

―이 사진을 봐라. 이 사진은 실제 인물의 반도 못 된다. 키가 훤칠하게 크고 구레나룻이 거뭇한 게 어디서나 눈에 확 띄었다……

―너는 아버지 대를 이어서 꼭 고등고시에 합격해야 한다. 아버지 피를 받고 태어났으니 문제없을 줄 믿는다……

금촌은 내가 태어난 곳이었고, 어머니가 아버지와 생이별한 땅이었다. 어딘가에 틀림없이 살아 있을 아버지가 지금의 당신처럼 애타게 우리 모자를 찾고 있다면, 내가 태어나고 당신들이 헤어진 '아동리'를 찾아올 날이 있을 거라고 확신하는 어머니의 철썩 같은 믿음은 신앙과도 같았다. 말하자면 그 믿음이 조산원을 찾는 손님도 썩 많지 않아 생계를 위해서 남의 집 빨랫감을 다시 만져가면서까지 어머니가 굳이 금촌에 머물기를 원한 이유였고 또 그것을 가능하게 했던 힘이었다.

"아버지가 오신다. 여기서 우리가 뿌리내리고 진득하니 기다려야 서로 길이 엇갈리지 않을 것이다."

어머니의 일생은, 과장 없이 온통 아버지를 기다리는 데 바쳐졌다. 어쩌면 어머니 역시 아버지를 다시 만날 가능성이 매우 희박하다는 사실을 뻔히 알고 있었는지 모를 일이다. 어머니에게 있어 그 기다림은 그저 이 박토 같은 세상에서 당신이 삶을 영위해나가기 위해 필사적으로 의지해야 했던 눈물겨운 구실이 아니었을까. 그 기다림을 포기하는 것은, 그리하여 아버지의 부재를 사실로 인정하는 것은 결국 자신의 삶을 포기하는 것이 되고, 그것은 곧 자신의 부재와 연결된다고, 그렇기 때문에 아버지에 대한 무모한 기다림을 필사적으로 그러쥐고 있어야 한다고 다짐했던 것이 아니겠는가, 하는 생각이 거부할 수 없는 설득력을 동반하고 엄습할 때가 있다. 내가 좀더 자라 사태의 실상을 어설프게나마 이해하게 되었을 무렵, 이제 아버지의 죽음을 받아들여야 한다고 어렵게 말을 꺼냈을 때 노한 음성으로 꾸짖던 어머니의 모습을 나는 생생하게 기억하고 있다.

"죽지도 않은 사람을 사망신고하자고. 이 나쁜 놈, 아버지가 죽은 걸 봤냐? 못 봤지? 그런데 왜? 그런데 왜 죽지 않은 사람을 죽이려고 해? 그것이 너에게 생명을 준 아버지에게 할 일이냐? 밤마다 내 꿈속으로 아버지가 걸어오신다. 밤마다……"

어머니의 지독한 고착에 짜증이 난 나는 그날 큰소리로 대들었다.

"그건 꿈이잖아요? 제가 태어났던 날 어디론가 사라진 아버지는 제가 스물이 되도록 행방불명이에요. 이십 년이에요. 전쟁이 끝난 지도 오래되었구요. 그동안 어머니는 알아보실 대로 알아보셨어요. 그 지역에서 교전을 벌였던 군인들의 증언을 통해 어머닌 그때의 상황이 마을을 돌아다니는 건장한 남자가 무사히 살아남을 수 있는 형편이 아니었다는 사실을 충분히 알게 되었지요. 그 마을에서는 전투가 벌어지고 있었어요. 아버지는 그때 출산을 도와줄 사람을 혹시 구할 수 있을까 하고 정신없이 뛰어다니고 있었어요. 그들의 판단에 의하면, 그렇게 마을의 이곳저곳을 뛰어다니는 아버지는 십중팔구 양쪽으로부터 표적이 되기 쉬웠을 거라고 했어요. 어머니껜 유감이지만 제 판단도 그래요."

"그러면 내가 죽였구나. 내가 니 애빌 죽였구나."

"아니죠. 굳이 따진다면 아버지를 죽인 사람은 내가 되어야 하겠지요. 어머니가 아니라."

말을 잃은 채 바닥에 털썩 주저앉은 어머니의 모습이 얼마나 측은하고 안돼 보이던지 나는 하마터면 눈물을 보일 뻔했다. 어머니는 흡사 넋이 송두리째 빠져나간 사람처럼 보였다.

그러나 어머니는 그날 이후에도 자신의 완고한 믿음과 기다림을 철회하지 않았다. 내가 대학을 졸업하고 군대까지 마치고 돌아와 제법 실속 있는 중소기업의 사원으로 취직한 후 서울로의 이전을 권유했을 때도 어머니의 반응은 한결같았다. 그 때문에 나는 매일 금촌에서 신설동까지 경의선과 1호선 전철을 바꿔 타가며 출퇴근해야 했다.

그렇듯 완고하기만 하던 어머니가 변화의 조짐을 보인 것은, 몇 해 전 한 방송국에서 벌인 이산가족 찾기 캠페인이 전국을 울음바다로 만들고 있을 때, '남편 임재덕(나이 58세) 파주군 아동리에서 아들을 출산할 때 도와줄 사람을 구하러 나갔다가 행방불명되었음. 찾는 사람 황순이·임정택(아들) 전화 ○○○-××××'라고 쓴 안내판을 들고 거의 매일 만남의 광장을 헤매 다니고 난 이후의 일이었다. 한 달이 되도록 아버지는 나타나지 않았고, 아버지를 알고 있다고 나서는 사람도 한 명 없었다. 어머니는 극도로 말이 없어졌다. 무리한 희망을 단단하게 붙잡고 살아가는 그분의 완고함에 많이 지쳐 있었지만 시무룩해진 어머니의 변한 모습은 나를 더욱 불안하게 만들었다.

어느 날 어머니는 마침내 어려운 결정을 했다.

"사망신고를 해라. 네가 태어난 날로. 네 생일날 아버지 제사도 함께 지내도록 하자. 그리고 너는 서둘러 결혼을 하거라. 서른셋이면 많이 늦었다. 나는 이곳에 계속 머물겠다. 혹시 모를 일이고, 또 이곳에 오래 살다보니 정도 들어서……"

아버지의 제삿날과 나의 생일이 같은 날로 되어 있는 것은 그 때문이었다.

"저 무덤 속에는 아무도 누워 있지 않아. 빈 무덤이야. 어머니는 썩 내키지 않아 하셨지만, 기왕 아버지의 죽음을 기정사실화한 마당에 아버지의 존재를 감지할 수 있는 어떤 표상이라도 있어야 하지 않겠느냐는 것이 나의 생각이었어. 어머님의 그 긴 기다림의 절실함을 욕되게 한 것이 아닌가 내심 걱정스럽기도 했었는데, 오히려 이 무덤을 통해 이제까지 당신의 삶을 지탱해주었던 남편의 존재를 이젠 비교적 담백해진 마음으로 느끼는 것 같아서 다행이야."

그날, 아버지의 빈 무덤 앞에서 무언의 재촉을 하는 아내에게 나는 그렇게 설명했었다.

그 이듬해 나는 결혼을 했다. 내가 비교적 값이 싼 편인 대학가의 허름한 한옥에 전셋집을 마련한 후에도 어머니는 금촌을 떠나지 않았다. 그것은 오래전부터 공언해온 바였고, 몇 차례 더 권유한다고 해서 무너질 성질의 결심이 아닌 줄 나는 잘 알고 있었다.

그리고 결혼하고 나서 아내는 바로 아이를 가졌다. 그때부터 어머니는 기다림의 대상을 바꾸는 듯했다. 남편 대신 손자를 기다리기 시작한 것이다. 내 손으로 내 새끼를 받아내겠다. 내 손으로……
그러나 어머니의 그 간절한 기다림은 유감스럽게도, 무산되고 말았다. 아이는 알 수 없는 원인으로 아내의 배 속에서 죽고 만 것이다. 어머니는 그 원인이 대학가에 떠돌고 있는 최루탄의 독성 때문이라고 흥분하면서 바로 집을 옮기라고 종용하셨다.
어머니는 우리 부부보다 더 간절히 아이를 기다렸다. 그리고 마침내 3년 만에 다시 아이가 들어섰다. "남편도 손자도 기다리다 마는 모양이다. 지지리도 복이 없는 년이구나……" 부쩍 기력이 쇠하여진 어머니로 하여금 자조 섞인 한숨을 거두고 다시금 희망과 의욕을 가져다준 3년 만의 놓칠 수 없는 기회였다.
"아저씨. 다른 길로 한번 가보죠. 수색 쪽으로 해서 화전을 거쳐 가는 길은 어떨까요?"
차는 아까부터 꼼짝하지 않았다. 좀처럼 길이 열릴 것 같지 않았다. 조금 돌아가더라도 다른 길을 택하는 것이 이 꽉 막힌 길이 뚫리기를 기다리며 앉아 있는 것보다 나을 것 같았다. 나를 더욱 초조하게 만든 것은 그동안 잠잠하던 아내가 조금 전부터 다시 통증을 호소하기 시작한 사실이었다. 그녀는 이를 악물고 간간이 신음소리를 토해냈다. 이마와 콧잔등에 땀방울이 송송 맺혀 있었다. 내 손바닥에서도 덩달아 땀이 났다. 마음이 다급해지지 않을 수 없었다. 운전기사는 괴로워하는 아내를 힐끗 돌아보고 나서 나를 나무라기 시작했다.
"이봐요, 젊은 양반. 산모를 우선 생각해야할 것 아니오. 코앞에

병원을 두고 저 상태로 굳이 거길 가겠다는 거예요?"

 운전기사 말대로 하는 편이 좋을 것 같다는 생각이 들지 않은 건 아니었다. 아내 역시 어머니와 내 입장을 고려해서 입을 다물고 있긴 하지만 같은 생각일 터였다. 창밖으로 보이는 '유선혜 산부인과'에 눈길을 줄 때 그녀는 내가 자신의 속마음을 읽어주기를 은근히 바랐을 것이다. 그러나 나는 평생 남의 아이만 받으며 살아온 손으로 직접 당신 손주를 받고 싶다는 어머니의 소원을 모른 척할 수 없었다. 거의 평생을 관통해온 어머니의 그 길고 지루한 기다림을 더 연장하게 해서는 안 되었다. 이제 그만 당신의 기다림을 중단시키고 싶었다. 어머니의 염원을 무너뜨릴 권리가 나에게는 없는 것 같았다. 나는 초산의 경우 진통이 시작된 시간으로부터 열두 시간 이상 지난 다음에야 분만이 이루어진다는, 언젠가 아내가 읽어준 의학사전의 지식에 희망을 걸기로 하고 운전기사를 재촉했다.

 "돌아갑시다. 수색 쪽으로 해서."

 앞이마가 반쯤 벗겨진 운전기사는, 그 사람, 산모를 죽일 생각인가, 이거 원, 하고 투덜거리면서도 차를 돌렸다.

 이를 악물고 간혹 이빨 사이로 짧은 신음 소리를 뱉어내던 아내는 차가 다시 달리기 시작하자 내 어깨에 기대고 반복해서 심호흡을 했다. 나는 한쪽 팔을 그녀의 등 뒤로 돌려 안았다. 콧잔등과 이마에 맺힌 땀을 손수건으로 닦아주는데, 그녀가 눈을 떠서 쳐다보았다.

 "아직 멀었어요?"

 "조금 더 가면 돼. 조금만 참아. 길만 안 막히면 금방이니까. 어때? 참을 만해?"

"이제 좀 괜찮아졌어요. 이럴 줄 알았으면 어머님한테 미리 가 있을 걸 그랬어요. 미안해요."

그녀는 쓸쓸하게 웃었다. 아내는 의학사전을 통해 얻은 지식에 기초하여 최초의 진통이 시작된 뒤 열두 시간 내지 열다섯 시간이 지나야 분만할 수 있다는 사실을 강조함으로써, 일찍 금촌에 가서 미리미리 준비를 하는 게 좋겠다는 어머니의 권유와 그 권유에 동조하는 나의 당부를 거부했다. 아직 예정일이 남아 있고, 또 한 시간이면 족한 거리이기 때문에 진통이 시작된 후 출발해도 늦지 않다는 것이 아내의 입장이었고, 한 생명이 탄생하는 일이 그렇게 얄팍한 책에 씌어 있는 대로 되지만은 않는다는 것이 어머니의 주장이었다. 평소와는 달리 아내는 그 문제에 대해 제법 고집을 부렸다.

표면적으로는 이렇게 볼썽사나운 모습을 하고 어머님과 이웃 어른들 앞을 어슬렁거리는 것이 경우가 아니라는 구실을 내세우긴 했지만, 실상 아내에게는 먼저 가고 나중 가는 게 문제가 아니었다. 시어머니의 도움을 받아 출산을 해야 하는 일 자체를 거북살스럽게 여기고 있는 것 같았다. 아무리 당신의 직업이 그렇다고 해도, 꼭 시어머니에게 며느리의 몸을 열고 나오는 신생아를 받게 할 필요가 있느냐는 그녀의 생각을 탓할 입장은 못 된다. 그녀로서는 시어머니의 직업이 하필 조산원이라는 사실이 못마땅할 테지만, 어머니의 그 질긴 욕망이 그 때문만은 아니라는 점을 이해시키는 건 쉽지 않았다. 나 자신도 어렴풋하게밖에 짐작하지 못하는 삶을 건 어머니의 그 완고한 기다림의 정체를 어떤 식으로 설명하여 그녀의 이해를 끌어낼 수 있겠는가. 나는 그저 어머니의 삶을 지탱해온 아버지에 대한 안타까운 기다림에 대해 거듭 말할 수밖에 없었다. 그 아버지라는 존재가 무모한 관념에 지나지 않는다 하더라도, 그 '무모한 관념'이 이 척박한 땅에서 그분이 온갖 좌절과 애증과 모욕에 맞서 싸워 살아남게 만든 유일한 무기였음을, 아내는 끝내 납득하지 못했다. 내가, 당신의 몸을 통해 어머니는 자신의 그 무모하지만 생생한 관념에 육체를 입히려 하는 것이다. 자신을 지탱해준 이제까지의 기다림을 그런 식으로 완성하려는 것이다. 당신의 몸을 통해 태어날 새로운 생명에 대한 그처럼 뜨겁고 격렬한, 원초적인 기대감 때문에 지난번 원인을 알 수 없는 유산에 대해 그처럼 안타까워하셨던 것이다. 하고, 그 즈음 내 머릿속에 부침하던 생각들을 다소 자신 없는 목소리로 꺼냈을 때, 아내는 여전히 전적인 동감의 표시는 보류한 채, 알았어요, 당신 뜻대로 할게요, 하고 서둘러 대화를 끝막음 했었다.

"역시 차를 돌리기를 잘한 것 같습니다. 대부분의 차량이 우리와 같은 선택을 하는 바람에 평소보다 길이 좀 복잡하긴 합니다만, 그거야 어쩔 수 없는 일이고. 판문점에 가겠다고 떠들어대는 그 철딱서니 없는 것들을 피한 게 어딥니까?"

운전기사는 서울 경계를 지나 화전을 통과할 무렵부터 다시 말이 많아지고 있었다. 그는 말끝마다 판문점 학생 회담을 주창하고 나선 대학생들을 '철딱서니 없는 것들'이라고 나무랐다. 철딱서니 없는 녀석들 몇 놈이 모여 기분 내키는 대로 가자, 그래서 가고, 통일하자, 그래서 통일될 정도로 단순한 일이었으면 휴전선이 벌써 열 번도 더 무너졌을 것이라는 것이, 듣는 사람의 반응 따위에 신경을 쓰지 않고 되풀이하는 그의 투덜거림의 주된 내용이었다. 그동안 그런 학생들을 빨갱이라고 매도해버리는 택시 기사를 여럿 만났던 터라 학생들에 대한 그의 그런 비난이 그다지 비난으로 들리지 않았다. 심지어 그는 자신의 장광설 끝에 은근히 그 '철딱서니 없는' 학생들을 두둔하는 발언을 내비쳤다.

"그렇긴 해도, 그 철딱서니 없는 학생들이 제법 그럴듯한 일을 한 것은 인정해줘야지. 그 녀석들이 겁 없이 몸 안 사리고 열 개를 달라고 떼쓴 덕분에 다섯 개라도 돌려받은 것이고, 백두산 올라가자, 김일성대학에 가서 공 차자, 하고 마구 고함쳐대니까 요새 통일 문제에 이런저런 시선이 모여지는 건 사실 아니오? 젊으니까 가능하지, 요리 재고 조리 재는 기성세대는 죽었다 깨어나도 흉내도 못 낼 거구만. 하여간에 그동안 쉬쉬하던 문제를 확 터놓고 시원하게 얘기할 수 있게 한 공로는 학생들에게 돌려져야겠지요. 안⋯⋯"

그는 마지막 말을 맺을 수 없었다. 원당의 외곽 도로를 지나 만난 삼거리에서 봉일천 방향을 향해 왼쪽 도로로 핸들을 돌리려는 순간이었는데, 그는 브레이크를 밟고 차를 세웠다. 그곳은 신도읍과 금촌읍과 원당읍을 꼭지점으로 하여 약간 비틀어진 삼각형을 그릴 때 그 중심에 해당되는 지대였다.

"이런 제길!"

운전기사가 가래를 뱉듯 욕설을 뱉었다. 나도 목을 길게 빼고 눈앞에 벌어진 광경을 보았다. 삼거리 한복판, 시멘트길 바닥에 이삼십 명쯤 되어 보이는 젊은이들이 누워 있었다. 그 곁에 제법 큰 트럭이 한 대 서 있는 것으로 미루어 보아 그 트럭을 타고 거기까지 달려온 모양이었다. 바닥에 누운 채로 옆사람의 팔을 끼고 '우리의 소원은 통일'을 목청껏 부르고 있는 그들의 모습이 그들이 등지고 누운 시멘트 바닥만큼이나 견고하고 답답하게 느껴졌다.

정황으로 미루어 보아 그 너머 금촌 쪽 길을 훨씬 많은 병력들이 견고하게 벽을 쌓고 있으리라는 걸 판단하기는 그렇게 어려운 일이 아니었다. 원천 봉쇄의 저지선을 뚫고 용케 서울을 빠져나와 이곳에 집결해 있는 학생들이나 그들의 판문점행을 결코 용인하지 않겠다고 여기까지 와서 두텁게 벽을 세운 전경들이나 혀가 내둘러지는 순발력이 아닐 수 없었다.

길가에 우리가 타고 온 택시 말고도 미리 온 여러 대의 트럭과 승용차들이 사태를 가늠하고 난감해하고 있었다.

"이런 제길! 그냥 밀고 갈 수도 없고……"

벗겨진 이마를 손으로 쓸며 운전기사가 두리번거렸다. 나는 아내를 쳐다보았다. 아내 역시 내 품에서 상체를 일으켜 주변을 살폈다. 불안한 빛이 역력했다. 내 속에서는 알 수 없는 울화가 치솟아 올랐다. 이대로 길거리에 차를 세워놓고 앉아 있을 수는 없는 노릇이었다. 시간이 많지 않았다. 아내의 진통이 재개된다면 낭패가 아닐 수 없었다. 나는 문을 열고 밖으로 나왔다.

나는 길바닥에 등을 대고 누워 목이 터져라 노래를 불러대고 있는 학생들에게로 다가갔다. 숫자는 얼마 되지 않지만, 함부로 접근할 수 없는 공기가 그들에게서 전해져 왔다. 누운 채 서로 팔을 끼고 있는 그들의 손에 크고 작은 돌멩이들과 화염병이 들려 있어서만은 아니었다.

"아저씨는 뭡니까?"

한 학생이 몸을 일으켜 세우며 의심스런 눈빛으로 나를 쏘아보았다.

"금촌엘 가는데, 급히 가야해."

나는 말투에 까닭 없이 위축된 기운이 끼어드는 걸 느꼈다. 그런 자신에게 울화가 치밀었지만 기분에 연연하고 있을 계제가 아니었다. 나는 학생들에게 아내가 출산을 하러 가는 길이라고 이야기를 하고 길을 터달라고 요청했다.

"그래 봤자 저 앞에서 저지당하고 말 텐데요. 우리 역시 간절히 이 길을 지나가려고 이러고 있는 거 아닙니까?"

그 학생은 그렇게 말을 해놓고 잠깐만 기다려보라는 말을 남기고는 다른 동료들에게로 돌아갔다. 그들 사이에 어떤 말들이 오갔는지 나로서는 짐작할 수 없다. 알 수 없는 초조감이 여태 택시를 타고 오는 동안 잘 참아왔던 담배를 빼어 물게 했다.

스무 걸음쯤 떨어진 택시 안에서는 아내가 불안한 낯빛으로 연신 이쪽을 기웃거리고 있었다. 내 바로 앞에는 학생들이 웅성거리며 모여 있고 그곳으로부터 100미터쯤 간격을 두고 전경들의 단단한 벽이 여러 겹 쳐져 있었다. 내가 반쯤 피운 담배를 버리고 발로 비벼 끄는데 나와 이야기를 주고받았던 학생이 다가왔다.

"저희들이 바라는 것은, 아무쪼록 선생님께서 저 삼엄한 벽을 뚫고 무사히 나아가는 모습을 보는 일입니다. 건승을 빕니다."

나는 곧 택시로 돌아와 운전기사에게 시동을 걸라고 요구했다.

"저기 전경들이 있는 곳까지 천천히 몰고 갑시다. 오해받지 않도록 천천히……"

운전기사는, 이런 빌어먹을, 저놈의 철딱서니 없는 녀석들 땜에 별 희한한 경험을 다하는구먼, 어쩌구 투덜거리면서 핸들을 잡았다. 택시가 천천히 움직이기 시작했다. 학생들이 노래와 구호를 중단하더니 한가운데 길을 내주고 양쪽으로 비켜섰다. 그들의 표정은 잔뜩 굳어 있었다. 그 때문에 그들은 그들의 강행을 강력 저지하겠다고 벽이 되어 서 있는 전경들과 닮아 보였다. 두 개의 다른 벽이 마주보며 이 시대를 분할하고 있다는 느낌이 답답하게 가슴을 짓눌렀다. 잔뜩 긴장을 한 우리의 택시는 그 두 개의 완강한 벽 속으로 천천히 나아갔다. 금방이라도 양쪽에서 그 두 개의 벽이 나를, 나의 아내를, 나와 내 아내가 이제 곧 태어날 태아와 함께 타고 있는 택시를 무참하게 짓뭉개버릴 것 같은 불길한 상상 때문에 등줄기로 식은땀이 솟았다. 그것이 나 혼자만의 느낌은 아니었던 듯, 전경들과의 거리가 좁혀지자 운전기사가 볼멘소리를 했다.

"이런 니미랄, 꼭 벽을 향해 돌진하는 기분이구먼."

낯선 택시가 코앞에 닿았는데도 전경들이 만들고 있는 벽은 일체의 흐트러짐도 보이지 않았다. 그 때문에 문을 열고 밖으로 나온 나는 누구에게 말을 건네야 할지 몰라 잠시 망설였다. 마침 도로변에 무전기를 쥐고 있는 사람이 보여서 그쪽으로 다가갔다.

그런데, 사태가 이상한 방향으로 틀어지고 있었다. 그 순간, 무전기를 쥔 사내가 벽을 향해 짧고 크게, 그들 특유의 억양으로 명령을 내렸고, 그러자 이제까지 미동도 없던 벽 사이에 조그만 움직임이 일어났다. 복장을 완전히 갖추고 있는 줄 알았는데, 그렇지 않았던 모양이었다. 무전기를 든 사내의 지시에 따라 그들 속에 일어난 미미한 소란은 방독면을 일제히 착용하는 동작 때문에 생긴 것이었다.

나는 당황했다.

"어어, 그게 아니고……"

나의 입에서는 의미 없는 단절음들이 입 밖으로 빠져나왔다. 순간, 어디선가 날카로운 돌멩이가 하나 날아와 내 뒷목을 때렸다. 그 돌멩이가 지금 무슨 일이 일어나려 하고 있는지 일깨워주었다. 깨달음의 돌이었다. 그 깨달음의 돌들은 내 주변에 몇 개 더 떨어졌다.

저지하기 위해 손을 흔들며 뒤를 돌아보는 내 눈에, 일단의 학생들이 트럭에 올라타 시동을 거는 모습이 보였다. 트럭에 올라타지 않은 더 많은 숫자의 학생들은 트럭을 에워싸고 앞으로 돌진해 왔다.

무전기를 든 사내가 나를 향해 빨리 택시 안으로 돌아가라는 손짓을 했다. 그러나 그는 너무 늦게 손짓을 보냈다. 타다다다닥 격렬한 총성과 함께 자욱한 분말을 뿜으며 내 눈앞에서 최루탄이 터졌다. 나는 코와 입을 양손으로 싸쥐고 택시를 향해 뛰었다. 우리가 타고 온 조그맣고 초라한 택시는 속력을 더해 오는 위험한 트럭과 그 정도 공격으로는 끄떡도 하지 않을 거대한 벽 사이에 완벽하게 갇혀 오도 가도 못할 형편에 처해 있었다. 이런 니미랄…… 저절로 욕이 나왔다.

"빨리 와요. 빨리."

아내는 창문 밖으로 얼굴을 내밀고 손을 저었다. 경황이 없는 가운데서도 그녀의 얼굴색이 창백해 보였다.

"창문 닫아."

나는 악을 썼다.

트럭을 에워싸고 앞으로 달려오던 학생들의 질주와 함성은, 그러나 반대편의 집중적인 최루탄 세례를 받자 금세 와해되고 말았다. 그들은 양쪽 길가로 퍼지는가 싶더니 마침내는 뒤쪽으로 달아났다.

아내는 문을 열고 밖으로 나와 있었다. 빨리 와요, 빨리. 그녀의 안타까운 손짓이 그렇게 말하고 있었다. 그녀는 중심을 잃은 듯 한 차례 기우뚱거리더니 차체를 붙잡고서야 몸을 지탱했다.

"빨리 들어와요."

"이 사람, 어서 차 안으로 들어가. 정신 나갔어?"

나는 그 순간 무심결에 들이마시고만 최루탄 가루가 기도를 타고 내려가며 목을 조르는 바람에 목에 가시가 걸린 개처럼 캑캑 재채기를 하며 악을 썼다.

"들어가. 들어가란 말이야."

"빨리 빨리……"

그녀는 그녀대로 다급하게 손짓을 했다. 그러나 그뿐이었다. 그녀는 더 이상 말을 잇지 못했다. 그 순간 헉, 소리를 내며 길바닥에 쓰러진 아내의 몸의 일부분에, 혀처럼 길고 자유롭게 움직이는 화염이 달라붙었다. 화염병이 떨어진 곳은 공교롭게도 택시의 지붕이었다. 그 화염병이 깨지면서 그녀에게 불길이 닿았던 것이다. 그녀의 몸에 유리 파편도 몇 개쯤 박혔을지 모를 일이었다.

나는 급히 상의를 벗어 아내의 몸에 덮었다. 의식을 잃고 쓰러져 누운 아내의 일그러진 얼굴 위에서 나는 오로지 당신의 그 길고 완강한 기다림을 완성시킬 한 생명체를 받아내기 위해 그 '징한 세월'을 살아낸 내 어머니의 모습을 보았다. 그 순간 내가 아내의 몸을 부둥켜안고 속에서 올라오는 뜨거운 울부짖음을 억지로 삼키며 '어머니' 하고 부른 것은 아마 그 때문이었을 것이다.

운전기사도 잔뜩 골이 난 얼굴을 하고 밖으로 나왔다. 택시 지붕에 있는 병 조각들과 거기에 붙은 산만한 불길을, 나와 마찬가지로 자신의 상의를 벗어 거친 동작으로 쫓으면서, 누구에게랄 것 없이 욕을 퍼붓기 시작했다.
 "이런 썩어문드러질. 재수가 옴이 붙은 날이로군. 통일이고 지랄이고 이놈의 최루탄하고 화염병이라도 안 보이는 세상에서 살아봤으면 좋겠다. 퉤퉤. 아이구 매워라⋯⋯"
 바로 그 순간에 텅, 소리를 내며 이번에는 다른 쪽에서 최루탄이 날아왔고, 택시 지붕에 떨어진 최루탄에서 새하얀 분말이 어지럽게 쏟아져 나왔다.

〔『문학과비평』, 1988년 9월호〕

요의(尿意)

　나는 이제 평범한 사람들의 건강과 행복을 지향하는 월간지 『복지 사회』의 사무실에 나가지 않아도 됩니다. 나는 얼마 전까지 그곳의 몇 안 되는 직원 가운데 한 사람이었고 명색이 기자였습니다. 그날 아침, 어처구니없는 사건으로 사장실을 물러나오기 전까지는 말입니다. '복지 사회' 직원들의 출근 시간이 터무니없이 빨라지고 있었다는 이야기를 들어보았는지요. 아, 물론 이건 그리 중요한 문제는 아닙니다만, 저를 포함하여 직원들 스스로 경쟁을 하듯 출근 시간을 앞당겼답니다. 규정된 출근 시간 아홉 시는 의미가 없었습니다. 아무리 늦어도 다들 30분 먼저 사무실에 도착했으니까요. 지금 저는 '복지 사회' 사무실의 분위기가 확실히 좀 유별난 구석을 지니고 있었다는 뜻이 제대로 전달되기를 바라면서 이야기를 꺼낸 것입니다.
　그날 나는, 사무실의 문을 열고 들어서다가 언제나처럼 움찔 놀라 멈춰 서는 경험을 했습니다. 문을 열고 열린 문 안으로 몸을 집어넣는 순간 미리 나와 있던 사무실의 동료들은 갑자기 동작을 정지당한 영화 속의 스톱모션처럼 황급히 움직임을 멈추었습니다. 그들이, 물론 찰나이긴 하지만, 그리고 늘 겪는 일이라고는 하지만, 사무실 안에 균형 있게 자리를 차지하고 앉거나 서 있는 집기들, 이를테면 책상이나 캐비닛, 벽에 걸린 거울이나 달력, 야단맞은 어린아이 같은 표정의 회색 전화기 따위를 닮아 정물로 굳어지는 모습을 보는 것은 유쾌한 일이랄 순 없습니다. 더구나 그들의 정물로의 전환이 너무 급격하고 부산스러워서 그 이전의 소란이 충분히 갈무리되지 못한 채, 흡사 사물의 윤곽만을 초잡아 그린 밑그림처럼 실내의 부산스런 공기 속에 그대로 남아 있기 때문에 나는 늘 그 짧은 순간의 '부산한 정적'——나로선 이렇게밖에 표현할 수가 없는데, 그 상황의 미묘한 정중동을 묘사할 효과적인 다른 말을 발견하지 못했기 때문입니다——에 숨이 막히곤 합니다.

거듭 말하지만, 그와 같은 경험은 매우 짧은 순간에 일어납니다. 문을 열고 들어서는 이의 정체가 일목요연하게 드러나게 되면 곧 그 어색한 스톱모션이 풀리면서 정물들이 일시에 인물들로 되돌아가지요. 그 점을 감안하면, 내가 문을 열기 위해 문고리를 비트는 시간에서부터 문이 열리고 실내에 있는 사람들에게 내 모습이 완전히 드러나는 시간까지, 1초나 될까 싶은 그 짧은 순간에 그 부산한, 서툴고 어색한 분위기의 반전이 이루어진다고 할 수 있을 것입니다.

이렇게 이야기를 하니 엉뚱한 오해를 일으킬 수도 있을 것 같습니다. 동료 직원들이 나를 경계하거나 경원하는 것이 아닌가, 그래서 내가 나타나면 저희들끼리의 단합을 과시하기 위해 일순 동작을 중지하는 것이 아닌가, 하고 말입니다. 그것은 전혀 사실이 아닙니다. 그 사무실의 유별난 분위기에 대한 책임이 내게 있는 것도 아니고, 그런 당혹스런 경험을 나만 하는 것도 아니기 때문입니다.

'복지 사회'에 근무하는 직원이라면 누구나 사무실 문을 열고 들어서는 순간에 당하게 되는 그 당혹감으로부터, 모르긴 해도 결코 자유롭진 않을 거라고 나는 확신합니다. 언제나 그랬고 누구에게나 그랬을 겁니다. 문이 열리는 기척만 있으면 모두들 표정이며 자세들이 일시적으로 딱딱하게 굳어집니다. 그러다가 바깥의 '인기척'이 문 안으로 완전히 들어오면 빠르게 원래 모습을 회복하는 것입니다. 그런데 그 경우의 스톱모션이 언제나 좀 서툴고 어정쩡한 편이라 딱딱하게 굳어지기 이전의 사무실 풍경을 눈치채는 게 어렵지 않은 거지요. 말하자면, 우리들은 꺼림칙한 누군가를 두려움 가운데서 기다리고 있었던 것인데, 그런 점에서 출근할 때 사무실 문을 열고 들어서는 우리는 어쩔 수 없이 서로에게 두려움을 주는 역을 맡지 않을 수 없었던 셈입니다. 그날 아침에 문고리를 잡고 선 내가 잠시 사무실 안의 '부산한 정적'에 맞닥뜨려 언제나처럼 난감함에 휩싸였던 사정을 이해할 수 있을지 모르겠습니다. 내가 막 얼굴을 들이밀었을 때 실내의 구도는, 이미 말한 대로 보기에 민망스럽도록 어색했습니다. 대체적인 정황으로 보아 그들은 서거나 앉아서, 신문을 뒤적이거나 종이컵에 담긴 커피를 홀짝이며 떠들고 있었을 것입니다. 모두들 스톱모션을 취하고 일시에 멈추긴 했지만, 창가 쪽에 앉은 김은 눈높이로 신문지를 끌어 올린 자세였고(무슨 읽을거리가 있으면 눈높이로 두 손으로 받쳐 들고 읽는 것이 그의 버릇이었습니다), 우리들 중에서 가장 오래 근무한 것으로 알려진 권은 책상 모서리에 엉덩이를 걸치고 종이컵을 든 채 굳어 있었습니다. 통쾌하게 웃기라도 했는지 반쯤 입을 벌린 또 다른 김의 얼굴은 어색하게 일그러져 있었고요. 그들은 사무실 내의 다른 집기들이 그러하듯 적절하게 구도를 맞춰 놓여 있었고, 블라인드 사이로 사선을 그으며 들어온 햇빛이 그들 위에 골고루 떨어지고 있었습니다.

하지만, 그건 역시나 아주 짧은 순간의 일에 불과했습니다. 문을 열고 들어온 사람을 확인하고 나서는 어색하게 굳어 있던 사무실 풍경이 돌연 생기를 띠며 살아나기 마련이니까요. 그 변화가 또 어찌나 호들갑스러운지 보는 이에 따라서는 바로 전에 무의식적으로 몸을 사린 자신의 실수를 만회하려는 과장된 제스처로 읽힐 만도 했습니다.

"이 양반이 누구 닮아가나. 어째서 그렇게 뱀처럼 소리도 없이 들어와. 인기척을 내야 할 거 아냐."

"허허, 자기네들 떠든 건 생각 않고. 그래, 그렇게 무서운가, 인사계가?"

"사돈네 남 말하시네."

우리들의 사장에 대해 말해야 할 것 같습니다. 내가 방금 '인사계'라고 호칭한 인물 말입니다. 사장실은 출입구가 따로 없고, 우리들이 일하는 사무실 안쪽에 위치해 있습니다. 그가 들어가거나 나오는 것을 모를 수가 없고, 관심을 갖지 않을 수도 없는 구조인 거지요. 그가 일부러 무관심한 척 시선을 엉뚱한 데 두고 걷지만, 들어오고 나가면서 우리들이 일하는 모습을 얼마나 세밀하게 점검하는지 모르는 사람은 우리들 중에는 없었습니다. 그뿐만이 아닙니다. 그가 사장실에 앉아 큰 소리로 전화를 하거나 누군가를 사장실로 부를 때, 우리들은 일을 하면서도 사장실에 신경을 쓰지 않을 수 없었지요. 직업군인으로 십수 년을 보낸 하사관 출신답게 사장의 목소리가 원체 크고 카랑카랑한 탓도 있지만, 사장실과 경계를 이루고 있는 칸막이가 너무 얇아서 사무실에 앉아서도 그가 하는 말을 적나라하게 들을 수 있었습니다. 그가 하는 말이란 게 대개 '일을 이따위로밖에 처리할 줄 모르느냐'는 투의 나무람이었지요. 그러니 자신의 이름이 호명될까 조바심치면서 신경을 그쪽으로 쏟지 않을 수 없었던 겁니다.

사정이 그렇다 보니 직원들은 다들 외출을 원하게 됩니다. 취재를 핑계 대든, 원고 수집을 핑계 대든 밖으로 나갈 구실을 만들려고 애쓰곤 했지요. 그도 어려울 때는 거꾸로 그 귀찮은 사장이 밖으로 나가주기를 바라게 됩니다. 사장의 외출이 우리의 불안을 본질적으로 해소해줄 수 없다는 사실을 알면서도 말입니다. 사장이 그 작달막한 몸을 뒤뚱거리며 밖으로 나가고 나면 숨이 좀 터진 우리는 그동안의 의기소침을 만회라도 하려는 듯 과장해서 사장을 흉보지만, 그러면서도 언제 그가 다시 불쑥 문을 열고 들이닥칠지 모르기 때문에 완전히 긴장을 놓을 수는 없어요.

나는 내 자리로 가기 전에 김이 펴 들고 있던 신문을 한 장 빼 들었습니다. 그는 여전히 신문지에 얼굴을 파묻고 있었는데, 그의 시선이 아래쪽으로 내리깔린 것으로 미루어 보아 광고란을 정독하고 있는 모양이었습니다. 그러면 그렇지. 나는 공연히 득의양양해져서 약간 경망스럽게 그의 어깻죽지를 탁 쳤습니다.

"거, 좋은 데 있어? 혼자 몰래 빠져나가기 없깁니다."

나 역시 신문 하단의 광고 쪽으로 눈을 돌렸습니다. 상체를 거반 다 드러낸 여자가 오묘하기 이를 데 없는 자세와 표정을 짓고 있는 영화 광고 옆에서 나는 '남녀 사원 모집'이니 '신입 사원 채용'이니 '초빙'이니 하는, 크고 작은 사각의 구인 광고들을 읽어 내려갔습니다.

  이 사무실 직원들이 신문을 집어 들면 습관적으로 구인 광고란부터 꼼꼼하게 읽어낸다는 이야기를 했던가요. 그것으로 아침 시간의 공백을 메운다는 이야기를. 더러는 자신이 발견한 광고 문안을 큰 소리로 낭독하기도 하고, 실제로 거기 적힌 전화번호를 돌리기까지 하지요. 기회 있을 때마다 "이깟 놈의 직장, 누가 있고 싶어서 있는 줄 알아?" 하고 금방이라도 사표를 쓸 것처럼 투덜거리는 것도 이 사무실에 근무하는 몇 안 되는 직원들에게 공통으로 감염되어 있는 질병 가운데 하나임을 덧붙여야 할 것 같습니다. "이 직장 없으면 갈 데가 없을 줄 알고?" 하면서, 실제로 오라는 곳이 많다는 사실을 스스로에게 확인시키려는 듯 구인 광고란을 열심히 뒤적이는 것이지요. 생각하면 참 서글픈 풍경이 아닐 수 없습니다. 서글프게도 입사한 지 6개월 만에 나 역시 그들 가운데 한 사람이 되어 있었습니다. 그러나 더욱 서글프게도 우리들 중에 제 발로 '이깟 놈의 직장'을 박차고 나간 사람을 나는 아직 알지 못합니다. 참 수상쩍은 일이긴 하지만, 가령 나만 해도 그렇습니다. 나 역시 동료들에게 전염되어 입버릇처럼 "이놈의 직장에 목매달고 살 사람인 줄 알아?" 하고 심심찮게 큰소리를 치지만, 고백하건대 한 번도 '이놈의 직장'이 아닌 다른 어떤 '목매달' 수단을 자신 있게 내놓은 적이 없습니다. 나와 함께 내 곁에서 아침마다 신문을 뒤적이는 다른 동료들 역시, 모르긴 해도 나와 크게 다르지는 않았을 겁니다. 그들 또한 나와 똑같이, 또는 나보다 훨씬 더 자주, 훨씬 더 흥분해서 '이깟 놈의 직장'

을 매도하면서 금방이라도 그만두겠다고 말로만 큰소리를 치는 위인들이었으니까요.

다시 말하지만, 사장은 ─ 그가 없는 자리에서 우리는 그를 '인사계'라고 불렀습니다만 ─ 우리들의 금기였습니다. 부끄러운 고백이지만, 그 사람 앞에 앉거나 서 있는 경우에 나는 종종 참을 수 없는 요의(尿意)를 느끼곤 했습니다. 이해할 수 있을는지 모르겠습니다. 불편하거나 어려운 자리에 끼어서 그런 경험을 한 적이 없는지요. 너무 긴장한 나머지 아랫배의 한 부분에 아주 작은 충격만 가해도 금방 오줌이 터져 나올 것만 같은, 다급하고 난처한 경험 말입니다.

내가 그를 처음 보았을 때, 그러니까 '이런 분을 모십니다. 긍정적이고 적극적인 성격을 소유하신 분. 강한 끈기와 성취욕에 불타는 분……' 운운하는, 잡지사 기자를 모집하는 광고라고는 도저히 생각되지 않는, 숫제 무슨 영업 사원을 뽑는 광고 문안에 적합해 보이는 신문 광고를 보고 그 사무실에 이력서와 자기소개서를 들고 찾아갔을 때, 나는 제대한 뒤 마땅한 일자리를 찾지 못해 여기저기 기웃거리고 다니던 중이었습니다. 나중에 '인사계'라고 부르게 된, 키가 작은 우리들의 사장은 소파에 앉아 작은 눈을 깜박이며 나의 얼굴과 이력서를 번갈아 뒤적였습니다. 그리고 답답한 침묵을 불안하게 느끼기 시작할 무렵에 서류를 밀어놓으며 그가 물었습니다.

"병역 관계 기록이 빠져 있네."

나는 그때 그가 내게 반말을 쓰고 있다는 사실을 미처 눈치채지 못했습니다. 그의 첫 질문이 마치 혼잣말처럼 들리기도 해서 그랬는지 모르겠습니다. 그런데, 그게 아니었습니다. 그는 처음부터 반말을 쓰고 있었습니다.

"군대를 안 갔다 왔나?"

"아닙니다. 갔다 왔습니다."

나는 얼른 정정했습니다.

"보충병 근무였나?"

"아닙니다. 현역이었습니다."

"그렇다면 이상하군. 어째서 기록을 누락시킨 거지? 군대 갔다 온 사실을 하찮은 것으로 치부한다는 뜻인가?"

"그, 그런 건 아니고, 실수로……"

나는 얼굴이 달아오르는 것을 느꼈습니다. 실수라는 말을 한 것이 실수라는 생각이 들었습니다. 내 콧잔등에 앞에 앉은 사람이 눈치챌 수 있을 정도의 땀방울이 송송 돋아나고 있었는지도 모를 일입니다. 낭패다, 싶은 생각과 웬 시답잖은 질문을 가지고 공연히…… 하는 생각이 같이 들었습니다.

"실수라면, 조심성이 없다는 걸 시인한다는 뜻인가?"

나는 더 이상 아무 말도 하지 못했습니다. 맥이 탁 풀렸다고 할까요. 사장은 입대 일자와 제대 일자, 그리고 근무한 부대를 물어 자기 손으로 이력서 밑에 일일이 적어 넣었는데 그 순간에도 나는 당황한 나머지 제대 일자를 틀리게 말해 받아 적고 있는 사장으로 하여금 다시 고쳐 쓰게 만들었습니다. 사장은 짜증스럽게 줄을 북북 긋고는 그 옆에다 무언가를 적었습니다.

바로 그 사장이 하사관으로 10년 넘게 근무한 퇴역군인이고, 전역 후 곧바로 누이에게서 물려받아 '복지 사회'를 맡았다는 사실을 알게 된 것은, 뜻밖의 합격 통지를 받고 출근한 지 며칠 지나지 않아서였습니다. 물론 지금도 누이가 드나들며 간섭을 하긴 하지만,

회사의 운영에 대해선 사장에게 거의 일임을 한 모양이었습니다.
 '복지 사회'의 일원이 되고 나서 궁금하다기보다 신기하다고 느낀 일이 있었는데, 그것은 언제나 열등감을 느껴오던 내 작은 키가 위로받기에 족할 정도로 사장을 포함한 열서너 명의 직원이 모조리 고만고만한 단신이라는 점이었습니다. 물론 있을 수 없는 일은 아니지요. 그렇지만 우연이라고 넘기기에는 어딘가 부자연스러워 보이지 않습니까? 그 이야기를 해보겠습니다.
 출근을 시작한 지 1주일이나 지났을까요. 그날도 사장이 방에 있을 때는 숨소리까지 아껴가며 책상에 머리를 처박고 있던 직원들의 자세가 사장이 자리를 비우자마자 기다렸다는 듯 흐트러졌습니다. 맞은편에 앉아 있던 여직원이 먼저 팔을 머리 위로 들어 올려 기지개를 켰습니다. 사장이 외출하기 전에 사장실에 불려 들어가서 호되게 야단을 듣고 나온 사람이었습니다.
 "내 참 더러워서. 별걸 다 참견하고 난리야. 아니, 내가 하이힐 사는 데 자기가 한 푼이라도 보태준 거 있어?"
 "있지. 푸지게 사는 작자들한테야 하루치 술값도 안 되겠지만, 달마다 월급 꼬박꼬박 받아갔잖아. 이 철없는 여자야. 하이힐은 왜 신고 와서 평지풍파를 일으키나. 우리 인사계 키가 몇 센틴지 몰라? 전번에 미스 석이 하이힐 고집하다가 쫓겨났다는 이야기 못 들었어?"
 "말도 안 돼. 회사를 사설 왕국으로 만들려는 거야 뭐야? 직원들을 모조리 자기 신하나 노예들처럼 생각하나? 치사하고 더럽고 울화통 터져서 난 정말 이 회사 못 다니겠다."
 '철없는 여자'는 정말로 더럽고 치사하고 울화통이 터져서 다니지 못하겠다고, 당장이라도 사표를 쓰고 말 기세로 흥분했습니다. 다른 동료들은 그녀의 그런 흥분에 맞장구를 치는 한편, 어쩐 일인지 실실 웃어대고, 심지어는 그녀를 놀리기까지 하는 것이었습니다.

"인사계님께서는 키가 작은 여자를 좋아해. 그걸 몰랐다면 '복지사회' 헛다닌 거야. 그것도 모르고 하이힐을 신었으니 큰 죄를 지은 거지. 분노는 실망을 표현하는 아주 보편적인 방법이야."

"풍문에 의하면, 키만 작은 여자를 좋아하는 게 아닌 모양이던데. 키가 작고 엉덩이와 가슴이 풍성한 여자. 예컨대 조상숙 씨와 같은......"

"아니, 김형이 어떻게 우리 조상숙 씨의 속살에 대해서 저리도 조예가 깊을꼬. 수상해."

동료들은 왁자지껄 웃어대며 그런 식으로 사장의 부재를 즐기고 있는 중이었습니다. 그런 어느 순간 그들의 무성한 잡담에 끼어들지 못해 어정쩡해하고 있는 나를 향해 고맙게도 누군가가 말을 붙여왔습니다.

"이형도 되도록 빨리 이 사무실 분위기를 파악하는 게 좋을 겁니다. 아, 물론 벌써 파악을 마쳤을 수도 있겠지요. 명심할 것은, 사장이 군복을 벗은 지 얼마 안 되었다는 것, 융통성이라곤 찾아볼 수 없이 꽉 막힌 전형적인 군바리라는 것, 그리고 자신의 작은 키에 대해 필요 이상의 콤플렉스를 가지고 있다는 것. 입대 자체가 어려울 것 같은 키를 가지고 하사관 생활을 십 년이 넘게 해낸 위인이니까 상상해보십시오. 이형이 그 때문에 입사했다는 뜻은 아니지만, 이 사무실에 근무하는 직원들이 하나같이 비교적 키가 작은 까닭을 깊이 생각해두는 것이 좋을 겁니다. 공연히 조상숙 씨처럼 나중에 펄

펄 뛰지 말고요."

그러고 보니, 면접하던 날 벌겋게 달아오른 얼굴로 벌떡 일어나 고개를 꾸벅 숙이는 내게, 키가 얼마나 되느냐고 넌지시 던진 질문이 생각났습니다. 물론 그때는 대수롭지 않게 생각했었지요.

키가 작은, 직업군인 출신의 '복지 사회' 사장은 매일 아침마다 조회를 열었습니다. 그날 처리할 업무 내용을 상의한다는 취지와는 상관없이 그 시간이 온통 길고 지루한, 대체로 말의 연결이 엉망진창인 사장의 일장 훈화로 채워졌기 때문에 우리는 그 시간을 '아침 점호'라고 부르곤 했습니다. 생각해보십시오. 인사계나 선임하사가 한껏 엄숙을 가장하고 늘어놓는 점호 시간의 그 지리멸렬한 훈화를. 그 회사의 조회 시간이 꼭 그랬습니다. 그 시간은 또 턱없이 길기까지 했습니다. 30분은 보통이고, 한 시간 가까이 붙잡아놓고 답답하게 장광설을 늘어놓기도 했지요. 내가 걷잡을 수 없는 요의로 고통을 당하는 시간이 바로 이때입니다. 이상한 일이지요. 나는 그 회의가 시작되기 전에 꼭 화장실에 가서 오줌을 누고 오는데도 사장이 말을 시작하기만 하면 어김없이 소변이 마려워서 죽을 지경이 되곤 하는 것입니다. 그 괴롭고 지루한 시간을 어떻게든 견디기 위해, 그리고 갑작스러운 요의의 습격을 어떻게든 피해볼 요량으로 나는 언제부턴가 사장이 늘어놓는 말에서 어법에 어긋난 표현을, 물론 마음속으로만, 교정하곤 했는데, 매일 최소한 스무 개의 오류를 바로잡았지요. 그렇다고 큰 도움이 되진 않았어요.

아침 회의 시간의 그 길고 지루한 훈화를 통해 우리들은 군말 없이 '무능력자'가 되고, '엉터리 기자'가 되고, '한심한 친구'가 되고, 심지어는 '형편없는 자식'도 되었습니다. 사장의 연설 곳곳에 교정

부호를 그어대는 나와 마찬가지로 직원들 모두 귀를 닫고 다른 생각에 열중하는 식으로 나름의 처세법을 터득해 가지고 있었던 것으로 생각됩니다. 그러지 않고는 그 시간을 버틸 수 없었거든요.

아침 회의가 끝나고 나서도 그는 내키는 대로 '어이, 임 기자' '어이 미스 조' 하고 불러들여 '한심한 친구'나 '엉터리 기자'를 만들기 때문에 우리들은 한시도 긴장을 풀 수가 없었습니다. 그는 인사계 출신답게 처음부터 끝까지 간섭하지 않는 것이 없었습니다. 취재 결정에서부터 소제목 뽑는 것까지 일일이 점검하려 들었단 말입니다. 그러고 보니 우리가 기꺼이 하는 일은, 사장이 외출하기를 기다리는 것과 마치 자기하고는 상관이 없다는 것을 스스로에게 납득시키려는 듯 '이놈의 직장'을 매도해대는 정도였습니다.

"이깟 놈의 직장, 누군 있고 싶어서 있는 줄 아나. 내 참 더러워서······"

"아니, 여기 아니면 밥 벌어먹을 데 없어? 쌔고 쌘 게 사람 구하는 광고잖아."

"이게 수용소지 직장이야······"

그러나 다시 말하지만, 말들은 그렇게 하면서도 누구 하나 사표를 쓰지 않았습니다. 그곳에 근무한 6개월 동안 나는 사표 내는 사람을 한 명도 보지 못했습니다. 사장에게 불려 들어가 호되게 야단을 맞고 그 날짜로 회사를 쫓겨나간 사진 기자가 한 명 있었을 뿐입니다. 그 해고 또한 참 어처구니없는 일이라고 할 수 있습니다. 나는 그 어처구니없는 일이 '복지 사회'의 일면을 대변한다고 생각하기 때문에, 그리고 그 사건에 나 역시 조금은 연관이 되어 있기 때문에 여기에 옮겨보려고 합니다.

우리는, 그러니까 그 사진 기자와 나는 경기도에 있는 어떤 사설 복지 기관의 원장——원장은 나이가 오십은 넘어 보이는 뚱뚱한 여자였습니다——을 취재했습니다. 지난달이지요. 책이 나온 며칠 후 그녀는 나와 함께 사장의 호출을 받았습니다. 무언가 잘못되었나보군. 조마조마한 마음을 다잡으며 우리는 사장 앞에 나란히 섰습니다.

"이 사진, 잘 봐. 기분 나쁘겠어, 안 나쁘겠어?"

사장은 다짜고짜 책을 휙 던졌습니다. 나는 내 발밑에 떨어진 책을 집어 들어 문제가 된 사진을 찾기 위해 뒤적였습니다. 얼른 찾아지지 않았습니다. 사진을 찍은 사람도 마찬가지인 모양이었습니다. 복지 시설의 건물이 좀 우중충하게 나와서 수용소처럼 보이기는 하더군요. 그걸 보고 그러는가 싶어서 나는 "이거, 말입니까?" 하고 물었어요. 그러나 아니었습니다.

"누가 그 사진이래? 잘 봐, 잘 살펴보라구. 어이구, 저렇게 머리가 안 돌아가서야."

나는 사진을 찍은 당사자와 함께 다시 다섯 컷의 사진을 비교적 꼼꼼히 살폈습니다. 그렇지만 어떤 사진이 왜 문제라는지 알 수가 없었습니다. 원생들이 직업훈련을 받고 있는 사진과 원장이 여러 명의 원생들과 어울려 손뼉을 치며 노래하고 있는 사진이 대부분인데 문제가 될 리 없는 거지요. 나는 고개를 갸우뚱했고, 사진 기자 역시 난감한 표정을 지었습니다. 그때 나는 아랫배가 팽팽하게 부풀어오는 느낌을 받았습니다. 사전에 화장실에 들르지 않았다는 깨달음이 강박적인 불안을 불러왔습니다.

"그러니 맨날 그 모양이지. 이 사진을 잘 봐. 이 사진. 이 양반이 항의 전화를 하겠어, 안 하겠어."

우리는 그가 가리키는 사진을 보았습니다. 그것은 마음씨 좋은 웃음을 안면에 가득 짓고 자리에 앉아 있는 원장의 반신 사진이었습니다. 도대체 이 사진이 어떻단 말인가. 인쇄 상태도 깨끗했고, 실제보다 인물이 상당히 좋게 나온 사진이었습니다. 나는 거듭 고개를 갸우뚱했고, 우리의 어물쩡한 태도에 더 화가 나는지 사장이 밖에다 대고 "어이, 권 기자, 권 기자 들어와봐" 하고 악을 썼습니다. 그러나 사장의 바람과는 달리 불려 들어온 권 기자 역시 그 사진의 문제점을 발견해내지 못했기 때문에, 그는 분을 못 참아 씩씩거리며 마침내 제 스스로 설명을 시작했습니다.

"이 한심한 친구들아. 원장의 얼굴을 봐. 이중턱으로 나왔잖아. 이중턱을 하고 헤헤거리고 있으니 영락없는 돼지 아냐. 웃는 돼지. 그래, 이 양반이 좋아하겠어? 자네 턱이 이렇게 나왔다고 생각해봐."

"그렇지만 그분이 워낙 살이 쪘어요. 이건 오히려 실물보다 덜 흉하게 나온 건데요."

사진을 찍은 장본인이 그렇게 해명을 하고 나섰지만, 나는 어쩐 영문인지 사장이 뱉어낸 '웃는 돼지'라는 말이 여자 원장의 인상과 교묘하게 겹치는 바람에 쏟아지려는 웃음을 참아내기가 무척 힘들었습니다. 사장이 "시끄러" 하고 꽥 소리를 질러 사진 기자의 입을 닫지 않았다면, 나는 그 주책없는 웃음을 참아내지 못하고 끝내 쏟아내고 말았을 겁니다.

"이 한심한 사람들아. 그 양반이 내놓겠다는 돈이 한두 푼인 줄 알아? 오백 권을 가져가기로 했어. 자그마치 오백 권. 오백 권이면 얼마냐, 어? 계산해봤어? 계산해봤냐구? 그런 걸 생각하면서 일을 해야지. 아이구, 답답해."

'아이구, 답답해'를 연발해대던 사장은 자기 손으로 직접 사진 기자의 책상을 치워버렸던 것입니다.
  이런 얼토당토않은 일이 아무렇지도 않게 일어나는 사무실이 '복지 사회'라는 걸 이젠 어느 정도 납득하셨으리라고 생각합니다. 사장에 의해 강제로 책상을 빼앗긴 그녀는 몰상식한 사장에게보다, 사장의 그런 몰상식한 처사에 입 다물고 있는 무력한 동료들에게 더 분개하면서, 사무실에 침을 탁탁 뱉고 떠나갔습니다. 기분 같아서는 나도 그녀를 따라 침을 탁탁 뱉고 사무실을 나가고 싶었습니다. 그러나 그러질 못했습니다. 나는 그저 금방이라도 터져 나올 것 같은 오줌을 참느라 필사적으로 양다리를 오므리고 있었을 뿐입니다. 그 까닭을 굳이 나로부터 들으려고 하지 마시기 바랍니다. 그 대신 그날 저녁의 술자리를 소개하겠습니다.
  떠난 사람의 노골적인 흥분에 자극되었을까요. 동료들은 그날 저녁 술자리에서 자못 비장한 분위기를 연출했습니다. 이게 뭐냐, 이게 사는 거냐…… 술이 좀 들어가자 누군가가 자조 섞인 목소리를 뱉으며 탁자에 머리를 박았습니다. 언제 어떻게 될지 모르는 목숨들이야, 모두들. 이깟 놈의 직장 안 다녀도 좋다고 공연히 허풍떨지들 말고 이깟 놈의 직장이라도 안전하게 붙어 있을 길을 궁리해야지. 쫓겨나도 좋을 사람이 여기 누가 있어. 안 그래? 누군가가 술이 반쯤 차 있는 잔을 흔들며 좌중을 둘러보았습니다. 우리가 뭐야. 우리가 지금 인사계의 눈치나 살펴야 하는 사병이야? '복지 사회'가 군대야? 아니잖아. 우리 잘못은, '복지 사회' 사무실을 군대 내무반으로 착각하고, 직원들을 자기가 맘대로 부릴 수 있는 사병으로 오인하는 '인사계'의 환상을 계속 충족시켜주고 있는 거야. 더러 부추기는 측면이 없었다고 말 못하겠지. 그 환상 내지 '복지 사회'를 군대의 연장으로 다루려는 사장의 의도적인 오류를 깨뜨려주는 일이 시급하다고 나는 생각해. 우리는 그동안 인정을 하든 안 하든, 의식 무의식 간에 그의 사병 역을 충실히 감당해온 게 사실이야. 개처럼. 안 그래? 침울하게 고개를 꺾은 김의 지적이 우리를 부끄럽게 만들었습니다. 왜냐하면 그 말들은 거의 다른 사람의 말 같지가 않았거든요. 그것들은 우리 모두의 내부에 들어 있었으니까요. 그래, 하고 누군가 우리의 공통의 부끄러움을 대변하고 나섰습니다. 그래. 문제의 상당한 부분이 우리에게 있다는 사실을 인정하는 게 좋겠어. 그동안 우리는 너무 무기력했어. 왜 그랬는지에 대해서는 묻지 말기로 해. 그 대신 앞으로는 부당한 요구나 인신공격적인 모욕을 묵과하지 말자고. 우리 중 누군가 정당한 이유 없이 모욕을 당하거나 불이익을 당하는 경우에는 공동으로 대처하기를 제안해. 우리가 공동 운명체라는 인식을 갖는 것이 무엇보다 중요해. 오늘 억울하게 쫓겨난 최 기자에게는 좀 안됐지만, 앞으로 이런 사태가 재발할 때는 우리가 공동으로 대처하도록 하자고. 동료들은 그래야지, 하고 이구동성으로 소리치고는 고개를 끄덕였습니다. 그 자리에서 우리는 인간적인 모욕을 더 이상 참지 말 것과 단합을 위해 일주일에 한 차례씩 술추렴 자리를 만들 것, 그리고 우리 중 누구든 부당하게 해고당하는 사태가 생기면 항의의 표시로 전원이 사표를 제출한다는 다짐들을 하고 기분이 고조되어 여러 잔을 비웠습니다.

아마도 그날 아침에 발생한 내 엉뚱한 해프닝이 비교적 용기 있는 것이라고 할 수 있다면, 모르긴 해도 그 용기는 전날 저녁의 그 고조된 기분과 직원들끼리의 유례없는 단합의 기운에 크게 고무되어 나온 것이라고 할 수 있을 겁니다. 그 이야기를 다시 하려니 서서히 오줌보가 차오르는 것 같은 느낌이 듭니다.

사장이 아홉 시를 십오 분이나 남기고 사무실 문을 열 때까지 우리는 조간신문에 실린 구인 광고의 문안을 큰 소리로 낭독하면서 낄낄거리거나 별반 재미있지도 않은 시답잖은 농담 따위에 일부러 박장대소를 하며 시간을 보내고 있었습니다. 말하자면, 우리는 그런 식으로 키가 작은 직업군인 출신 인사계 사장의 출근을 기다리고 있었던 것입니다. 언제나처럼. 지난밤의 격앙된 술자리 분위기를 상기시켜준 것은, 뜬금없이 "최영희 씬 좋겠다. 여태 자고 있겠지? 전화나 한번 해볼까?" 하며 누군가가 실제로 전화기를 집어 들었기 때문이었습니다.

"아서. 전화를 걸어서 무얼 하겠다는 거야."

앞자리에 앉은 친구가 전화기를 빼앗으며 그를 만류했습니다.

"하긴 그렇군."

그는 쉽게 전화 거는 걸 포기하고 그 대신 크게 한숨을 몰아쉬었습니다.

"참. 이중턱을 이중턱으로 찍은 게 해고의 사유가 되다니. 개가 웃을 노릇이지. 이중턱을 삼중턱이나 사중턱으로 찍은 것도 아니고. 이건 정말 말이 안 돼."

"말이 안 되지, 물론. 하지만 언제는 말이 되어서 가만히 있었나? 어제 저녁의 다짐들이나 염두에 두는 것이 좋겠어. 앞으로는 더 이상 비굴해지지 말자고."

"여차하면 전원 사표로 응수하는 거지."

"두말하면 잔소리지."

다들 요란하게 호언장담을 했습니다. 물론 나도 그 소란 속에 참여했습니다. 사무실 문이 벌컥 열림과 동시에 사장이 우리의 호언장담을 짓밟으며 들어설 때까지 말입니다. 우리는 일시에 스톱모션을 취해서 정물이 됨으로써 그를 맞이했습니다. '잔뜩 흐림, 천둥 번개 동반 가능성 90%' 하고, 나는 그의 표정에서 읽은 기상 예보를 옆 동료에게 알려줬습니다. 신통한 재주랄 건 없지만, 사장이 출근할 때의 표정만으로 나는 그날의 사무실 날씨를 제법 정확하게 맞추는 편이었습니다. 물론 그때까지만 해도 그 사람의 천둥 번개가 내게 떨어질 수도 있다는 가능성까지 예상하지는 못했지요. 그야 어쨌든, 사장이 작달막한 몸을 꼿꼿이 세우고 자기 방으로 들어가면 직원들은 곧 수첩과 볼펜을 챙겨들고 따라 들어가야 합니다. 대체로 요령부득이기 일쑤인 길고 지루하고 답답한 사장의 일장 훈시를 경청하기 위해서 말입니다.

나는 사장실에 들어서자마자 '인사계'의 기분이 심상치 않음을 눈치챈 사병의 심정이 되었습니다. 여러모로 조심하는 게 좋겠군. 속으로 그렇게 다짐을 하면서도 다른 때와는 달리 숨 막히는 초조감 대신 알 수 없는 여유를 후원병처럼 거느리고 있는 것처럼 느긋한 게 좀 묘했습니다. 소변이 습관적으로 마려웠고, 미처 화장실에 갈 기회를 못 잡아서 좀 걱정이 되긴 했지만, 이상하게도 그렇게 불안하지는 않았습니다. 동료들의 표정을 살펴보았습니다. 그렇게 생각해서 그런지, 그들의 표정도 다른 때와는 확실히 달라보였습니다. 꼬집어 말하긴 어렵지만, 하나같이 어떤 은밀한 확신 하나씩을 숨기고 있는 듯한 표정들이었다고 할까요. 그들이 나와 다르지 않다는 믿음은, 나와 그들, 우리 사이에 은밀하지만 튼튼한 교류가 이루어져 있다는 안도감으로 이어졌습니다.

그러나 그런 안도감을 훼방이라도 놓겠다는 듯 사장은 처음부터 옥죄고 들어왔습니다. '잔뜩 흐림'이라는 예보가 틀리지 않을 것 같았습니다. 곧 천둥과 번개가 칠 것 같은 기운이 느껴졌습니다.

"계절 감각들이 그렇게 없나? 도대체 잡지를 만들겠다는 거야. 아니면 말아먹겠다는 수작이야."

사장은 전날 제출한 편집 계획서를 탁자에 올려놓고 손바닥으로 탁탁 쳤습니다.

"가을이잖아, 가을. 가을이란 게 뭐야, 누구나 좀 센티해지고 감상적으로 되는 그런 계절 아냐. 근데 이걸 봐. 뭐, '늘어나는 미혼모 문제—그 현황과 대책'? 이건 또 뭐야. '우리나라 복지 정책의 오늘과 내일'? 자네들은 신문도 안 읽고 날짜 가는 것도 몰라? 잡지는 시사성이 생명인 걸 아는 거야, 모르는 거야. 말들 해봐. 아이구. 아이디어를 좀 내봐. 아이디어를. 그 좋지도 않은 머리는 아꼈다 어디에 쓸 작정이야? 다시 해봐. 지금 당장."

사장은 한바탕 몰아댄 다음, 눈알을 쉴 새 없이 깜박임으로써 '아이디어'의 신속한 창출을 재촉했습니다. 그러나 말이 쉽지, 아이디어란 게 그런 분위기에서 나와줍니까? 호주머니에 넣고 다니는 것도 아니고. 그런데도 동료들은 머뭇거리면서 자신이 전혀 아이디어를 생산하지 못하는 쓸모없는 폐광은 아니라는 걸 확인시키려고 애쓰고 있었습니다. 물론 그 아이디어들은 인사계에 의해 묵살되었지요. 가령 정 기자가, 이런 주제가 어떨까요, '해외여행 자율화와 에이즈 대책,' 시사성도 있고, 저희 잡지의 성격에도 맞아 보이는데요, 하고 신중하게 그놈의 아이디어를 내밀자, 인사계는, 에이즈 걸릴

소리 하고 앉아 있네, 좀 밝고 긍정적이면서 신선하고 눈에 확 들어오는, 산뜻한, 뭐 그런 거 내놓으라고 했잖아, 이런 한심하고 무능한 사람들을 데리고 이 막중한 일을 해내려니 내 속에서 항상 불이 나지, 어이구, 하며 일격에 무찔러버렸던 겁니다. 정 기자는 즉시 입을 다물 수밖에 없었지요. 매사가 그런 식인 위인이었어요. 사장 홀로 종횡무진이고, 그 종횡무진 날뛰는 사장의 발굽 아래서 조심스럽게 내미는 무능한 '복지 사회' 기자들의 의견은 무참히 망가지곤 했습니다. 이미 '복지 사회'가 '통속 사회'로 전락한 것은 오래전의 일이었으니 말할 필요도 없습니다.

그렇듯 숨 가쁜 분위기와는 상관없이 나는 비교적 한가한 기분으로 앉아 있었던 것으로 기억됩니다. 아닙니다. 솔직히 말해 나는 그때 다시금 몹시 소변이 마렵기 시작했으므로, 그 터질 것 같은 요의를 참느라 이를 악물고 있었습니다. 부주의하게도 사장의 폭언이 나를 향해 쏟아질 수도 있으리라는 생각을 그때 나는 미처 하지 못했습니다.

"이 기자는 벙어리인가. 왜 한마디 말도 안 해? 그러려면 거기 뭐하러 앉아 있어. 뭐하러 기자를 해. 안 그래?"

나는 사장이 호명한 '이 기자'가 나라는 사실을 금방 알아차렸습니다. 나의 요의가 무엇보다도 먼저 눈치챘지요. 나는 거짓말처럼 일순에 요의를 상실하고 만 것입니다. 그것은 마치 사무실 문이 열리는 순간의 찰나적인 스톱모션을 연상하게 했습니다. 그러나 사장은 방어 자세를 갖출 만한 틈도 허락하지 않고 다시 공격을 재개하였습니다.

"말을 해봐, 말을. 이 기자. 벙어리야?"

"아닙니다."

나는 엉겁결에 그렇게 받았습니다. 대답을 하고 나자 속이 쓰렸습니다. 목과 귓불 근처로 갑자기 뜨거운 것이 치솟아 오른 것은 바로 그 순간이었습니다. 뜨거운 것은 종종 우리를 걷잡을 수 없는 행동으로 유도하곤 하지요.

"그럼 왜 벙어리 흉내를 내고 그래? 아이디어를 내야 할 거 아냐?"
"무능해서요."

아차, 했을 땐 이미 늦어 있었습니다. 말은 나의 입을 떠나 가뜩이나 우중충한 사장실의 공기를 더욱 가라앉혔습니다. 하지만 어쩔 수 없는 일이었습니다. 나는 이상한 열기에 사로잡혀 있었고, 그때부터 나는 아까보다 훨씬 맹렬한 기세로 터져 나오려는 극심한 요의를 느껴야 했습니다. 그것을 참기 위해 나는 양다리를 바짝 붙이고 필사적으로 힘을 주었습니다. 그리고…… 속에서부터 솟구쳐 올라오는 뜨거운 기운이 이후의 나의 입을 지배했습니다. 그 당장은 내가 무슨 말을 하는지도 몰랐다고 할 수 있습니다. 나는 그저 몹시 오줌이 마려운 상황을 견디느라 괴로워하고 있었다는 사실을 이해해주시기 바랍니다.

"저는 사장님 앞에만 앉으면 유난스레, 아무 데서도 깨닫지 못하는 나의 무능을 확인하게 됩니다. 그러나 나의 무능이 인사계님, 아, 죄송합니다, 사장님의 그 지독한 콤플렉스를 해소하는 데 어떤 기여를 하고 있으니 그나마 다행이라고 생각합니다."

사장이 그대로 굳어지는 것 같았습니다. 그러나 그것은 매우 짧은 순간에 불과했습니다. 어쩌면 내가 잘못 본 건지도 모르구요. 사장은 벌떡 몸을 일으켰고, 제 분에 못 이겨 씩씩거리면서 삿대질을 해댔습니다.

"니가 감히, 감히 내게 도전을 하는 거야. 이런 버릇없는 쫄병 자식아. 내가 너 같은 조무래기를 얼마나 많이 거느리고 지냈는지 알아? 십 년도 넘는 군대 생활을 다 치면 수도 없다. 수도 없어. 그런데 이, 이……"

그쯤해서 동료들 중에 누군가 지원해주기를 바라는 마음이 없었다고는 하지 않겠습니다. 모르겠습니다. 그런다고 상황이 달라졌을지. 하지만 어쨌든 어젯밤과 오늘 아침의 분위기대로라면 의당 그래야 했고 그럴 것 같았지요. 그러나 아무도 아무 말도 하지 않았습니다. 오히려 의외의 사태를 만난 당혹감을 감추지 못해 표정들이 보기 민망하게 일그러져 있었습니다. 어이없는 일이라구요? 그렇게 단순하게 비난부터 할 수 없는 일이긴 합니다.

나는 오줌이 너무 마려워서 더 이상 참을 수 없는 지경에 이르렀고, 이제 그만 일어서고 싶었지만 그러지 않았습니다. 왜 그런지 그냥 그 방을 나가서는 안 될 것 같은 생각이 들었습니다. 나는 일그러진 표정들을 하고 초조하게 상황 전개를 훔쳐보고 있는 동료들을 일별한 다음, 한층 의기양양해진 목소리로 속에 있는 말들을 마저 쏟아냈습니다.

"착각하지 마십시오. 나는 인사계님 앞에서 끽소리도 못하는 쫄병이 아니고, 여기는 내무반이 아닙니다. 그 얼토당토않은 환상에서 가능한 한 속히 깨어나시기를 정중하게 충고합니다."

"니가 감히, 감히 니가 내가 누구라고……"

사장은, 세상에 태어나서 처음으로 차마 겪지 못할 험한 꼴을 당한다는 표정으로 악을 써댔고, 나는 그 순간, 갑자기 아랫도리가 따뜻해지는 것을 느낄 수 있었습니다. 오랫동안 참은 오줌은 바지를 적시며 바닥을 흥건히 적셨습니다. 오줌은 끝도 없이 쏟아졌습니다. 그렇게 뜨겁고 엄청나게 많은 것이 내 속에 있었다니. 도대체 한 사람의 몸 안에 어떻게 이렇게 뜨거운 것이, 어떻게 이렇게 많이 들어 있는 것인지 믿을 수 없을 정도였습니다.

그리고 나는 더할 수 없이 시원한 기분을 느꼈습니다. 내 무분별을 너무 허물하지 마시기 바랍니다. 나는 그때 이 세상의 많은 사람들이 참을 수 없는 요의를 자신의 몸 안에 간직한 채 살아간다는 생각을 했습니다. 너나없이 오줌이 마려운데 배설할 기회는 여간해서는 주어지지 않는 거지요. 배설의 기회는 여간해서는 주어지지 않는데 너나없이 오줌들이 마려운 거지요.

그 순간에, 그러니까 오랫동안 참아왔던 그 뜨거운 것을 그런 식으로 내보내고 났을 때, 내 눈가에 맺혔던 것으로 기억되는 한 방울의 눈물의 의미를 나는 아직도 알지 못하고 있습니다. 그것이 오랫동안 축적해온 것을 시원스레 배설해낸 데서 말미암은 쾌감의 표시인지, 아니면 동료들 앞에서 추한 모습을 보이고 만 데 대한 부끄러움인지, 아니면 부질없는 만용을 부렸구나, 하는 회한과 자책이었는지, 이것도 저것도 아니라면 마지막 순간까지 나의 은밀한 기대를 모른 체 침묵한 동료들에 대한 배신감과 섭섭함을 그런 식으로 서툴게 노출한 것인지.

그야 어쨌든, 확실한 것은, 지금 나는 그 내무반에 더 이상 나가지 않아도 되는 입장에 있으며, 한 달이 다 되어가지만 '전원 사표' 운운하며 의협심의 발휘를 호언하던 동료들 중 누구 한 사람 사표를 썼다는 말을 들어보지 못했고, 하다못해 내게 전화 한 통 걸어온 사람도 없다는 겁니다. 그들은 아마도 여전히 아침마다 조간신문을 뒤적이겠지요. 광고란에 나온 구인 광고 문안을 큰 소리로 읽어대면서 하루하루 '무사히' 지내고 있을 겁니다. 그러다가 불현듯 생각나면 나의 무분별한 만용과 어이없는 오줌 사건을 상기하며 웃거나 우울해하겠지요. 누군가 전화를 한번 걸어보려고 수화기를 들면 조금 세심한 다른 친구가 막을 테고요.

  그렇다고 해서 지금 내가 나의 처지를 배려해주지 않은 동료들을 원망하고 있다고 생각진 말아주시기 바랍니다. 그것은 결코 아닙니다. 왜냐하면, 설령 입장이 바뀌어 그들 중에 한 사람이 내 역을 맡아 하고 내가 그들 쪽에 있었다면, 내가 그들과 달리 행동했을지 자신할 수 없기 때문입니다.

  이야기를 하는 동안 오줌보가 꽉 차버린 것 같습니다. 당신은 어떤가요? 요새 오줌이 자주 마렵지 않은가요?

〔『한국문학』, 1989년 1월호〕

흉터

 지난 계절 어떤 여행길에서 나는, 그때의 만남이 아니라면 결코 이런 식으로는 망각의 족쇄를 풀지 않았을 한 인물과 만났다. 아니다. '만났다'는 어울리지 않는다. 만났다고 하기에는 너무 일방적이었고, 그 말이 자연스레 연상시키는 어떤 감정의 교류가 가세할 여유도 주어지지 않은 상황이었으므로, 그냥 '부딪쳤다'고 해야 옳을 것 같다.
 탐탁지 않은 여행이었다. 어머니는 계단에서 넘어지는 바람에 허리를 다쳐 열흘째 누워 있었고, 서울 근교 공업 단지에서 소규모 봉제 공장을 운영하는 형은 근로자들의 잦은 이직 때문에 정신이 하나도 없다는 시늉을 했다.
 "이번 할머님 제사에는 니가 내려갔다 와야겠다. 시골 갔다 온 지 오래되었잖니?"
 형은 전화기 속에서 연신 땀을 닦고 있었다. 내가 요새 좀 바빠서, 하고 덧붙이는 것도 잊지 않았다. 얽매인 직장도 없고, 그 흔한 연재소설 하나 맡지 못하고 있는 무명작가한테야 널린 게 시간 아니냐. 형은 그렇게 말하고 싶은 기색이 역력했다. 선택의 여지가 없었다.
"알았어요."
그렇게 나선 고향길이었다.

사실을 말하면, 얼굴을 본 순간 곧바로 그를 알아본 것은 아니다. 포장이 되어 있다고는 하나 비좁고 꾸불꾸불하고 가파르기까지 한 시골길을 달리느라 시종 포식한 거위처럼 뒤뚱거리는 시외버스 안에서 그를 만나리라고는 상상할 수 없는 일이었다. 더구나 그와 더불어 젊은 한 시절을 뒤엉켜 보냈던 강원도의 산간지대와는 너무나 멀리 떨어진 남도의 벽지에서. 그것만이 아니다. 어림짐작으로 오 년 만에 다시 대하는 그의 몰골은 아주 많이 황폐해져 있었고, 그곳에서 그가 연출해 보여준 모습 또한 엉뚱한 것이어서 뒤늦게나마 그를 알아본 것이 오히려 신기할 정도였다. 그를 알아본 것은 그 순간 불쑥 떠오른 한 사건에 대한 거의 무의식에 가까운 반사작용이었다. 뜻밖의 장소에서 엉뚱한 모습의 최광수를 다시 보게 된 사실이 의외인 것처럼 그런 그를 불러낸 나의 기억력도 의외였다.

고속버스를 타고 네 시간 만에 광주에 도착한 후, 나는 동행도 없는 여행의 지루함을 고려하여, 특유의 퀴퀴한 냄새를 풍기는 완행버스에 오르기 전에 석간신문 한 부를 샀다. 내 고향 마을은 직행버스는 정차하지 않고 그냥 지나가버리는 조그만 마을이다. 완행버스에서 시달리지 않을 수 없는 것이다. 그러나 그것들을 가지고 세 시간이 넘는 여행의 지루함을 몰아내는 건 무리였다. 내가 마련한 읽을거리는 충분하지 않았고 그에 비해 목적지는 너무 멀었다.

나는 곧 느슨하게 몸이 풀려 잠을 탐하게 되었고, 마침내 둔한 몸체를 건사하느라 안간힘을 쓰는 버스의 흔들림에 몸을 맡겨버렸다. 낡고 때가 묻은 데다가 머리를 받치게 되어 있는 커버에는 무슨 이유인지 칼자국까지 흉하게 그어져 있어 볼품이 없긴 했지만, 내가 정신의 끈을 느슨하게 풀고 몸에서 천천히 힘을 빼자 의자는 비교적 관대하게 나를 받아주었다. 눈을 감자 덜컹거리는 버스에서 부대낀 피로가 잠으로 보상받으려 들었다. 하지만 그 잠 또한 실은 '부대낌'의 다른 양상일 따름이어서, 나는 몇 번이고 의식과 무의식의 경계를 허덕이며 넘나들어야 했다.

그런 와중에 나는 "영암입니다. 내리실 분은 준비하십시오" 하는 운전사의 안내를 어렴풋이 들었다. 몇 사람이 게으르게 몸을 일으켜 내리고, 내린 숫자만큼의 승객들이 다시 오르는 듯하더니 버스가 곧바로 움직였다. 그때까지도 나는 눈을 감은 채로 의식의 안과 밖을 오르내리며, 아직도 두 시간은 더 가야 하는구나, 아, 이런 지겹긴…… 하고 투덜거리고 있었다. 띄엄띄엄 떨어져 앉은 다른 승객들도 억지로 잠을 청하거나 밋밋한 산등성이와 조잡하게 경계 지어져 있는 들판을 아무 생각 없이 내다보며 자기 몫의 무료를 참아내고 있었을 것이다. 창밖의 풍경은, 아무리 오래 달려도 다른 그림을 보여주지 않았다. 비슷한 굴곡, 비슷한 들판, 언젠가 와본 것 같은 길, 그게 그것으로 보이는 집들. 도대체 지루하지 않을 도리가 없는 산하다.

창밖의 어둠이 제법 두꺼워지면서 언제부터인지 실내에 불을 켠 모양이었으나, 그 실내등의 불빛이라고 하는 것이 또 워낙 흐려서

차 안의 정지된 풍경에는 어떤 변화도 일어나지 않았다. 무미건조한 차 안의 풍경을 흩뜨려놓은 사건은 차가 영암을 출발한 직후에 일어났다.

"차내에 계신 여러 선생님, 사모님. 오늘도 살기 좋은 복지국가를 건설하기 위한 사업에 얼마나 노고가 많으십니까. 즐거운 여행 중에 대단히 송구스럽습니다만, 불초 소생의 잠시간의 소란을 허락하여주시면 대단히 고맙겠습니다……"

영암에서 올라탄 장사치로 추정되는 사내는 그렇게 요란하게 서두를 시작했다. 허름한 길을 따라 시골 여행을 하다 보면, '이것만 드리느냐, 고맙다는 뜻으로 한 가지를 더 얹어서……'를 족히 열 번은 남발하여 실소를 자아내게 하고는, 실제로 열 가지나 되는 조잡한 물건들을 주섬주섬 꺼내놓는 행상들이나, '전들 왜 따뜻한 방에 앉아 어머님이 지어주는 정성이 담긴 밥을 먹고 싶은 생각이 없겠으며, 남들처럼 좋은 옷 입고 학교에 다니고 싶은 마음이 없겠습니까……' 하고 비감기가 철철 넘치는 목소리로 열변을 토하고는 석간신문이나 볼펜 따위를 떠맡기는 자칭 고아들을 심심치 않게 만나게 된다. 이제는 워낙 익숙해져서 죽은 호수같이 무미건조한 차내에 신선한 파문을 일으킬 돌팔매 같은 것으로 은근히 기다려지기도 했다. 그 사내는 지루하던 버스 안에 돌팔매질을 시작했다. 내놓고 환영을 하진 못해도 반갑지 않을 수 없는 일이었다. 나는 눈을 뜨고 사내를 보았다.

"저로 말씀드릴 것 같으면, 여러분이 너무나 생생히 기억하고 계실 1980년의 대구시 달성동 은행 강도 사건과 서울 강남의 카바레 모의 권총 강도 사건을 일으킨 독거미파의 일원으로서 그 이듬해 일제 소탕 때 검거되어 징역 구 년을 선고받고 복역 중 지난 성탄절 특사로 사회의 따뜻한 품에 안긴 전과 사 범 김영칠입니다······"

눈물기가 밴 사내의 목소리는 가볍게 떨리기까지 했는데, 그것이 어떤 식으로든 듣는 이들의 마음을 울리려는 의도로 지어낸 가성이라는 걸 깨닫기는 어렵지 않았다.

가슴을 치며 고해라도 하듯 자신의 전과 기록을 나열해대는 이런 인물이 대단히 이례적인 것은 아니다. 이들의 속셈은 뻔하다. 자신의 전과 경력과 교도소 수감 생활을 장황하게 늘어놓음으로써 이들은 듣는 사람을 두려움 속으로 몰아넣는다. 고아 행세가 자비심에 호소한다면 전과자 행세는 두려움을 자극함으로써 승객들이 주머니를 열게 한다.

그 사내가 내 주목을 끈 요인은 다른 데에 있었다. 그 사내의 어투나 몸가짐에서 나는, 무어라고 말할 수는 없지만 어색하다는 느낌을 전달 받았다. 그동안의 관찰에 의하면, 전과자를 자처하는 이들은 거의 다 승객들의 두려움을 끌어내기 위해 뻐딱하게 서서 목에 잔뜩 힘을 주고 눈알을 위협적으로 부라렸다. 그것이 효과적이라는 걸 잘 알기 때문일 것이다. 그런데 사내는 그러지 않았다. 목소리는 누구나 눈치챌 만큼 떨렸고, 그마저 잘 통제하지 못해 울음기 섞인 서툰 웅변으로 느껴질 정도였다.

사내는 천장에 달린 손잡이를 한 손으로 하나씩 잡고 똑바로 서 있었는데, 말하는 도중 잠깐씩 말을 멈추고 승객들을 향해 직각으로 머리를 꺾었다. 한번 꺾인 그의 머리는 한참동안 떠오르지 않았다. 고개를 숙일 때의 각도와 숙이고 있는 시간이 상대편에 대해 예의를 표시하는 중요한 척도라고 생각하는 모양이었다. 그런 모습은 어딘가 서툴고 어울리지 않는다는 인상을 주었다. 숙달되지 않아서 나타난 부조화. 내게는 그렇게 비쳐졌다.

"이제는 나도 한번 사람 노릇하며 살아보겠다, 죽으면 죽었지 남의 지갑을 뺏고 남의 옆구리에 흉기를 들이대는 인간쓰레기로는 살지 않겠다고 얼마나 결심하고 각오하고 맹세를 했는지 모릅니다. 교도소에 있을 때, 나를 진리의 길로 이끌어주신 목사님께서 제게 들려주신 성경 말씀을 마음속 깊이 간직하고 있습니다. 칼을 쓰는 자는 칼로 망한다, 칼을 버려라…… 진심입니다. 그렇지만 아무리 제가 마음을 새로 먹어도 세상일이 내 뜻대로 되지 않는다는 사실이 저를 절망시킵니다. 후회한들 무슨 소용이 있겠습니까? 아무 데서도, 어떤 식으로도 이 김영칠이라는 이름에 달라붙은 전과 4범의 낙인을 지울 수는 없었습니다. 그럴 수만 있다면 이제까지의 제 인생을 반납하고 새롭게 시작하고 싶습니다. 죄송합니다……"

사내가 매우 어색하게 들리는 어조로 '김영칠'이라는 이름을 재차 입에 올리는 순간에, 어이없게도 나는 내 기억 속에서 '최광수'라는 이름을 불러내고 있는 자신을 발견했다. 사내에게서 최광수라는 이름을 끌어낸 데에는, 그의 이마에서부터 왼쪽 귓불 근처로 그어진 흉터가 큰 몫을 했다. 그 상처 자국을 보자 저절로 최광수다, 싶어졌던 것이다. 그러자 유쾌할 리 없는 한 사건이 솟아올랐다.

나는 거의 무방비 상태에서 맞아들인 돌연한 기억의 내습(來襲)에 당황했다. 자세를 꼿꼿이 세우고 앉아 그를 응시했다. 틀림없었다. 틀림없는 광수였다. 지나치게 사납다 싶은 세월의 자국이 그의 얼굴을 횅하게 바꿔놓긴 했지만, 나는 그 얼굴에서 몇 년 전의 최광수를 어렵지 않게 추려낼 수 있었다. 이십대의 한때, 나는 강원도

오지에서 저놈과 함께 보낸 적이 있다. 저놈이 최광수가 분명하다면 말이다.

"생각다 못해 이렇게 염치없이…… 여러 선생님 사모님들을 협박하고 지갑을 훔치는 것보다는 이 짓이 훨씬 더 너그럽게 받아들여지리라 생각해서입니다. 죄송합니다……"

그의 말씨는 종종 서툰 웅변투가 툭툭 튀어나오긴 했지만, 그것만 아니라면 지나치게 공손해서 차라리 비굴하게까지 느껴질 정도였다. 그 느낌은 그가 직각으로 고개를 숙이며 후렴처럼 덧붙이는 '죄송합니다'와 무관하지 않았다.

한참 동안의 깊숙한 고개 숙임 끝에 그가 마침내 호주머니에서 끄집어낸 것은 한 움큼의 볼펜이었다.

"……여러 선생님 사모님들, 수중에 볼펜 한 자루 안 가지신 분이 어디 있겠습니까? 그러나 갈 데 없는 불쌍한 죄인 하나 올바른 길로 인도한다는 자비심을 가지고 한 자루씩만 팔아주신다면, 이 죄인 사회가 필요로 하는 참된 일꾼이 되는 데 큰 힘이 될 것입니다. 이 볼펜은 시중에서 백 원에 사실 수 있습니다만, 이 자리에서는 값을 정해놓지 않았습니다. 정가에 연연하지 마시고 사회에 정직한 첫발을 내디디려는 이 사람의 앞날을 위해 성의껏 도와주신다면 대단히 고맙겠습니다. 거듭 소란을 끼쳐드려 죄송합니다. 가시는 목적지까지 안전하게 안녕히 가십시오."

사내가 움직이기 시작했다. 볼펜 한 자루를 승객의 무릎 위에 올려놓고는 그 옆에 손잡이를 쥔 채 섰다. 그러고는 예의 '죄송합니다'를 되풀이하며 깊숙이 머리를 숙였다. 시선은 승객의 얼굴을 피해 자신의 운동화나 차창을 향했다. 그런 채로 서서 '죄송합니다'를 반복했다. 그는 승객들로부터 어떤 반응이 올 때까지 결코 움직이지 않았다. 그러면 대부분의 승객들은 왠지 그냥 외면하기가 켕겨서 쭈뼛거리며 지갑을 뒤지게 된다. 더욱 난처한 것은, 볼펜 값이 정해져 있지 않은 데에 있었다. 도대체 몇 개나 되는 동전을 그자의 손바닥 위에 올려주어야 할지 짧은 순간에 판단해야 하는데, 그것은 그렇게 만만한 일이 아니었다. 그 때문이든 그의 웅변에 감동을 받아서든 승객들은 호주머니를 열었다. 비교적 뒤쪽인 내 좌석까지 다가왔을 때 그의 손바닥에는 꽤 많은 동전들 속에 몇 장의 지폐도 섞여 있었다.

그는 내 무릎 위에도 볼펜 한 자루를 떨어뜨리고 '죄송합니다' 하며 깊숙이 고개를 숙였다. 나는 그를 올려다보았다. 왼쪽 뺨의 길다란 흉터가 끔찍한 기억을 불러일으키려 했다. 길길이 날뛰던 피 중사와 이해할 수 없을 정도로 태연하던 최광수. 피 중사로 하여금 대검을 휘두르게 한 것은 최광수의 그런 여유였는지 모른다.

"죄송합니다. 죄송……"
"지평리에서 군대 생활을 했지? 오 년쯤 전에……"
꼭 아는 체를 해야겠다는 작정이 서 있었던 것은 아니었다. 어쩌다 보니 엉겁결에 말이 튀어나왔다. 그는 내리깔고 있던 눈을 살짝 들어 올려 내 얼굴을 살피는가 싶더니 곧 아무렇지 않은 표정으로 돌아갔다. 그러고는 그만이었다. 그에게서 어떤 흔들림도 붙잡지 못했다. 뒤뚱거리며 달리는 낡은 버스의 진동음 때문에 혹시 내 말을 못 알아들었거나, 혹은 있으나마나한 흐린 실내등 때문에 나를 알아보지 못했을지도 모른다는 데에 생각이 미쳤으므로 나는 다시 한 번, 이번에는 조금 소리를 높여 그의 이름을 불렀다.

"광수, 최광수 맞지? 나야, 평후. 이게 얼마 만이냐."
"죄송합니다."
그가 잠깐, 거의 눈치채지 못할 정도로 짧은 순간, 눈살을 찌푸린다 싶었다. 그러나 그뿐이었다. 그는 이내 내 무릎 위에 놓았던 볼펜을 집어 들고 뒷자리로 이동해 갔다. 그의 깡마른 얼굴에는 어떤 표정도 얹혀 있지 않았다. 그의 움직임과 태도가 너무 자연스러워서 그가 눈살을 찌푸린 것이 착각이 아니었을까 의심스러워질 지경이었다. 황폐한 얼굴의 한 귀퉁이에서 상처 자국만 쓸쓸했다. 그 흉터는, 폐허가 된 전장의 한 켠에서 문득 발견된, 버려진 투구처럼 보였다.

나는 좀 심란해졌다. 그가 살아낸 시절들의 험악함이 손에 잡힐 듯했다. 삶의 무차별한 적의에 난타당한 자의 황폐함과 피곤함의 찌꺼기 같은 것이 그의 표정을 지배하고 있지 않은가. 그는 태연히 모른 척하고 나를 지나쳐 갔지만, 그러고 나서 내게는 눈길 한 번 주지도 않고, 마침 정차한 정류장에서 훌쩍 뛰어내려버렸지만, 그렇다고 해서 그가 최광수라는 확신을 거두어들인 건 아니었다. 나는 그가 최광수라는 사실을 의심하지 않았다. 그런데도 그를 다시 붙잡지는 않았다. 왠지 선뜻 나서지지가 않았다. 내 머릿속은 여러 가지 생각으로 잔뜩 헝클어져 있어서 무슨 작정을 만들어낼 여유가 없었다. 막연하지만 그를 붙잡고 늘어지는 것이 오히려 그를 괴롭히는 행위가 되리라는 예감이 나의 입과 발을 얼어붙게 했고, 나는 그 예감에 충실했다. 그 대신 나는, 몸과 마음이 함께 젊어서 오지에서의 생활을 견디기가 한층 힘겨웠던 우리들의 지평리 속으로 스스럼없이 빠져들어갔다.

피 중사가 물불 가리지 못하게 흥분해서 내무반에 들어왔을 때 그의 입에서는 술냄새가 역하게 풍겼다. 그는 만취 상태였다. 막 점호를 마친 우리는 잠들기 위해 침구를 펴고 있었다. 며칠 동안 받은 고된 훈련 덕택에 녹초가 된 몸이 잠을 갈망하고 있었다. 모포자락을 턱까지 끌어올리고 "빨리 불 꺼" 하고 소리 지른 게 나였을까. 아마 그랬을 것이다. 나는 전역을 한 달 남짓 남겨두고 큰 훈련에 걸려든 걸 운수 사납게 생각하고 있던 말년 병장이었으니까.

"최광수 새끼 어딨어? 일루 나와. 이 쌍놈의 새끼. 오늘이 니 제삿날인 줄 알아. 어딨어?"

피 중사가 그렇게 흥분한 모습을 본 적이 없었다. 술을 마시면 가끔 쌍소리를 하긴 해도 그는 대체로 말이 없고 조용한 남자였다. 군대라는 배경과 소위 '말뚝 박은' 직업군인의 신분을 감안하면 좀 특별한 데가 있었다. 그런 피 중사를 흥분하게 한 것이 무엇인지 내무반원들은 다 알고 있었다. 그의 분노가 엉뚱한 상대를 택한 것이 아닌가, 하는 의문을 가진 사람은 있었지만 지나치다고 생각한 사람은 없었다. 모두들 자기가 응징이라도 받는 양 잔뜩 오그라들었다. 우리들은 피 중사의 뜻밖의 소란을 인내를 가지고 받아주어야 한다는 의중을, 가만히 지켜보기만 하는 것으로 내비치고 있었던 것 같다.

"이 싸가지 없는 새끼. 니가 감히……"

최광수를 침상 위에 쓰러뜨리고 주먹을 퍼부으면서도 피 중사는 거의 울먹이고 있었다. 기묘한 것은, 최광수의 반응이었다. 그는 육중한 피 중사의 엉덩이 아래 깔려 계속 얻어맞으면서도 저항할 생각을 하지 않았다. 눈꼬리를 타고 맑은 눈물이 한 줄기 주르륵 흘러내리는 것을 본 사람도 있었다. "그래요. 피 중사님, 때려요. 더 세게요, 더, 더……" 그는 그렇게 중얼거리기까지 했다. 마치 피 중사의 폭력을 반기고 있는 것처럼 보였다. 그런 최광수의 태도를 피 중사는 태연함이나 뻔뻔스러움으로 해석했을까. 분이 풀리지 않는지 피 중사가 씩씩거리며 총기함으로 달려갔다. 어느새 그의 손에는 대검이 들려 있었다.

"이 쌍놈의 새끼. 오늘 한번 나한테 죽어봐라."

놀란 동료들이 달려들어 피 중사를 떼어놓았을 때, 최광수는 피 중사의 대검에 옆구리와 목덜미와 얼굴을 찔린 채 피범벅이 되어 누워 있었다. 갑작스런 소란에 놀란 주번 사관이 급히 달려오고, 동료들이 축 늘어진 광수를 업고 의무실로 옮겼다.

뒤늦게 자신이 무슨 짓을 했는지 의식하게 된 듯 내무반 바닥에 주저앉아 크크거리며 울음을 만드는 피 중사의 뒷모습이 그럴 수 없이 측은해 보였다. 그의 울음에서 우리가 본 것은 무엇이었을까. 우리는 무언가 보게 될까 봐 그를 외면했었다. 그만한 일로 그렇게 정신을 잃고 흥분해서야, 하고 비난하는 건 가능하긴 하지만 마땅하다고 할 수는 없다. 자기 부하가 아내를 겁탈했다는 사실을 알게 되었을 때 흥분하지 않을 남자가 있을까. 비록 결혼식을 올리고 사는 사이가 아니고 또 여자의 품행이 그리 정숙한 편은 아니라고 하더라도, 동거를 시작한 지 일 년이 채 안 된 남자의 울화나 분노를 이해할 수 없다거나 지나치다고 할 수는 없다.

중대원들은 알고 있었다. 피 중사가 '꽃피는 다방'의 제법 반반하게 생긴 미스 현을 데려다가 동거를 시작하기 전부터, 그 미스 현과 어쩌구저쩌구했다고 자처하는 중대원들이 열 손가락도 넘는다는 사실을. 그건 비밀 축에도 끼지 못할 정도로 널리 알려진 사실이었다.

피 중사와 살림을 차리고 난 후에도 중대원들 사이에 미스 현의 성감 논쟁이 심심찮았고, 병영 생활의 무미건조함을 해소해볼 심산으로 그런 것일 테지만 그녀와의 잠자리 체험을 슬로비디오 돌리듯 사실적으로 묘사해대는 놈도 있었던 것으로 미루어 알 수 있듯, 그녀는 우리들 사이에서 거추장스런 성욕을 해결할 손쉬운 상대 정도의 취급을 받고 있었다. 그 사실을 유독 피 중사만 모르고 있었단 말인가. 아니면 최광수만 모르고 있었단 말인가.

최광수는 어딘지 특별한 구석이 있는 놈이었다. 우리가 미스 현의 성감 따위를 화제에 올리고 낄낄거릴 때, 그 대화에 참여하지 않은 유일한 인물이 그였다. 그는 과묵했고 지나칠 정도로 성실했으며, 사려 깊다는 인상을 풍겼다. 그는 이십대 초반의 남자들이 모인 집단에서 마흔쯤 나이 먹은 것처럼 어른스러웠다.

그런 최광수가 뜻밖의 일을 벌인 건 매복을 위해 인가 근처 산 중턱까지 내려간 날 밤이었다. 유난히 추웠고, 날벌레 떼 같은 자잘한 눈송이들이 한가롭게 흐느적거리고 있었다.

훈련 마지막 날 밤, 나는 밭도랑에 몸을 숨기고 납작 엎드려 있었다. 새벽으로 시간이 곤두박질치면서 날씨가 더 추워졌다. 피부에 감각이 사라지고 이가 덜덜 떨렸다. 그러자, 이해하기 어렵지만, 그 극심한 추위가 그동안 잊고 지냈던 내밀한 본능을 부추기는 것이었다. 그것은 성욕이었다. 몸뚱이 전부가 차갑게 얼어붙어 있는데 신체의 한 부분에서만 뜨거운 불이 맹렬하게 솟구치다니, 참 이상한 일이었다. 그 불가사의한 '동물'의 힘을 주체하기가 어려웠다. 나는 근무지를 벗어났다. 나는 내가 어디로 가야 하는지 잘 알고 있었다. 피 중사 역시 당연히 집을 비우고 있을 터였다. 나는 산 중턱을 깎아 만든 하사관 숙소를 향해 내달렸다.
 관사 입구에서 입대한 지 얼마 안 되는 정 이병이 나를 저지했다.
 "나야, 인 병장. 너 말고 한 놈은 어디 갔어?"
 나는 나지막한 소리로 정 이병을 다그쳤다. 정 이병은 머뭇거리기만 했다.
 "누구야? 다른 근무자는."
 "저, 최 상병님입니다."
 "최광수?"
 "네."
 "이 새끼들 봐라. 근무지를 이탈해? 어디 갔어?"
 나는 부러 험악한 얼굴을 하고 다그쳤다. 정 이병은 더 이상 머뭇거릴 수가 없다고 판단했는지 잔뜩 위축된 목소리로 털어놓았다.
 "저, 미스 현, 아니 피 중사님 사모님이 불러서……"
 나는 추위가 싹 가시면서, 그와 동시에 내 속의 성욕도 썰물처럼 사그라지는 것을 느꼈다. 나는 그길로 돌아섰다. 그것이 그날 밤에 내가 알게 된 일의 전부였다.
 훈련이 끝난 후 피 중사가 그 사실을 어떻게 눈치챘는지는 아직도 의문이다. 추측하자면, 그런 식의 음침한 범행에 용의주도할 리 없는 최광수가 서두른 나머지 어떤 흔적을 흘렸을 가능성이 있고, 그걸 추궁하는 피 중사에게 최광수보다 훨씬 용의주도한 편인 미스 현은, 그 이전의 보다 많은 과오들을 은폐하기 위해서라도 그 밤의 사태가 자기로서는 불가피한 실수였음을 강조해서 고백했을 가능성이 있다. 예컨대 억센 남자의 힘을 어떻게 당해내느냐는 식으로. 물론 어디까지나 추측일 뿐이다. 고지식한 편인 최광수가 피 중사에게 직접 자기 실수를 털어놓았다는 소문이 있긴 했지만, 그 역시 확인되지는 않았다.

확실한 사실 하나는, 열이 뻗친 피 중사가 자기 아내를 두들겨 팼는데, 그것이 그만 잘못되어 그녀의 고막을 터뜨렸다는 것이다. 그 소식은 물론 한참 후에야 들려왔다. 그러니까 본래 천성이 순하고 마음이 여린 데다 비교적 겁도 많은 편인 피 중사가 자신이 최광수를 죽인 데 대한(그는 최광수가 자신의 대검 세례를 받고 죽은 것으로 판단했다) 자책감과 그에 따른 형벌의 공포로 심히 괴로워하다가, 그만 자신의 심장을 M16 소총의 표적판으로 삼고 생을 마감해버린 지 얼마 지나지 않아서 관사 당번이 전해준 소식이 그랬다.

"미스 현, 병신 다 됐더구먼. 어제 보니까 동생이라는 여자애가 와서 짐을 꾸리는데, 말도 못 듣는 것 같더라구."

다시 일어나기 어려울 거라고 생각했던 최광수가 기적적으로 회생했다는 소식과 함께 나는 군복을 벗었다.

그 최광수를, 내 눈이 실수를 한 것이 아니라면 나는 실로 오랜만에 실로 엉뚱한 장소에서 다시 만난 것이다. 그동안 그에게 또 무슨 일이 일어났단 말인가. 그러나 그는 나를 알아보지 못했거나 그러는 척했고, 나는 그런 그에게 기억하고 싶을 리 없는 불행한 시간으로의 퇴행을 굳이 요구하지 않았다. 깊이 생각하고 결정한 일은 물론 아니었다. 막연히 그래야 할 것 같았고, 내 자신 그 시간으로의 돌이킴이 썩 반갑지 않은 탓도 있었다.

내 목적지에는 어두워서야 도착할 수 있었다. 할머니의 3주기 제사를 위해 모여든 친척들은 나의 무심함과 나태함을 질타했다. '바빠서요……' 하고 얼버무렸지만, 그것이 씨도 안 먹혀들 변명임을 모르진 않았다. 그러면서도 친척들이 모두 모여 있어 일일이 인사를 다니지 않아도 된다고 내심 안도의 감정을 품고 있는 내 자신이 조금 뻔뻔스럽게 느껴졌다.

고향에서의 그 짧은 시간에 대해서는 별로 이야기하고 싶은 것이 없다. 이튿날, 점심을 서둘러 먹은 나는 다시금 바쁘다는 핑계를 마련해서 급히 떠났다.

나는, 그리고 지금, 서두르고 있다. 눈치 빠른 독자들은 벌써 알아차렸겠지만, 돌아오는 버스 안에서 놀랍게도 다시 한 번 최광수와 부딪쳤음을 고백하려는 성급함으로 서두르고 있는 것이다.

그렇다. 돌아오는 버스 속에서 나는 다시 그를 보았다. 영암을 지났을까. 아마 그랬을 것이다. 어제와는 딴판인 모습을 하고 있긴 했지만, 한 사내가 버스 안으로 몸을 들이미는 순간에 나는 곧바로 그가 어제의 자칭 전과 4범 볼펜팔이와 동일인임을 알아차렸다.

이번엔 볼펜 대신에 껌통을 들고 어울리지 않게 안경까지 끼고 있었다. 버스에 오르고 나서도 어제처럼 양쪽 손잡이에 몸을 의지하고 서서 서툰 웅변가 흉내를 내는 따위의 행동을 하지는 않았다. 어제와는 여러모로 달랐다. 그렇지만 내 눈에는 그가 최광수로 보였다.

그는 엉뚱한 동작을 시도하고 있었다. 우선 그는 보기 민망할 정도로 심하게 다리를 절었다. 절뚝거리는 걸음으로 느릿느릿 걸어서 맨 앞쪽 승객의 의자에 기대선 그는 더할 수 없이 공손하게 고개를 숙이고 한참 동안 그대로 있었다. 말은 한마디도 하지 않았다. 답답한 손놀림이 그의 말을 대신하고 있었다. 처음엔 모른 척 무시해버리려던 승객이 무안함을 느끼고 주섬주섬 호주머니를 뒤지지 않을 수 없을 정도의 시간동안 그렇게 가만히 서 있다가 끝내 동전을 받아낸 다음 절뚝거리며 다음 자리로 옮겨가는 것이 말하자면 오늘의 새로운 연기였다.

"저 자석, 또 올라왔구마. 요번참엔 머시여? 쩔뚝발이에다 버버리?"

나는 창가 쪽에 자리를 잡고 있었는데, 내 옆에 앉은 허름한 점퍼 차림의 중년 사내가 힐끔거리고 나서 툭 내뱉는 말을 나는 놓치지 않았다.

"아는 사람인가요?"

"요 길이 초행이 아닌 담에사 저 자석 몰르는 사람이 어딨어? 이 영암 땅 명물 아니드라고. 하여간에 저놈 먼 숭내내는 거 하나는 기가 차당께, 참 별스런 재주여."

"무슨 말씀이신지요?"

나는 일부러 뚱한 표정을 지어보였다. 사내는 내 쪽으로 고개를 돌려 빤히 쳐다보더니 자기 고장 사람이 아니란 걸 확신한 듯, 제풀에 신이 나서 떠들어대기 시작했다.

"그라고 본께, 이 양반 여그 사람이 아닝마. 저 작자를 몰르먼 여그 사람이 아니제. 그라고 말고. 저것이 여그 나타나서 조런 수완으로 밥벌이를 한 지가 솔찬이 되얐구만. 어드서 굴러먹던 놈인지는 잘 몰겄고, 젤 첨엔 아매 귀머거리 숭내를 냈을 거구만. 귀머거린가 했더니 그 담엔 쩔뚝발이고, 어느 날인가는 글씨 숭악한 도둑놈이었다고 떠벌이고…… 하여간에 지 내키는 대론께, 머시 참말인지 통 속을 모르제이. 그 속을 누가 알겄어?"

"그러면…… 사람들은 저 사람이 거짓으로 꾸며댄다는 걸 다 안단 말인가요? 알면서……?"

의구심이 생겼다. 자세한 내막을 듣고 싶은 나에게 사내는 설명을 이어갔다.

"그라먼이라. 알 만한 사람은 거진 다 알지라우. 안다고 어쩔 거시여? 세상에 암시로도 가만 있는 게 어디 한두 가지여? 훤히 암시로도 피차 눈감고 넘어가는 거제. 고것이 인생 아니간디. 딱한 사정이 있겄재. 짠하잖아."

사내가 그에 대해 이야기하고 있는 동안 그는 어느새 우리 자리에 다가와서 손을 내밀고 있었다. 그의 손바닥에는 아카시아껌이나 커피껌 한 통이 들려 있을 것이었다. 이번에는 내가 창 쪽으로 고개를 돌려 그를 외면했다. 나는 그의 이름을 불러 그를 부끄럽게 만들고 싶지 않았다. 그것만이 그 순간에 내가 할 수 있는 유일한 미덕이라고 나는 생각했다.

"고생이 많음시. 그래, 자네 마누라는 쪼까 좋아졌는가? 자."

내 옆의 사내가 그의 손바닥에서 껌을 한 통 집어 들고 백 원짜리 동전을 두 개 올려놓았다. 그는 다시 한 번 고개를 깊숙이 꺾어 인사한 다음 뒤쪽으로 이동해 갔다.

"마누라라니요? 결혼을 했나요?"

나는 그의 귀에만 겨우 들릴 정도로 소리를 낮춰 물었다. 사내는 껌을 한 개 권한 다음, 내가 그런 것처럼 나지막하게 속삭였다.

"있제. 소문잉께 에누리없이 믿기는 쪼까 거시기하지만, 참말로 미인이락 하등마. 그란디 참 안 됐제, 그 몹쓸 병만 아니면 시상에 겁날 것이 없을 것잉마는. 저 작자도 불쌍하제. 마누라 병 고친다고 저래 못할 짓 한다더랑께."

흉터 231

"병이오? 무슨?"

우리가 앉은 자리는 맨 뒤에서 두 칸쯤 앞이었다. 그는 마지막 한 사람에게까지 껌을 팔고 나서 여전히 절뚝거리는 위태로운 걸음걸이로 운전석 쪽을 향해 나아갔다. 나는 그의 왼편 이마에서 귓불까지 그어진 흉한 칼자국을 힐끗 쳐다보았다. 그의 옆구리와 목 언저리에도 저런 모양의 흉터가 숨어 있을 터였다.

"글쎄, 그게 좀, 병이라기도 뭐하고…… 얼굴은 반반한 미인인디 빙신이라는 거여. 저 작자맨크로 숭내만 내는 빙신이 아니고, 참말로 절뚝발이에다가 귀머거리라는 거여. 누구한테 얻어맞았는지 어쨌는지 다리도 못 쓰고, 고막이 터져갖고 노상 고름이 줄줄 쏟아진닥 하드랑께. 못 듣는 건 당연하고…… 오래전에 저 작자가 술에 팍 취해갖고 하는 소리를 들은 것인디, '내가 너를 병신 만들었어' 함서 울어쌌더라고. 어찌나 서러운지 곁에 있는 사람 코끝을 다 맵싸하게 만들더라니까……"

나는 사내가 늘어놓는 사설을 듣다 말고, 그 사내의 말마따나 코끝이 돌연 '맵싸하게' 아려 오는 사태와 맞닥뜨렸다. 곧이어 안개막 같은 축축한 꺼풀이 눈동자를 덮으면서 시야를 뿌옇게 흐렸다. 나는 애써 고개를 쳐들고 눈을 깜박였다.

버스가 서고, 운전사가 "월평 내리실 분은 앞으로 오세요" 하고 큰 소리로 외치는 소리를 나는 들었다. 그가, 뒤도 한번 돌아보는 일 없이, 여전히 다리를 절며 버스의 계단을 내려딛는 게 보였다. 나는, 그를 따라 내리기 위해 일어설까 했지만, 어찌 된 영문인지 몸이 말을 듣지 않았다. 되도록 모른 체 넘어가고 싶은 것이 내 솔직한 심정이었는지 모른다. 온몸으로 정체를 알 수 없는 피곤한 기운이 빠르게 퍼져 들었다. 오 년 전 군대에서 그에게 닥친 위기의 순간에, 그를 위해 변호의 말을 할 수 있는 입장이었으면서도 아무것도 해주지 않았듯이 그의 치유되지 않은 상처의 집요함을 목격하면서도 나는 아무것도 해주지 못했다. 나는 그의 흉터가 잘 덮여 있는 내 흉터를 새삼스럽게 드러낼까 봐 조마조마한 심정이 되었다.

그는 도대체 무엇을 하고 있는 것일까? 속죄라도 하려는 것일까? 그렇게 하는 것이 속죄의 길이라고 생각하는 것일까. 어떻게 그런 생각을 할 수 있단 말인가. 나는 그것을 속죄의 방법으로 인정하지 않으려고 버텼다. 인정하는 것이 두려웠기 때문이었다. 나는 그를 깊이 이해하지 않기 위해 필사적으로 달아났다.

나는 중얼거렸다. 그의 흉터는 그의 것이고, 모든 흉터는 주인이 따로 있는 법이다. 흉터가 없는 사람도 없고, 똑같은 흉터도 없다. 그의 흉터는 내 흉터와 다르다. 모든 사람의 흉터는 다 다르다. 흉터는 각자의 소유이다.

차가 다시 움직임을 시작할 무렵, 절뚝거리는 연기를 능숙하게 하며 멀어지는 그의 뒷모습을 차창을 통해 바라보면서, '광수야' 하고 입속에서 가만히 한 번 불러본 것이, 그때 내가 그를 위해 할 수 있었던 유일한 행동이었고, 그 때문에 나는 돌아오는 버스 안에서 줄곧 우울했다.

〔『문학정신』, 1987년 12월호〕

연금술사의 춤

1

"그 사람, 이름이 뭐라고 했지?"

천 목사는 앉은 자리에서 상체를 앞으로 내밀어 내 얼굴에 초점을 모았다. 피사체(被寫體)와의 거리를 측정하는 동작인지 작지 않은 그의 눈이 몇 차례 재빠르게 열렸다가 닫혔다. 난롯불의 열기를 받아 안경알이 깨진 유리 조각처럼 번들거리고 있었다. 내 눈 속에서 무엇인가를 건져내고 말겠다는 단단한 의지가 그 번들거리는 안경알에서 감지되었다.

한가운데 버티고 앉아 맹렬한 기세로 타오르는 석유난로의 기세가 등등했다. 전기의 힘을 받아 씩씩거리는 모습이 흡사 성난 독사처럼 보였다. 불꽃은 갇혀 있었다. 원통의 철제 우리에 갇혀서 하늘을 꿈꾸며 푸드덕거리는 한 마리 새를 연상하게 했다. 불가능한 '하늘'에 대한 걷잡을 길 없는 연정으로 늘 목이 마르고, 비상의 속절

없음을 반복해서 확인하면서도 그것을 포기하지 못해 끊임없이 푸드덕거려야 하는 숙명의 새.

S시에서 돌아오자마자 곧바로 집에 가서 쉬고 싶다는 생각이 없지 않았으나 마침 수요 예배가 있는 날이라는 생각이 들었으므로 교회로 향했다. 기왕 만날 사람이라면 빠를수록 좋을 듯싶기도 했다. 예배가 시작되기는 조금 이른 시간이었는데 천 목사를 개인적으로 만나자면 그게 또 안성맞춤이랄 수 있었다.

천 목사는 웬일이냐는 표정을 숨기지 않았다. 장로 아들답지 않은 평소의 불경한 태도나 잦은 예배 불참을 생각할 때, 제 발로 목사실을 찾아든 내가 적잖이 놀랍고 수상쩍다는 반응이었다. "지방엘 좀 다녀왔습니다. 한 달가량……" 하고 그의 무언의 채근을 받아넘기고 나서 나는 서둘러 용건을 꺼냈다. 내가 너무 성급했을까. 편하게 앉아 조용히 듣고 있던 천 목사가 눈빛을 바꾸며 내가 의도한 것과는 다른 방향으로 관심의 창을 열었다.

"자네 소설의 모델이 되었다는 그 인물 말이야."

내가 천 목사를 찾아온 것은, 내 소설에 부정확하게 차용된 개념들의 검증을 위해서였다. 어렵사리 탈고한 소설 속에 불가피하게 써넣은 종교학 관련 용어들에 대해 자신이 생기지 않은 터라, 신학대학에서 '비교 종교학'을 강의하는 천 목사로부터 조언을 받으려고 했다. 그런데 내 소설 이야기를 대충 들은 그가 엉뚱하게도 주인공에게 관심을 보인 것이다.

"공본영이오."

"공본영? 그게 소설에 나오는 이름인가, 실제 이름인가?"

"공본영은 제 소설에 나오는 인물의 이름이지요. 하지만 소설의 모델이 된 인물의 실제 이름이기도 해요. 꼭 그렇다고 할 수는 없지만 그렇게 말할 수밖에 다른 도리가 없군요. 그는 아무 이름으로 불려도 상관없는 존재였으니까요. 그 사람 논리에 따르자면, 남들 부르기 편하라고 있는 것이 이름이니까 사람들이 각기 다른 이름으로 부르더라도 허물할 일은 아니고요. 사실을 말하면 공본영이라는 이름도 제가 붙여준 이름이에요. 제가 공본영이라고 명명했고, 그래서 그는 적어도 나에게는 공본영이 된 거지요."

"형식이라고 할까, 상징의 중요성을 과소평가하는 거 아닌가. 하기야 그게 젊음의 표현이겠지만. 좋아. 이야길 마저 들어보자고."

천 목사는 부러 무연한 표정을 지었다. 처음처럼 등을 편하게 펴고 앉아 한쪽 다리를 반대편 다리 위에 올려놓았다. 여전히 씩씩거리며 열을 발하는 난롯불에 양손을 쬐며, 천 목사는 내게 공본영의 이야기를 재촉했다. 그런 자세에도 불구하고 안경알 속에서 번득이는 그의 눈매는, 짐승들이 잘 다님직한 길목을 지키는 사냥꾼의 그것을 연상시켰는데, 그건 비상에의 본능이 아직 퇴화되지 않아 몸부림치고 있는 난롯불의 날갯짓 때문이었을까. 철제 조롱에 갇힌 그 불꽃들의 날갯짓을 감당하기가 왠지 쉽지 않았다. 나는 언뜻 실내가 너무 덥다는 생각을 했다.

마지막 방학을 S시에서 보내기로 작정한 것은 오기였고 충동이었고, 당시의 치열함이나 나름대로의 순수를 감안한다 하더라도, 아니, 그것들이 합해져서 더욱, 일종의 치기로밖에 설명할 수 없는 행동이었다. 글이 씌어지지 않는 책임을 환경에 전가시키려는 발상이나 서울을 벗어나면 상황의 변화 자체가 창작의 실마리를 제공할지도 모른다는 허황한 기대부터가 그랬다. 하지만 치기나 충동이 무익하기만 한 것은 아니었다. 썩 훌륭하지는 않지만 어쨌든 소설이 하나 태어나지 않았는가.

군대 기간 3년을 포함해서 소설 공부를 해온 지 7년째인 데다가 이번 방학을 보내고 나면 졸업이라고 생각하니 초조했다. 죽이 되든 밥이 되든 승부를 한번 걸어보아야 한다는 조바심에 시달렸다. 무엇보다 같은 동아리에서 활동하던 황의 문단 진입이 준 자극과 충격을 무시할 수 없다. 녀석의 웃고 있는 프로필 사진과 들뜬 당선 소감을 대하는 순간 가슴이 쿵쿵 소리를 내며 뛰었다. 나는 질투에 사로잡혔다.

S시에서 꽤 규모 있는 가구점을 운영하고 있는 삼촌은, 마침 세 들어 살던 대학생이 방학과 함께 고향으로 돌아가므로 빈방이 하나 생긴다는 소식과 함께 흔쾌히 수락한다고 연락해왔다. 하나밖에 없는 아들을 유학 보내고 나서 두 내외가 큰 집을 지키고 있는 판이라 삼촌 쪽에서 오히려 대환영이라는 것이었다.

나는 기말고사가 끝나자마자 짐을 대충 챙겨서 S시로 출발했다. 원고지와 함께 비장한 각오를 가방 속에 쑤셔 넣고서였다. 황은 데뷔작을 써 오라며 내 손을 힘 있게 잡았다. 나는 그런 황을 향해 걸작을 써서 돌아오겠다며 큰소리를 쳤다.

삼촌 내외분은 낮 동안 함께 가구점에 나가기 때문에 나는 거의 항상 그 큰 집을 혼자 썼다. 80평 주택은 혼자서 점유하기엔 너무 크고 엄청나게 조용했다. 그런 환경을 원했지만 막상 그런 환경에 놓이자 적응이 되지 않았다. 완벽하게 부어진 자유의 짐이라니. 운명적으로 부자유하게 태어나 그 부자유의 알맞은 부담에 익숙해진 자연인들에게 완벽한 자유란 난감하고 거추장스런 선물일 수 있다는 사실을 나는 그때 알았다. 공간이 바뀌었다고 해서 갑자기 글이 하늘에서 뚝 떨어질 리 만무했다. 애초부터 터무니없는 기대였다.

책상에 앉기만 하면 문자의 섭취를 갈구하는, 탐욕스런 원고지의 사각(四角)은 하나의 공포였다. 나는 늘 그 공포와 싸워 지기만 했다. 한 줄을 썼다가 신경질적으로 지우고, 모처럼 서너 장을 채웠다가 북북 찢어버리고 하는 식이었다. 짜증스럽게 파지를 구겨 던지며 나는 내 빈약한 상상력과 졸렬한 문장력, 주제 모르고 치솟는 문학에의 열정을 동시에 증오하곤 했다. 정열을 부여하고서 그 정열을 구체화시킬 능력은 제공하지 않은 인색한 신에 대해서도 똑같이 원망을 키웠다.

하지만 무심한 시간은 속도를 늦추지 않았다. S시에 온 지 보름이 넘어가고 있었다. 그동안 나는 싸들고 온 책을 뒤적이거나 심한 허탈감이나 무력감에 짓눌려 거리를 쏘다니며 시간을 보냈다. 그 무렵 '로망스'라는 음악 감상실을 발견한 것은 그나마 다행한 일이라고 할 수 있을 것이다. 나는 심신의 근육을 나른하게 이완시키는 선율과 적당한 어둠의 탄력에 푹 잠겨서 공상을 하고, 옅은 잠에 빠져들고, 그 옅은 잠 속에서 짧은 꿈들을 꾸기도 했다. 낮과 밤이 뒤죽박죽으로 엉켜 헝클어졌다. 나는 S시에 온 목적을 잃어가고 있었다.

2

그날도 로망스의 어둠침침한 좌석 하나를 제법 끈기 있게 지키고 앉아 있었다. 청신경의 예민한 통로를 통해 액체처럼 유연하게 흘러 들어와야 할 바이올린과 첼로와 오보에의 하모니는 자주 딱딱하게 굳어 중도에서 차단되곤 했다. 감각 기관이 음악을 제대로 흡수하지 못하고 있었다. 마치 대단히 거칠고 폐쇄적인 막이 하나 가로막고 서서 들어오는 선율을 되돌려보내는 것만 같았다. 음악이 흘러들지 않을 때, 즉 '액체의 상태'이기를 멈출 때 그것을 붙잡으려는 노력은 헛수고이기 쉽다. 그런 경우 음악은 '감상하는 것'이 아니라 '견디는 것'이 되어버린다.

그러니까 그때 내가 귀에서 헤드폰을 떼어내고 창가 쪽 휴게실로 옮겨 앉은 것은 그 불편한 상태를 견디기가 힘들어졌기 때문이었다. 한여름의 아스팔트처럼 나른하게 늘어진 교향악 선율들을 피해 창가에 자리 잡은 나는 콜라를 한 모금 들이켜고 자연스럽게 창밖을 내려다보았다. 유리벽 하나를 사이에 두고 2층에서 내려다본 거리는, 투명한 슬립 차림의 여체마냥 은밀하고 자극적이었다. 거리를 걷는 사람들이 2층에서 내려다보는 내 시선을 전혀 의식하지 못한다는 사실이 새삼스럽게 설명하기 힘든 즐거움을 선물했다. 나는 까닭 없이 유쾌해져서 그럴 가능성은 설마 없겠지만, 그래도 혹시 아는 얼굴이 지나가지 않을까 기대하며 이리저리로 눈알을 굴렸다. 그러자 신기하게도 그 순간 실제로 낯익은 얼굴 하나가 내 시선의 그물에 붙잡혔다. 그 '얼굴'에 대해 이렇게 단정적으로 기술하긴 했지만, 사실 그 얼굴이 그렇게 '단정적으로' 포착된 것은 아니었다. 처음엔 그저 어디서 본 얼굴인데 싶었고, 곧이어, 그러고 보니까 좀 흔해빠진 인상의 남자로구먼, 하고 별 생각 없이 시선을 비키려 했다. 그러니까 그 남자가 다른 행인들이 그런 것처럼, 바쁜 걸음으로 스쳐 지나갔다면 그것으로 그만일 상황이었다. 한데 남자는 시계(視界) 밖으로 사라지는 대신 가장 조망이 잘 되는 한복판에서 계속 서성거리고 있었다. 때문에 나는 곧 옆으로 비키려던 시선을 다시 돌려 조금 더 자세히 뜯어보게 되었던 것이다.

사람들이 이리 밀리고 저리 쏠리며 제각기의 사정들로 분주한 도심 한가운데를 차지하고 서서 사내는 이내 무언가 고함을 질러대었다. 방음 기능이 훌륭한 유리벽 덕택에 사내의 고함 소리는 들을 수 없었다. 그 때문에 그의 모습은 무언극 무대에 선 희극 배우처럼 보였다. 사내의 한쪽 손에는 소주병이 들려 있었는데, 그것으로 병나발을 불기도 하고 키득키득 웃기도 했다. 반대편 손에도 무언가 들려 있긴 했지만 그것이 무엇인지는 확인할 수 없었다.

호기심에 끌려 잠시 발길을 멈추는 사람도 있었지만 대부분의 행인들은 별 미친놈 다 보겠다는 듯한 표정을 숨기지 않은 채 바삐 지나갔다. 그 점에 있어선 유리벽을 사이에 둔 관찰자라고 예외일 수 없었다. '늙지도 않은 놈이 안됐다.' 속으로 그렇게 혀를 차며 그만 관심을 거두어들이려던 참이었다. 그런데 그 얼굴이 어디선가 본 듯하다는 느낌이 다시 들어서 더 자세히 뜯어보게 됐다. 그러자 신성교회 담벽의 그림자가 불쑥 떠올랐다. 아, 그 사람……

사실 나는 S시에 도착하고 이틀 만에 그 사내를 만났었다. 일요일이었다. 나는 삼촌 부부에게 이끌려 그들이 다니는 교회에 갔다. 신성교회는 아파트 밀집 지대의 한쪽 모퉁이를 차지하고 있었다. 고풍스럽게 설계된 고딕식 건물이었는데, 성냥갑처럼 다닥다닥 붙은 사각형의 아파트 건물 때문에 툭 불거져 나온 꼴이 왠지 어색하고 민망스러워 보였다.

교회 입구 시멘트벽에 등을 붙이고 한 사내가 서 있었다. 몸에 맞지도 않는 양복 차림에 얼굴은 오랫동안 물 구경을 못 한 사람 모양 까칠했다. 그 앞에는 조그만 손수레가 세워져 있었고 거기에는 액세서리류가 진열되어 있었다. 사내는 액세서리 따위를 파는 노점상으로 보였다. 사내는 약간 눈을 들어 먼 곳을 보고 있었다. 그 눈길만으로는 물건을 팔 의향이 있는지 판단하기 어려웠다. 하긴 교회 앞에서 예배를 드리기 위해 오는 사람들을 상대로 물건을 팔겠다는 발상부터가 어딘지 자연스럽지 않았다. 주일에 물건을 사고파는 행위를 유난히 엄하게 금하는 그 교회의 보수성을 염두에 둘 때 더 그랬다.

교인들은 대부분 그 사내의 존재를 의식조차 하지 않고 교회 안으로 들어갔다. 나 역시 마찬가지였다. 주일 예배 시간에 교회 입구에 상품을 진열한 그 비상식적인 낯설음만 아니라면 나 역시 사내에게 전혀 신경을 쓰지 않았을 테니까. 실제로 나는 그런 장면을 목격한 경우에 알맞은 정도의 호기심을 짧은 길이의 시선으로 표시해 보였을 뿐이었다. 그랬으므로 그것이 전부였다면 그 사람을 기억해내지 못했을 것이다. 그는 그날만 교회 앞에서 장사를 한 것이 아니었다. 첫 대면 이후 나는 몇 번 더 그 사내를 보았다. 그는 주일 아침마다 그 자리에 우두커니 서서 추위를 맞고 있었는데, 다른 교인들이 그러하듯 나 역시 그의 존재를 자연스럽게 받아들이게 되었다. 실제로 사내는 교회 담벽과 완벽한 일체가 되어 있었다.

그런데 이번엔 번잡한 도심 한복판에, 새로운 모습으로 내 앞에 나타난 것이다. 처음에 그를 알아보지 못한 것은, 교회 담벽에 달라붙어 있던 이전의 입상(立像)과 일치시킬 수 없는 그자의 파격적인 행동 때문이었다. 내 안에서 무언가가 꿈틀거리며 나를 일으켜 세웠다. 나는 서둘러 휴게실을 버리고 로망스를 뛰쳐나왔다. 사내는 줄곧 그 자세 그대로였고, 비교적 하릴없는 행인 몇 사람이 재밌다는 표정을 하고 둘러서 있었다. 나도 그 옆에 섰다.

"화 있으라. 회칠한 무덤 같은 너희들. 성전과 기도실을 돈과 정액 냄새로 더럽힌 세상이여. 아하, 탐욕과 협잡과 간음이 일용할 양식인 세대여. 화 있을진저. 창녀 같은 종교인들이여. 멸망하고 멸망할……"

사내는 예언자의 흉내를 내고 있었다. 손동작과 음의 고저를 조절해가면서 연설하는 모양이 어찌나 정열적이고 엄숙한지 그것을 자신의 사명으로 받아들이고 있는 것 같았다. 나는 무의식적으로 시계가 채워져 있지도 않은 빈 팔뚝을 들어 올렸다. 그건 아직 주정을 하기에는 이른 시간임을 확인하는 동작이었다.

사내는 입안에 술을 털어 넣으며 외치기를 계속했다.

"화 있으라. 믿음을 팔아 위선과 음란을 구입한 세대여. 너희 탐욕과 출세와 권모술수를 위해 너희 하나님을 이용하지 마라. 저주를 받을 것이다. 저주를 받을 것이다. 암탉이 병아리를 품듯 내가 너희를 품으려 한 것이 도대체 몇 번이냐. 성전을 헐라. 내가 사흘 안에 다시 짓겠다……"

둘러서 있는 행인들 가운데 그 사람의 정체를 어렴풋하게나마 아는 사람이 나 혼자일지 모른다는 생각이 들자 이해할 수 없는 자부심 같은 게 생겨났다. 그것은 참 이상한 자부심이었다. 그리고 그 자부심은 더 이상하게도 어떤 종류의 책임 있는 행동을 강요하려 들었다. 나는 저절로 긴장이 되는 걸 느꼈다. 그런데 그게 아니었다.

"저 친구, 또 발작이로군."

"왜, 아는 사람이야?"

길을 지나가던 젊은이 둘이서 바로 옆에 멈춰 서서 주고받는 말들을 나는 무심결에 들었다.

"알고말고. 시계불알처럼 회사하고 집만 왔다 갔다 하는 자네 같은 꽁생원이야 볼 기회가 없었겠지만, 한 달이면 서너 번쯤 저 친구 덕택에 재미있는 구경을 하게 된다구. 지나가는 사람들 표정을 봐. 너 또 나왔구나 하는 식, 대수롭지 않은 표정들이잖아? 자네 같이 촌티 나는 친구들은 빼고 말야."

"취한 거야?"

"미친 거지."

"하필 목사님 흉내를 내고 저 야단일까."

"그게 그래. 소문에 의할 것 같으면, 저 인간이 아마 전직 목사였다지? 목소리를 잘 들어봐. 어딘지 그 틀에 박힌 설교자 톤이 느껴지지 않아?"

"설마."

"소문이랬잖아."

"거참. 생기긴 그럴듯하게 생겼는데, 안됐군."

그들의 목소리가 더 이상 들리지 않아 고개를 돌려보니 그들은 지나가고 없었다.

그런데 바로 그 순간, 사내가 들고 있던 술병을 콘크리트 바닥에 던졌다. 한껏 목을 젖히고 병목을 빨고 난 다음의 일이었다. 나는 그때, 짧은 순간이지만, 술을 한 병 사서 그 사람 손에 쥐어주고 싶다는 생각이 들었는데, 그것은 내가 사내의 추태를 즐기고 있었다는 부인하지 못할 증거였다.

사내가 던진 술병이 요란한 소리를 내며 깨졌다. 파편들이 흩어졌다. 그중에 한 조각이 내 먼지 덮인 구두짝을 가볍게 두드렸다. 나는, 다른 구경꾼들과 함께 한 발짝 물러섰다. 그러나 그럴 필요는 없었다. 술병이 박살난 것을 확인한 사내가 이제까지의 외침을 중단해버렸다. 삽시간에 주변이 진공으로 바뀐 느낌이었다. 마치 형체는 없고 소리만 시끄러운 메아리가 돌연 소리를 상실하고 그림자로 바뀌는 것 같았다. 그림자는 소리 대신 움직임을 시작했다.

약간 흐느적거렸을 뿐, 이제 사내는 경쾌하게까지 느껴지는 걸음걸이로 사람들 사이를 빠져나갔다. 그 모양은 영락없이 그림자였다. 목소리를 잃어버린 빈 그림자. 그렇게 요란스런 고함과 소란의 마지막이 그림자라는 것은 당혹스러운 일이 아닐 수 없었다. 사내는 어느새 담벽에 붙어선 정물의 이미지로 돌아가 있었다. 내가 기억하는, 교회 담벽에 등을 기대선 그의 그림자는 벙어리였다.

사람들은 그가 걸어갈 수 있도록 길을 터주었다. 길게 늘어난 고층 건물의 그림자 자락을 밟으며 그림자처럼 표정 하나 없이 도심을 빠져나가는 사내의 뒷모습이 오랫동안 음영(陰影)으로 남아 있었다. 나는 망연히 서서 그 음영을 지켜보기만 했다.

그날 밤, 나는 원고지 대신 일기장을 펴놓고 그 사내에 대한 인상을 스케치했다. 되는 대로 써놓은 그 메모 형식의 글은 지극히 암시적이고 상투적이었다.

—본능의 두 차원. 메아리와 그림자. 그것들의 역기능, 혹은 그

숨바꼭질식 유희에 대하여.

―특정 '직업인'에게 무차별적으로 강요되는 특징 성격(이를테면 교사나 성직자들에게 허용되는 어느 정도의 위선과 위장된 관용 같은)이 미칠 수 있는 파괴적인 영향은 무시해도 좋은가.

―알코올 중독, 즉 알코올이 더 이상 알코올일 수 없는 상황. 때로 심한 정신분열 증세―현실 부적격, 혹은 현실에 대한 달인적(達人的) 무관심……

―구조적 질서로부터 초연한 인상이 천재적이라기보다는 차라리 백치적 기행(奇行)으로 나타남. 백치=천재-상식?

―액세서리 행상으로도 돈이 벌리는가. 액세서리와 종교. 종교와 액세서리의 알레고리. 액세서리=장식. 종교도? 글쎄.

―나이 40세 전후. 나이보다 약간 더 나이 들어 보일 수도 있다. 성직 모방, 또는 타락한 성직자의 광기. 이름은 공본영(孔本靈).

삼촌은 공본영 씨(그 이름은 내가 붙여준 이름이다. 아무도 내게 그 이름을 알려주지 않았으며, 또 알고 있는 사람도 없는 것 같았다)에 대하여 알고 있는 것이 거의 없었다. 오히려 물어본 내 쪽에서 그 무신경에 놀랄 정도였다.

그가 교회 주변에 나타나 잘 팔리지도 않는 목걸이 장사를 시작한 것은, 확실하진 않으나 어림잡아 1년은 되었을 것 같다고 삼촌은 회상했다. 교회에 집회가 있는 날만 나타나며, 집회를 마치면 짐을 챙겨들고 돌아간다고 했다. 나는 그 점이 이상하지 않느냐고 물었다. 그러자 삼촌은 그게 어째서 이상하다는 것인지 모르겠다는 표정으로 나를 쳐다보았다. 오히려 삼촌은 집회가 있는 날이 아니고는 사람이 모이지 않는 곳이 교회이기 때문에 그때에만 나타나는 것이 당연하지 않느냐고 반문했다. 그 외의 시간엔 인파가 많은 다른 장소에서 장사를 하지 않겠느냐는 것이었다. 딴은 옳은 말이었다. 장사가 잘 안 되는 것 같긴 하지만, 꼬마들이 달라붙어 있는 장면을 몇 차례 보았노라고 삼촌은 덧붙였다. 그 시간에 다른 데로 옮긴다고 해도 특별히 나으리라고 장담할 수 없다는 설명이었는데 그 또한 그럴듯했다.

"쓸데없는 데 신경 쓰는 거 아니냐. 엉뚱한 데 헛신경 빼앗기지 말고 하겠다는 일이나 잘 하렴."

삼촌은 그런 식으로 공본영 씨에 대한 내 관심을 일축했다. 나는 길거리에서 목격한 장면을 말하지 않았다. 그 대신 그를 다시 만나면 말을 한번 걸어봐야겠다고 마음먹었다.

마음먹은 대로 그를 다시 만나 이야기를 나눈 것은, 그로부터 이틀 후였다. 나는 저녁 예배가 끝나자마자 그에게로 다가갔다. 사내는 여느 때와 마찬가지로 벽에 기대 서 있었다. 그는 사람이 다가오거나 말거나 쳐다보지도 않았다. 오죽하면 벽에 붙은 포스터 속 인물 사진으로 보일 정도였다. 사려면 사고 말려면 말라는 식의, 이해할 수 없는 배짱이 여전했다.

나는 이것저것 살피는 시늉을 하며 목판에 널린 액세서리들을 눈으로 뒤적거렸다. 대부분의 상품은 목걸이였고, 그 목걸이의 끝부분에는 십자가 모양의 조그만 금속 조각이 매달려 있었다. 십자가 모양이지만 어딘가 달라 보였다. 일반적으로 십자가는 수직의 막대 위에 그보다 반 정도 작은 다른 막대를 직각으로 교차시켜 만드는 게 보통인데 내가 사내의 목판 위에서 본 것은 수직 막대의 끝부분에서 두 개의 훨씬 작은 막대가 안쪽으로 꺾어져 들어가는 모양을 하고 있었다. 그런 모양새 때문에 어떻게 보면 십자가보다는 화살촉으로 보이기도 했는데, 그 형태가 금방이라도 땅을 향해 내리꽂힐 것 같은 속도감을 거느리고 있었다.

나는 그중에 하나를 집어 들고 좀더 찬찬히 살폈다. 목걸이 끝에 달린 부착물이 기계로 찍어낸 것이 아니라 손으로 정교하게 다듬은 수제품임을 알 수 있었다. 그리고 그 생김새가 전체적으로 닻의 형상을 닮아 있음도 알게 되었다. 나는 제법 굵은 알이 총총히 꿰어져 있는 것을 골라들고 얼마냐고 물었다. 사내는 대답 대신 손가락 두 개를 펴 보였다. 나는 그로 하여금 말을 하게 해야 한다고 생각했기 때문에 짐짓 놀란 어조로 "오천 원이오?" 하고 물었다.

"이천 원."

분명하고 짧은 대답이 돌아왔다.

나는 오천 원짜리 지폐를 내밀었다.

"다른 땐 어디서 장사를 하십니까? 평일날 말이에요."

그는 대답하지 않고 거스름돈을 쥐어주더니 짐을 꾸리기 시작했다. 교회 앞길은 어느새 텅 비어 있었다. 거스름돈을 건넬 때 아주 잠깐 내 얼굴을 스쳤지만 그의 눈빛엔 아무것도 나타나지 않았다. 가면을 뒤집어쓴 것처럼 그의 무표정은 공허하고, 그래서 무서웠다. 상대방을 참으로 두렵게 만드는 것은 분노를 뒤집어쓴 얼굴이 아니라 아무 감정도 담고 있지 않은 텅 빈 표정임을 나는 그때 비로소 터득했다. 그렇지만 거기서 그만 물러날 수는 없었다. 무표정에 대한 공포심에도 불구하고, 그리고 까닭 없이 조급해하는 자신에 대한 순간적인 후회에도 불구하고 나는 내처 나아갔다.

"C로에서 보았습니다. 그저께 당신은 만취해 있었습니다."

"……"

"이틀 전 당신은 예언자를 흉내 내는 것 같았는데, 물어봅시다. 당신은 기독교 신자요?"

"……"

"당신은, 누구요?"

얼토당토않은 일이었다. 나는 무엇에 홀린 듯 숫제 피의자를 추궁하는 형사 흉내를 내고 있었다. 그렇게 다그치듯 몰아치다 보니 언뜻 그 사람이 어딘지 수상하다는 생각이 들었다. 이를테면 작자가 교회 앞에서 예배 시간에 장사를 하는 것은 단순한 일이 아닐 수 있었다. 대로상에서의 예언자 흉내도 어떤 의도를 숨긴 일종의 도전 행위일지 모른다는 의심이 들었다. 그런 의심이 내 공격적인 태도를 합리화하는 구실이 되어주었다. 문제는 그가 전혀 당황하지 않는다는 점이었다. 그는 철저하게 나를 무시했다. 짐을 다 꾸리고는 수레를 끌고 떠나려 했다. 그런 그를 향해 나는 한층 과감하게 몰아붙였다.

"당신은 미친 사람 흉내를 내지만, 다 알고 있소. 당신은 미치지 않았어요. 무엇을 위해 광기를 위장하고 있는 거요?"

그러자 그가 우뚝 멈춰 섰다. 그는 눈을 들어 내 눈을 똑바로 쳐다보며 나지막하게 말했다. 예상과는 달리 의외로 또렷하고 분명한 목소리였다.

"위장된 광기란 불가능한 거요. 보는 사람이 진짜 광기를 가짜 광기로 오해하거나 전혀 광기가 아닌 것을 광기로 오해하거나 할 뿐이오. 세상은 오해투성이오. 오해 아닌 것이 없소. 이해는 선의의 오해에 다름 아니오. 진정한 의미에서 오해 없인 이해가 불가능하오. 오해의 길을 통해서만 이해에 이르는 거요. 가령 지금 산 목걸이에 대해서도 젊은이는 오해를 하고 있을 게 틀림없소. 그 목걸이가 뜻하는 바를 이해했소? 물론 나름대로 이해한 게 있을 테지. 그러니까 골랐을 테지. 그런데, 그것이 오해가 아니라고 장담할 수 있소?"

나는 당황했다. 그의 질문에 답할 말이 준비되어 있지 않아서만은 아니었다. 그의 어조가 너무 침착하고 진지했기 때문에, 더 분명하게 말하자면 지나치게 정상적이었기 때문에 나는 혼란스러웠다. 그러거나 말거나 그는 아랑곳하지 않고 제 할 일만 했다. 수레가 다시 움직이기 시작했다. 나는 갑자기 다급해져서 그의 앞을 가로막고 빠르게 말했다.

"이야기를 좀 하고 싶습니다."

가까이에서 바라본 그의 눈은 설명하기 어려운 빛을 발하고 있었다. 불을 켠 맹수의 눈 같기도 하고, 인간의 손에 포획되어 철창에 갇힌 불쌍한 야생조의 체념 어린 눈망울 같기도 했다. 그 야릇한 눈빛이 백지와도 같던 사내의 무표정에 쿵 소리를 내며 점을 하나 찍고 있었다. 그는 한참 후에 착 가라앉은 음성으로 입을 열었다.

"무엇에 대해서? 젊은이, 무엇에 대해서 말이오? 나는 방금 목걸이에 대한 젊은이의 이해가 오해일 가능성에 대해 이야기했소. 다시 물어보겠소. 젊은이는 저 목걸이가 무엇을 상징하는지 이해하겠소? 더 쉬운 질문을 해보지. 젊은이는 그 목걸이 끝에 있는 게 무어라고 생각하오? 보이는 것이 전부가 아니오. 아니, 보이는 세계는 참된 세계가 아니오. 참된 세계는 현상의 이면에 숨어 있는 것, 곧 상징의 세계이고 은유의 세계이고 초월의 세계요. 그것을 옳게 이해할 수 있을 때 비로소 이야기를 할 수 있을 거요."

꿈꾸는 듯, 또는 깊이 잠겨 유영(遊泳)하는 듯한 목소리로 그는 '꿈꾸는 듯한' 이야기를 마쳤다. 그 내용과 음색에서 비현실적인 분위기가 묻어났지만, 광기의 체취 같은 건 느껴지지 않았다. 그래서 내게는 그 사람이 더욱 수수께끼로 비쳤다. 어떤 모습이 그의 실체인지 알 수 없었다. 어떤 사람에게는 상반된 두 개의 진실을 공유하는 일이 실제로 가능하다는 사실을, 그때 나는 이해하지 못했던 것이다.

나는 무슨 말인가 더 하려고 했지만, 그럴 수 없었다. 그가 풀어놓은 수수께끼의 그물에 걸려들어 푸드덕거리고 있는 동안, 그는 뽀얀 가로등 불빛을 등 뒤에 받으며 걸어가고 있었다.

목요일.

얼마간의 인내가 필요하고 정신 집중이 요구되는 작업이 클래식 음악의 감상이다. 그래서 음악 감상은 노동이다. 적어도 내게는 그렇다. 마음이 어지럽거나 산만해질 때 마음의 평정을 회복하기 위해 오디오 앞에 앉는다는 말은, 적어도 나에게는 틀린 말이다. 거꾸로이다. 마음의 평정을 얻은 후에야 음악을 감상할 수 있다. 마음의 평정은, 음악 감상을 위한 전제 조건이지 그 결과나 효용은 아니다.

쇼팽의 피아노곡을 배음(背音)으로 들으며 나는 어제 공본영 씨로부터 구입한 '목걸이'를 손바닥 위에 올려놓고, 도대체 이 이천 원짜리 싸구려 액세서리에 무슨 특별한 점이 있는지 찬찬히 뜯어보았다. 평범한 목걸이였다. 물론 끝에 닻을 부착한 게 조금 낯설긴 했지만, 요즘 들어 여자들은 목이며 귀며 손가락 따위에 별의별 모양의 장식물을 다 달고 다니는 추세였고, 그 별의별 모양의 장식물이 '닻'이면 안 될 이유는 없었다. 그러면 이 닻에 무슨 뜻이 있는가?

금요일.
오늘도 C로를 쏘다녔다. 소득 없는 하루였다. 이해할 수 없는 일이다. 공본영 씨를 만나봐야 할 것 같은 이런 예감은 무얼까. 그를 만나면 무언가 쓸 수 있을 것 같은 기분. 이 기분에 어떤 근거가 있는 걸까.

토요일.
원고지를 뒤집어놓고 황에게 편지를 썼다. 일주일 전에 받은 엽서에 황은 방학을 송두리째 투자하고 있는 내 소설에 깊은 관심과 기대를 가지고 있다고, 얼마나 진척이 되었느냐고 물어왔었다.
나는 한 달이 훌쩍 지나버렸는데 아직 아무것도 쓰지 못하고 있다고 쓰고, 그러나 막연하지만, 무언가 실마리가 풀릴 것 같은 상황이라고 덧붙였다. 무모한 상상력의 발동을 자제하고 한 인물의 행적을 추적하는 데 꽤 많은 시간을 할애하고 있다고 썼다.

일요일.
솔직히 말해서 나는 오늘 교회 가는 시간을 은근히 기다려왔다. 거룩한 주일 예배를 기다린 것이 아니다. 공본영 씨를 만날 거라는 기대 때문이었다.
그런데 공본영 씨는 나타나지 않았다. 예배 전에 그가 나타나지 않은 걸 확인했으면서도 행여나 하는 마음으로 마지막까지 희망을 놓지 않고 기다렸다. 그러나 그는 끝내 나타나지 않았다. 나는 실망했다. 그리고 무슨 일인지 알 수 없어 궁금했다.

3

공본영 씨는 수요일 저녁에도 볼 수 없었다. 그다음 주일도 마찬가지였다. 나는 초조했다. 초조하고 답답했다. 허탈감에 쫓기며 무작정 거리를 배회하는 일이 내 생활의 전부이다시피 했다.

이런 일이 있을 수 있을까. 나는 그를 만나 그의 사연을 듣고자 했다. 그래야 글을 쓸 수 있을 것 같다는 생각은 물론 알량한 자존심이 조작해낸 변명거리에 불과했지만, 그야 어쨌든 그 생각은 예상보다 훨씬 무거웠고 억압적이었다. 그것은 내 문학적 상상력이 황폐하다는 단적인 표시이면서 동시에 소설에의 집념이 그만큼 비대해 있다는 증거일 수도 있었다. 아니면 쓸데없이 간절하기만 했다고 할까. 그만한 집착과 노력에도 불구하고 글이 씌어지지 않는데 대한 책임 전가가 불가피한 상황임을 감안할 때 공본영 씨에 대한 내 집착은 그 책임을 엉뚱한 데다 전가시키려는 제법 교묘한 심리 조작의 한 방편이라고 할 수도 있었다. 내 상황은 그처럼 궁색했다.

나의 그런 간절한 바람이 어떤 보상을 얻어낸 것일까. 음악 감상실 근처의 C로에서 그를 보았다. 예전의 그 장소였다.

"너희들, 십자가를 끌어내려 목에다 걺으로써 탐욕스런 육체를 장식하듯 음란하고 부패한 영혼에다 종교를 장식하는 너희들. 예배를 친교 모임과 고상한 취미로 전락시킨 너희들. 신(神)이, 너희의 썩어문드러진 영혼의 무덤을 가리기 위한 회(灰) 외엔 아무것도 아닌, 너희들의 타락을 더 어떻게 참으랴. 십자가가 너무 크고 무겁고 부담스러운가. 큰 십자가가 지속적으로 상기시키는 죄의 무게와 고통을 견딜 수 없는가. 그래서 십자가를 장식품으로 만드는가. 그래서 호색적인 너희 정부들의 모가지에다 걸어서 달랑달랑 흔들고 다니게 하는가. 오호! 그렇게 해서 죄가 사라지던가. '있는' 죄가 그런다고 없어지던가. '살아 있는' 신이 그렇게 해서 죽어주던가……"

그의 손아귀엔 어김없이 소주병이 들려 있었는데, 그 소주병이 거의 바닥나고 있음을 확인한 나는 조금만 기다리면 그의 주정이 끝날는지 모른다는 계산을 했다. 그러면 그를 맡을 작정이었다. 그 순간 예상하지 않은 방해자가 나타났다. 사람들을 비집고 들어온 그 방해자는 도로 순시를 나선 정복 차림의 경찰이었다.

"아이구, 이 미친 자식, 또 나왔네. 해나 떨어지거든 발광해라."

경찰은 첫마디부터 쌍소리를 하고 나섰다.

"제발 술 안 처먹었을 때처럼 얌전히 있을 수 없어? 설교를 하려거든 그놈의 소주병이나 버리고 하든가. 뭔 놈의 지랄인지 원. 하긴 소주병을 안 들면 설교도 안 나올 테지만……"

그를 붙들고 한참동안 욕설을 섞어 훈계하던 경찰이 구경꾼들을 둘러보며 말했다.

"구경만 하지 말고, 누구 좀 나서서 이 사람을 데려다주지 않겠소? 집은 요 근천데, 지난번에 이러고 가다가 사고를 당한 적이 있어서…… 염병할! 한동안 조용하다 했더니 낫자마자 기어 나와서 지랄이네."

그러나 누구 한 사람 자원하고 나서는 이가 있을 리 없었다. 그리고 경찰 역시 그걸 모를 리 없었다. 그는 구경꾼들의 반응을 기다리지도 않았다. 내가 나설 차례였다. 경찰이 의외라는 표정으로 앞으로 나서는 나를 뚫어지게 쳐다보았고, 구경꾼들도 의아하다는 표정을 숨기지 않고 지켜보았다. 그들은 내가 실제로 사내를 부축하고 걷기 시작했을 때에야 쭈뼛거리며 길을 터주었다.

공본영 씨가 홀로 거처하는 곳은 후미진 골목의 하숙집이었다. 길 양편에 늘어선 조잡한 술집 간판들과 길에 나와 껌을 질경질경 씹어대는 새빨간 입술의 여자들이 그곳이 사창가임을 선전하고 있었다. 아저씨, 놀다가 가. 잘 해줄게. 연애 한 번 하고 가. 반나체의 여자들 입에서 속옷도 걸치지 않은 나체의 언어들이 튀어나왔다. 저 목걸이 아저씨 또 뻗어서 오네, 하는 소리도 들렸다.

공본영 씨의 방은 형편없이 작고 지저분했다. 천장은 너무 낮아서 별로 큰 축에도 못 끼는 내 키가 조심스러울 지경이었고, 허름하게 도배된 싸구려 벽지에는 습기 배인 자국이 볼썽사납게 얼룩져 있었다. 거의 정사각형에 가까운 그 방이 어찌나 좁은지 대각선으로 눕지 않으면 잠도 자지 못할 것 같았다.

그는 그 작고 누추하고 퀴퀴한 방 안에 들어서자 내 팔을 뿌리치며 털썩 주저앉았다. 다리를 쭉 펴서 편안한 자세로 벽에 기댄 다음 아주 잠깐 실눈을 뜨고 나를 노려보았다. 그 눈은 담벽에 정물처럼 붙어 있을 때의 그 무덤덤하고 초점 없는 눈이 아니었다. 나는 그의 눈을 마주보며 물었다.

"저를 기억하시겠습니까? 공본영 씨."

그가 입가에 희미한 미소를 그려 붙이는 걸 언뜻 본 것 같았다. 그러나 그것이 마지막이었다. 그는 시선을 옆으로 비껴 고개를 떨구는가 싶더니 이내 코를 골아버렸다. 어이가 없었다. 벽에 기댄 상태 그대로 방바닥으로 미끄러졌기 때문에 목이 거의 직각으로 꺾여 몹시 불편할 텐데도 태연히 코를 골았다. 흐린 형광등 불빛 아래서 어깨까지 내려 덮인 길고 지저분한 머리카락이 괴기스러웠다.

나는 주변을 둘러보았다. 찌그러진 냄비와 밥공기 몇 개, 팔다 남은 목걸이 뭉치, 서너 개의 컵들과 그보다 많은 소주병들이 방바닥에 어지럽게 널려 있었다. 그 한쪽 벽면에 책들이 제법 높게 쌓여 있는 게 보였다. 그 가운데서 한 권을 집어 들자 먼지가 풀풀 날렸다. 나는 하나씩 주워 들고 표지를 살펴보았다. 『신(神)의 일식』 『초월의 자리』 *Systematic theology* 『성과 속──종교의 본질』 『상징과 실재』 *Looking for Hidden God*…… 내게는 그 제목들이 하나같이 현실을 한 겹 가린 것처럼 보였다.

탑처럼 쌓인 책 더미 속에서 노트 한 권이 나왔다. 색이 바래고, 종이가 너덜너덜했다. 나는 알 수 없는 기대로 가슴을 두근거리며 조심스럽게 노트를 펼쳐보았다. 글씨는 엄청나게 작았고, 거기다가 함부로 갈겨써서 해독이 쉽지 않았다. 나는 세상모르고 잠들어 있는 공본영 씨를 편하게 눕혀주고 그 옆에 쭈그리고 앉아 그 노트의 글씨들을 하나씩 파내기 시작했다.

기차가 긴 경적을 울리면서 속도를 줄이면 자고 있던 승객들이 용케 알아차리고 짐들과 함께 잠을 챙겨 출구 쪽으로 몰려든다. 하얀 입김을 뿜어내며 기차가 선다. 기차는 한 무리의 승객들을 다시 받아들인다. 삽시간에 주변이 소란스러워진다. 통로를 오가며 호객하는 잡상인들의 모습을 발견하는 일이 모처럼 싫지 않을 것이다.

"엄마 창밖을 좀 봐. 저기…… 저어기."

그런 소란의 와중에서 한 어린아이의 목소리를 당신이 포착해낸다면, 그건 그 목소리의 구별성 때문이라고 생각해도 좋다.

"이 도시에서 젤 높은 게 뭐게?"

노래라도 하듯 가벼운 어조로 이렇게 질문을 던진 것은 조금 전의 어린애 목소리이고, "글쎄" 하고 깨물 듯이 대꾸한 음성은 그 애로부터 엄마라고 불린 여자의 것임에 틀림없다. 여자는, 그러니까 '엄마'는 젊다. 아직 이십대로 보일 정도이다.

"에이, 밖을 보면서 대답해보라니까."

창밖으로 시선을 돌린 것은 여자만이 아니다. 당신 역시 무심결에 그 아이의 말을 따른다. 그리고 당신은 무의식적으로 시계를 본다. 손목 위에서 당신은 새벽 두 시를 읽는다.

"오라, 교회로구나."

원경으로 잡힌 도시의 밤은 구정물처럼 고여 있다. 어둠에 포위되어 줄기도 없이 군데군데 피어 있는 가로등은 왜 그런지 상여 행렬의 만장(輓章)처럼 보인다. 그리고 당신은 본다. 침울하게 가라앉은 도시의 복판에 홀로 반짝이는 황금빛 십자가. 저 황금빛의 도금이 만일에 성인(聖人)들의 초상에 후광을 그려 넣은 것과 같은 광배(光背) 효과를 의도한 경건의 표현이라면, 그 의도는 실패한 셈이라고 당신은 생각한다. 왜냐하면 그것은 경외의 감정이 아니라 천박한 자기 과시의 감정을 불러일으키니까. 물론 그런 연상은 물신 숭배자들의 구체적인 염원의 대상인 황금에의 유혹에서 비롯한 것이다.

당신은 이제 다시 의아해한다. 고통의 상징인 십자가가 왜 황금덩어리로 보이는가. 희생과 사랑의 불가해한 암호와도 같은 십자가가 저기서 왜 장사꾼의 탐욕을 지시해 보여주는가……

당신의 의아심이 어떠하든, 저 황금 십자가가 이 시대의 중요한 상징체임을 인정하지 않으면 안 된다. 십자가와 황금 — '십자가'가 지향하는 신성함과 '황금'이 가리키는 통속 간의 저렇듯 무리 없는 접합, 그 부조화한 간통 — 이 이 시대의 초상임을.

황금 십자가는 도시의 하늘 한복판에 조잡한 빛을 내며 떠 있다. 사실이다. 그 거대한 물체는 공중에 떠 있다. 마치 발 없는 유령처럼. 십자형의 황금 불빛이 위령탑처럼 공중에 떠 있는 모습을, 당신은 당혹과 함께 본다. 그 '엄마'도 본다.

"그중에서도 젤 높은 거."

"난 또. 엄마가 그걸 모를까 봐서, 요 나쁜 녀석. 엄말 우습게 봤어."

"뭔데?"

"그야 뭐, 십자가지."

당신은 모자간의 대화를 훔쳐 듣고 있다. 당신은 그들의 다음 대화를 기다리고 있다. 당신은 무엇인가를 예감하고, 또 그 예감이 들어맞을까 봐 불안해한다.

"아니야. 십자가 아니야. 엄만 알지도 못하면서……"

당신은 가능한 한 아무 생각도 하지 않는 게 좋다. 그냥 어린아이에게 주목하라. 어린아이로 하여금 말하게 하라. 어린아이로 하여금 폭로하게 하라.

"그건 피뢰침이야."

아이가 말한다.

"몰랐지?"

아이가 덧붙인다.

당신은 입술을 깨문다. 당신은 왜 입술을 깨무는가. 당신이 예감하면서 불안해한 것이 이루어졌기 때문인가.

십자가 위에도 무엇인가가 있다. 십자가보다 높은 곳에 무언가가 '있다.' 십자가 위에 군림하는 이 피뢰침은 무엇인가.

그 글은 거기서 중단되어 있었다. 이게 뭐지? 나는 조금 혼란스러웠다. 이 사람이 소설을 습작하는 사람이란 말인가. 내가 소설 속에 등장시키려는 사람이 소설을 쓰는 사람이라는 사실이 이상한 기분에 젖게 했다. 그의 글은 수수께끼 같고 파격적인 그의 행동과는 달리 순하고 평범했다. 말하자면 정상적이었다. 물론 편집증적 징후가 발견되지 않은 건 아니었다. 예컨대 그의 목걸이 행상 노릇이나 예언자 흉내, 그리고 글 속에 표현된 십자가와 피뢰침에는 일관된 하나의 시각이 있었다. 그것은 타락한 종교에 대한 과격한 비판이었다. 그리고 그것은 그에게 매우 특별한 사연이 존재한다는 보다 확실한 증거자료처럼 여겨졌다. 그가 나처럼 소설을 습작한다는 건 아무래도 상관없었다. 나에게 그는 내가 소설 속에 등장시켜야 하는 인물일 뿐이었다. 즉, 그는 공본영이어야 했다. 나는 노트를 원래 자리에 돌려놓았다.

이튿날 아침 그의 방문을 조심스럽게 밀었을 때, 그는 마침 물건들을 방바닥에 펴놓고 손질하고 있었다. 힐끔 돌아다보고는 하던 일을 계속했다. 그런데 그의 손놀림이 좀 이상했다. 자세히 살펴보니 그는 목걸이에 달려 있는 손가락 한 마디 크기의 철제 십자가를 떼어내고 있는 중이었다. 그의 손에 의해 십자가를 제거당한 구리 줄들이 토막 난 지푸라기처럼 이곳저곳에서 뒹굴고 있었다.

"무얼 하시는 겁니까?"

나는 그 지푸라기 같은 줄을 하나 주워들면서 질문했다. 그는 대답 대신 윗목에 있던 조그만 상자를 열었다. 신중하고 조심스런 동작이었다. 그 상자 속에는 목걸이에서 떼어낸 십자가 펜던트만 한 크기의 금속 조각들이 가득 들어 있었다. 마침 손수건을 하나 펼쳐 놓은 정도의 좁은 창으로 넘어 들어온 햇살이 그 금속들에게 색광을 입히고 있었다. 그는 십자가를 떼어낸 자리에 그것들을 매달았는데, 가늘고 뾰족한 줄칼을 사용해서 꼼꼼히 다듬기도 함으로써 그 정교한 모형들이 자신의 수작업에 의해 탄생한 것임을 알게 했다.

그런데 십자가를 대신하는 그것은 단순한 금속 조각이 아니었다. 나는 그것들 가운데 하나를 손바닥에 올려놓고 찬찬히 들여다보았다. 그것 역시 새끼손가락 한 마디 정도의 크기였는데 그 한쪽 끝에 성냥개비 굵기의 막대 세 개가 안쪽으로 부채꼴을 형성하며 꽂혀 있었다. 언뜻 선박의 닻을 연상시켰다. 처음엔 그게 무엇을 본뜬 모양인지 알 길이 없었다. 그로부터 값을 치르고 산 이후 줄곧 호주머니에 넣고 다녔던 목걸이와 동일한 모양이어서, 그때의 인상대로 그저 '닻'이라고 생각했을 뿐이었다. 나는 호주머니에 손을 넣어 목걸이를 만지작거렸다. 왜 그런지 손바닥에 땀이 배어 축축했다.

공본영 씨가 완성된 목걸이를 들고 손가락을 까딱까딱 움직였다. 그러자 그 손가락에 따라 목걸이 끝의 '닻'이 시계추처럼 왕복운동을 했다. 느리게, 빠르게. 좌우로, 그리고 앞뒤로.

"좋은데요."

눈으로 그의 손놀림을 따라가며 내가 말했다. 사실이었다. 애초의 우려와는 달리 십자가를 치우고 그 자리에 들어선 그 금속 조각은 썩 잘 어울렸다. 어떻게든 그의 반응을 이끌어내야 했으므로 나는 다음 말을 덧붙였다.
"생각보다 훨씬 잘 어울리는 것 같습니다. 그 닻 말입니다."
"닻이 아냐."
그가 단호한 어조로 오류를 정정했다.
"피뢰침이야."
어째서 그 생각을 하지 못했을까. 말을 듣고 나자 피뢰침으로 보였다. 그것이 닻이 되려면 성냥개비 굵기의 막대가 하나 제거되어야 했다.
"십자가보다 이놈이 훨씬 더 잘 어울린단 말이지? 그렇게 말했나, 방금?"
공본영 씨의 눈빛이 불안정하게 흔들렸다. 그렇지만 나는 불안해하지 않았다. 오히려 그가 보여줄 새로운 모습에 대한 기대로 가슴이 쿵쿵거리기 시작했다. 움직여라. 공본영. 그래야 소설이 진행되지. 나는 속으로 그렇게 중얼거리기까지 했다.
"오호, 그렇겠지. 그럴 수밖에. 사람들의 의식 속에서 십자가가 이놈의 피뢰침에 밀려 쫓겨난 게 벌써 오래전 일이니까. 그럴 수밖에. 누구에게나 심상(心像)이라는 게 있거든. 거기에 맞으면 아름다운 것이고 선한 것이고 정의로운 것이 되지."
"이야기를 너무 비약하시는 게 아닌가요? 저는 단지 눈으로 보기에……"
"단지 눈으로 보기에? 눈으로 보기에 좋다고 결정하는 것이 눈인가? 그것이 어떻게 눈으로 보기에 좋은 것이 되는가? 마음의 삼투 작용이 없고서야, 호불호(好不好)에 대한 가치 기준이 선재(先在)하지 않고서야 어떻게…… 그렇다면 그것은 그냥 있어야지. 그냥 존재해야지. 아름답다거나 추하다거나 하는 규정 없이, 선하다거나 악하다거나 하는 판단의 옷 입힘 없이 그냥 있어야지. 없는 것처럼 있어야지. 부재하는 것처럼 존재해야지. 안 그래? '사실 판단'이라는 게 가능하다고 생각하나? 아니. 각자의 가치, 그 제각각이고 천차만별인 세상 인식의 창에 투과된 사실만이 있을 뿐이야."

나는 무엇보다 그의 논리가 정연한 데 놀랐다. 애초에 나는 그를 정신이 온전하지 않은 환자로 취급하려고 했다. 그 정도는 아니라도 어딘가 이상하고 뒤틀린 사람이라고 생각했는데 그런 사람이 하는 말이라기엔 너무 조리가 서 있었다. 나는 그가 말을 중단할까 봐 걱정이 되었다. 그러나 그런 걱정은 할 필요가 없었다. 그는 자기가 말을 하고 싶을 때는 누구의 눈치도 보지 않는 사람이었다.

"한때 십자가가 숭앙의 유일한 대상이던 시절이 있었지. 옛날이야기지만 말이야. 우러러볼 수 있는 위치에 자리해야 우러름을 받을 수 있는 법이지. 생각해보라구. 내려다보는 시선에 어떻게 존경의 감정을 담을 수 있겠나. 내려다보면서 무슨 수로 우러를 수 있겠나. 말하자면 그런 연유로 십자가가 이제껏 가장 높은 장소를 차지해왔던 거지. 지금은 아냐. 확실히 지금은 아니야. 지금, 십자가가 어디 있는지 가르쳐줄까? 술집 여자들의 반쯤 드러난 젖가슴 골짜기로 내려갔어. 거기서 술 취한 주정꾼들의 음침한 손길을 무방비 상태로 받아들이고 있지. 궁극적 관심을 지시하는 상징의 자리를 내던지고 액세서리로 전락해버린 셈이야. 그것도 가장 저급한 욕망에 봉사하는."

 그는 상대를 의식하고 말하는 것이 아니었다. 나는 한참 듣다가 그걸 알아차렸다. 그는 나를 앞에 앉혀두고 열변을 토했지만 나는 존재하지 않는 것이나 마찬가지였다. 그의 음성이 점차 시니컬하게 변해갈 무렵 나는 그가 억눌린 기분을 토로하고 있다는 느낌을 받았다. 축적되어 있는 감정의 침전물이 심상치 않을 것이므로, 토로하는 과정 역시 심상치 않으리라는 예상을 어렵지 않게 할 수 있었다.

 "한데 흥미로운 사실은, 벌써 눈치챘겠지만, 그 십자가 자리를 차지한 것이 피뢰침이라는 거야. 이 피뢰침 말이야. 언제부터인지 교회당의 십자가마다 이 피뢰침을 뿔처럼 달기 시작했어. 피뢰침이 십자가를 밟고 서게 된 거지. 그런데도 사람들은 놀라지 않아. 왜인지 아나? 그야 놀랄 필요가 없으니까. 그 사실이 중요해. 아무도 이 자리바꿈에 대해 놀라거나 우려하지 않는다는 점. 그건 젊은이가 아까 이 피뢰침 목걸이에 대해 내뱉었던 무의식적인 찬사와 맥락이 같을 거야. 현상의 가치를 결정하는 것은 현상 그 자체가 아니야. 현상계의 변화가 인간의 마음에 가치 기준을 형성시켜주는 것은 더욱 아냐. 마음이 먼저고 그 마음의 그림자로서 현상이 나타나는 법이야. 무슨 말인지 알겠어? 십자가 위에 있는 피뢰침이 인간의 예배욕을 불러낸 게 아니란 말이야. 그건 불가능한 일이야. 현상이 본질을 앞설 순 없어. 피뢰침을 향한 인간의 예배욕, 즉 십자가에 대한 인간의 모반, 그것이 우선이었어. 그 마음이 피뢰침을 십자가 위에 올려놓은 거야."

 "지금 과학의 힘, 혹은 우상화된 과학의 횡포나 위험성에 대해서 말씀하시는 겁니까?"

나는 그의 웅변을 응원하기 위해 그렇게 질문을 던졌다. 물론 듣는 이의 반응을 고려하고 있는 기색이 이미 아니었지만, 그렇긴 해도 그의 말을 경청하고 있다는 것을 알리고 싶었다. 그러나 그런 응원 같은 것은 필요하지 않았다.

 "신은 이 땅을 창조했지만 곧 자기가 창조한 땅에서 쫓겨났지. 우리의 전통적인 신은, 그래서 창조신이라고 불리는데, 사실은 '창조신이라고만' 불리어야 해. 저 하늘 어디엔가 있겠지. 그러나 이 땅에는 아니야. 역사는, 그러니까 창조신의 의지와는 상관없이 진행된다고 봐야 해. 설마 창조신이 이런 꼴을 의도하지는 않았을 거 아냐. 안 그래? 창조신은 저 높은 곳 어딘가에서 한가하게 게으름만 피우고 있어. 그래서 우리와는 상관이 없는 신이 되어버린 거야. 그 신을 데우스 오티오수스Deus Otiosus라고 불러. 멀고 아득한 신, 우리의 삶과는 도대체 관계없는 타자(他者)라는 뜻이지. 그런데, 문제는 인간이야. 인간은 신의 무관심이나 방임을 견딜 수 있는 존재가 아니거든. 신의 간섭을 못 견디는 것이 아니야. 그 반대지. 신이 간섭을 중단한 걸 견디지 못하는 역설적인 생명체가 인간이야. 신이 간섭하면 반항하고, 신이 간섭하지 않으면 일부러 신을 만들어서라도 구속당하려 하지. 그게 인간이야. 인간 역사에 왜 그렇게 우상 숭배의 기억이 많은가 하는 의문에 대한 가장 그럴듯한 해답의 실마리가 바로 이런 인간의 속성으로부터 찾아질 수 있을 거야."

 공본영 씨는 반쯤 눈을 내리감은 한결같은 자세로 이야기를 이어갔다. 창조신이 간섭을 포기하자 인류는 곧 침묵하는, 멀고 아득한 신을 대체할 새로운 신을 필요로 했다. 신이 간섭할 때는 반항하면서도 신이 없으면 견딜 수 없어 하는 인간들이니 여부가 있었겠는가.

새로운 신들의 끊임없는 등장은 인간 본성에 비추어 볼 때 너무나 자연스러운 현상이었다. 그중에서 가장 막강한 영향력을 가진 신의 이름이 '전문화된 기능신', 곧 과학이었다, 라고 그는 현대의 과학을 해석했다. 과학은, 새로 태어난 신이므로, 기존의 신, 즉 창조신을 살해할 필요가 있었다. 그 살해의 가장 효과적인 방법이 사람들의 마음에서 창조신의 이미지를, 그의 권위와 그를 향한 예배욕과 함께 제거하는 것이었다.

"과학의 기원이 전통 종교에 대한 반역에서 비롯한 것처럼 말씀하시는데, 변질이나 돌연변이, 또는 타락이라면 모를까 기원이라고 하는 건 좀…… 가령 하나님과 같아지려고 천사가 타락했다고 하잖아요. 천사가 원래 그렇게 창조된 것이 아니라……"

"아니야."

공본영 씨는 고개를 저었다.

"과학의 사제의식(司祭意識)은 변질이나 돌연변이나 타락이 아니라 본성이야. 기원이 그래. 최초의 과학적 작업이라고 볼 수 있는 연금술(鍊金術)에 대한 오라노스 족(族)의 신화가 그것을 단적으로 보여주지. 그 신화를 알고 있나?"

듣다보니 그는 대화를 이끌어가는 기술도 보통이 아니었다. 듣는 이로 하여금 자신의 무지와 오류를 깨닫도록 질문을 던지고 앞으로 나서지 못하게 밀어젖히는 수법이 참 대단하다 싶었다. 나는 부끄러움을 느끼며 어설프게 고개를 끄덕였다.

"그 신화에 의하면 연금술은, '바그완'이라고 하는 신이 산 채로 화덕에서 불태워지는 화제(火祭) 행위로부터 비롯하는데. 신의 목숨이 연금술의 출발을 위해서 필요했던 거지. 신을 불에 태워 죽인 자리에서 인간들은 금을 얻어. 신 대신 금. 창조신이 이 땅을 포기했기 때문에 그 빈 자리에 새로운 기능신이 등장한 거라고 믿고 싶겠지만, 그렇지가 않아. 신은 기능의 제단 위에서 불살라졌어. 기능신의 출현, 그리고 그를 향한 예배를 꿈꾼 인간들의 폭력이 신을 간섭할 수 없는 자리로 몰아낸 거지. 연금술사들은 채광이나 야금 작업을 하면서 예배를 행했지. 그들이 누구에게 예배했다고 생각하나? 본래의 신을 살해하고 새롭게 부각된 참신한 신을 향해 바쳐지지 않았겠나. 어둡고 음산하고 침침한 이야기지."

그의 거침없는 달변에 놀라고 그 논리 비약의 대담함에 거듭 놀라며 나는 말을 잃어버렸다. 그러나 그것이 끝이 아니었다. 그는 '연금술사의 제의'와 연금술의 신성 모독적 성격에 대해 좀더 사변적인 해석을 덧붙였다.

제의라는 것은, 어떤 형태로 표현되든 본질적으로 태초의 시간을 꿈꾸며, 그것에 대한 동경을 표현하는 안타까운 몸짓이고 상징적인 제스처라고 그는 말했다. 제의를 통해서 우리는 우리가 잃어버린, 갈 수 없는 '원천' 또는 '태초'로 돌아간다. 그러니까 모든 형태의 제의는 '태초'로 표시된 원초적 본래성으로의 복귀를 염원하는 인간 활동이다. 현재를 '태초'부터 다시 새롭게 시작하는 삶, '태초'를 불러 낡은 현실을 쇄신시키려는 시도, 그것이 제의의 의미이다. 그러나 제의를 통해 태초로 돌아간다는 것은 상징이다. 우리는 상징적으로 태초를 부르고, 원천을 체험한다. 제의는 상징이고, 제의가 가진 힘은 상징으로서의 힘이다.

그런데 연금술은 현실적인 힘을 요구했다. 연금술은 시간의 질서에 대한 엄청난 배반을 꿈꾸었다. 시간을 지배하는 전통신에 대한 교묘하고 신랄한 도전이 이루어졌다. 연금술은 금을 제련해내는 기술이다. 즉 구리나 주석 따위 비금속(卑金屬)에서 귀금속을 만들어내는 가장 오래된 과학이다. 자연이 한 덩어리의 금을 만들기 위해서는 수천, 수만 년의 세월이 필요하다. 연금술사들은 그 자연의 법칙을 부수려고 했다. 그들은 자연적인 시간에서는 몇만 년인지도 모르는 아득한 세월이 축적되어야 가능한 한 덩어리의 금을 당장 얻어내기 위해 시간을 압축시켜야 했다. 세월의 축적이 금을 빚어내기 때문이었다. 그래서 그들은 인위적으로 수만 년의 세월을 뛰어넘었다. 그렇게 그들은 창조의 질서를 거스르기 시작했다. 시간의 신성불가침한 질서는 무너졌고, 시간의 고유한 기능도 망가졌다. 연금술은 시간의 신성 불가침한 법칙에 대한 도전이었다. 현재의 기능신은 상징적이지 않고 현실적인데, 그것은 현재의 사람들이 상징적인 힘이 아니라 현실적인 힘을 원하기 때문이라고 그는 말했다.

"사람들은 이제 간음을 하기 위해서, 그 은밀한 간음을 통해 오르가슴을 즐기기 위해 전통신의 유적지와 같은 교회에 나가는 것뿐이야. 남편 침대에서 정부와 뒹구는 간부들의 쾌락을 생각해봐. 교회당에 앉은 저 사람들이 정말로 어떤 신을 예배하는지 다 알잖아. 다 알면서 입 다물고 있는 거지."

나는 그의 말을 듣는 내내 강요당하는 느낌에 시달렸고, 나중에는 그 자리에 앉아 있는 것이 불편해졌다. 알 수 없는 두려움이 운무처럼 마음속을 휘도는 게 느껴졌다. 그를 미친 사람으로 단정했을 때는 어떤 말을 들어도 괜찮았다. 그러나 그는 멀쩡했다. 멀쩡한 정신으로 털어놓기 때문에 나는 그의 말들이 불편했다. '간음'이니 '오르가슴'이니 '간부'니 하는 단어가 비유라는 걸 이해하지 못한 건 아니지만, 그가 '연금술사'의 '제의'를 '교회'의 '간음'으로 이어가자 나는 안절부절못한 상태가 되었다. 숨은 죄를 통박당하는 듯 가슴이 쿵쾅거리고 얼굴이 화끈거렸다. 할 수 있으면 그의 말을 그만 그치게 하고 싶었다. 그러나 그는 아직 이야기를 끝낼 마음이 없는 듯했다. 도대체 얼마나 많은 말들이 그의 내부에 들어 있는 것일까. 그는 오래 쉬었다 폭발한 화산 같았다. 안에 있는 것들을 다 쏟아내기 전에는 결코 활동을 멈추지 않을 것 같았다.

"남편의 침실에 외간 남자를 불러들여 벌이는 정사야말로 스릴이 넘치겠지. 쾌감도 극한대로 치솟을 테고. 하긴 이제 늙어 힘이 빠진 남편을 무서워할 이유가 없지. 기력이 쇠한 데다 벌할 무기도 낡아 빠진 것밖에 없을 테고. 가령 불같이 화가 나서 벼락을 내린다고 해봐. 벼락이 닿기 전에 피뢰 장치가 막아내버리지. 가장 높은 곳에 떡 버티고 앉아 있다가 그 금속 막대 끝으로 코로나 방전이라는 걸 유발시켜 여유 있게 처치해버린단 말씀이거든. 시간을 지배하기를 소망했던 연금술사들의 훌륭한 유산이라고 해야 할지."

나는 피뢰침 펜던트가 달린 목걸이를 하나 주워 들었다. 장대비가 무섭게 쏟아지는 칠흑의 밤, 아무것도 보이지 않는 공중에 버티고 서서 날카로운 은빛 창을 번득이며 하늘의 공격을 막아내는 피뢰침의 이미지가 신의 시간을 망가뜨려 얻어낸다는 연금술사들의 황금과 오버랩되어 떠올랐다. 나는 침을 삼켰다.

갑작스럽게 찾아온 당혹감을 떨어내기 위한 임기응변의 제스처였을까. 나는 목걸이를 내려놓고 짐짓 중요한 질문이라는 듯 물었다.

"그런 논리의 적용이나 검증이라는 입장에서 볼 때, 대로상에서의 선생의 그 엉뚱한 해프닝을 어떻게 이해해야 할지 모르겠군요.

말하자면 그것도 일종의 제의인가요? 그리고 또 바로 그 제의의 장소인 교회 앞에서 장식 십자가를 파는 것은, 제의의 이름으로 행해지고 있는 비제의적 행위, 선생은 아마 그걸 음행이라고 표현하셨죠? 아무튼 그것을 고발하려는 몸짓인가요? 선생이 비난하는 것은 피뢰침인가요, 십자가인가요? 십자가를 회복하려는 건가요, 피뢰침에 봉사하려는 건가요? 그것은 시위인가요, 예배인가요?"

질문을 해놓고 보니 감정들이 시키는 대로 내뱉은 정서적 배설물에 불과하다는 생각이 들었지만 나는 잔뜩 긴장하고 그를 주시했다. 끝낼 수도 없고 달아날 수도 없다면 의도하는 방향으로 대화를 유도해야 했다. 그러나 나는 착각하고 있었다. 애초에 그와 나는 대화를 하고 있는 것이 아니었다. 그는 폭발하고 있었다. 그는 속에 있는 것을 분출해내는 화산이었다. 그가 내 질문에 답하지 않은 것은 그러므로 전혀 이상한 일이 아니었다.

"진주를 보면 무엇이 떠오르나?"

얼마간의 침묵 끝에 그가 물었다. 그러나 나는 그가 내 대답을 바라고 물은 것이 아니라 새로운 이야기를 꺼내기 위한 단서로 질문을 사용하고 있다는 걸 눈치챘으므로 대답하지 않았다. 짐작대로 그는 내 반응을 기다리지 않았다.

"진주는 오래전부터 우주 창조의 신비를 간직하고 있는 우주 창생의 상징으로 여겨져왔지. 종교적인 상징물로 중요했다는 말씀. 그런데 지금, 진주에서 우주 창생의 상징을 발견하는 사람이 있는가? 미적 가치가 종교적 상징보다 중요해지고, 그 희귀성 자체에만 주목하면서 진주는 저급해졌지. 그것은 이제 골빈 여인네들의 탐욕스러운 육체를 더욱 탐욕스럽게 장식하는 노릇을 할 뿐이야. 그리고 마침내 그 희귀성마저 없애버렸지. 사람들이, 금을 만들어내던 연금술의 기억을 되살려 진주를 양식하기 시작했지. 사이비 진주들이 쏟아져 나왔어. 진주는 이제 육체를 꾸미기 위해 사고팔 수 있을 뿐이야. 어떤 고귀한 정신도 육체를 떠받드는 데 쓰이지 못하면 버려지지. 하늘마저도 돈이 되지. 종교도 사고팔리지. 액세서리가 되어서. 진주처럼. 십자가처럼."

　방 안에 햇빛의 침투를 받아들일 만한 틈이 있었던가. 달걀만 한 크기의 햇빛 한 덩어리가 피뢰침을 만지작거리는 그의 손등에 앉아 장난질을 치고 있는 게 보였다. 아니, 장난질을 치고 있는 건 공본영 씨 쪽이었다. 그는 닭을 구석으로 몰아놓고 덮치듯 신중하게 왼손을 들어 햇빛을 눌렀다. 그러면 닭은 폴짝 뛰어 그의 왼손에 올라앉는다. 이번엔 오른손이 왼손을 내리친다. 다시 손을 바꾼다. 손보다 닭이 빠르다. 그는 번번이 실패한다. 그러지 않을 수 없었다. 흡사 기체처럼 풀어져 자유롭게 왕래하는 닭을 그가 당해낼 재간이 있을 리 없었다. 한데도 그는 그걸 전혀 모른다는 듯 그 짓을 반복했다. 가슴이 서늘해졌다. 그의 반복되는 손놀림에서 문득 그를 찍어 누르고 있는 단단한 절망을 엿본 것 같았다.

　그리고 민망한 일이 벌어졌다. 그의 끝없는 시행착오의 손놀림이 조금씩 느려지는가 싶더니 어느 순간 동작을 멈추었다. 그의 눈이 홍건하게 젖어 있었다. 당황한 나는 눈길을 다른 데로 돌리려 했지만 호기심이 눈길을 붙들었다. 눈물은 가장 만만한 구석을 택해 골을 타고 흘러내렸다. 그는 눈물을 감추려고도, 닦으려고도 하지 않았다. 그는 말을 그쳤지만 눈물로 더 많은 이야기를 하는지 모른다는 생각이 들었다. 어쩌면 눈물은 이제까지의 사내의 넋두리 같은 모든 이야기의 결론인지도 모를 일이었다. 처음이야 어쨌든 이제 그는 내가 귀찮을 것이었다. 나는 이제야말로 그만 일어서야 한다는 걸 알았다.

"공연히 제가 부담스럽게 말을 하게 해서 폐를 끼친 것 같습니다. 하지만 저에겐 매우 유익한 시간이었습니다. 그동안의 오해도 많이 가시었고…… 오늘은 좀 쉬시는 게 좋겠습니다. 이제 저는 그만……"

기대하지 않았는데 그가 방심한 어조로 내 인사를 받아주었다.

"이름을 지어주어서 고맙군. 난 오랫동안 이름 없이 살아왔거든. 이름이란 게 뭐 남이 부르기 편하라고 있는 거고, 또 그거면 족한 일이긴 해도, 없어지니까 아쉽더군. 뭐랄까, 얼굴을 들여다볼 거울이 없을 때의 답답한 기분에 비유할까…… 이야기가 나온 김에 마저 해버리지. 내가 알고 있는 모든 사람들에게 나의 부음(訃音)을 통지했었지. 공사다망하시더라도 필히 오셔서 이 사람의 죽음을 축복해주십시오. 한 놈도 나타나지 않더군. 모두들 바쁜 사람들이었으니까. '밭에 가봐야 하고, 소를 시험해야 하고, 장가도 가야 하고……' 다들 '죽은 자는 죽은 자에게 맡기라'는 말씀에 충실히 따랐던 거지. 나는 아무의 축복도 없이 혼자 죽어야 했어. 한데 자네가 이름을 지어준 거야. 공본영이라. 새로 태어난 것 같군."

거리는 추웠다. 나는 공본영 씨의 삶의 방식이나 세상에 대응하는 그의 태도에 대해 곰곰이 생각해보았다. '저항'이라고 하기에는 너무 소극적이고 무기력했으며, '절망'이라고 하기에는 잃어버린 것, 또는 회복해야 할 어떤 것에 대한 그의 집요한 열정이 인상적이었다. 완벽한 저항도 아니고, 철저한 절망도 아니었다. 그렇다고 그

중간 어디쯤에 적당한 자리를 설정하는 것도 무리였다. 분명한 사실은 그가 누구보다 힘겹게 세상을 살아가고 있다는 것이었다. 쉽게 단념하거나 되는대로 휩쓸려 사는 일이 서툰 사람에게 세상은 난해하고 험난한 곳이다. 그는 왜 그렇게 사는 것일까. 다시 질문이 태어났다. 아직 파악 안 된 '원인'이나 '동기'가 있을 것이다. 처음부터 그랬을 리 없고, 그냥 그랬을 리 없었다. 그에게 고백을 강요할 수는 없었다. 그것은, 그러니까 지금의 공본영 씨를 만들어낸 원인 및 내력을 추적해내는 일은 나에게 주어져 있었다. 말하자면 거기가 내 소설이 개입해 들어가야 할 자리였다.

세상은 추웠다. 나는 빠른 걸음으로 걸었다. 따뜻한 커피 생각이 간절했다.

4

"십자가와 피뢰침이라, 너무 직설적이지 않나? 이야길 다 듣고 나서 그런지 몰라도 제목이 너무, 소설에 문외한이긴 하지만, 독자의 상상력이랄까, 읽는 이의 기대감 같은 걸 무시하는 듯한 인상이 드는데 안 그런가?"

천 목사는 내가 내민 원고를 대충대충 넘겨보면서 이마의 땀을 닦아냈다. 달궈진 난로의 동체(胴體)가 시뻘건 열을 내고 있었다. 그 시뻘건 철제 원통 안에서 다시 새가 푸드덕거렸다. 하늘을 향해 맹렬한 기세로 솟구쳤다가 급격히 떨어지고, 다시 솟구쳤다 떨어지기를 반복하는 새의 날갯짓이 안타까웠다. 갇힌 새는 하늘을 날 수 없었다. 하늘을 날지 못하게 할 바엔 그 새의 무의식 속에 들어 있는 '하늘'의 관념까지도, 그 하늘을 비행하려는 무구한 욕망까지도 거세해야 하는 게 아닐까. 그것이 가둔 자가 갇힌 새에 대해 가져야 하는 최소한의 윤리일 수 있다고, 나는 불붙은 난로를 물끄러미 바라보며 생각했다.

천 목사는 의자를 조금 뒤로 빼어 난로로부터 거리를 유지했다.

"거의 일기를 쓰는 기분으로 기록했습니다. 창작이 필요한 부분은 공본영 씨의 숨겨진 과거뿐이었습니다. 내가 생각해낸 것은 공본영 씨를 사회와 격리시킨 것입니다. 그 사람에겐 사회라고 하는 게 없었어요. 그는 이 복잡하고 난해한 사회를 단엽함수로 풀어내려고 시도하는 것처럼 보였거든요. 나는 그가 가진 '단엽'을 종교성이라고 파악했던 겁니다. 그래서 그를 사회로부터 격리시켜 산속에 있게 했습니다. 그는 내 소설 속에서, 육이오 전쟁 중 자기 의사와는 상관없이 기도원으로 보내집니다. 열 살도 되기 전에 들어가서 이십 년 동안 세상 나들이를 하지 않습니다. 이십 년이 지나 어른이 된 후에야 기도원에서의 생활을 청산하고 세상으로 나옵니다. 그는, 그가 이해해온 것처럼, 또는 그가 전혀 이해하지 못한 것처럼 세상이 그렇게 단순하지 않다는 걸 알게 되지요. 단순하지 않을 뿐 아니라 전혀 종교적이 않지요. 그건 그에겐 충격을 주기에 충분했을 겁니다. 공본영 씨에겐 세상을 이해하는 창구가 '종교'밖에 없었는데, 세상을 이해하는 그의 유일한 창구인 '종교'는 이 세상에 없었던 거지요. 그러니 그걸로 세상을 어떻게 이해하겠어요? 그의 절망과 좌절을 이런 맥락에서 이해하려 한 것이 제 소설입니다."

"한데 말야. 공본영이라는 이름은 자네가 붙여준 것이라 했지?

그러니까 그 사람의 실제 이름은 공본영이 아니라는 거잖아. 그렇다면 다른 이름이 있었을 거 아냐? 진짜 이름. 이를테면…… 아니야, 그럴 리가 없지."

  천 목사는 내가 그 사람에 대해 이야기를 꺼내고 얼마 지나지 않아서부터 낯선 반응을 보이고 있었다. 그의 반응은 지나치게 민감했고, 민감한 만큼 엉뚱하다는 인상을 떨쳐버릴 수 없었다. 그는 내 소설 「십자가와 피뢰침」에는 관심을 기울이지 않고 소설 속 인물의 실제 삶에 보통 이상의 관심을 내비쳤다. 하긴 공본영의 인물 됨됨이가 종교인으로서의 천 목사의 관심을 불러일으키리라는 점은 충분히 짐작할 수 있었다. 그것은 또 내가 기대한 바이기도 했다.

  나는 일단 그에게서 '데우스 오티오수스'의 정확한 개념을 제공받아야 했으며, '제의'나 '연금술'이 갖는 종교적 의의에 대해서도 분명한 안내를 받아야 했다. 그런데 천 목사는 내 관심을 비껴가고 있었다. 확실하게 말하기는 어렵지만 심상치 않은 무언가가 있었다. 혼잣말처럼 중얼거리며, 덮쳐오는 기억을 서둘러 거둬내는 것 같은 표정이 그런 의심과 기대를 부쩍 증대시키고 있었다. 그는 다시 이마의 땀을 닦기 위해 손을 들어 올렸다. 땀을 닦아내는 그의 얼굴에는 난로의 열기 때문인지 기름기가 번들거렸다.

  "공본영 씨가 이 세상에 적응하지 못하고 다시 그의 '단엽'을 찾아 기도원으로 퇴각해가는 것으로 소설을 끝내려고 했습니다. 그런데 그 결말이 좀 상투적이고, 어디선가 익히 보아온 것처럼 여겨지더군요. 또 그를 그런 식으로 도피시키는 게 너무 소극적이고 무성의한 듯도 싶고. 그래서 그가 절망한 이 세상에 대해 맞서는 모습을 부각시켜보려 했던 겁니다. 그 모습이 곧 그의 절망의 또 다른 표현에 불과할지라도……"

 "자네 소설에 불만이 없어. 소설에 대해 왈가왈부할 만큼 이해가 깊질 못해. 하지만, 이 소설의 끝부분에서 그 사람이 피뢰침을 '전교(傳敎)하는' 광기를 보여주는데, 그러기 위해선 그의 숨은 내력이 '산'이어선 안 될 것 같은 느낌이야. 그보다 더 비극적이어야 하지 않을까? 그런 생각이야. 소설을 고쳐주고 싶다는 뜻은 아니네만…… 내 기억 속에 각인된 한 사람이 자꾸 떠올라서 말이야."
 "그게 무엇입니까? 소설을 고쳐 써보고 싶어지는군요."
 "내 친구 길주태 이야기지. 그런데 그 친구는 죽었어. 혹시 자네가 말하는 공본영이 그 친구인가 하는 생각이 들었지만, 그럴 순 없는 일이겠지. 그 친구는 죽었으니까."
 천 목사는 썩 내키지 않은 음성으로 자기 친구 이야기를 시작했다. 목소리는 침울했고, 잔뜩 가라앉아 있었다.

 길주태는 천 목사와 함께 공부하던 신학도였다. 유능하고 명석하고 신심이 좋아 주변의 기대를 한몸에 받았다. 특히 헬라어와 히브리어를 잘해서 신구약 신학 교수들의 총애를 받았다.
 겉으로 드러나지는 않았지만, 그는 엄격한 근본주의자였다. 그는 상황의 불가피성을 역설하는 모든 의견을 한마디로 '상황주의자'로 몰아붙일 준비가 언제든지, 충분히 되어 있는 사람이었다. 그의 '상황주의자'라는 비난은, 기회주의자, 또는 회색분자라는 빈정거림의 다른 표현이었다. 그에게는, 어떤 행위든, 그것이 아무리 사소한 것이라고 할지라도, 상황이 규범을 앞설 수 없으며, 상황에 의해 이끌어낼 수 있는 결단이란 존재하지 않았다. 원칙이 항상 상황을 지배했다. '거짓말하지 말라'는 원칙이 엄존하는 한 거짓말이 용납될 수 있는 상황은 허용되지 않았다.

그의 원칙주의를 엿볼 수 있는 일화가 하나 있다. 중간고사 시간이었다. 1교시 시험 시간이 아직 남아 있었다. 비교적 빨리 시험 답안을 작성한 학생들이 강의실을 빠져나갔고, 다른 학생들이 아직 답안지를 붙잡고 끙끙대는 판인데, 복도에서 갑자기 둔탁한 소리가 들려왔다. 무슨 일인가 하고 다가간 감독 교수는, 후배를 때리고 있는 길주태를 목격했다. 왜 그러느냐고 다그쳐 물으며 떼어놓는 교수에게 길주태가 말했다.

"이런 놈은 좀 맞아야 해요. 무엇보다도 자기 자신에게 진실해야 하고, 항상 위에서 내려다보는 하나님의 눈을 의식하며 살아야 할 신학생이 커닝을 하다니…… 그런 좀먹은 양심을 가지고 어떻게 정의니, 사랑이니 하고 떠들어대는 소위 '하나님의 종'이 될 수 있겠습니까?"

길주태는 신학교를 졸업하자 개척 교회를 자원하고 나섰다. 그의 첫 일터는 바다를 막아 육지와 연결한 인천의 월미도, 그 바닷가 작은 마을이었다.

그는 성실했고 진실했으며 무엇보다 하나님 앞에 간절했다. 교회는 하루가 다르게 성장했다. 신자들이 늘어나면서 예배 드릴 넓은 장소의 필요성을 느끼게 된 교회에서는 새로운 교회당을 짓기로 했다.

교회 건물이 완성된 후에 사건이 일어났다. 사건의 발단은 실상 길주태의 결벽증적인 원칙주의에서 비롯했다. 그는 피뢰침에 대해 이해할 수 없을 만큼 맹렬한 거부감을 표시했다. 건물이 거의 완공되고, 교회 건물 첨탑에 피뢰침을 설치하려는 순간인데, 길주태는 결코 십자가 위에 피뢰침을 가설할 수 없다고 고집을 부렸다. 우리 교회는 이 지역에서 가장 높은 건물이다. 가장 높은 건물은 그만큼 낙뢰의 위험이 높다. 우리 마을은 바닷가이기 때문에 한층 위험하다. 이곳 바람이 어디 보통 바람이냐. 남들 다하는 피뢰침을 어째서 무턱대고 거부하는 것이냐. 주변에서 따지고 설득했지만 막무가내였다.

길주태는 교회당에 피뢰침을 세우는 행위를 신성모독과 불신앙의 표식으로 이해했다. 자연과 이 세상 우주 질서를 지배하는 분이 하나님이신데, 우리가 그렇게 믿고 있는데, 그 하나님께서 하나님의 집을 지키시지 않을 리 없다는 것이 그의 생각이었다. 피뢰침을 교회당에 설치하는 것은, 하나님이 우리를 지키신다는 믿음을 스스로 부정하는 것이다. 뿐만 아니라 낙뢰 역시 이 세상에 대한 하나님의 다스림의 한 표현이라고 볼 수 있는데, 피뢰침이라는 인위적인 가공물을 세워서 그 섭리를 차단하려고 하는 것은 용서할 수 없는 모반 행위라고 그는 주장했다. 더군다나 희생적인 하나님 사랑의 상징인 십자가 위에다가 그 모반의 기기를 올려놓는다는 것은 어불성설이라는 주장이었다. 심지어 설혹 교회에 벼락이 떨어지는 불가피한 사태가 생겼다고 하더라도, 그것을 자연의 횡포나 우연한 재난으로 돌릴 일이 아니며, 그럴 만한 잘못을 범한 데 대한 그분의 징계로 받아들여야 한다는 것이 그의 고집이고 신념이었다.

그리하여 그 일이 터졌다. 해안의 거센 바람이 비를 내몰아 파도를 성나게 했다. 파도는 밤새껏 막힌 제방을 기어오르려 성난 맹수처럼 으르렁거렸고, 바닷가에 다닥다닥 붙어 있는 횟집 간판들은 바람의 무력(武力)을 감당해낼 재간이 없어 바다로 굴러 떨어졌다.

그 바람을 업고 쏟아 붓는 굵은 빗줄기는 그대로 하나의 둔기였다.

그런 엄청나게 요란하고 깜깜한 밤중이었다. 아마도 공사가 허술했던 탓일 것이다. 그 땅이 원래 개펄이었음도 한 요인이었을 것이다. 그 밤에 비바람의 거센 횡포를 감당하지 못하고 교회 건물의 한쪽 벽이 기울기 시작했다. 그것만이 아니었다. 천둥 번개가 치더니 기어이 다 완공된 건물을 두 동강으로 쪼개버렸다. 입당 예배를 불과 사흘 앞둔 날 밤의 일이었다.

"걱정이 되어서 잠을 못 이루고 있던 그 친구가 한 바퀴 돌아보고 막 교회를 들어서려던 참이었던가 봐. 그때 돌연 눈앞이 환하게 밝아지면서…… 정신을 잃어버렸다는군."

천 목사는 쓴 한약을 억지로 마신 표정으로 이맛살을 찡그렸다. 기억하고 싶지 않은 추억거리를 공연히 끄집어낸 데 대한 자책 같은 것이 언뜻 읽혔다. 그러면서도 기왕 끄집어낸 이야기니 서둘러 마치겠다는 듯 내키지 않은 목소리로 빠르게 다음 말을 이었다.

"병원에서 그를 딱 한 번 보았지. 그러곤 만나지 못했어."

천 목사의 친구인 길주태가 내가 만난 공본영 씨와 동일인일 가능성은 없었다. 왜냐하면 그는 죽었다고 했으니까. 그렇지만 그런 건 중요하지 않았다. 나는 내 소설을 고쳐 쓸 생각을 하고 있었다. 그러라고 천 목사가 자기 친구 이야기를 해주었다고 나는 생각했다. 나는 진심으로 그에게 고마움을 느꼈다. 내가 천 목사에게 두 사람이 동일 인물일 가능성이 있지 않은지 물은 것은 정말로 그럴 가능성이 있다고 생각해서는 아니었다. 굳이 말하자면 일종의 감사 인사 같은 것이었다. 예상대로 천 목사는 고개를 저었다.

"아니야. 그건 아니야. 아까도 말했다시피 그는 이미 이 세상 사람이 아니야. 그는 벌써 죽었으니까."

그 말을 듣는 순간 야릇한 의구심이 생겨났다. 설마, 하고 고개를 저었지만, 혹시 어쩌면, 하고 고개가 뻣뻣하게 멈췄다. 작은 날벌레가 귓속에 들어와 왱왱거리는 것처럼 귓속이 가려웠다. 귀를 후비고 싶은 욕구를 가라앉히며 그 대신 꿀꺽 침을 삼켰다.

"벌써 오 년도 넘었어. 퇴원했다는 소식을 듣고 근 석 달이 지났는데 시골집에서 연락이 왔어. 그 친구가 사망했다는 소식이었지. 장례식 날자가 하필 주일(主日)이었기 때문에 교회를 비울 수 없어 참석을 못 했었어. 주일 예배를 빼먹고 갈 수는 없는 일이었지. 더구나 그때 난 갓 목사 안수를 받은 신참 목사로, 수원에 있는 교회에서 부목사로 일하고 있었지. 여러 가지로 형편이 자유롭지 않았어. 그 친구에게 미안하지만 어쩔 도리가 없었어. 나중에 알아보니 몇몇 친구들에게도 같은 연락이 왔는데 이런저런 사정들 때문에 하나같이 가지 못했다고 하더군."

그쯤해서 천 목사는 대화를 마무리하고 싶은 모양이었다. 별로 유쾌하지 않은 기억을 쓸데없이 재생해내느라 축 가라앉은 분위기를 되도록 빨리 피하고 싶은 기색이 역력했다. 몸을 그만 일으키고 싶은 심정은 나 역시 마찬가지였다. 마침 예배 시간을 알리는 종이 울렸다. 천 목사가 구조신호라도 받은 양 먼저 자리를 정리하고 일어났다. 나도 그를 따라 일어서며 창밖으로 눈길을 돌렸다. 예배당으로 걸어 들어오는 사람들의 모습이 보였다. 교회 마당에는 과시라도 하듯 크고 작은 승용차들이 줄을 잇고 있었다. 마당은 아예 주차장 같았다. 그 주차장 한가운데, 그러니까 교회 건물 위에 빨갛고 까만 글씨를 섞어 쓴 짤막한 표어가 걸려 있었다.

'성장하는 교회 축복받는 교인'

나는 고개를 들어 올렸다. 건물 꼭대기에 십자가가 보였다. 예수가 지고 걸으며 비틀거렸을 골고다 언덕의 십자가를 연상하기에는 너무 매끄럽고 잘 다듬어진 백색의 십자형 나무 막대가 건물 미관을 위한 장식물처럼 선정적인 붉은색 네온을 받으며 서 있었다. 그리고, 그 맨 꼭대기에는 닻 모양으로 종종 오인되기도 하는 피뢰침 막대가 어김없이 오만하게 버티고 서서 세상을 굽어보고 있었다.

나는 얼른 고개를 떨어뜨리고 눈을 감았다. 그러자 더욱 선명한 한 장의 그림이 나타났다. 십자가가 떼어져 나가고 그 대신 거대한 피뢰침 형상의 금속 막대가 교회당 건물의 제일 높은 자리를 차지하고 앉아 교회를 지배하는 그림이었다. 나는 도로 의자에 털썩 주저앉고 말았다.

"이제 그만 예배 드리러 가지. 시간도 되었는데……"

천 목사가 성경과 찬송을 가슴께에 모아 쥐며 말했다. 뜨겁게 달아오른 난로 속에서 여전히 푸드덕거리는 새의 날개 소리가 들렸다.

〔『문예중앙』, 1982년 6월호〕

초판 해설

고통과 구원

김치수

① 모두 8편의 작품을 수록하고 있는 이 작품집은 작가의 세계가 한정되지 않았다는 점에서 신인의 신선함을 느끼게 하면서 동시에 이들 작품의 화자들이 그러한 것처럼 겉으로는 삶에 대해서 고통스러워하는 제스처를 과장하지 않지만 내면으로 끊임없이 자기 자신과 싸우고 있는 작가의 세계를 드러내주고 있다는 점에서 야심을 가진 작가의 모습을 보여주고 있다. 여기에서 작가의 세계가 한정되지 않았다고 하는 것은 우선 이 작품집에 수록된 작품들이 다루고 있는 세계가 다양하다는 의미다. 가령 월급쟁이와 같은 소시민을 다루고 있는 「유산일지」「요의(尿意)」「부재중(不在中)」「일식에 대하여」, 아직 이름을 얻지 못한 작가 지망생 혹은 실직한 기자를 다루고 있는 「흉터」「못」「연금술사의 춤」, 그리고 아직 사회적인 신분이 정해지지 않은 상태에서 자신의 이념을 추구하고 있는 신학생을 다루고 있는 「고산 지대」 등에서 볼 수 있는 것처럼 그 자체가 이미 어느 정도의 다양성을 감지하게 하고 있다. 더구나 이들

작품의 주인공 하나하나가 처해 있는 상황은 우리 사회 어디에서나 흔히 볼 수 있는 것이면서도 이들 주인공들이 받고 있는 고통의 내용은 다양하다. 여기에서 고통의 내용이 다양하다고 하는 것은 그들이 겪는 삶이 다양하다는 것을 의미한다. 그러나 이러한 다양성에도 불구하고 이들의 고통의 성질을 보면 대단히 사사로운 개인적인 것이다. 이것은 바로 이 작품들이 이야기로서의 소설의 문법에 충실하다는 것을 의미한다. 가령 「유산일지」에서 주인공의 고통은 아내의 유산이 '평양 축전' 참가를 주장하는 시위대와 이를 저지하려는 경찰 사이의 대결 상태로 인하여 발생한 것처럼 이야기되고 있다. 한 월간지의 기자인 「요의(尿意)」의 주인공은 동료들과 약속한 것을 실천하다가 혼자서만 해고당하는 희극적인 체험을 하게 된다. 비행기 사고로 아내와 아들을 잃은 「부재중(不在中)」의 주인공은 늘 비어 있는 집 안의 분위기를 이기지 못하고 방황하다가 한강의 물을 보며 아내와 아들을 삼킨 바닷물을 연상하면서 그곳에 투신한다. 의처증으로 발병한 뒤 정신질환을 앓고 있는 '지긋지긋한 아버지'를 둔 「일식에 대하여」의 주인공은 그러한 아버지에게서 벗어나기 위해 '유배지' 같은 시골 출장소를 자청하여 선택했으나 아버지와 유사한 또 다른 한 인물의 정체를 알게 되고 그것을 통해 아버지와 심리적 화해에 도달하는 것을 보여주고 있다.

  이와 같은 주인공의 삶은 그 배경에 우리 사회가 안고 있는 문제를 제기하고 있지만 주인공 자신의 고민이나 행동의 양상을 볼 때 대단히 개인적인 성격을 띤다. 그 개인적인 성격은 이 작가의 관심 세계에는 역사나 사회와 같은 거대한 문제가 마치 존재하지 않는 것처럼 여겨질 정도다. 다시 말하면 하나의 인물이 살아서 움직이기 위해서 필요한 더불어 사는 사람과 이루는 상황의 문제를 제외시킨 것처럼 느껴지고 또 그러한 문제를 완전히 개인의 차원으로 환원하고 있는 것처럼 느껴진다. 이것을 단순하게 보는 사람은 작가를 개인주의적 가치를 신봉하는 것으로 비판할 수도 있지만, 그러나 바로 그 점이 이 소설가의 작가적인 능력을 인정하게 한다. 작가는 자신의 작품 속에 있는 인물을 사회적인 당위의 세계 속에 살게 만드는 사람이 아니라, 작중인물로 하여금 자율적으로 살아서 움직이게 만드는 사람이다. 그렇게 하기 위해서 소설의 인물은 현대에 와서 거대한 이데올로기로 무장되거나 우리보다 탁월한 실천력을 지닌 '영웅'이 아니라 우리와 비슷하게 무능하고 사소한 불편에 못 견디고 그러면서도 행복하지 못한 평범한 인물이 된다. 그렇기 때문에 그의 작중인물들은 자신의 고통을 즉각적으로 사회의 책임으로 돌리는 것이 아니라 자신의 무능으로 인식하고 있다. 그러므로 여기에서 말하는 무능은 어디에서 기인하고 있고 그 무능의 내용은 무엇인지 작품을 통해서 읽는 작업이 선행되어야 한다.

②「유산일지」의 주인공은 임신한 아내의 출산을 위해 병원을 찾아가는 것이 아니라, 통일로변의 금촌에 살면서 자신의 손자를 자기 손으로 받겠다고 주장하는 '어머니'를 찾아간다. 그가 아내와 함께 어머니를 찾아가는 것은 어머니의 단호한 태도를 거스를 수 없기 때문이다. 이것은 출산의 위험을 고려해볼 때 가정에서의 그의 무능력을 증명하고도 남는다. 한 번 유산 경험이 있는 사람은 병원에서 출산하는 것이 안전하다든가, 또 오늘날처럼 의학이 발달하면 조산원이라든가 집안 식구의 도움을 받기보다는 병원의 도움을 받

는 것이 상식화되어 있는데도 주인공은 병원에 가는 것이 아니라 '금촌'에 있는 '어머니'를 찾아 나선다. 작가는 이 작품에서 주인공의 개인적 무능력을 이야기하면서 그것의 역사적인 의미를 암시하고 있다. 그것은 '금촌'이라는 지역이 주인공의 출생지가 될 수밖에 없었던 사실에서 나타나고 있다. '어머니'가 금촌에 살기를 고집하는 것은 6·25 전쟁 중에 남편과 본의 아니게 이별을 한 곳이기 때문이다. 그녀에게 있어서 '금촌'은 남편이 사라진 곳이면서 동시에 돌아올 가능성이 있는 곳이라고 판단된다. 그녀는 유복자로 태어난 아들을 혼자 기르며 보낸 30여 년의 세월 동안에 남편과의 이별의 고통을 지니고 살아왔다. 그런데 바로 이러한 이별 자체가 분단된 조국이 전쟁을 치른 역사적 비극으로부터 초래된 것이다. 말하자면 '어머니'가 금촌을 고집하는 것은 남편의 귀환에 미련을 두고 있는 것이며 동시에 역사적 비극의 종말에 대해서 기대를 걸고 있음을 의미한다. 실제로 그러한 미련이나 기대의 실현에 희망을 걸고 있는 것으로 보기는 어렵지만 그것을 통해서 위로를 받고 있는 것은 사실이다. 따라서 '나'가 그러한 어머니의 주장을 꺾지 못하고 있는 것은 나의 무능력이라기보다는 역사적 고통에 대한 이해에서 유래하고 있다. 그러나 바로 그러한 이해는 또 다른 개인적인 비극을 체험하게 만든다. 그것은 아내의 유산으로 나타나는데, 바로 이 사사로운 비극에 결정적인 역할을 하는 것이 판문점으로 가려는 학생들과 이를 저지하려는 전경들의 대치 상황이다. '나'와 아내는 도로가 차단되고 최루탄이 난무하는 가운데 금촌으로 가지 못한다. 지극히 개인적인 불행이 사실은 분단 상황에서 야기된 문제들의 영향을 받게 된다는 것은 그들의 앞 세대의 경우와 마찬가지다. 다시 말하면

분단의 비극은 전쟁 상태가 아니라고 해서 작용하지 않는 것이 아니라 여전히 개인의 생활 속에 현전하고 있다. 얼핏 보면 전혀 엉뚱하고 우발적인 개인의 사건에서 작가는 어떤 필연적인 관계를 파악하고 있다.

이처럼 평범한 주인공의 사사로운 사건은 「요의(尿意)」에서도 더욱 분명하게 드러난다. 주인공 '나'가 다니는 사무실에는 특별한 능력을 소유한 사람들이 있는 것이 아니다. 출근 시간보다 훨씬 먼저 출근하는 이들은 회사에 대한 불평과 사장의 흉을 늘어놓는 것을 일과로 삼고 있으면서 출입문이 열릴 때마다 부자연스런 '스톱모션'으로 입을 다무는 소시민들이다. 이들은 사설 복지기관의 원장 사진을 뚱뚱하게 찍었다는 이유로 해고된 사진 기자를 보고도 입을 다물고 있는 무력한 사람들이다. 그 가운데서도 주인공은 사장 앞에 서면 거북해지고 긴장하기 때문에 '요의'를 느낀다. 그는 동료들과 함께 "앞으로 이런 사태가 재발할 때는 우리들이 공동으로 대처하"기로 하고 "사표를 제출한다"는 다짐을 하며 술을 마시지만, 이러한 그들의 결의와 사장에 대한 비판이 사장의 부재시에만 가능하다는 사실은 그들의 소시민적인 모습을 잘 드러내고 있다. 이들의 모습은 "좀 밝고 긍정적이면서 신선하고 눈에 확 들어오는, 산뜻한" 아이디어를 요구하고 있는 '사장'의 모습과 대조됨으로써 더욱 부각된다. 오랜 직업군인 출신의 '사장'은 회사를 내무반처럼 착각하고 직원들을 '사병'으로 오인하고서 잡지를 제대로 만드는 것이 아니라 돈과 권력에 아부하며 진실을 왜곡시키고 사원들 위에 군림한다. 사장과 사원들의 대립은 따라서 필연적일 수밖에 없으나 실제로 이 작품에서 나타나는 양상은 노사 대결의 집단적인 것이 아니라 개인적인 것이다. 주인공은 '사장'으로부터 계속 당하다가 왜 말이 없느냐는 질책에 대해서 "무능해서요"라고 대답함으로써 대립의 실마리를 풀게 되고 그리하여 사장으로 하여금 착각에서 깨어나라고 충고하게 된다. 아마 이 작품이 여기에서 대립의 양상을 중심으로 전개되었다면 그것은 흔한 이야기가 되었을 것이다. 그런데 주인공이 이 순간에 오줌을 싼다는 것은 노사의 대결을 주인공의 개인적인 문제로 전환시키고 있다. 이러한 전환은 그러나 문제를 호도하는 것이 아니라 주인공에 대한 정서적인 공감을 느끼게 하고 그 반응을 낯설게 함으로써 오히려 문제를 근원적으로 재검토할 수 있는 기회를 제공한다. "이 세상의 많은 사람들이 참을 수 없는 극심한 요의를 자신의 육체 속에 억지로 숨기고 살아가는" 현실을 다시 보게 하는 것은 바로 그러한 전환에서 유래한다. 요의를 참고 살아야 하는 현실이 얼마나 비인간적이고 또 위선적인 것인지, 그리고 개인이 그러한 현실에 대해서 생리적인 저항을 할 수밖에 없는 사실이 의식적 대결보다 얼마나 더 처절한지 이 작품은 보여준다.

「흉터」는 작품이 이중적 구성으로 쓰여져 있다. 이 소설의 화자는 작가 지망생으로 아직 알려지지 않은 인물이다. 그는 할머니의 제사에 참여하기 위해 형 대신 고향에 갔다가 군대 시절의 동료를 만난다. '최광수'라는 이름의 인물이 이 작품의 주인공이다. 이 비극적인 주인공은 군대에서 상관인 중사와 내연의 관계에 있는 여자의 유혹을 받아들였다가 중사의 칼부림과 구타를 당한다. 그 사건으로 그 자신은 사경을 헤매다 살아났지만 '미스 현'은 귀머거리에 절름발이가 되었고 중사는 스스로 자살을 하고 만다. 화자는 제대를 한 뒤 그 뒷소식을 모르고 있었으나 고향으로 가는 시골 버스에서 행상을 하는 '최광수'를 만나게 되고, 그가 자신을 전혀 모르는 척하기 때문에 더 이상 정체를 밝히지 못하고 승객들로부터 후일담을 듣게 된다. 즉 그가 지금은 불구의 몸이 된 '미스 현'과 함께 살면서 그의 병을 낫게 하기 위해 행상을 하며 살아가고 있다는 사실이다. 화자는 이러한 사실을 알게 되면서 그의 상처를 더 이상 건드리지 않기 위해 모르는 척하는 그를 그냥 떠나가게 한다. 행상을 하는 그가 버스 속에서 때로는 귀머거리 흉내를 내고 때로는 절름발이 흉내를 내고 때로는 전과자를 자처하는 것은 이미 이 사회 속에 정상적으로 융합되기를 거부하고 있음을 의미한다. 그의 얼굴에 남아 있는 '흉터'는 과거의 상처가 너무 깊어 도저히 완치될 수 없음을 상징적으로 보여준다. 그의 삶의 방식은 자신의 상처를 개인적인 것으로 인식하고 있음을 말한다. 왜냐하면 미스 현의 불행을 자신의 실수 탓으로 돌리고 그 보상을 위해서 자신의 삶을 던지고 있기 때문이다. 이러한 태도는 군대라고 하는 조직 사회 속에서 상급자가 가해자가 되고 하급자가 피해자가 되는 관계로 바꿔놓는 데서 유래한다. 그것은 상하 관계가 뚜렷한 조직 사회의 모순을 개인의 문제로 바꿔서 생각하는 또 하나의 예에 다름 아니다. 그러나 여기에서 더욱 간과해서는 안 될 것이 화자가 여행을 하게 된 동기이다. 그것은 어머니와 형이 갈 수 없기 때문에 대신 가게 된 것인데 "얽매인 직장도 없고" "흔한 연재소설 하나 맡지 못하고 있는 무명 작가"에게 시간 여유가 많다는 것이 봉제 회사를 운영하는 형의 판단이다. "근로자들의 목청이 커져가는 작금의 시대의 흐름을 타고 세차게 번져들어온 공장 내의 수상한 공기 때문에 정신이 하나도 없다는 시늉을" 하는 형의 권고를 화자는 그대로 받아들인다. 이러한 화자는 다른 작품의 주인공들처럼 순진하고 무구하다. 그래서 5년 만에 만난 옛 동료를 보고 "5년 전에 군대에서 그에게 닥친 위기의 순간에, 그를 위해 변호의 말을 할 수 있는 입장이었으면서도 결국 그가 당한 아픔과 상처에 대해 아무런 일도 해줄 수 없었듯이, 또한 그의 치유되지 않은 상처 깊음과 집요함을 목격하면서도 나는 아무 것도 해줄 수 없었다"고 고백한다. 마치 옛 동료의 상처를 자신의 책임으로 인식하고 있기나 한 것처럼 화자는 그가 떠나는 것을 보며 그의 이름을 불러보는 것 이외에 아무것도 할 수 없는 자신을 자괴의 마음으로 관찰한다. 이것은 그 자신도 집안의 형과의 관계에서 형의 이기주의에 희생당할 수밖에 없음을 설명하기에 충분하다.

「부재중(不在中)」의 주인공은 비행기 사고로 아내와 아들을 잃고서 집 안에 안주하지 못하고 거리를 방황하는 인물이다. 그는 안경을 맞춘 다음에도 안경이 잘 맞지 않는다고 자주 바꾸러 다니고, 가족이 없는 아파트에 혼자 들어가야 할 저녁 시간에 안절부절못하고 방황하고, 거리에서 도로정비반의 무자비한 폭력을 목격하고, 집 안에서는 온통 허접쓰레기가 집 안을 더럽히고 있다고 느끼고, 그래서 아파트 단지 옆의 술집에 들러 폭음을 하고, 여자와 정사를 벌이고, 어느 날 한강의 유람선을 타고 실종이 된다. 이러한 주인공의 삶은 자신의 가치를 '집'이라고 하는 개인적 공간에서만 찾고 있는 소시민적인 삶이다. 아마도 그가 실직자가 된 것은 비행기 사고로 잃어버린 가족을 찾아다니다가 직장에 대한 매력을 잃어버렸기 때문으로 보인다. 그만큼 그의 모든 행동과 사고방식은 '따뜻한 가정'의 유지로 집약되어 있고 개인적인 행복만을 추구하고 있다. 그래서 주인공이 거리를 헤매며 도로정비반의 지나친 행동을 보았을 때에도 "물 위에 둥둥 떠 있는 것과 같은 극심한 어지럼증을" 느끼는 것은 개인과 역사가 부딪치는 현장에 주인공이 존재하고자 하는 것이 아니라, 자신의 소시민적 안락을 보장해주는 곳에 존재하고자 함을 의미한다. 그러나 문제는 주인공이 그러한 소시민적 안락을 추구한다고 해서 현실이 그것을 허용하는 것이 아니라는 것이다. 현실은 지사적인 삶을 추구하는 사람에게나 소시민적 삶을 추구하는 사람에게나 안락한 삶을 제공하지 않기 때문에 소설의 대상이 된다. 따라서 이 작품의 주인공이 추구하는 행복이 작은 것이기 때문에 쉽게 획득될 수 있는 것이 아니라는 사실을 작가는 보여주고 있다.

그러나 이 작가의 주인공들은 원래부터 이처럼 일상적인 작은 행복을 추구했는가? 여기에 수록되어 있는 「일식에 대하여」는 그 문제에 대하여 생각을 하게 하는 작품이다. 은행원인 화자는 '지긋지긋한 아버지'를 피해서 유배지나 다름없는 남도의 '길흥 출장소' 근무를 자청한다. 원래 장래가 촉망되는 고시 지망생이었던 '아버지'는 어머니와 결혼한 다음 정신병의 발작이 일어나 평생을 갇혀 살고 있다. 집안의 어른들이 "자네 아버지만 잘 되었어도 우리 집안이 요모양으로 주저앉지는 않았을 텐데"라고 말한다는 것은 적어도 아버지를 통해서 가문을 빛내려는 희망을 갖고 있었음을 이야기한다. "왕조 시대의 죄수들에게나 채워졌음직한 무겁고 굵은 나무 기둥을 양쪽 발목에 하나씩 차고서 어둠침침한 골방에 갇혀" 있거나 진정제를 먹고 잠만 자고 이는 '아버지'가 어머니에게는 '버겁고' 함부로 "부려버릴 수도 없는" 숙명의 짐이 되었지만, '나'에게는 풀어 헤쳐질 족쇄이고 도려낼 환부이며 부려버릴 짐으로 인식된다. 왜냐하면

'나'에게는 가문을 빛내기 위해 장래를 거는 삶이 있는 것이 아니라 개인적인 행복을 추구하는 삶이 있기 때문이다. 젊은 날을 방랑과 폭음 속에서 보내고 있을 때 '나'를 은행원이 되게끔 만든 '여자'와 미래를, 행복한 가정을 꿈꾸고 있는 '나'는 그러나 뜻하지 않은 사건으로 '아버지'와 '여자'를 동시에 떠난다. 진정제를 먹고 잠든 '아버지'가 깨어나 '승미'에게 덤벼들었기 때문에 '나'는 아버지를 떠나고 싶었고 '승미'도 볼 수 없었다. 그런데 그러한 '나'가 시골 출장소 생활에서 만나게 되는 것은 아들에게서 버림받아 유폐 상태에 있는 또 다른 노인이다. 여당의 실력자 가운데 하나인 위하식은 형이 원래 자신인 '동식' 대신 군대에 갔다가 죽게 되자 형의 이름으로 행세하는 인물이다. "아버지는 아들에게서 또 다른 죽은 아들을, 그리고 아들은 반대로 그 아버지에게서 죽은 형의 환영을 보고 있는 셈"이어서 서로 함께 살 수 없기 때문에 아들은 아버지를 고향으로 유폐시키고 있다. 아버지를 증오하는 화자가 집을 떠난 것과는 반대로 아버지를 증오하는 아들이 노인을 고향으로 유폐시킨 것이다. 이 두 가족사가 하나로 엮어지는 것은 '나'를 찾아온 '승미'와 함께 유폐된 노인을 찾아갔을 때 그녀가 '노인'의 몸을 닦아줌으로써이다. 이 순간 '나'는 그 노인을 받아들인 것이 아니라 자신의 아버지를 받아들이고 있다. 개인의 가족적 비극에서 개인과 역사를 직접적으로 대면시키지 않는 이 작품은 그러나 다른 사람의 사생활에 관심을 불러일으키는 저급한 수준에서가 아니라 개인의 사사로운 이야기 속에서 작가가 감추려고 노력한 현실의 무게를 은연중에 무겁게 드러낸다는 점에서 의외의 커다란 감동을 느끼게 한다.

이와 같은 관점에서 본다면 「못」은 보다 분명하게 개인과 역사가 부딪치는 작품이다. 1980년에 폐간된 잡지사의 실직한 기자 출신인 주인공은 아내가 기도원으로 떠난 다음 날 월미도에 가서 한 여관에서 숙박을 하며 그 집 아들에 관한 이야기를 듣는다. 6·25 때 빨갱이로 몰려 죽은 사람의 유복자로 태어난 여관집 아들이 대학에 들어간 다음 운동권에 가담했다가 군에 입대하고 정신이상자가 되어 귀가한다. 집에서 군가를 부르며 쿵쾅거리던 그 아들은 마침내 자살하고 만다. 여기에 대해서 동네 사람들이 "세상이 웬수여. 요놈의 세상이 성한 사람을 실성하게 하고, 발광하게 하고 종내에는 목숨까지 끊게 하는 거여. 아, 좀 똑똑하고 착하던 젊은이여?"라고 말하는 것은 바로 이 작가의 주인공들을 이해하는 열쇠가 된다. 요컨대 이들 개인은 착하고 똑똑한데 반하여 그들이 살고 있는 세계가 그들을 고통 없이 살게 놓아두지 않는다. 그것은 개인이 산다고 하는 것이 혼자서 사는 것이 아니라 세계 속에서 산다는 것을, 따라서 개인이란 세계 안에서의 존재라는 것을 의미한다. 그런데 그들이 살고 있는 세계에는 6·25라고 하는 원죄와 같은 비극이 있고 분단이라고 하는 역사의 비극이 근원적으로 자리잡고 있다. 그렇기 때문에 '착했던' 여관집 아들이 '빨갱이'로 몰려 죽은 아버지를 가졌고 자신이 의식의 눈을 뜰 때에 운동권에 가담했고 그리고 입대한 다음 실성하게 된다.

③ 이처럼 개인과 상황을 대립시키고 개인은 선한데 상황은 악하다고 하는 대립적 양상은 그 자체로서는 대단히 도식적이다. 그래서 그러한 측면만을 보는 사람은 이 작가가 고통받는 사람들의 아픔의 이면에 역사적 비극이 도사리고 있다는 사실을 설득시키기 위

해 작품을 쓴 것처럼 오해를 할 수 있을 것이다. 그러나 이 작품집을 보다 꼼꼼하게 읽는다면 그것이 사회와 역사를 고발하겠다는 단순한 의도의 지배를 받고 있는 것이 아니라 개인이 역사와 부딪쳤을 때 보이는 여러 가지 허약한 모습을 어떻게 이해할 수 있는지 추구하는 탐구 정신의 지배를 받고 있음을 알 수 있다. 이러한 탐구 정신은 개인을 가장 순수한 상태에서 제시하는 것으로부터 출발하게 만든다. 실제로 이 작품집에 수록된 모든 주인공들은 대단히 '순진한' 사람들이다. 마치 『백치』의 주인공처럼 순진하다고 할 수밖에 없는 이들은 실제로 그렇기 때문에 현실에 적응할 수 있는 능력을 갖고 있지 않다. 어머니가 손자를 자기 손으로 받고 싶어 한다고 해서 진통이 시작한 아내를 이끌고 어머니가 있는 곳을 향해 찾아간다거나, 사장이 사원들을 사병 취급을 하면 이에 저항하자고 한 술좌석에서의 이야기를 실천에 옮기느라고 회사를 떠나 실직자가 된다거나, 젊은 날 여자의 유혹을 이기지 못해 빠져든 과오를 보상하기 위해 자신의 일생을 바쳐 여자의 뒷바라지를 하고 있다거나, 비행기 사고로 죽은 아내의 뒤를 이어 물속에 빠져버린다거나 발작을 일으킨 아버지가 자기 연인에게 덤벼들었다고 해서 모든 사람을 떠나 근무지를 옮겨버린다거나 하는 것은 모두 이들 주인공들이 처세술이 좋은 사람들도 아니고 세상의 부조리를 제대로 파악한 사람도 아니며, 자신이 생각하고 있는 것과 다른 현실에 직면했을 때 어떻게 처신해야 할지 모르는 순진한 사람들이라는 것을 보여준다. 이들은 자신의 현실에 도전하고 새로운 현실을 개척하려는 적극적인 의지를 갖고 있는 것이 아니라 현실에 의해 삶의 물결 위를 밀려다니고 있다. 그들은 자기 자신을 남에게 잘 설명하지도 못하고 자신의 의도를 설득시키지도 못한다.

따라서 이처럼 순진한 사람은 '날카로운 못'을 가진 현실에 찔릴 때마다 한곳에 정착하지 못하고 그것을 피하여 떠돌아다닌다. 이 떠돌아다님은 현실에서의 뿌리 뽑힘이면서 동시에 여행이라고 하는 소설적 주제의 실현이다. 이들이 떠돌아다닌다고 하는 것은 그 순진성 때문에 영혼의 방랑을 숙명처럼 가지고 있다는 것을 의미하며, 따라서 그들의 방랑은 정착의 실현을 꿈으로 간직하고 있다는 것을 의미한다.

그런데 그의 주인공들이 정말로 순진하다면 그들은 그들이 살고 있는 사회의 제도로부터 완전히 자유로울 수 있어야 할 것이다. 그리고 완전히 자유로운 상태에 가면 『이방인』처럼 제도로부터 공격을 당하게 되면서도 그 공격으로부터도 자유로울 수 있을 것이다. 그러나 이승우의 주인공들의 순진함은 사회적 제도와 관습으로부터 완전히 자유로운 순진함은 아니다. 바로 그렇기 때문에 이들 주인공들의 순진함은 덜 추상적이고 따라서 삶의 구체성을 더욱 많이 가지고 있다. 그의 주인공들은 자신이 생각하고 있는 삶, 가족이나 사회가 자신에게 요구하고 있는 삶, 그리고 자기가 현재 살고 있는 삶 사이에서 갈등을 느낀다. 바로 이 갈등이 그의 주인공으로 하여금 두 가지 방향으로 가게 만든다. 그 하나는 자의식의 극대화를 가져옴으로써 미쳐버리는 것이고 다른 하나는 구원의 길을 절대자에게 의존함으로써 종교에 빠져드는 것이다.

이 작품집에 미쳐버리는 인물이 많이 나오는 것과 종교의 문제가 자주 논의되는 것은 그런 점에서 주목할 필요가 있다. 「흉터」에서 여자 때문에 부하를 두들기고 자살한 '피 중사'나 죄의식에 사로잡혀 옛 동료를 모른 척하고 사는 '최광수', 「부재중(不在中)」에서 물속에 투신하는 '장일도', 「일식에 대하여」에서 발작 때문에 갇혀 사는 '아버지'와 유폐 생활을 하는 '노인', 「못」에서 자살하고 마는 여관집 아들은 바로 자의식의 극대화에 이르러 미쳐버린 경우에 해당한다. 반면에 「못」에서 실직한 남편을 위해 기도원에 다니는 '아내'와 미쳐버린 아들을 위해 기도하고 있는 여관집 주인, 「고산 지대」에서 수도승 같은 생활을 하는 '몽크 김', 「연금술사의 춤」에서 벽지에 개척 교회를 세운 원칙주의자 '길주태' 등은 현실의 고통을 신의 섭리로 생각하며 구원의 길을 종교에서 찾게 된다. 「못」에서 여관집 주인은 6·25 때 남편을 잃고 난 다음 모든 희망을 '아들'에게 걸고 산다. 그러나 아들이 정신이상의 상태에 빠지자 종교에 빠진다. 이것은 그녀가 아들을 남편 대신 자기의 구원의 대상으로 생각하고 있음을 이야기한다. 따라서 아들이 곧 그녀의 종교나 다름없었으나 그가 미치게 되자 교회로 구원의 발길을 돌린다는 것을 의미한다. 그런데 기도원에 다니는 '아내'를 비판적으로 보던 '내'가 부활절날 새벽에 교회에 가서 편안함을 느끼는 체험을 함으로써 '아내'를 이해하게 된 '나'의 체험은 이 작품집의 다른 주인공들, 예를 들면 「일식에 대하여」의 '어머니'나 「유산일지」에 나오는 '정택' 부부와 어머니 등은 종교적인 구원을 추구하게 될 가능성이 많으며 「요의(尿意)」의 '나', 「흉터」의 '최광수', 「일식에 대하여」의 '위동식'은 미쳐버릴 가능성이 많은 인물이다.

그런데 이들 작중인물들이 종교적 구원을 추구하고 있는 것은 모두 기독교가 가지고 있는 '제사'의 역할에 중점을 두고 있다. 특히 「못」의 화자인 '나'의 체험은 그 대표적인 예라고 할 수 있다. 그러나 작가는 「고산 지대」에서 기독교가 가지고 있는 '예언'의 역할을 '제사'의 역할과 대응시킴으로써 앞에서 다루었던 광기의 열정, 자기 파괴의 열정이 이 두 가지 역할 속에 공존하고 있음을 보여주고 있다. 이 작품은 기도실에서 살고 있는 수도승 같은 '몽크 김', 현세적 정의의 실현을 위해 시위를 주도하고 있는 '최찬익', 신학자의 꿈을 키우고 있는 학구파 '나'를 통해서 기독교의 역할이 어떤 구원에 있는지에 대해서 질문을 던지게 만든다. 여기에서 다음과 같은 구절은 이 작가의 태도를 분명히 읽을 수 있게 해준다.

> 몽크 김의 항변을 각목과 고함으로 막아내는 찬익의 눈에서, 기도에 몰입하고 있을 때의 몽크 김에게서와 다를 바 없는 광기 같은 빛이 뿜어져 나오는 모습을 나는 보았다. 두 사람이 갖고 있는 열정의 표면적인 차이와는 상관없이 그들의 열정이 근본적으로 동일하다는 것을 깨달은 것도 그때였다. (p. 89)

이것은 기독교의 제사장적 역할과 예언자적 역할이 동일한 열정 위에서 이루어질 수 있음을 이야기하고 있다. 실제로 '찬익'이 넘어졌을 때 '몽크 김'이 제일 먼저 그를 일으켜 업고 가는 것은 이 두 역할의 진정한 통합이 어떻게 가능한지 보여주고 있다. 그 진정한 통합은 개개의 역할을 순진한 열정으로 실현시키려 할 때 가능한 반면에 자기 과시나 출세를 위한 도구화된 열정이 개입될 때 광기로 돌변한다. 그리고 그러한 문제를 제기하고 있는 작품이 「연금술사의 춤」이다.

따라서 이 작가는 자신이 추구하고 있는 순진한 주인공들을 그 두 역할의 통합적인 관점에서 파악하려 하고 있고 그 점에서 그의 작가적 치열한 정신이 감동적으로 읽히고 있다.

〔1989〕

신판 해설

세계-경험의 양상들

김대산

　우리가 살고 있는 이 세계는 존재할 수 있는 모든 가능한 세계들 중에서 최상의 세계며, 지혜로운 섭리의 배려에서 나오는 질서 속에서 움직이고 있다는 세계 인식을 확고하게 고수하는 사람은 많지 않을 것이다. 만일 그런 사람이 있다면, 누군가들은 그 사람의 의견에 황당해하거나, 분개하거나, 냉소를 보내거나, 말할 가치도 없다는 듯 무시하거나, 현실적 사실에 입각한 실증적 반박이 담긴 날카로운 비난들을 쏟아부을 것이다. 그래서 예를 들어 볼테르 같은 사람은 라이프니츠의 그러한 '순진한 생각'(?)에 코믹한 풍자와 조롱으로 답했었을 것이다. 실로 라이프니츠와 같은 천재적인 사람이 정확히 어떤 근거(혹은 경험)에서 그러한 주장을 했는지 모르지만, 그런 낙천주의는 세계 속의 우리의 실존이 겪고 있는 사실들과 거의 어울리지 않는 것처럼 보인다. 그것은 소위 현실인식에 아직 도달하지 못한 자의 '추상적 희망'(?)처럼 보인다.

　이승우의 소설집 『일식에 대하여』가 보여주는 세계는 그러한 낙천주의자가 생각하는 세계와 분명 거리가 멀어 보인다. 이 세계는 최상의 세계이기는커녕 최하의 세계, 혹은 최악의 세계에 더 가까워 보인다. 이 세계는 기쁨보다는 슬픔이, 즐거움보다는 고통이, 희망보다는 절망이, 만족보다는 결핍이, 질서보다 혼돈이 더 지배적인 세계처럼 보인다. 그리고 이때 후자들의 상태를 대표하는 것은 고통이다. 이 세계 속의 삶은 고통이다. 그 고통의 이유가 이기적 집착 때문이든, 죄에 의한 타락 때문이든, 맹목적 의지의 충동 때문이든, 악 때문이든, 아무튼 우리의 삶은 고통이고, 이 세계는 일단 적어도 현재로서는 그렇게 될 수밖에 없게끔 되어 있다. 이것이 사실이라면, 우리의 삶이 힘들고 고통스러운 궁극적 이유는 단지 우리가 이 세계의 소위 현실적 생활에 이기적으로 집착하면서 죄를 지으며 맹목적 충동과 함께 실존하고 있기 때문이다. 우리의 고통은 우리의 탓이다. 그렇다면 이 고통에서 벗어나기 위해 우리는 집착을 버리며 참회하고 눈먼 충동을 잠재우면 되는가? 그것이 어느 정도까지 가능한가?

먼저 우리는 낙천주의와 다른 염세주의가 어떤 것인지를 물어야 한다. 예를 들어, 다음과 같이 말하는 신학생에게서 우리는 염세주의자의 냄새를 맡을 수 있는가?

> 채플이나 도서관에서 아래를 내려다보면, **썩어 없어질 이 세상**에서 아옹다옹하는 이런저런 사람들의 삶이 갑자기 저열해져서 낯이 뜨거워지곤 했다. (p. 82, 강조는 인용자——이하 같음)

이 세상은 결국 썩어 없어질 것이다. 언제가 될지는 모르지만, 사라질 것이다. 세계는 영원하지 않다. 그것은 종말을 맞을 것, 아니 맞아야만 할 것이다. 이런 식으로 생각하는 신학생은 염세주의자인가? 그렇다면, 그는 어떻게 세상의 종말을 확신하고 있는가? 그에게 세계는 어떤 의미인가? 염세주의자라고 해서 허무주의자인 것은 아니며, 염세주의도 허무주의도 여러 종류가 있다. 여러 신학생들을 포함하는 이승우 소설의 주인공들은 분명 종교적 염세주의자들처럼 보이지만, 허무주의자들은 아니다.

염세주의는 이 세계가 고통, 혹은 악, 혹은 미망이라고 진단한다. 세계와 나는 병들어 있거나 타락했거나 기만적 환상이다. 그런 진단에서 세계와 자신의 치유를 위한 여러 처방이 나온다. 물론 치유가 불필요하다거나 불가능하다는 입장도 있을 수 있는데, 우리는 그러한 입장을 고려할 필요가 없을 것이다(왜냐하면 아무래도 좋다거나 어떻게 해도 소용없다는 입장은 더 이상 생각의 행위를 할 필요가 없게 만들기 때문이다). 처방은 세계를 향한 나의 실천적 삶의 태도와 연관될 것이다. 그런데 진단에서의 염세주의가 처방에서도 염세주의인 것은 아니다. 가장 염세주의적 처방은 세계와 나를 버리라거나 거기에서 벗어나야 한다는 처방일 것이다(가능한지조차 알 수 없는 완전한 자기포기나 무에 이르는 죽음의 가능성이나 이 세계에서의 삶과는 전혀 아무런 공통성도 없는 별개의 삶으로의 초월이라는 극단적 처방). 그런데 이 처방의 문제는 '이 세계' 이외의 다른 세계, 혹은 '비—실존'의 영역이 있다는 가정이다. 도대체 '저 세계'는 어떤 세계인가? 절대적 허무의 세계인가? 혹은 절대자의 세계인가? 이념들의 세계인가? 아니, 여기서는 세계라는 말을 더 이상 사용할 수 없다. 왜냐하면 세계라는 말로 우리는 자연과 인간의 공동체를 의미하며, 혹은 어떤 사람들이 말하듯이 인간이 완전하게 자연으로 환원될 수 있다면, 그때 세계는 자연의 공동체만을 의미할 것이며, 그래서 결국 우리는 여전히 '이 세계'에 대해서 말하고 있기 때문이다.

이 세계와 아무 상관없으며, 아무런 상호작용도 하지 않으며, 원리상 결코 알 수 없는 세계의 바깥 혹은 "우리의 삶과는 도대체 관계없는 타자(他者)"(p. 263)에 관한 질문은 「고산 지대」에 등장하는 논쟁적이고 급진적인 한 신학생에게는 무의미한 질문이다(따라서 이를테면 어떤 불가지적인 실재 혹은 물자체, 혹은 절대적 타자는 무의미할 것이다). 찬익이라는 이 신학생은 경건한 신비주의적 신앙생활에 몰입해 살아가는 몽크 김이라는 신학생에게 다음과 같은 비판을 한다.

> 뭐야, 그 친구. 루터 이전으로 역사를 되돌리겠다는 똥배짱인가? 프로테스탄트의 첨병들이 키워져 나가는 훈련소에 들어와서 웬 엉뚱한 수도승 흉내를…… 꼴사납게시리. (p. 87)

> 그 잘난 경건과 신비주의. **세상**은 불의와 부정과 어둠이 도도한 강물처럼 흘러 악취를 풍겨대는데, 그 훌륭한 수도원 담에 갇혀 눈 감고 **하늘**을 우러르겠다는 발상의 철면피를 어떻게 이해해야 할지. **감은 눈**에 뭐가 보이지? 하늘에 둥둥 떠다니는 구름이나 몇 잎 잡힐까? **눈을 떠야지.** (p. 88)

이 신학생은 뜬 눈에 보이지 않는 "하늘"과 감은 눈에 보이지 않는 "세상"을 대비시키고 있다. 하늘에 대비되는 것으로서 "세상"은 땅, 즉 지구다. 그리고 하늘이 위라면 땅은 아래다. 하늘과 땅, 위와 아래의 대비는 결국 신과 세계의 대비를 말한다. 이것은 찬익과 몽크 김 양쪽의 대립되는 태도에 대한 묘사에서 잘 드러난다.

한쪽은 신앙의 정치화에, 다른 한쪽은 정치적 무관심에 빠져 있었다. 한쪽은 다른 쪽을 향해 **'하나님 없는 세상'**에서 살고 있다고 비난했으며, 다른 한쪽은 상대방을 향해 **'세상 없는 하나님'**만을 숭배한다고 내몰았다. (p. 91)

소설이 묘사하는 신과 세계에 관한 이런 논쟁은 사실 신학생이 아닌 자, 혹은 확신에 차 있는 무신론자, 혹은 자신까지 포함한 모든 것의 존재를 회의하는 자에게는 공허한 말싸움처럼 보일 수도 있을 것이다. 왜냐하면 저 논쟁은 신과 세계의 존재 둘 다를, 혹은 어느 한쪽을 믿지 않는 자에게는 무의미할 것이기 때문이다. 특히 '신'과 '세계'라는 이름으로 정확히 무엇을 의미하는지 양쪽 모두에게 분명하지 않은 것 같다. 어째서 위의 하늘은 세계가 아니고 아래의 땅(지구)만 세계인가? 어째서 눈에 보이는 것만 세계인가?

분명 찬익이라는 급진적인 신학생은 세계를 규정하고 판단하는 최고의 기준으로 가장 직접적이고 확실하다고 일상적으로 우리가 믿고 있는 *감각—지각* 혹은 *감각—경험*을 내세우고 있다. 즉 세상은 감각된 것이다. 세계의 실재는, 세계의 존재는 눈으로 보고, 귀로 듣고, 코로 냄새 맡고, 혀로 맛보고, 손으로 만질 수 있는 것의 총체다. 그렇게 할 수 없는 어떤 다른 존재가 있다면, 그 존재는 세계에 속한 것이 아니다. 이것이 찬익의 생각이다. 찬익의 이 '생각'

은 감각된 것에 충실하고자 한다. 그러므로 그렇게 감각에만 충실한 한에서, 의식은 감각과 다를 바 없다. 이러한 사고의 유형은 감각을 통한 관찰에 의해 획득된 자료와, 그것에 근거한 개연적이고 무모순적(혹은 논리적, 합리적)인 가설과, 그것에 근거한 실증적 실험을 통해 다시 한 번 감각의 확증과 가설적 이론의 검증에 도달하는 것을 중요시하는 근대 자연과학이 발전시킨 의식의 유형과 매우 유사한 것이다. 이러한 유형의 의식이 갖는 삶의 태도는 아마도 실용적이고 합리적(?)인 경험론자의 태도일 것이다.

그러나 경험이란 무엇을 의미하는가?「못」에서 산으로 기도를 하러 가는 아내에게 남편이 하는 말 속에는 경험이 갖는 다소 다른 의미가 드러난다.

나는 가끔 따졌다. 하필이면 왜 꼭 산이냐, 산에 올라가야만 기도에 효험이 생긴다는 발상은, 당신이 믿는 하나님의 **시청각 기능**을 의심하는 처사가 아니냐, 생각해보라, 산에 계신 하나님이 여기엔 없겠느냐, 그분은 **무소부재**하시고 **시공을 초월하여 편재**하시지 않느냐,〔……〕알다시피 하나님은 가장 가까운 곳에, 곧 당신과 나의 **대화 속에, 호흡 속에, 그리고 심령 속에 내재**하는 분이 아니냐, 하는 식의 나의 항변은 그녀가 신봉하는 철통같은 경험론에 의해 번번이 휴지처럼 구겨지고 말았다. '**겪어보지 않은 사람은 알지 못한다**'는 것이 그녀의 한결같은 응수였고, 하긴 그녀의 응수 — 겪어보지 않은 사람은 모른다 — 야말로 **신비주의의 기본 명제**에 마땅한 말이긴 했다. (p. 135)

이 남편의 말에 의하면, "신비주의"는 "경험"에 기초한다. 그런데 우리가 앞에서 이야기한 바에 따르면, 근대적 자연과학자 또한 경험에 기초하며, 어떤 급진적 정치신학의 신봉자 또한 경험에 기초한다. 모두가 경험에 기초하고 있지만, 그럼에도 서로에 대해 대립적이라면, 경험이라는 말은 서로 완전히 이질적인 의미들을 함축하고 있는 것이다. 그렇다면 이들이 말하는 경험은 일의적univocal이지 않고 다의적equivocal일 것이다. 모두가 경험이라는 같은 소리를 내고 있지만, 모두가 다른 의미(의향)에서 그것을 말하고 있다. 모든 논쟁이나 대화는 서로 동의할 수 있는 공통의 토대를 필요로 한다. 그런데 자신의 주장의 정당성을 모두 경험에서 찾으면서도, 정작 그 경험이란 것이 서로에게 완전히 다른 것을 의미한다면 소통은 불가능하며 불필요하다. 「못」에 등장하는 남편과 아내, 「고산지대」에 등장하는 찬익과 몽크 김 사이의 인용된 대화는 그렇게 평행선을 달리는 종류의 소통(?)이다. 즉 아무도 설득할 수 없고 설득당할 수도 없는 상태, 즉 결코 서로의 안으로 침투할 수 없도록 확고한 장애물을 자기 앞에 세워둔 상태에서 각자의 주관적 경험에 호소하는 것이다. 이때의 경험이 갖는 성격은 *일회적 주관성*, 혹은 *다른 사람은 물론 자신에게도 동일하게 재현될 수 없는 파토스(겪음)*다.

그런데 경험이 주관적이라는 말은 매우 이상하게 들린다. 왜냐하면 찬익의 의식과 유사한 근대과학의 의식이 감각—경험 혹은 감각—지각에 호소하는 것은 결국 감각을 통해 경험될 수 있는 것의 직접적 객관성에 호소하는 것이기 때문이다. 이때의 경험, 즉 감각을 통한 지각의 경험은 객관적인 경험이라는 것이다(물론 객관성을 내세우는 어떤 이론적 주장 중에는 감각에 기초하고 있는 척하면서 사실은 전혀 감각될 수 없고 오직 상상적으로 추정될 수밖에 없는 어떤 것에 기초하고 있는 논변들이 발견되는데, 그런 경우 객관성은 결국 합리성이 될 것이며, 그래서 논리적 타당성을 강조할 것이다. 그러나 결코 무시될 수 없는 이 논리적 형식이 아무리 정확하고 타당하다 하더라도, 그것이 기초하고 있는 경험적 내용이 충분하고 적절하지 않다면 소용없는 일이다). 그들의 전제는 우리가 경험, 지각이라고 부르는 복잡하고 미묘한 어떤 것이 결국 남김없이 감각으로 환원된다는 것이며(혹은 설령 환원되지 않는다고 하더라도, 그렇게 감각 속으로 들어올 수 없는 것은 이 세계에서 아무 소용도 없다는 것이며), 그런 한에서 감각—지각은 객관적이라는 것이다. 그런데 모든 경험이 감각—경험으로 환원될 수 있는가? 모든 지각이 감각—지각으로 환원될 수 있는가? 그렇다면, 그렇게 환원되지 않는 모든 것은 환상, 신기루, 추상, 허위인가?

 그럴 수도, 그렇지 않을 수도 있다. 그러나 분명 앞의 인용문에서 말하는 "무소부재"하며, "시공을 초월하여 편재"하며, "당신과 나의 대화 속에, 호흡 속에, 그리고 심령 속에 내재"하는 존재는 감각—지각, 혹은 감각—경험으로 접근 가능한 존재는 아니다. 그러나 그렇다고 해서, 즉 감각적 의식 앞에 현전하지 않는다고 해서 경험될 수 없거나 지각될 수 없다고 단정할 수는 없다. 지각된 것이 감각된 것으로 남김없이 환원되지 않을 뿐만 아니라, 경험과 지각의 능력이 언제, 어디서나, 모두에게 동일하지도 않으며, 또한 한 사람의 지각능력이 언제나 불변하는 것도 아니어서 발전하지 말라는 법은 없기 때문이다. 그것은 마치 어떤 맹인이 시각능력을 조금이라도 되찾아 이전에는 볼 수 없었던 것을 볼 수도 있고, 시각능력을 가졌어도 적절한 빛이 있는 곳에서야 볼 수 있으며, 동일한 빛과 시각능력이 주어졌어도 어떤 사람이 이전에는 볼 수 없었던 것을 이후에야 볼 수 있는 경우가 있고, 혹은 어떤 사람이 볼 수 없는 것을 다른 사람은 볼 수 있는 경우(종교적 계시뿐만 아니라 과학이나 예술에서도 발생하는 직관적 발견이나 인지적 지각의 경우)가 있는 것과 같다(우리가 창작, 탄생, 창조성, 즉 새로움의 출현을 인정해야 한다면, 그것은 이전에 감각-경험될 수 없었던 것이고, 따라서 지각-경험이 감각으로 모두 환원되지 않는다는 것을 인정해야 할 것이다!). 따라서 앞의 인용문에서 말하는 신비주의자의 경험은 결국 *감각적 의식에 한정되지 않는 지각-경험*을 의미할 것이다. 그렇다면 문제는 이것이다. 그러한 지각-경험은 오직 주관적인 것일 뿐인가? 만일 그 경험이 주관적일 뿐이라면, 그것이 착각이나 허위가 아님을 어떻게 알 수 있는가? 분명한 것은 지각된 것이 외부로부터 받아들여진 것이라면, 정확히 그 측면에서 객체적인 성격을 가진다는 것이며, 우리는 그것에 대해서 착각이나 허위의 산물이라고 말할 수 없다는 것이다. 그래서 어떤 느낌들이나 의지들은 감각적이지 않으며, 또한 주관적(자의적)이기만 한 것이 아닐 수 있다.

  이승우의 소설이 함축하고 있는 이런 질문들의 고찰을 계속하기 위하여, 이제 이 소설집의 표제작인 「일식에 대하여」 속으로 들어가보아야 하는데, 그 전에 「연금술사의 춤」에서 발견되는 문장들을 이해하려는 시도가 필요하다.

    보이는 것이 전부가 아니오. 아니, 보이는 세계는 참된 세계가 아니오. **참된 세계는 현상의 이면에 숨어 있는 것, 곧 상징의 세계**이고 은유의 세계이고 초월의 세계요. (p. 249)

우리는 여기서 세계에 대한 다른 태도를 발견한다. 이제 세계는 "보이는 세계"가 아니다. "참된 세계"는 감각된 세계가 아니다. 세계는 "현상의 이면에 숨어 있는 것"이다. 그런데 이런 표현은 마치 세계가 "현상"과 무관한 것이라고 말하는 것처럼 들린다. 그러나 우리는 오해라고 할지라도 그렇게 이해하지 않을 것이다. 왜냐하면 앞에서도 잠깐 언급했듯이 이승우의 소설이 분명하게 함축하고 있는 위(하늘)와 아래(땅)의 유비에 기초한 "상징"의 관점에서 현상이 파악될 수 있기 위해서는 감각된 것에 한정되지 않는 지각의 내용이 현상 자체 속에 먼저 있어야 하기 때문이다. 현상의 이면에 숨어 있는 것을 인지하는 것은 현상 자체의 지각을 통해서 가능하다. 이것은 우리가 이승우의 소설들이 숨기고 있는 의미를 인지하기 위해서 우선 이 텍스트 자체를 지각해야 하는 것과 같으며, 성서에 대한 지각―경험이 없는 신학생이 성서해석을 할 수 없는 것과 같다. 이런 관점에서 「일식에 대하여」의 이면에 숨어 있는 것에 접근할 수 있다.

일식은 자연현상이며, 이 자연의 현상 자체가 어떤 것이 자연적으로 감추어지는 현상이다. 그러므로 "참된 세계가 현상의 이면에 숨어 있는 것"이며 현상이 "상징"으로 파악되어야 한다면, 일식은 그렇게 현상이 무언가를 숨기고 있을 수 있다는 사태를 내보여주는 대표적 현상, 매우 특별한 의미를 함축하는 현상이다. 그런데 이 현상의 이면에 숨어 있는 것은 해다. 말하자면 '숨어 있는 해'는 참된 세계의 전형, 범례적 존재를 대표하고 있다. 그러므로 '드러나 있는 해'는 숨겨지면서 드러나는 해다. 드러난 해가 상징이라면, 숨어 있는 해는 그 상징의 의미다. 그런데 상징은 의미와 동떨어져 있는 것이 아니라 의미와의 관계 속에서 바로 그 의미를 표현한다. 그리고 해의 상징과 의미가 분열되어 나타나는 것은 해의 탓이 아니라 그렇게 분열시키는 우리 탓일 것이다. 즉 해가 스스로를 감추기 때문에 일식이 관찰되는 것이 아니라, 달과 지구가 해를 향하는 특정한 방식 때문에 일식이 관찰되듯이, 우리의 감각—의식이 작동하는 특정한 방식 때문에 현상이 상징으로 파악되지 못할 것이며, 상징으로 파악된다고 하더라도 의미와의 관계 속에서 파악되지 못할 것이다. 요컨대, 우리의 감각—경험이 붙잡는 감각—자료들 속에서 '관계'나 '의미'는 빠져나가버린다. 이것은 마치 우리가 손으로 햇빛을 붙잡을 수 없는 것과 같다. 바로 이러한 맥락에서 「연금술사의 춤」에서 묘사되는 다음과 같은 장면이 이해될 수 있다.

방 안에 햇빛의 침투를 받아들일 만한 틈이 있었던가. **달걀만 한 크기의 햇빛 한 덩어리가** 피뢰침을 만지작거리는 그의 손등에 앉아 **장난질**을 치고 있는 게 보였다. 아니, 장난질을 치고 있는 건 공본영 씨 쪽이었다. 그는 **닭**을 구석으로 몰아놓고 덮치듯 **신중하게** 왼손을 들어 햇빛을 눌렀다. 그러면 닭은 폴짝 뛰어 그의 왼손에 올라앉는다. 이번엔 오른손이 왼손을 내리친다. 다시 손을 바꾼다. 손보다 닭이 빠르다. 그는 번번이 **실패**한다. 그러지 않을 수 없었다. **흡사 기체처럼 풀어져 자유롭게 왕래하는 닭**을 그가 당해낼 재간이 있을 리 없었다. 한데도 그는 그걸 전혀 모른다는 듯 그 짓을 반복했다. 가슴이 서늘해졌다. 그의 반복되는 손놀림에서 문득 그를 찍어 누르고 있는 **단단한 절망**을 엿본 것 같았다. (p.269)

공본영 씨는 햇빛을 붙잡고자 하는 시도를 반복하지만 실패하고 있다. 이 실패의 탓은 햇빛 탓인가, 공본영 씨 탓인가? 분명 공본영 씨, 즉 지각의 능력을 갖는 한 인간 탓이다. 그는 분명 햇빛을 인지적으로 지각할 수 있는 능력이 있다. 그런데 그것을 붙잡는 능력은 어디서 찾을 수 있는가? 손으로 붙잡는 것은 실패했다. 손의 파악―지각능력은 자신이 지각하고자 하는 존재인 햇빛에 적합하지 않은 지각능력이다. 감각의 측면에서 보면, 눈만이 그것을 붙잡을 수 있는 것 같지만, 공본영 씨는 보이는 세계가 참된 세계가 아니라고 했고, 또한 과연 눈이 '햇빛 자체'(즉 햇빛을 햇빛이게 하는 바로 그것)를 붙잡을 수 있는 능력을 가졌는지는 확실하지 않다. 그렇다면, 햇빛을 붙잡는 것은 어떻게 가능하며, 그렇게 붙잡는다는 것의 의미는 무엇이며, 붙잡고자 하는 이유는 무엇인가? 이 질문은 대단히 의미심장한 질문으로 나타나지만, 만족스러운 대답이 보이지 않고 있으며, 이것은 마치 관찰자와의 관계에 따라 입자로도 나타나고 파동으로도 나타난다고 하는 빛에 관한 양자역학적 설명처럼 아리송해 보인다. 그리고 왜 이 소설은 햇빛을 "달걀"과 "닭"에 비유하고 있는가? 이 날지 않는 새, 말하자면 이 무거운 새가 매일 떠오르는 해를 예감하며 어둠 속에서 잠을 깨우는 힘찬 소리를 방출하는 것을 보면 해와의 어떤 유사성이 감지되기 때문에? 아니면, 닭이 먼저냐 달걀이 먼저냐, 하는 창조의 문제와 태양이 어떤 관련성을 가지기 때문에? 아무튼, 햇빛을 붙잡는다는 것은 손으로 거칠게 움켜쥐는 것이 아니며, 눈으로만 보는 것도 아니다. 그것은 소설의 표현에 의하면 "안"으로 "받아들"이는 활동을 의미하는 것처럼 보이며, 또한 그렇게 받아들여진 것과 동화되거나 융합하는 것을 의미하는 것처럼 보이며, 따라서 이 능동적 수용활동에서 '주체'는 '객체'와 결합하여 변형될 것인데, 아마도 바로 이것을 실현시키는 작업을 반복적으로 실패하고 있기에 공본영 씨는 "단단한 절망"을 품고 있을 것이다. 그래서 공본영 씨의 놀이, 혹은 작업은 "장난질"로 끝날 수밖에 없었을 것이다. 그런데 "자유롭게 왕래하는" 햇빛을 붙잡을 수 있다는 것을 보여주는 것은 아마도 식물일 것이다. 식물은 광합성, 혹은 탄소동화작용을 통해서, 말하자면, 햇빛을 붙잡는다. 그렇다면 동물은? 광물은? 결정적으로, 인간은? 햇빛을 붙잡은 식물을 먹거나, 그 식물을 먹은 동물을 먹기만 하면 되는가? 이러한 질문 속에 내재된, 해결의 '노력'을 요구하는 '문제들'이 이승우 소설집의 끝에 있는 「연금술사의 춤」과 시작에 있는 「일식에 대하여」의 중요한 주제를 형성하고 있다.

「일식에 대하여」에서 핵심적인 것은 알레고리적으로 표현된 '가려진 태양'과 연관되는 아버지(그리고 어머니)와 아들(그리고 아들의 연인) 사이의 관계다. 이와 연관된 맥락에서, 「유산일지」에서도 아버지와 아들, 그리고 어머니 사이의 관계에 대한 묘사가 중요하게 부각되어 있다. 우리는 여기서 너무나 자주 감각—경험적으로만 단순화시켜 이해되는 소위 '가족 삼각형'이라는 관계의 도식을 재인식하려고만 해서는 안 된다. 앞에서도 말했듯이, 위(하늘)와 아래(땅)의 유비적 관계 혹은 관계적 유비에 기초한 세계—경험에서 **'아버지'**는 아버지들과 연관을 가지면서도 분명하게 구분되어야 한다. 그것이 '닮았다'라는 '문제적 규정'을 충족시키는 단서다.

아버지들은 닮았다. 〔……〕 자신의 삶의 일부여서 함부로 제거하거나 도려내거나 할 수 없다. 나와 상관없다고 할 수 없다. 〔……〕 **아버지**로부터 벗어날 수는 없다. 때때로 아주 잠깐, 혼신의 힘을 다해 그를 **가릴 수 있을 뿐**이다. (p. 78)

이 인용문을 통해서 유추할 수 있는 것은 "일식"이란 **"아버지"**가 가려지는 사건, 감추어지는 사건, 망각되는 사건의 알레고리라는 것이다. 소설에 의하면, 아버지는 분명 이 세계 속에 존재한다. 그런데 그 존재의 사실이 부정되며, 그래서 그 존재가 감추어진다. 그렇게 해서, 아버지의 존재가 망각되며, 더 나아가 그 망각의 사실마저도 망각되기에, 감추어진 존재는 이제 사라진 존재, 없는 존재, 부재하는 존재가 된다. 「유산일지」에 등장하는 주인공 아들에게 아버지는 그렇게 이 세계에 부재하는 아버지다. 그러나 주인공의 어머니는 아버지의 부재를 믿지 않으며, 어머니의 삶의 의미는 부재하는 아버지를 기다리는 거기에 있다.

어머니의 일생은, 과장 없이 온통 아버지를 기다리는 데 바쳐졌다. 〔……〕 어머니에게 있어 그 기다림은 그저 **이 박토 같은 세상**에서 당신이 삶을 영위해나가기 위해 필사적으로 의지해야 했던 눈물겨운 구실이 아니었을까. **그 기다림을 포기하는 것은, 그리하여 아버지의 부재를 사실로 인정하는 것은 결국 자신의 삶을 포기하는 것이 되고, 그것은 곧 자신의 부재와 연결된다고**, 그렇기 때문에 아버지에 대한 무모한 기다림을 필사적으로 그러쥐고 있어야 한다고 다짐했던 것이 아니었겠는가, 하는 생각이 거부할 수 없는 설득력을 동반하고 엄습할 때가 있다. (pp. 176~77)

이승우의 소설들이 지속적으로 표현하고 있는 관계적 존재들인 아버지, 어머니, 아이와 연관된 알레고리들 속에서 우리는 신, 자연, 인간의 의미를 찾아가는 탐구의 노력을 발견한다. 그 의미 찾기에서 부각되는 것은 세계(자연과 인간)를 이해하는 여러 상충하는 입장들이며, 그 이해가 기초하고 있는 세계─경험의 여러 양상들이다. 그런데 이 세계─경험의 전체는 우리의 감각─의식의 내용으로 남김없이 환원되지 않는다. 그리고 지각의 경험과 생각의 경험이 모두 정확한 확실성을 지닌 지식(인식)이 되지도 않는다. 즉 순수한 경험은 모호하게 숨겨져 있으며, 지식이 궁극적으로 기초하고 있는 것은 감각─의식으로 설명되지 않는 어떤 근거에 대한 믿음, 가령 어떤 질서, 통일성, 합목적성, 법칙성, 사건들의 패턴, 구조, 혹은 영원히 보존되는 에너지 등에 관한 작위적이거나 당위적인 여러 믿음(전제)이다. 그런 면에서, 앞에서 언급했던 라이프니츠의 낙천주의는 자의적 믿음에 기초한 추상적 희망이 아니었을 것이다. 그것은 지식이 믿음에 기초해 있다는 사실의 긍정이었을 것이다.

「연금술사의 춤」에서도 묘사되는 종교와 과학의 대립이 보여주는 것처럼, 믿음과 지식을 화해시키는 일은 아직도 해결의 노력을 요구하고 있는 오래된 과제였다. 그 과제를 수행하기 위해 중세의 신학자들(예를 들면 알베르투스 마그누스, 토마스 아퀴나스)은 경건하고 진지하게 평생을 노력했다. 이승우 소설에 등장하는 신학생들을 포함하는 여러 주인공들 또한 양태는 다르지만 그러한 문제(과제)에 붙잡혀 있다. 이승우의 소설들은 은총(기적)과 기도(노력), 계시와 지식의 결합이 이 세계에서 실현되는 것이 가능한지를 묻게 만든다. 여기서 중요한 것은 물리적이거나 신체적인 노력에 의한 감각—세계의 변화만이 행위의 노력에 속한 것이 아니며, 오히려 그것에 동시적이거나 선행하는 것이 있어야 하고, 그것이 정신적 사유의 의지적 노력이자 세계의 깊이와 공감하고자 하는 실천적 해석—활동이라고 할 때, 그것은 더욱 본질적인 의미에서 '행위'여야만 한다는 것이다. 그러므로 「고산 지대」에서 묘사되듯 해석과 실천, 혹은 해석과 비판을 대립시켜 전자를 비난하는 급진적 태도는 이미 시작에서 이상의 실현을 막는 장애물을 설치하는 행동과 다를 바 없을 것이다.

새로운 생명의 부활을 꿈꾸었던 중세의 연금술사들은 '온화함'과 '인내'를 강조했었다. 그들처럼 "비현실이 현실이 될 날을 꿈"꾸고 "무력이 능력이 될 날을 기다"(p. 155)리는 이승우 소설 속의 인물들이 상호 대립되는 세계—경험의 양상들 앞에서 결국 해야 했던 말은 다음과 같은 말이었을 것이다. "부활에 대한 믿음이 있는 자는 죽음을 두려워하지 않을 수 있습니다. 딱딱한 것과 싸우기 위해 딱딱해지지 말자는 말입니다"(p. 155).

〔2012〕

초판 작가 후기

두번째 창작집을 묶어 세상에 내놓으면서, 나는 문득 내 소설이 천덕꾸러기처럼 발길에 채이는 돌멩이에 다름 아닐지도 모른다는 생각을 한다. 적의나 분노로 무장하여 '목적론적'으로 집어던지기에는 지나치게 가볍거나 턱없이 덩치가 크고, 그렇다고 호사가들의 사치스런 눈을 즐겁게 해주기에는 또 너무 무겁거나 볼품이 없는, 그 어느 쪽에서도 탐탁하게 받아들이지 않는 천덕스러움 ─ 거기에 내 소설의 운명 같은 것이 깃들어 있을지도 모른다는 이런 깨달음은 반성일까, 아니면 도전일까.

이 책에 실린 중단편들은, 그처럼 어정쩡한 무게와 부피를 지니고 태어난 작품들이다. 소설을 쓰면서 나는 나름대로 우리들의 혼란스런 현실이 끊임없이 야기시키는 제반 모순에 시선을 떼지 않으면서 거기에 존재론적인 조명을 비출 수 있기를 원했고, 가능하다면 어떤 어설픈 해답의 희미한 그림자라도 엿볼 수 있게 되기를 희망해왔다. 불필요한 군살을 줄이면서도 실하고 알차게 무게를 지닌 돌을 이 심란한 세상에 내놓을 수 있게 되기를...... 그것은 나의 무딘 펜으로는 불가능한 욕망이었음을 안다. 그처럼 오만한 욕망에 이끌려 그동안 이곳저곳을 기웃거리고만 다닌 꼴이 아닌지 모르겠다.

이제, 여전히 납득되지 않은 채로인 우리의 시대, 1980년대가 문을 닫으려 하고 있다. 1980년대의 시작과 함께 어쭙잖은 소설가의 이름을 얻은 나로서는, 한 시대를 마감하는 시점에 맞추어 펴내는 이 작품집에 모종의 감회가 없을 수 없다. 그 감회는 물론 지극히 사적인 것이다. 가령 가야 할 길이 아직 많이 남아 있더라도, 어느 순간인가는 자리를 잡고 앉아 이제까지의 길을 더듬고 그 길 위의 행적을 정리해야 하는 법이다. 그와 같은 더듬기와 행적의 정리가 언제나 새로운 시작을 지향한다는 사실을 나는 잘 알고 있다. 한심한 재능을 더욱 다듬으면서 거듭 새로 시작할 것이라는 다짐은, 그래서 자신의 길이 아직 까마득히 많이 남았다는 점을 분명하게 인식하고 있는 사람의 것이다.

그동안의 부끄러운 나의 문학 행위에 여러 가지 형태로 격려와 신뢰를 보내준 고마운 분들을 기억한다. 또한 한 권의 창작집을 가질 수 있는 기쁨을 베풀어준 문학과지성사의 여러 분들에게 감사의 인사를 드린다.

1989년 10월
이승우

신판 작가 후기

　서른 살이 되기 전에 쓴 소설들을 다시 읽으면서 시대의 문장이라는 것을 생각한다. 여기 실린 소설들에 담긴 인식이나 사유는 물론 문장도 1980년대의 것이고, 또 내 이십대 후반의 것이다. 이렇게 살았구나 싶고, 이렇게 썼구나 싶다. 오래된 사진 속의 옷차림이나 머리 모양이 우스꽝스러워 보이는 것처럼 오래된 책 속의 인식이나 문장들도 좀 우스꽝스럽게 보인다. 그러나 사진 속의 패션을 바꿀 수 없는 것처럼 이미 쓰인 책의 내용을 바꿀 수는 없다. 바꾼다고 더 좋아지리라는 보장도 물론 없다. 사진이나 책은 한 시절을 증거하기 위해 존재하기도 한다는 생각을 한다. 읽다 보면 나중에 쓰인 글들과의 유전적 상관성이 발견되기도 하는데, 그럴 때는 은근히 반갑다. 부끄러움을 무릅쓰고 책을 다시 펴내기 위해서는 이런 정도의 구실이 필요했다. 그럼에도 어쩔 수 없이 문장에 약간 손을 대고 수록 순서를 바꿨다. 그것마저 하지 않았어야 한다는 생각이 없지 않지만, 그것마저 하지 않을 수는 없었다.

문학과지성사의 호의에 감사한다. 이미 읽은 독자들과 이제 읽을 독자들에게도.

2012년 5월
이승우